诗词格律详解

诗律详解

◎林克胜 著

商务印书馆

图书在版编目(CIP)数据

诗律详解/林克胜著.—北京:商务印书馆,2010(2018.8重印)
(诗词格律详解)
ISBN 978-7-100-06697-6

Ⅰ.诗… Ⅱ.林… Ⅲ.诗词格律—中国—古代
Ⅳ.I207.21

中国版本图书馆 CIP 数据核字(2009)第 111920 号

权利保留,侵权必究。

诗词格律详解
SHĪLÜ XIÁNGJIĚ
诗 律 详 解
林克胜 著

商 务 印 书 馆 出 版
(北京王府井大街36号 邮政编码100710)
商 务 印 书 馆 发 行
北京市白帆印务有限公司印刷
ISBN 978-7-100-06697-6

2010年7月第1版　　开本880×1230　1/32
2018年8月北京第4次印刷　印张11¾
定价:32.00元

目 录

《诗词格律详解》总叙 …………………………………… 1
《诗律详解》凡例 …………………………………………… 11
第一章 古体诗 ……………………………………………… 1
　第一节 四言诗 …………………………………………… 3
　　一、《诗经》以四言诗为主体 ………………………… 3
　　二、四言诗的节奏 ……………………………………… 4
　　三、四言诗的谐韵 ……………………………………… 6
　　四、四言诗语句的重叠反复 …………………………… 7
　　五、四言诗的延续 ……………………………………… 9
　第二节 骚体诗 …………………………………………… 10
　　一、骚体诗中的虚词 …………………………………… 11
　　二、《离骚》诗句的"一字领" ………………………… 14
　　三、骚体诗句的"三三结构"及七言因素 …………… 16
　第三节 五言古诗 ………………………………………… 18
　　一、五古的萌生形态 …………………………………… 18
　　二、五古的定型 ………………………………………… 19
　　三、五古的基本特征 …………………………………… 22
　　四、唐代的五言"古风" ……………………………… 24
　第四节 七言古诗 ………………………………………… 27

一、七古的萌生与演化 …… 27
　　二、七古的"柏梁体" …… 30
　　三、唐代的七言古风 …… 33
　　四、七古的基本特征 …… 37
　第五节　杂言古诗 …… 38
　　一、杂言诗缘起 …… 38
　　二、汉魏文人的杂言古诗 …… 41
　　三、唐代的杂言古风 …… 42
　　　（一）七言为主，杂以三言者 …… 43
　　　（二）七言与五言相辅者 …… 44
　　　（三）七言为主，杂以杂言者 …… 46
　　　（四）多种句型难分主次者 …… 50
　　　（五）散文化句式入诗者 …… 51

第二章　五律 …… 55
　第一节　五绝 …… 57
　　一、五绝第一格 …… 59
　　二、五绝第二格 …… 63
　　三、五绝第三格 …… 65
　　四、五绝第四格 …… 67
　　五、仄韵五绝 …… 68
　　六、五言律绝与五言古绝的区分 …… 71
　　　（一）平韵五言古绝 …… 71
　　　（二）仄韵五言古绝 …… 72
　　　（三）半律半古五绝 …… 73
　　　（四）五绝中的古体与律体区别要点 …… 74
　第二节　五律 …… 74
　　一、五律第一格 …… 75

二、五律第二格 ……………………………………… 77
三、五律第三格 ……………………………………… 79
四、五律第四格 ……………………………………… 80
五、古风式五律 ……………………………………… 82
六、近似五律的五言古风 …………………………… 85
七、五言六句小律 …………………………………… 87
八、五言排律 ………………………………………… 88

第三章 七律 …………………………………………… 94

第一节 七绝 ………………………………………… 94
一、七言律句的基本句型 …………………………… 94
二、七绝第一格 ……………………………………… 96
三、七绝第二格 ……………………………………… 98
四、七绝第三格 ……………………………………… 100
五、七绝第四格 ……………………………………… 102
六、七言古绝与七言律绝的区分 …………………… 107
　　（一）平韵古风式七言律绝 …………………… 108
　　（二）平韵七言古绝 …………………………… 109
　　（三）仄韵七言律绝 …………………………… 110
　　（四）仄韵七言古绝 …………………………… 110

第二节 七律 ………………………………………… 111
一、七律第一格 ……………………………………… 112
二、七律第二格 ……………………………………… 114
三、七律第三格 ……………………………………… 116
四、七律第四格 ……………………………………… 120
五、古风式七律 ……………………………………… 122
六、七言六句小律 …………………………………… 126
七、七言排律 ………………………………………… 127

第四章　五七言律的变格……………………………………131

第一节　五七言律的常规变格…………………………131
- 一、关于"一三五不论,二四六分明"………………131
- 二、常规变格的概念………………………………133
  - (一)常规变格诗例详析…………………………133
  - (二)常规变格中的"对应技巧"………………135
  - (三)常规变格的句式形态………………………137
- 三、常规变格句例说解……………………………138
  - (一)平仄脚句式例析……………………………138
  - (二)仄仄脚句式例析……………………………141
  - (三)平平脚句式例析……………………………144
  - (四)仄平脚句式例析……………………………147
  - (五)"常规变格"要点总结……………………150

第二节　孤平拗救………………………………………151
- 一、孤平大忌的原因………………………………151
- 二、孤平的"本句自救"…………………………153
  - (一)五言句"孤平自救"………………………154
  - (二)七言句"孤平自救"………………………154
- 三、孤平拗救句的句尾变化………………………155
  - (一)五言孤平拗救句的句尾变化………………156
  - (二)七言孤平拗救句的句尾变化………………156

第三节　律诗的古风式句尾……………………………158
- 一、五律的古风式句尾……………………………158
  - (一)五律古风式句尾的四种形态………………158
  - (二)五律句尾"仄平仄"与"仄平平"搭配……159
  - (三)五律句尾"仄平仄"与"平仄平"搭配……162
  - (四)五言句尾"仄仄仄"与"平平平"搭配……163

（五）五言句尾"仄平仄"的单独使用 …………………… 164
　二、七律的古风式句尾 …………………………………………… 165
　　（一）七律句尾"仄平仄"与"平仄平"搭配 …………… 165
　　（二）七律句尾"仄平仄"与"孤平拗救"搭配 ………… 166
　　（三）七律句尾"仄平仄"与"仄平平"搭配 …………… 167
　　（四）七律句尾"仄仄仄"与"仄平平"搭配 …………… 169
　　（五）七律"平平平"句尾的特殊变格 …………………… 170
　　（六）七律句尾变格小结 …………………………………… 171
　第四节　"二四六"变格与拗救 ……………………………………… 172
　一、五律中"二四"变格的拗救 ………………………………… 173
　二、七律中"二四六"变格拗救 ………………………………… 175
　三、律诗变格与拗救总结 ………………………………………… 176
　四、律诗变格的辩证 ……………………………………………… 180

第五章　六律 ………………………………………………………………… 185
　第一节　六绝与六律 ………………………………………………… 185
　一、六言律句的基础句式 ………………………………………… 185
　二、六绝正体 ……………………………………………………… 187
　　（一）六绝第一格 …………………………………………… 188
　　（二）六绝第二格 …………………………………………… 190
　　（三）六绝第三格 …………………………………………… 192
　三、古风式六绝 …………………………………………………… 193
　　（一）拗粘六绝 ……………………………………………… 194
　　（二）拗对六绝 ……………………………………………… 195
　　（三）拗对兼拗粘六绝 ……………………………………… 195
　四、六律 …………………………………………………………… 197
　第二节　六律的形成与演化 ………………………………………… 199
　一、六律定格的启示 ……………………………………………… 199

二、六言古诗是四言诗的衍生 ·············· 200
三、六言古体向律体转化 ················· 202
第三节 六律的变格 ······················ 203
一、六律不忌"孤平" ··················· 204
二、六律的"一三五不论" ··············· 205
（一）"仄脚"句式彻底"一三五不论" ······ 206
（二）"平脚"句式第5字不变 ·············· 207
第四节 六律与七律的亲缘关系 ············· 210
一、六绝增补法验证 ···················· 210
二、七绝"减缩法"验证 ················· 213
三、六律格式为七律格式浓缩的结论 ······· 213
第五节 六律的对偶 ······················ 215
（一）通篇全用对偶者居多 ················ 215
（二）单有一联对偶者居少 ················ 216
（三）六律多用对偶的原因 ················ 218

第六章 诗律综述 ························ 220
第一节 律诗的用韵 ······················ 220
一、押韵的基本概念 ···················· 220
二、四声平仄与诗律 ···················· 222
（一）四声学说的来历 ···················· 222
（二）从发展变化中认识语音 ·············· 225
（三）四声的区分及运用 ·················· 227
三、关于韵部和韵书 ···················· 230
四、律诗押韵的规定及变通 ··············· 234
（一）本韵 ····························· 234
（二）出韵 ····························· 234
（三）宽韵、窄韵、险韵 ·················· 235

（四）借韵、邻韵与通押 ································· 236
　　（五）进退格 ··· 238
　　（六）辘轳格 ··· 239
　　（七）限韵 ··· 239
　　（八）和韵、次韵、步韵与和诗 ······················· 240
　　（九）叠韵 ··· 241
　五、关于"上尾" ··· 241
　六、声韵的辨识 ··· 245
　七、改用新韵写新诗是大势所趋 ························· 248
第二节　律诗的平仄粘对 ····································· 250
　一、"粘对"的基本概念 ··································· 250
　二、"失粘"与"失对" ····································· 253
　　（一）失对例析 ······································· 253
　　（二）失粘例析 ······································· 254
第三节　律诗的节奏 ··· 259
　一、五律的节奏 ··· 259
　二、七律的节奏 ··· 261
　三、六律的节奏 ··· 263
第四节　律诗的文字对偶 ····································· 264
　一、对偶的概念 ··· 264
　二、对偶的宽与严 ··· 266
　　（一）严对 ··· 267
　　（二）邻对 ··· 268
　　（三）宽对 ··· 269
　　（四）半对 ··· 270
　三、对偶中名词分类与应用 ······························· 271
　四、对偶中敏感词类的运用 ······························· 275

五、五律和七律的对偶规则 ·········· 281
（一）对偶多用中间两联的原因 ·········· 281
（二）五律和七律对偶变例 ·········· 283
（三）五绝和七绝的对偶 ·········· 286
（四）排律的对偶 ·········· 291

六、对偶的特殊技巧和避忌 ·········· 292
（一）扇面对（隔句对） ·········· 292
（二）流水对 ·········· 293
（三）借对 ·········· 294
（四）自对 ·········· 296
（五）错综对 ·········· 297
（六）同字与"顶针格" ·········· 298
（七）合掌 ·········· 300
（八）雷同 ·········· 301

第五节 律诗的句法 ·········· 302

一、五律的句法 ·········· 305
（一）单句 ·········· 305
（二）复句 ·········· 310
（三）递系句 ·········· 314
（四）兼语式 ·········· 314
（五）包孕句 ·········· 315

二、七律的句法 ·········· 316
（一）七言句"头节"的语法地位 ·········· 317
（二）五言"添头"变七言的句法变化 ·········· 321
（三）五言名篇佳句"添头"变七言的试验 ·········· 324

三、六律的句法 ·········· 327
（一）六律句法五特征 ·········· 327

（二）六律的单句 …………………………… 328
　　（三）六律的复句 …………………………… 330
附录一：《笠翁对韵》 ……………………………… 333
附录二：《诗律详解》主要参阅书目 ……………… 349

《诗词格律详解》总叙

一、内容简介

《诗词格律详解》全书，共分为之一《诗律详解》、之二《词律综述》、之三《词谱律析》。三册分工如下。

(1)《诗律详解》专讲诗律，共辟为六章二十三节，用一章五节介绍"非律体"，其余五章十八节讲"格律体"。

律体诗虽定型于唐代，但它绝非无本之木。五言律、六言律、七言律，是在先秦四言诗以及汉魏六朝的五言诗、六言诗、杂言诗等"非律体"基础上形成的。非律体诗也绝非有源而无流，即便在唐代律体诗定型后，"非律体"也同时并存和发展。律与非律世代相传，交织在一起，只有了解它们之间在句式、节奏、声韵、对偶等方面的继承关系，对诗律的演化和发展才会有深切的理解。因而，单辟一章，对"非律体"的各种体式特征也做些介绍，以追本寻根，查流观脉。

而重点则在于对律体诗的解析。本着先易后难、先"常规"后"变格"的顺序，先用两章讲解五律和七律，对其常规格式做具体解析，这是入门基础；再用两章对五律和七律的"常规变格"及"特殊变格"方法进行详细辟析，这是变通活用；六律情况特殊，故专辟一章进行探讨论证，并对其各种格式做了具体解说。最后一章为归纳性综述，从总体上对律诗的平仄粘对规则、文字对偶要求和技巧，以及节奏划分、句法结构、用韵方法等，分别加以阐述。

（2）《词律综述》和《词谱律析》，都是讲解词律，只是角度不同，前论后析，两相互补。

词，仅从词句角度看，也是格律诗的一种。但它又与诗律有所不同。律诗每体皆"齐言"，即每首诗中各句长短相等，只有五律、六律、七律三大类，总共不超过30种基础格式。而词为长短句，每调每体皆各有定式，并且有些词调还有多达数十种变体、变格，调式数以千计。因而，词律就不像诗律那么简明划一。在这个意义上，可说词律就在词的具体调式之中，是"一调一体为一律"，即，词律寓于词谱之中，离开词谱则难言词律。但谱书毕竟不能完全等同于词律，若同时又做理论阐述，又要立谱详加剖析，则会顾此失彼，条理不清，章法混乱，故而辟为两卷，从概论和具体剖析的不同侧面加以解说。

凡属词律中有关共性的问题，皆写入《词律综述》，如调式名称、段落结构、句式平仄、句法与对偶、用韵方法等，从总体上进行归纳性的理论阐述。在此基础上，《词谱律析》则选出142个典型调式，在分别列谱同时，从体式特征、常规句型、变格方法、用韵方式及其格式演化等方面，逐调做出详细解说。两者互为表里，"综述"为"选要律析"的理论依据，"选要律析"则为"综述"的具体验证和解说。

所撰《词谱律析》，不同于通常概念的谱书，是在选要列谱的同时，重点放在对所选各谱从格式到风格特色的具体解说，并在对一调一式的具体分析中，注入自己对词律的一些观念和心得体会。

这种解说，只能是"选要"。因为，词的体式甚多，它兴于唐盛于宋，历金元明清以迄近代，一些词家又作了不少自度曲，散见于各家别集。词调究竟有多少，难有定数。《钦定词谱》收录826调，别体1478个；万树《词律》及其补遗共收录891调，别体789个；近人潘慎《词律辞典》收录1242调，体数3412个。实际数量远不止这些，因为词曲原本流传于民间，文人别集浩如烟海，很难统计清楚。

我"选要"的根据有二：一是，对一些较有影响的谱书及一些唐宋词选集中所收调式，做了"运用频率"的统计工作，以作者多、名篇佳作多者为首选；二是，为与《词律综述》中的理论讲解相呼应，有些词调虽然作品不多，但在格式上别具特色，对于解说词律具有特殊价值者，也选入做些解析。共得142谱。

二、有关体例、立论之发微

以文为业一生，诗词杂文随笔及论述间，"自娱以娱人"为旨。每惭于成就甚微，有负于自身和时代，而唯有一点聊可自慰者，为文无论轻重长短，必力求新意。有说"古今文章一大抄"，此言有因，却过于决断。文非无本之木，前人成果总为后人留下借鉴，无前人之本则无后生之秀木，而秀木必有新发枝条新育花果方可成林而现生机。不承前则欺祖，不启后则辱祖，此承前启后之义也。窃以为，为文如无新意，只是自己徒劳心血而无结果，浪费纸墨，劳力伤财。常以此约束自己纸笔，撰著《诗词格律详解》的十余度春秋间，继承与创新之念则常系于怀。我于此书，求有新意者大致有五。

（一）体例上，兼具"三性"

本书中，凡属常规知识部分，皆以前人学者有关著述为依据，取同去异，避免歧义，尽力给初学者以肯定明确概念，以免无所适从，便于入门，此有"普及"之义。

在行文上，常识部分以具有高中文化的诗词爱好者为对象，尽量条分缕细，凡专门术语皆做必要的说明，力求通俗易懂。而有关特殊变格及句法分析部分，则以具有大学以上文化者及具有较多诗词创作实践者为对象，可供教学之参考，含有"提高"之义。书中有关六言诗律的论析，及六言句式在词调中的运用部分，属个人一己之见，供进一步开展学术研讨。

在各章节的格式解析中，尽力选用名家名篇为例诗、例词，并选用一些特殊变格例诗、例词而加以辨析。本厚古而不薄今之义，举例不避今古，以供对照认证，也可避免读者临时检索翻书之烦。

也就是说，全书三册，皆尽力将普及性、工具性、学术性融于一体。

（二）对"六言律"的深入探索

对"六言律诗"在古体律诗行列中的地位，历来重视不够，前人同类专著中，对其格律的形成及演化的探讨也少见，这是个缺憾。

六言律诗以其六言三拍的明快节奏，平仄粘对格式的灵活变化，以及适合于采用对偶等特有的格律特征，显示了独有的魅力，不可忽视。我在数年对六律专题研究的基础上，于1992年11月，在白鹿书院于海南举办的"中华诗词表现艺术研讨会"上，曾用《六言诗格律刍议》一文，同与会诗友交流看法，之后发表于《长白山诗词》专刊上，得到同道的认可。

此次在撰写《诗律详解》时，便把自己的全部心得成果，融入其中，对六律的起源、演化、定式、变格规律，进行了较详细的探索性论证。

（三）对辞章中六言句式的重新审视

六言句无疑是词体中最具特色的句式。因五言句和七言句在律诗中已经为大家所习见，四言句从《诗经》始便已并不陌生，于是，六言句在词中的地位便有如鹤立鸡群了。

而纵观历代有关词学专著及谱书，对五言句及七言句等辟析较多，于六言句定式、变格的系统分析和归纳则较少。从而导致各类词谱中六字句的定式歧义也最多，有的一种句式的变格分类就多达数十种，有些定格则有失于刻板僵化，以致造成过多的"一成不变的特殊句型"，显得有些眼花缭乱，令人无所适从。这也严重束缚了对具有六言句在内的词调的本质认识和填写新作。

造成这种情况的原因是多方面的，而其中对六言律句缺乏规律性本质认识，则是最重要原因。

经过对前人大量词作的反复对照和分析，我把对六言律的探索认识运用到词谱解析中，发现词中六言句的运用，与五言律句及七言律句在词中的运用有同样规律可循。于是，词谱中有关六言句的许多疑团便迎刃而解，从而，也大大减少了词谱中的"死句"和"拗句"，使一些"同调不同体"的词调也得到较为合理的归类和简化。

（四）以新观念解读词谱

曾有一种悖论，认为词律有别于诗律的重要之点，就是要尽力避免"以诗入词"，或说"不要把词写得像诗"。以致像黄庭坚、苏轼这些大家的某些词作，就因为运用了一些五律、七律的变格规律入词，便被某些谱书打入冷宫，列为"别格""另体"而枉受褒贬。

愚以为，离开"词有乐谱"这一点姑且不谈，词之有别于诗，本质上并不在于是否以诗入词，而首先在于其长短句的运用，在于其特殊的用韵方式，在于其篇章结构、小令、双调、长调、分片重叠等独有的特色上。即便某些五言律句、七言律句、六言律句入诗，并按诗律中的变格规律加以变通运用，也绝不影响词调的大体。这只要把某些词调中的个别诗句的"习用性"平仄定式加以区分和标明，就会毫无损伤。

根据这一认识，我在《词律综述》及《词谱律析》的142谱中，对某些既往被定为五言和七言"准律句"及"平仄限格句"等，重新加以界定。此事极需慎重，便广搜前人词例加以对照，凡在相同词调中，有按诗律的变格规律运用者，便由"死句"改定为"律句"而修订旧谱。这样，便可使一大批原视为"一句一字皆不可变"的"孤调""冷调""死调"，变作有律可循、便于解读和运用的"活调"。我觉得，这样做既符合前代词家创立此调的初衷，也有利于后人加以活用，以解"望而却步"之危。

实际上，这类在历代谱书中被定为"死句"者，多见于一些较为冷僻词调或自度曲中，因续填者略少，后代撰写谱书者便未详加比照所致。这些，我以一己之力，也只能在《词律综述》中加以归纳性的论述，并在所选之142个调式中加以体现。如果此论能得到海内外学者专家共识，扩而广之，对先人所遗诸多重要词调的书谱，逐步选要修订之，这对认识词律本质，以致对后人按谱填词，都将大有益处。

（五）赞成和呼吁诗词用韵的革新

我们读解前人所作古体诗词，离开前代韵书不行。因为那是按前人创作实践的归纳而成，不遵循便难以合乎原作之韵。但今人运用古体格式创作新内容的诗词，而却非要死守前代韵书不可，岂非咄咄怪事。某些主持诗词赛事、编选当代诗选者，只要与"平水韵"的分部稍有差池，甚至连唐宋大家已有"通押"先例者，也视为"离格出韵"而打入废纸堆去。

其实，前代所编韵书，也是随时代语音的演化而屡次更新了的，怎么到"平水韵"便被视为"观止"？若以古韵为准，何不上溯先秦《诗经》为更古？

我在参与《长白山诗词》编辑出版工作时期，曾倡议实行了"双轨制"，即"平水韵"与当代以新华字典所定声韵并存，愿意用古用今，悉由作者自便。我以为，这在古体诗创作中完全可以行得通。当今一些刊物上所登载的诗作，许多也已采用新韵，此乃时代潮流大势所趋，不会因为一部分人的排斥阻拦而遏止，也不该遏止，因为那只能使遏止者自己陷入孤家寡人、孤芳自赏的境地。

至于填词，涉及"入声"韵调问题，这的确是个难题，但也并非无路可走。前人能将《满江红》由入改平，就是个先例。其他还有：《江城子》《柳梢青》《何满子》《多丽》等调的由平易仄；《蝶恋花》《祝英台近》《声声慢》《念奴娇》《永遇乐》等调的平仄并存，等等，也都足资借鉴。总之，非要横逆潮流，让现代人去用古人的语音来写诗填词，实在有悖于时代文化之进展。

以上五个方面，特别是后四点，是我在《诗词格律详解》书中，在解析常格、常规之际，不忌冒昧，阐述的一些观点。所以这样做，是承应了一些同道诗友及青年学子的呼吁，是在研习诗律、词谱和学习前人一些专著中，对所遇谜团的探讨性破解。皆属一己管窥，或有悖谬，但望行家指示迷津，即便因而引来非议，说我敢冒天下之大不韪，但为陈述己见，为后学革新计，我也甘冒矢石而在所不顾。

三、撰著此书缘起

我所以要写这部书，心灵触动可谓久矣。四五岁时，母亲教我背诵《三字经》《千字文》，那三字和四字一句的韵文中，含蕴着那么丰富的有关天文、地理、历史、农工等诸多知识，使我上了人之初启蒙教育的第一课。后来父亲教我写毛笔字，为我所写"仿影儿"多是"春眠不觉晓""白日依山尽"等诗文，更被诗中那美妙的意境所深深陶冶着。

在大学教授古典文学时，主讲魏晋到唐宋段文学史及作品选，也曾于业余为他们讲过一段诗词格律的"课外课"，从中深感对诗词格律的把握，能更深切地强化对内容的理解。

后来长期从事新闻采编生涯，时常喜欢写些诗词借以抒情寄兴，感到这不仅是对繁杂劳累的消遣，也是性情上的一种自娱自励。便与省市一些诗词爱好者共同筹建"吉林省长白山诗社"，出版了《长白山诗词》专刊，诗友集会时，也曾应邀搞过些有关诗体格律的专题讲座。

在这漫长过程中，每每感触到，诗词欣赏和创作，绝非文人无聊的闲情逸致，也不是故弄玄虚的咬文嚼字和雕虫小技。中国是个有着源远流长的诗歌历史的国度，有着悠久的诗教传统。诗词作为中华民族文化的瑰宝，它在继承文化传统、提高文化素质，陶冶情操品格、丰富精神世界上，都有着其它门类所不可替代的作用。衣食足，文化兴。随着改革开放，国力振兴，人们追求高深层次文化的需要和欲望也必将日益迫切。

在与一些诗词爱好者交谈中，感触到有四个迫切问题：一是，对诗词格律的常规知识亟须普及，应采用尽量简明易懂的浅显方式做些扼要的介绍说明；二是，对诗词格律的特殊变格方法，应当加以介绍，以免把诗词写得过于刻板僵化，以致把连先人已经加以变通的东西，也视为"违律出格"；三是，对一些悬而未决的疑难问题，应从创作实践上加以系统归纳和深入探索，以求发展；四是，对一些常用词调的平仄格式及特色，应做些解说性剖析，使人对那些名家名篇，不止是从文字的思想内容上理解，还能从平仄韵律的更高层次上深入鉴赏。一些同道诗友及学生也一再鼓励我搞一部深浅适度的东西。这就是我采用现在这种体例撰写本书的初衷。

　　此书撰写，历经十余年。在广积资料的基础上，于1991年正式起笔。那时是一沓稿纸一支笔，一字一格伏案疾书，至1992年末写成初稿30万字。后来，因陪爱妻吕金华赴俄带留学生搁置二年。她深知，这是我生命中之最大夙愿，为了使我能如愿完成此书，归国后她毅然支持我购买了电脑。于是，我将原稿一字一句输入电脑后，又经四度修改，全书由两册30万字增至三册120余万字。而当脱稿之际，爱妻已作古三年。回想起来，每日平均16小时以上坐在机前，夜以继日，用敲打键盘的节奏谱写平平仄仄的韵律，来抵制心头对爱妻怀念的绞痛，也用以偿还诗友们多年来的希望和嘱咐。深感：格律自身的"平平仄仄"是枯燥无味的，而借以形成的诸多脍炙人口的名篇佳作，其所含蕴的情愫，却是摄魂动魄的。"桃花潭水深千尺，不及汪伦送我情！"李白对挚友何等情激！"何时一杯酒，重与细论文？"杜甫思念李白何等急切！"十年生死两茫茫，不思量，自难忘。千里孤坟，无处话凄凉。"苏轼哀悼亡妻撕心裂肺！人生、时事、友情、亲情尽在其中。

　　支持我能够完成此书的，是一种癖好，一种追求，一种痴情，一种责任感。

　　世上绝不存在"绝对正确"和"绝对真理"，革新与发展才是永恒的。虽然是竭心尽力鞠躬而为了，但限于水平，也难免有所谬误，恳望宿老及同道不吝赐教。

　　此为本书总叙，亦兼作各分册之引言。

林克胜　2001年1月—2003年12月　于耕心斋

《诗律详解》凡例

本卷撰著要旨，已见于三卷总叙。这里对本书所采用的解说方式及一些特殊表述方法，做些交待。

本书对诗律的解说，大致分三个层次：

一是，重点放在对五言律、六言律、七言律（包括五绝、五律、五言六句小律、五言排律、六绝、六律、七绝、七律、七言六句小律、七言排律等十种体式中的近三十种格式）之基本定式及其变体，进行了详细解说。是为基础知识部分。

二是，对以上各体平仄韵律之常规变格及特殊变格和拗救，从律理上进行了详细解析。是为提高部分。

三是，对律诗之用韵、平仄粘对、节奏、对偶、句法，从总体上加以归纳分析。是为诗律综述部分。

对每种格式之解说，为醒目起见，皆设四项：

【定格】为该诗格之基础定式。考虑到"—""｜""+"等符号，在正文解说中不便叙述，皆取汉字"平""仄"直接标明；其平仄声可变格处，用"*平*"或"*仄*"的黑斜体字加以标示；范例与平仄格式皆一一分句相对，既为醒目，又可避免错漏。

【范例】尽量以名家名篇为范例；但名篇往往平仄变格较多，不便于对基础格式的解说，故有的虽非名家名篇，而其平仄声更为接近定格者,则优先选为范例。

【附例】每种格式下,皆选录附例若干篇,附于范例之后;所选除名家名篇外,根据解说需要,也选些有代表性的变体诗作,以资比较;所选不避今古。

【格式解析】为此书重点。解说内容包括:该格式属该体之第几格;其平仄定式基本形态;平仄结构之粘对规则;常规变格之音位所在;何处属特殊变格;用韵方式;对偶方式;本格式与同体其他格式之区别要点;本格式之突出特征及风格韵味之所在;情绪倾向及运用频率等等。皆根据需要,条分缕细地分头解说。

考虑到篇幅,有些常识性规律,在前格中已经详细说明,余格则简要类推;而有些重点问题,考虑到阅读方便,也为免于读者前后翻查之累,在新的格式中也反复加以解说。

本书凡涉及词性、语法之界定、分析方法及所用术语,皆依照作者业师东北师大中文系郎峻章教授之汉语语法体系。

第一章　古体诗

广义地说，凡诗皆有格有律。无格无律不成诗。只不过不同诗体其律有宽有严罢了。而狭义上的格律诗，则指在字数、句数、句式、押韵、平仄声、对偶等方面都有较为固定格式要求的诗歌。

对白话诗以前的文言诗有许多称呼，诸如"古诗""古风""古体诗""旧诗""旧体诗""近体诗""律诗""格律诗"等等。由于它们在不同时代背景下产生，内涵既相互交叉又相互包容，人们又有广义的和狭义的不同理解，有时便很难明确界定。因而各家论著中的称呼和划分也不统一。

习惯上，"古诗"和"旧体诗"，是今人对现代白话诗之前用文言写下的各种诗歌的统称。但由于唐代产生了体式规范的律诗，唐人称之为"近体诗"，从而又把此前从《诗经》、《楚辞》、汉魏乐府民歌到文人所写的杂言诗、五言诗、六言诗、七言诗，就统称为"古体诗"。后来，又把唐人仿效"古体"所写的诗称为"古风"。尽管唐代距今已越千余载，对今人来说"近体诗"一语早已名不符实，但由于历史形成，仍然把它作为对律诗的代称而沿袭下来。

这种官司是打不清楚的，对于今人和白话诗来说，无论律与非律，都是"古体"和"旧体"；而今人也在继承这些形式写当代的新生活，说它是"古诗"和"旧诗"，又有不妥。有人就主张分为"律体"与"非律体"两类，叫作"古体格律诗"和"古体非格律诗"。

按"律体"与"非律体"划分，"古体非格律诗"则指先秦时代以《诗经》为代表的四言体古诗，以屈原《离骚》为代表的"骚体诗"，以及两汉魏晋南北朝时期兴起的五言、七言和杂言古诗，以至唐宋以降效仿古风所写下的一些五言古体诗、七言古体诗、杂言古体诗等。其体式既有四言、五言、六言、七言等字句长短等同的，也有三、四、五、七以至九、十一等长短句随机掺杂的。这类诗，或字数多少不限，或声韵平仄不拘，或词句对偶不定，或韵脚平仄转换随意。"古体格律诗"通常则专指隋唐以后逐渐形成的一种格律十分严谨的五言和七言律体诗。如：五言律绝、五律、五言排律、五言六句小律、七言律绝、七律、七言排律、七言六句小律等八种。实际还应包括六言律绝、六律二种，便共有十种。如再加上仄韵格及其他各种变体在内，总共不超过30种。其不同体式，对每首句数、每句字数、每句用字的平仄、句尾用韵以及词句对偶等方面皆有定型。即"篇有定句，句有定字，字有定声，尾有定韵，联有对偶"。

为方便看清体系，列表如下：

古 体 诗			
非律体	律体		
四言诗	五言	六言	七言
骚体诗	五绝	六绝	七绝
五言古诗	五律	六律	七律
七言古诗	五言排律		七言排律
杂言古诗	五言六句小律		七言六句小律

第一节 四言诗

一、《诗经》以四言诗为主体

四言诗，是我国诗歌中形成较为稳定体式的最初形式。我国最早的一部诗歌选集《诗经》中的篇章可为代表。共选存我国早期诗歌三百零五篇，大致包括了西周初期（公元前十一世纪）到春秋中叶（公元前六世纪）各地民歌和王室乐词。

它是种入乐的古诗。按音乐性质，分为风、雅、颂三类。风，亦称"国风"、"十五国风"，是当时周朝十五个属国的地方乐曲的歌词，也就是地方民歌；雅，是民间或贵族宴会时演奏的较正规些的乐曲歌词；颂，是宗庙祭祀时用以祈祷神祇、颂扬祖先的舞乐唱词，亦即礼仪赞颂诗。总之，都是由音乐伴奏的诗歌。因而，这些诗完全能够反映那个时代诗歌的基本格式形态。

《诗经》中虽然也有三言、五言、六言、七言以至八言的诗句，但为数极少，而四言句则为其主要句式。以最能代表《诗经》风貌的《国风》为例，在165篇风诗中，完全由四言句构成的便有80篇，几占半数。而其余85篇，绝大多数也皆以四字句为主体。例如：

硕　　鼠　（魏风）

　　硕鼠硕鼠，无食我黍，三岁贯女，莫我肯顾。
　　誓将去女，适彼乐土。乐土乐土，爰得我所。
　　硕鼠硕鼠，无食我麦，三岁贯女，莫我肯德。
　　逝将去女，适彼乐国。乐国乐国，爰得我直。
　　硕鼠硕鼠，无食我苗，三岁贯女，莫我肯劳。
　　逝将去女，适彼乐郊。乐郊乐郊，谁之永号！

——此诗3段24句，全为整齐的四言句。

《魏风》中《伐檀》一诗，是《诗经》中句式变化最多的一首，全诗三节 27 句中，共有四言、五言、六言、七言、八言等 5 种句型。其中的五言、七言、八言等各占 3 句，六言 6 句，而四言句则有 12 句，仍占据主体。

将《国风》165 首诗的句型做个统计，在 2598 句中，四言句便有 2223 句，占 85% 以上。其余三言 118 句，五言 168 句，六言 56 句，七言 26 句，八言 7 句，合起来还不到 15%。而且特别值得注意的是，那 168 个五言句，其中绝大多数也具有四言句的性质。如：

"扬且之皙也，胡然而天也，胡然而帝也！"

——《君子偕老》

"十亩之间兮，桑者闲闲兮，行与子还兮。"

——《十亩之间》

这类五言句，也都是在四言句基础上，附加个表示语气的虚词"也"和"兮"构成的。因而我们说，《诗经》是以四言诗为其基本格调的。

四言诗在其发展过程中，在格式上逐渐形成一些自己的特征，主要有三：节奏上以四言二拍为基本旋律，间以三言二拍、五言三拍为辅；用韵上，以句尾用韵和隔句押韵为主，也有首句用韵和句句用韵者，韵位在句末虚字前者也常见；语句上，多有重叠和反复，常见重叠词和联绵词，句中多用"之""乎""矣""也""兮"等虚词。即分述于后。

二、四言诗的节奏

具有显明的节奏感，是诗歌的重要特征之一。《诗经》中绝大多数诗篇即以四言句为主，便形成了较显明的"四言二拍"节奏。

例如：
　　关关/雎鸠，在河/之洲。窈窕/淑女，君子/好逑。
　　参差/荇菜，左右/流之，窈窕/淑女，寤寐/求之。
　　　　　　　　　　　　　　　　　——《周南·关雎》
　　硕鼠/硕鼠，无食/我黍。三岁/贯女，莫我/肯顾。
　　逝将/去女，适彼/乐土。乐土/乐土，爰得/我所。
　　　　　　　　　　　　　　　　　——《魏风·硕鼠》

有些四言诗，按其实词主体，本为三言句，但在句尾或句中附加虚词"兮""矣"等，构成了四言二拍节奏。如：
　　猗嗟/娈兮！清扬/婉兮！舞则/选兮！射则/贯兮！
　　四矢/反兮！以御/乱兮！
　　　　　　　　　　　　　　　　　——《齐风·猗嗟》
　　绿兮/衣兮，绿衣/黄里。心之/忧矣，曷维/其已。
　　绿兮/衣兮，绿衣/黄裳。心之/忧矣，曷维/其亡。
　　　　　　　　　　　　　　　　　——《邶风·绿衣》

有些四言诗从基本格调上看是以四言为主体，但句式也有变格，中间插进三字句、五字句。如：
　　墙/有茨，不可/埽也。中冓/之言，不可/道也。
　　所可/道也，言之/丑也。　　　　——《鄘风·墙有茨》
　　清人/在彭，驷介/旁旁。二矛/重英，河上乎/翱翔。
　　　　　　　　　　　　　　　　　——《鄘风·清人》

《王风·黍离》为《诗经》名篇，共3节28句。冷眼一看，其中"知我者谓我心忧，不知我者谓我何求"二句，与全诗其他句式相差太悬殊。其实不然。古诗录存，原在竹简之上，如何标点，后人各有所见。这两句，按行文意思，可以断为七言句和八言句；但按全篇节奏变化看，亦可断为三言句和四言句。例如：
　　知/我者，谓我/心忧；不知/我者，谓我/何求。

《诗经》中另有一种特殊格式。如《齐风·著》：

俟我/于著/乎而，充耳/以素/乎而，尚之/以琼华/乎而。
俟我/于庭/乎而，充耳/以青/乎而，尚之/以琼莹/乎而。
俟我/于堂/乎而，充耳/以黄/乎而，尚之/以琼英/乎而。

此诗虽为六言和七言，但其主体仍是四言，只是在句尾附加了"乎而"的唱腔，有些类似我们今天某些民歌的句尾唱腔"呼儿哟"之类。

以上可见，这与后代律诗的"篇有定句，句有定字"有所不同。

三、四言诗的谐韵

《诗经》中四言诗的尾节谐韵有多种方式。有句句入韵者，有隔句谐韵者，有一韵到底者，有中途转韵者，有尾字入韵者，也有末节虚字前边一字入韵者。

句尾用韵而隔句谐韵者，在《诗经》中为多数。亦可视为四言用韵之正格。如：

蒹葭苍苍，白露为霜。所谓伊人，在水一方。
溯洄从之，道阻且长；溯游从之，宛在水中央。

——《蒹葭》

句句谐韵者，在《诗经》中为少数。如：

相鼠有皮，人而无仪。人而无仪，不死何为？
相鼠有齿，人而无止。人而无止，不死何俟？
相鼠有礼，人而无礼。人而无礼，胡不遄死？

——《相鼠》

此诗12句中，句句用韵，其中"仪""止"字二现，"礼"字三现，可见当时民歌诗中不避重韵。

韵脚在尾节而不在尾字者，如：

墙有茨，不可埽也。中冓之言，不可道也。所可道也，言之丑也。
　　墙有茨，不可襄也。中冓之言，不可详也。所可详也，言之长也。
　　墙有茨，不可束也。中冓之言，不可读也。所可读也，言之辱也。

——《墙有茨》

此诗每节换韵："埽""道""道""丑"谐韵；"襄""详""详""长"谐韵；"束""读""读""辱"谐韵。韵脚皆在虚词"之"字前。

而有的则每节的韵位皆不同，有在句尾，有在虚字前，如：
　　鸡既鸣矣，朝既盈矣。匪鸡则鸣，苍蝇之声。
　　东方明矣，朝既昌矣。匪东方则明，月出之光。
　　虫飞薨薨，甘与子同梦。会且归矣，无庶予子憎。

——《鸡鸣》

以上可见，这与后代律诗的"篇有定韵，韵有定位"有所不同。

四、四言诗语句的重叠反复

因为这些诗都是民歌，是按一定曲调传唱的歌词。为了适应调式的需要，许多篇章都采用反复回旋的结构格式，各诗节中的多数词语都是前节的重复，往往只变动几个关键词语，使内容和情感层层推进。如《王风·采葛》篇：
　　彼采葛兮，一日不见，如三月兮！
　　彼采萧兮，一日不见，如三秋兮！
　　彼采艾兮，一日不见，如三岁兮！

三节诗36字，只变换了"葛、萧、艾、月、秋、岁"六个字,其余都是重复字句。其他如《硕鼠》三节诗,每节首句都是"硕鼠硕鼠",第二句只变换了"黍、麦、苗"三字。《关雎》一诗,主要诗句"窈窕淑女"反复吟咏了四次,每节开头用来"比兴"的诗句"参差荇菜",也重复了三次。采用这种重复吟唱的格调,便分外加强了缠绵悱恻的感染力。

运用较多的双声叠韵和叠音词语,是《诗经》中四言诗造词上的重要特征。双声词如"参差""踟蹰""辗转""踊跃"等,不胜枚举。叠韵词运用得也较多。如:《郑风·子衿》中"青青子衿,悠悠我心";《周南·桃夭》中"桃之夭夭,其叶蓁蓁";《王风·黍离》中"彼黍离离,彼稷之苗。行迈靡靡,中心摇摇"。这类叠音叠韵格式,大大增强了诗的缠绵感,以其强烈的韵律效果动人心弦。这种修辞方法对后世诗歌也有较大影响。从杜甫"无边落木萧萧下,不尽长江滚滚来"及"车辚辚,马萧萧,行人弓箭各在腰"等诗句中,我们都会感到这种强烈的感染力。

与此有类似效果的,是叠句。如《召南·江有汜》:

江有汜,之子归,不我以。不我以,其后也悔!
江有渚,之子归,不我与。不我与,其后也处!
江有沱,之子归,不我过。不我过,其啸也歌!

"不我以""不我与""不我过"等语句叠用,把弃妇如泣如诉的哀怨之情表现得淋漓尽致。我们读此诗时,在节奏感上,很自然地便会联想到《忆秦娥》词牌中"箫声咽,秦娥梦断**秦楼月。秦楼月**,年年柳色,霸陵伤别"的格式。

从语法结构上看,由于受到四言句式的限制,有些诗句自身是个完整句,而不少诗句则是两句甚或三四句以上才构成一个完整的单句或复句。如《郑风·将仲子》:"将仲子兮,无逾我墙,无折我树桑。"是说:"仲子仲子啊,你不要翻越我家的院墙,也不要攀到桑树上。"便是由三句构成一个完整句。

再如《周南·关雎》一诗,如果我们将其前八句按其原意改写成七言绝句,加以比较,其句法特征更可一目了然。

关关雎鸠,在河之洲。——关关雎鸠在河洲
窈窕淑女,君子好逑,——窈窕淑女君好逑
参差荇菜,左右流之;——参差荇菜左右收
窈窕淑女,寤寐求之。——窈窕淑女寤寐求

这种两句构成一个完整意思,上下两句紧密承接的句法,很像五七言诗中"流水对"的格式。

从以上分析中,我们既可看到其与后代律体诗的差异,又可看到后代律体对前代非律体诗在节奏、韵律、句式上的某些潜在的继承因素。特别是四言二拍节奏,对后来五言诗、七言诗前四字的节律,有着明显的影响。

五、四言诗的延续

五言诗和七言诗兴起后,四言已退居次要位置,但并未消失。从汉魏以至唐宋以降,一些追慕古风的诗家,有时也写些四言诗,如:

魏 曹操 《短歌行》

对酒当歌,人生几何;譬如朝露,去日苦多。慨当以慷,幽思难忘。何以解忧,唯有杜康。青青子衿,悠悠我心。但为君故,沉吟至今。呦呦鹿鸣,食野之苹。我有嘉宾,鼓瑟吹笙。明明如月,何时可掇。忧从中来,不可断绝。越陌度阡,枉用相存。契阔谈䜩,心念旧恩。月明星稀,乌鹊南飞,绕树三匝,何枝可依?山不厌高,海不厌深。周公吐哺,天下归心。

唐 韩愈 《履霜操》

父兮儿寒,母兮儿饥。儿罪当笞,逐儿何为?儿在中野,以宿以处。四无人声,谁与儿语?儿寒何衣,儿饥何食?儿行于野,履霜以足。母生众儿,有母怜之。独无母怜,儿宁不悲。

唐 李贺 《猛虎行》

长戈莫舂,强弩莫抨。乳孙哺子,教得生狞。举头为城,掉尾为旌。东海黄公,愁见夜行。道逢驺虞,牛哀不平。何用尺刀,壁上雷鸣。泰山之下,妇人哭声。官家有程,吏不敢听。

清 王雨春 《鬻儿行》

儿掘草根,母斫树皮。草寒不生,树枯无枝。儿告阿母,儿在母饥。鬻儿母生,畜儿何为?戢戢原兽,顾犊而嘶。翩翩林鸟,引雏共飞。椎心仰天,谁不伤悲!

第二节 骚体诗

在距《诗经》之后二三百年,在长江流域出现了一种新的诗体,因属楚国地域,便称为《楚辞》。其杰出代表诗人是屈原。他的作品有《九歌》、《离骚》、《九章》、《天问》等。其中以《离骚》成就最高,影响最大,故后人又把这种诗体统称之为"骚体诗"。

文怀沙先生认为,《离骚》"不仅是诗人屈原最为杰出的作品之一,也应该是中国甚或世界诗史上最伟大的一篇"。我想,这主要是就其所包含的伟大爱国精神及对理想美的追求价值而言的。本书宗旨在于解析诗体格律,这里,着重从句式结构方面对《离骚》及骚体诗做些具体分析。

一、骚体诗中的虚词

大量运用虚词,是骚体诗用词和句法结构上的一个重要特征。古汉语词汇中的各类虚词,几乎都能见到。

即如《离骚》开篇一段:

> 帝高阳之苗裔兮,朕皇考曰伯庸。摄提贞于孟陬兮,惟庚寅吾以降。
>
> 皇览揆余于初度兮,肇赐余以嘉名:名余曰正则兮,字余曰灵均。
>
> 纷吾既有此内美兮,又重之以修能。扈江离与辟芷兮,纫秋兰以为佩。
>
> 汩余若将不及兮,恐年岁之不吾与。朝搴阰之木兰兮,夕揽洲之宿莽。
>
> 日月忽其不淹兮,春与秋其代序。惟草木之零落兮,恐美人之迟暮。
>
> 不抚壮而弃秽兮,何不改乎此度也?乘骐骥以驰骋兮,来吾导夫先路也。

从中看到,诗句中运用了"之""兮""于""以""与""其""而""也""夫"等大量虚词,其中,以"兮"字所用最多,几乎成为骚体诗的标志性特征。

上引例诗中,"兮"字多用于首句的句尾,它相当于现代语气词"啊""呀""哟"之类,起着强调某种情绪的作用,也标志着一句结束时的停顿。

还有用于每两句的句尾,这往往是一些并列复句的分句,既表示语气,又用为句与句的间隔。如《九章·橘颂》中句:

> 后皇嘉树,橘徕服兮;受命不迁,生南国兮。
>
> 深固难徙,更壹志兮;绿叶素华,纷其可喜兮。

曾枝剡棘，圆果抟兮；青黄杂糅，文章烂兮。
　　精色内白，类任道兮；纷缊宜修，姱而不丑兮。
又有用于一句的中间，把一个诗句分为前后两个部分。如《九歌·国殇》：
　　操吴戈兮被犀甲，车错毂兮短兵接。旌蔽日兮敌若云，矢交坠兮士争先。
　　凌余阵兮躐余行，左骖殪兮右刃伤。霾两轮兮絷四马，援玉枹兮击鸣鼓。天时怼兮威灵怒，严杀尽兮弃原野。
　　出不入兮往不反，平原忽兮路超远。带长剑兮挟秦弓，首身离兮心不惩。诚既勇兮又以武，终刚强兮不可凌。身既死兮神以灵，子魂魄兮为鬼雄。

——这些诗句，从形式上看虽为一句，而从内容上看，都是"两句拼作一句说"的压缩句，"兮"字前后实际上是两个句子。从句子成分上看，其中有的主语、谓语、宾语俱全，如"车错毂兮短兵接。旌蔽日兮敌若云，矢交坠兮士争先"。有的则是省略主语的两个分句，如"操吴戈兮被犀甲""凌余阵兮躐余行""出不入兮往不反"。如果用逗号替代"兮"字，就成为规整的"三言诗"。

"之"字运用也较多。如：
　　吕望之鼓刀兮，遭周文而得举。宁戚之讴歌兮，齐桓闻以该辅；
　　驾八龙之蜿蜿兮，载云旗之委蛇；　　——《离骚》
　　曰遂古之初，谁传道之？上下未形，何由考之？
　　冥昭瞢暗，谁能极之？冯翼惟象，何以识之？
　　　　　　　　　　　　　　　　　　——《天问》

"之"字在古汉语中，可用作动词、代词，有的相当于现代汉语中"的"字，表示领属关系，或作形容词类的词尾。以上诗句中，放在句子中间者与放在句尾者作用不同。放在句子中间者，往往表示前边词语与后边词语的领属关系；放在句尾者，既起指代作用，又表语气。

骚体诗中，上句与下句，往往在同一位置用相应的虚词相响应，起勾连作用：

"之……之"相应者如：昔三后**之**纯粹兮，固众芳**之**所在。

"之……而"相应者如：彼尧舜**之**耿介兮，既遵道**而**得路。

"之……其"相应者如：及年岁**之**未晏兮，时亦犹**其**未央。

"之……以"相应者如：何离心**之**可同兮，吾将远逝**以**自疏。

"以……以"相应者如：路不周**以**左转兮，指西海**以**为期。

"以……夫"相应者如：乘骐骥**以**驰骋兮，来吾导**夫**先路也。

"以……之"相应者如：忽驰骛**以**追逐兮，非予心**之**所急。

"以……乎"相应者如：忽反顾**以**游目兮，将往观**乎**四荒。

"以……而"相应者如：济沅湘**以**南征兮，就重华**而**陈辞。

"于……以"相应者如：皇览揆余**于**初度兮，肇赐余**以**嘉名。

"于……乎"相应者如：朝发轫**于**苍梧兮，夕余至**乎**悬圃。

"于……且焉"相应者如：步余马**于**兰皋兮，驰椒丘**且焉**上息。

"其……夫"相应者如：固乱流**其**鲜终兮，浞又贪**夫**厥家。

"其……其"相应者如：日月忽**其**不淹兮，春与秋**其**代序。

"其……之"相应者如：凤凰纷**其**承旗兮，高翱翔**之**翼翼。

"其……而"相应者如：路漫漫**其**修远兮，吾将上下**而**求索。

"而……而"相应者如：世并举**而**好朋兮，夫何茕独**而**不予听？

"而……之"相应者如：抑志**而**弭节兮，神高驰**之**邈远。

"而……以"相应者如：奏九歌**而**舞韶兮，聊假日**以**娱乐。

——以上都是屈原《离骚》中诗例，还有其他骚体中的多种组合，不胜枚举。我们看到，"之""其""以""夫""乎""于""且""焉"等虚词，皆可相互搭配，前后捉对，使上下句连成一体。

这些原为代词、介词、连接词、语气词的词语，在骚体诗中，除发挥"介代作用"外，主要是起到上下句联系作用，形成并列、因果、让步、进层等各种不同的复句关系。隋唐以后形成的格律诗，都要尽量避免多用虚词，特别是要避免重字，更不能同字对偶。而骚体诗，恰恰是因为有了这些虚词，尽管上下句的长短不同，词语结构不同，却能对节奏进行调节，从而产生明显的对应感。这恰是骚体诗一大特色。

二、《离骚》诗句的"一字领"

有人以为《离骚》基本上是以六字句式为主的，这种看法不无道理。做一下统计，《离骚》全篇共373句，其中六字句即占160句。而另有151个七字句，其实也是在六字句的句尾添加了语气词"兮"字，或在句首添加了发语词"夫"字而形成的。在《离骚》诗句中，也的确出现了一些与后代六言诗相类似的具有双音节节奏感的六言三拍句式，这当是《离骚》诗体格式中不可忽视的变革因素。如：

民生／各有／所乐（兮）；吾令／凤鸟／飞腾（兮）

吾令／帝阍／开关（兮）；武丁／用而／不疑

这种句式，大体上是三拍节奏，去掉那个虚词"兮"字，就成为以实词为主体的六言句。

但这在《离骚》全诗中毕竟只占少数，而绝大多数句式的内在结构，却与唐诗宋词中的六言句又有着明显的差别：即，每句开头,大都是用一个单音词作为全句的领字。如果把语气词"兮"字和介助词"于""以""之""而""其"等忽略不计,其实词部分的结构方式,便不是六言句了,倒与宋词中的"一、四结构"颇有类似韵味。如:

以单音节名词、代词为主语而领起全句者:

路/幽昧(以)险隘; 春/与秋(其)代序;
日/忽忽(其)将暮; 神/高驰(之)邈远;
心/犹豫(而)狐疑; 各/兴心(而)嫉妒;
帝/高阳(之)苗裔(兮); 世/并举(而)好朋(兮);
民/好恶(其)不同(兮); 余/不忍(为)此态(也);
余/以兰(为)可恃(兮); 世/混浊(而)不分(兮)。

以单音节动词为谓语而领起全句者:

名/余曰正则(兮),字/余曰/灵均;摄/提贞(于)孟陬(兮);

哀/朕时(之)不当;哀/众芳(之)芜秽;恐/修名(之)不立;

恐/皇舆(之)败绩;及/前王(之)踵武;及/行迷(之)未远;

纫/秋兰(以)为佩;集/芙蓉(以)为裳;遭/周文(而)得举;

就/重华(而)陈词;循/绳墨(而)不顾;率/云霓(而)未御。

以单音节副词为状语而领起全句者:

既/遵道(而)得路;又/重之(以)修能;聊/假日(以)娱乐;

肇/赐余(以)嘉名;终/不察(乎)民心;岂/唯是(其)

有女；

忽/临睨（乎）旧都；将/往观（乎）四方。

以介词和"介词性"形容词领起全句者：

自/前世（而）固然；惟/庚寅吾（以）降；斑/陆离（其）上下；

芳/菲菲（其）弥章；高/翱翱（之）翼翼；杂/杜衡（与）芳芷。

《九歌》中也有不少类似结构：

浴/兰汤（兮）沐芳，华/采衣（兮）若英。 ——《云中君》

君/不行（兮）夷犹，蹇/谁留（兮）中洲？ ——《湘君》

令/飘风（兮）先驱，使/冻雨（兮）洒尘。

——《大司命》

暾/将出（兮）东方，照/吾槛（兮）扶桑。 ——《东君》

乘/水车（兮）荷盖，驾/两龙（兮）骖螭。 ——《河伯》

若/有人（兮）山（之）阿。 ——《山鬼》

这种"一字领"的句法，是《离骚》诗体的重要特征之一。后来在辞章中所出现的"一四句"如"望—长城内外""惜—秦皇汉武"；"一七句"如"引—无数英雄竞折腰""正—西风落叶下长安"等，渊源可见。而句中使用了大量语气词、感叹词、介词和连接词，这与后代之以实词为主体的六言句有较大区别。

三、骚体诗句的"三三结构"及七言因素

特别值得注意的是，骚体诗中的"三三结构"。屈原《九歌》中有些七言四拍的诗句，如果除去其中的虚词"兮"字，虽然也是六字句，但却与后代的"二二二结构"的六字句有很

大区别,因为它实际上是"三三结构",很像宋词中的"三字豆"。如:

操吴戈(兮)/被犀甲,车错毂(兮)/短兵接。
旌蔽日(兮)/敌若云,矢交坠(兮)/士争先。
——《国殇》

既含睇(兮)/又宜笑,子慕予(兮)/善窈窕。
——《山鬼》

另外值得重视的是,骚体诗已孕育着七言因素。如《橘颂》及《天问》,从句法上看,虽然都是以四言句为主,但其上下相邻两句之间,大都是联系十分紧密的"流水句"关系。我们如果把句中的虚词去掉,合读到一起,往往都自然地构成七字句。这里面,便已孕育了向七言诗转化的因素。如:《橘颂》中句:

后皇嘉树,橘徕服(兮)　　——后皇嘉树橘徕服
受命不迁,生南国(兮)　　——受命不迁生南国
深固难徙,更壹志(兮)　　——深固难徙更壹志
绿叶素荣,纷(其)可喜(兮)　——绿叶素荣纷可喜

再如《天问》中句:

上下未形,何由考(之)　　——上下未形何由考
冯翼惟象,何以识(之)　　——冯翼惟象何以识

综上所述,我们可以对"骚体诗"自身格式特征及其在中国诗歌发展演变中的地位,做如下几点概括:

(1) 在多数诗句中运用语气词"兮"字或"以、而、之、乎、其"等词,将诗句分为前后两部分,是骚体诗的一个重要特征。

(2) 许多上下句之间存在着紧密的关系,单独的上句或下句,不能独立表达完整意思,两句合起来才构成一个完整句。

（3）骚体诗已经打破了《诗经》中四言诗"四言二拍"的单纯节奏，句式很丰富，包罗了四言句、五言句、"一四结构"、六言句、"三三结构"，以至七言句的潜在形式。因而，它在中国古诗发展中，可说是承四言之余绪，开五言、六言、七言之端倪，起着承上启下的重要作用。

第三节　五言古诗

一、五古的萌生形态

五言古诗简称"五古"，作为一种诗体，兴于汉，盛于魏晋。此前，在先秦诗歌《诗经》及《楚辞》中，也偶尔看到有些五言句入诗。但不仅数量很少，而且大多仍不过是四言句的变态而已。如："投我以木瓜，报之以琼琚"（《卫风·木瓜》）"胡为乎中露""胡为乎泥中"（《邶风·式微》）"在南山之阳""在南山之侧"（《召南·殷其雷》）"知子之来之，杂佩以赠之。知子之顺之，杂佩以问之。"（《郑风·女曰鸡鸣》）"十亩之间兮，桑者闲闲兮。行与子还兮，十亩之外兮。"（《魏风·十亩之间》）等，去掉语气词及介词"之、乎、以、兮"等，仍未脱四言范畴。只在个别篇章中，如：《秦风·蒹葭》中有"宛在水中央""宛在水中坻"等句，确为名副其实的五言句，但为数极少。《诗经》一百六十五篇《国风》中，只有一首写一女子不畏强暴精神的诗篇《行露》，共3节15句，其中出现了8句较为完全的五言句，这可以说是中国诗歌中有较多五言句入诗的最早一篇。如：

　　厌浥行露，岂不夙夜，谓行多露。谁谓雀无角？何以穿我屋？谁谓女无家？何以速我狱？虽速我狱，室家不足。谁谓鼠无牙？何以穿我墉？谁谓女无家？何以速我讼？虽速我讼，亦不女从。

骚体诗《离骚》中有些诗句，已经孕育了五言句的格式。如：

名余曰正侧（兮），字余曰灵均。

屈心而抑志（兮），忍忧而攘垢。

到两汉之际，在一些民歌歌辞中，五言诗句的比重开始逐步增多起来。如《战城南》《有所思》等，都是三言、四言、五言、七言交错的杂言诗。其中则出现了一些韵律较完美的五言句，如：

枭骑战斗死，驽马徘徊鸣。

——《战城南》

何用问遗君，双珠玳瑁簪。用玉绍缭之。闻君有他心，拉杂摧烧之。摧烧之，当风扬其灰。从今已往，勿复相思。

——《有所思》

二、五古的定型

后来，五言句由少量发展到占据优势，并逐渐从杂言诗中分化出来，日趋稳固而走向定型化。如"汉乐府相和歌辞"中的《陌上桑》，就是比较成熟的五言诗了。

日出东南隅，照我秦氏楼。秦氏有好女，自名为罗敷。罗敷善蚕桑，采桑东南隅。青丝为笼系，桂枝为笼钩。头上倭堕髻，耳中明月珠。缃绮为下裙，紫绮为上襦。行者见罗敷，下担捋髭须。少年见罗敷，脱帽着帩头。耕者忘其犁，锄者忘其锄。来归相怨怒，但坐观罗敷。使君从南来，五马立踟蹰。使君遣吏往，问是谁家姝？秦氏有好女，自名为罗敷。罗敷年几何，二十尚不足，十五颇有余。使君谢罗敷，宁可共载不？罗敷前致辞，使君一何愚。使君自有妇，罗敷自有夫。东方千余骑，夫婿居上头。何用识夫婿，白马从骊驹。青丝系马尾，黄金络马头。腰中鹿卢剑，可值千万余。十五府小吏，二十朝大夫。三十侍中郎，四十专城居。为人洁白皙，鬑鬑颇有须。盈盈公府步，冉冉府中趋。坐中数千人，皆言夫婿殊。

《陌上桑》是一首叙事长诗，全诗长达53句，全为五言句，无一杂言。共38韵：隅、楼、女、敷、隅、钩、珠、襦、敷、须、敷、头、锄、怒、敷、躅、姝、女、敷、足、余、敷、不、愚、妇、夫、头、婿、驹、头、余、夫、居、晳、须、步、趋、殊。它是中国五言诗由杂言诗中彻底分化出来，形成为一种独立诗体的标志。

佚名的文人乐府诗《古诗十九首》，也是对五言诗定型化影响颇大的诗篇：

> 青青河畔草，郁郁园中柳。盈盈楼上女，皎皎当窗牖。
> 娥娥红粉妆，纤纤出素手。昔为倡家女，今为荡子妇。
> 荡子行不归，空床难独守。
>
> ——《古诗十九首》其二

> 迢迢牵牛星，皎皎河汉女，纤纤擢素手，札札弄机杼。
> 终日不成章，泣涕零如雨。河汉清且浅，相去复几许？
> 盈盈一水间，脉脉不得语。
>
> ——《古诗十九首》其十

以上二诗皆一韵到底。

受到民歌影响，文人也开始有意识地摹拟民歌歌辞写起五言诗。例如：

王粲 《七哀诗》（三首之一）

> 西京乱无象，豺虎方遘患。复弃中国去，委身适荆蛮。
> 亲戚对我悲，朋友相追攀。出门无所见，白骨蔽平原。

路有饥妇人,抱子弃草间。顾闻号泣声,挥涕独不还。
未知身死处,何能两相完。驱马弃之去,不忍听此言。
南登霸陵岸,回首望长安,悟彼下泉人,喟然伤心肝。

——此诗平仄韵互押,中途换韵。

曹植 《野田黄雀行》

高树多悲风,海水扬其波。利剑不在掌,结友何须多。
不见篱间雀,见鹞自投罗。罗家得雀喜,少年见雀悲。
拔剑捎罗网,黄雀得飞飞。飞飞摩苍天,来下谢少年。

——此诗"波、多、罗"同韵;"悲、飞"转韵,"天、年"又次转韵。

魏晋南北朝时期是古体五言诗的鼎盛时期。孕育了以五言诗为主要创作体裁的一大批作家。主要流派有:汉献帝建安年间,以曹氏三父子曹操、曹丕、曹植,及号称"建安七子"的孔融、陈琳、王粲、徐干、阮籍等人形成的"建安体";魏废帝正始年间,以号称"竹林七贤"的阮籍、嵇康、山涛、向秀、阮咸、王戎、刘伶等为代表的"正始体";晋武帝太康年间以陆机、左思、潘岳为代表的"太康体";晋怀帝永嘉年间以刘琨、郭嘉等为代表的"永嘉体";宋文帝元嘉年间以颜延、鲍照、谢灵运等为代表的"元嘉体";南朝齐武帝永明年间以沈约、谢朓、王融等为代表的"永明体";在此基础上,又出现了"齐梁体",以及以陶渊明为代表的恬淡自然风格的"陶体"等等。这些人的诗,虽然被称作什么"体",实际上都是以五言诗为主体的不同流派,或风格古朴自然,或情调哀怨凄婉,并非诗体格式上有什么区分。

从民歌到文人创作,经历了长达一个世纪的演化,五言古诗终于逐步从四言诗及骚体诗的模式中彻底分化了出来,形成了比较完整和稳定的五言格式。

三、五古的基本特征

五古的格式特征,可以概括为这样六句话,即:

"每句五言,句数不拘。三拍节奏,平仄不拘。句尾谐韵,平仄不拘。"

(1) 每句五言,句数不拘

这是五古区别于骚体诗及其他杂言诗的第一个重要特征。如前述《陌上桑》53句,上引《古诗十九首》12句,王粲《七哀诗三首》20句。汉末魏初产生的长篇叙事诗《孔雀东南飞》长达350多句。按诗体区别,通篇皆五言句者,不论句数多少,皆为五言古体诗,而凡有三言、七言混杂其中的,便称为杂言古体诗。

(2) 实词为主,三拍节奏

《诗经》及《楚辞》中虽然也有些五言句,但多有虚词"之""乎""兮""以"在内;有的也可大致感觉到它的"五言三拍"节奏,但句中的单音词运用较多,虚词较多,这两个因素影响了其音节节奏的规律化,格式不规范,音节很难明确划分。而汉魏五言诗的五字,则摆脱了虚词对句型结构的影响,基本由实词构成,每句都是明明朗朗的两步三拍节奏。如《古诗十九首》中:

《迢迢牵牛星》

迢迢/牵牛/星,皎皎/河汉/女。纤纤/擢素/手,札札/弄机/杼。终日/不成/章,泣涕/零如/雨。河汉/清且/浅,相去/复几/许?盈盈/一水/间,脉脉/不得/语。

(3) 句尾谐韵,平仄不拘

《诗经》也多数在句尾谐韵,但由于受句尾语气词的影响,也多有句中谐韵的情况。而汉魏五言诗的押韵位置则都在句尾。

当时尚无统一的韵书，所押都是当地口语声韵。一首诗中可用平韵可用仄韵，可一韵到底如《陌上桑》，也可中途换韵如曹植的《野田黄雀行》。还可看出，古体诗并不像后代的律诗那么忌讳重韵。如《陌上桑》中"敷"字六现，"头"字三现，"余、须、夫"等皆二现。有的是隔句谐韵，也有的是上下句同时入韵，并无严格约束。

字句不拘平仄，是五言古诗的重要特征，也是与五律的重要区别。当时尚无四声平仄之说，因而对每字的平仄声就谈不到什么限定和规律。汉语发音，"平上去入"四声，在各地方言中是个客观存在。但当时在民歌演唱及文人作诗中，对于平仄四声尚未形成理论上的概念。不仅对句中每字的平仄四声并不细加分辨，就连韵尾的平仄也不加讲究。只是按当时的发音，大致谐韵便可。直到南北朝时期，以沈约为代表的诗家，才逐渐发现四声平仄的差别，提出"四声八病"之说。到隋唐以后，近体律诗形成后，对诗句的四声平仄则越来越细加讲究，并成为律诗格律的重要因素。

这里要提一下：后世诗词家赵执信、王士禛、翁方纲等，曾极力探索五言古诗的平仄四声规律，得出"第二字与第四字平仄同声，第三字与第五字平仄同声，出句多用平脚，三平调"等结论。我以为，这些牵强附会之说，并不符合实际。道理显然：既然格律诗定型于唐代，却硬要说尚不知律为何物的前人，竟然会"避免入律"，岂非怪事？其实，那时只是按他们所在的时代，当时的口语声韵，自自然然、朴朴实实地吟出罢了。

认真查核一下，五言古诗中"二四不同声"的诗句比比皆是。即如上引《古诗十九首之十》中，"纤"与"素"、"日"与"成"、"涕"与"如"、"盈"与"水"等就并非"二四同声"。"河"与"女"、"不"与"章"、"清"与"浅"、"一"与

"间"等,也非"三五同声"。至于律诗形成以后,唐宋诗家在模拟古诗的创作中,为了尽力避免入律,而故意写些"二四同声"及"三平调",那是另一回事。

四、唐代的五言"古风"

到隋唐以后,虽有五言律诗兴起,但五言古体诗却并未衰落。许多著名诗人,仍然用五言古体诗这种古朴的格式写下了大量名篇佳作,如李白的《古风五十九首》《秋浦歌二十七首》;杜甫的名篇《自京赴奉先县咏怀五百字》《羌村三首》,及号称"三吏三别"的《新安吏》《潼关吏》《石壕吏》《新婚别》《垂老别》《无家别》;白居易的《观刈麦》《新制布裘》,以及"秦中吟十首"中的《重赋》《轻肥》《买花》等。

人们把隋唐以后所写的五言古体诗称为"五言古风",简称"五古"。因为,近体格律诗体形成之后,许多诗人仍然很喜欢汉魏六朝以来兴起的五言古体诗的古朴自然的音律格式,便在精研新体格律的同时,又有意地避开新体格律诗在平仄、对仗方面的严格要求,写出一些模拟古体的五言诗。在唐代人来看,它既然已经不是古人写的诗了,而却有古体诗的古朴风格,于是便叫作"古风"。实际上,"古风"这一概念,便包括着唐代以后文人所写的律诗以外的各种诗体。也就是说,它包括着四言古风、五言古风、七言古风、杂言古风等在内。五言古风,便也就是除五言律绝、五律、五言排律以外的五言诗的统称。

现举名篇数例如下:

杜甫 《羌村三首》

其一

峥嵘赤云西,日脚下平地。柴门鸟雀噪,归客千里至。
妻孥怪我在,惊定还拭泪。世乱遭飘荡,生还偶然遂。

邻人满墙头,感叹亦嘘欷。夜阑更秉烛,相对如梦寐。
其二
晚岁迫偷生,还家少欢趣。娇儿不离膝,畏我复却去。
忆昔好追凉,故绕池边树。萧萧北风劲,抚事煎百虑。
赖知禾黍收,已觉糟床注。如今足斟酌,且用慰迟暮。
其三
群鸡正乱叫,客至鸡斗争。驱鸡上树木,始闻扣柴荆。
父老四五人,问我久远行。手中各有携,倾榼浊复清。
莫辞酒味薄,黍地无人耕。兵革既未息,儿童尽东征。
请为父老歌,艰难愧深情!歌罢仰天叹,四座泪纵横。

杜甫 《石壕吏》
暮投石壕村,有吏夜捉人。老翁逾墙走,老妇出门看。
吏呼一何怒,妇啼一何苦!听妇前致词:三男邺城戍。
一男附书至,二男新战死。存者且偷生,死者长已矣。
室中更无人,惟有乳下孙。有孙母未去,出入无完裙。
老妪力虽衰,请从吏夜归。急应河阳役,犹得备晨炊。
夜久语声绝,如闻泣幽咽。天明登前途,独与老翁别。

白居易 《重赋》
厚地植桑麻,所要济生民。生民理布帛,所求活一身。
身外充征赋,上以奉君亲。国家定两税,本意在忧人。
厥初防其淫,明敕内外臣:税外加一物,皆以枉法论。
奈何岁月久,贪吏得因循。浚我以求宠,敛索无冬春。
织绢未成匹,缲丝未盈斤。里胥迫我纳,不许暂逡巡。
岁暮天地闭,阴风生破村。夜深烟火尽,霰雪白纷纷。
幼者形不蔽,老者体无温。悲端与寒气,并入鼻中辛。
昨日输残税,因窥官库门:缯帛如山积,丝絮似云屯。
号为羡余物,随月献至尊。夺我身上暖,买尔眼前恩。

进入琼林库,岁久化为尘!

白居易　《买花》

帝城春欲暮,喧喧车马度。共道牡丹时,相随买花去。
贵贱无常价,酬值看花数。灼灼百朵红,戋戋五束素。
上张幄幕庇,旁织笆篱护;水洒复泥封,移来色如故。
家家习为俗,人人迷不悟。有一田舍翁,偶来买花处。
低头独叹息,此叹无人谕。一丛深色花,十户中人赋!

以上所举的各篇,都是五言古风。每句均为五言,无一杂言,但每篇句数不定。如杜甫的《羌村三首》,前二首各12句,第三首16句。《石壕吏》则24句。白居易的《重赋》38句,《买花》20句。可见,五言古体诗每篇的句数不定,随内容需要可长可短。

白居易《轻肥》诗中有"朱绂皆大夫,紫绶悉将军""果擘洞庭橘,脍切天池鳞"等对偶句,而《重赋》《买花》中则无对偶,可见,五古诗体对于是否对偶亦可随意。

从用韵上看,既可押平声韵,如《重赋》,也可押仄声韵,如《买花》。还可在同一首诗中多次转换韵脚,平声韵与仄声韵互用或通押。如杜甫《石壕吏》一诗中每四句一换韵,24句中,转换韵脚6次,而且相邻韵部可以通押,其前四句中"村"、"人"、"看"三字便分别归属"元"、"真"、"寒"三个不同韵部。足见在五言古风中,只要尾字入韵,用平韵仄韵都可,一韵到底或中途换韵皆可。

至此,我们可以对唐人所写五言古风的体式特征概括为这样六句话:

通篇无定句,每句皆五言;平仄可不拘,对偶可不限;
句尾仄平仄,三连平常见;押韵在末字,通转亦随便。

第四节　七言古诗

一、七古的萌生与演化

七言古体诗也简称"七古",到魏晋南北朝时期,伴随着五言古体诗的形成和稳定,七言古体诗也开始兴起。

而七言诗句的产生则较早,最初孕育于民歌的杂言诗中。传为帝尧之世的佚作《击壤歌》,其前四句为四言,末句则为七言:"日出而作,日入而息。凿井而饮,耕田而食。**帝力于我何有哉!**"

另据《淮南子》载,春秋时代有个名叫宁戚的人咏唱了一首《饭牛歌》,共3节,19句,便有15个七言句:

南山矸,白石烂。生不逢尧与舜禅,短布单衣裁至骭。从昏饭牛薄夜半,长夜漫漫何时旦。

沧浪之水白石粲,中有鲤鱼长尺半,蔽布单衣裁至骭。清朝饭牛至夜半。黄犊上坂且休息,吾将舍汝相齐国。

出东门兮厉石班,上有松柏青且阑。粗布衣兮缊缕,时不遇兮尧舜主。牛兮努力食细草,大臣在尔侧,吾当与汝适楚国。

七言诗句的形成,有两个重要因素,一是双音节词汇的发展,二是"七言四拍"节奏的形成。

《诗经》中《国风》的2568个诗句中,虽有26个七言句,但其词语成分及结构关系上,与后世"七言四拍"的七言句相差较大。原因即在于单音词及"虚词"运用较多,难以形成较规律的双音节拍。如:

送我乎淇之上兮（三节中重叠三次）　　——《桑中》

知我者谓我心忧（三节中重叠三次）　　——《黍离》

还予授子之粲兮（三节中重复三次）　——《缁衣》
溱与洧方涣涣兮，士与女方秉䕹兮　——《溱洧》
胡取禾三百廛兮……胡取禾三百亿兮　——《伐檀》
二之日凿冰冲冲，三之日纳于凌阴　——《七月》

《楚辞》在"七言四拍"的形成上，为七言诗的产生起了很大的推动作用。如《九歌·山鬼》共计27句，七字句便占26句：

若有人（兮）山之阿，被薜荔（兮）带女萝。既含睇（兮）又宜笑，子慕予（兮）善窈窕。乘赤豹（兮）从文狸，辛夷车（兮）结桂旗。被石兰（兮）带杜衡，折芳馨（兮）遗所思。余处幽篁（兮）终不见天，路险难（兮）独后来。表独立（兮）山之上，云容容（兮）而在下。杳冥冥（兮）羌昼晦，东风飘（兮）神灵雨。留灵修（兮）憺忘归，岁既晏（兮）孰华予？采三秀（兮）于山间，石磊磊（兮）葛蔓蔓。怨公子（兮）怅忘归，君思我（兮）不得闲。山中人（兮）芳杜若，饮石泉（兮）荫松柏。君思我（兮）然疑作。雷填填（兮）雨冥冥，猿啾啾（兮）狖夜鸣。风飒飒（兮）木萧萧，思公子（兮）徒离忧。

这些七字句虽然也形成了"七言四拍"的节律，但与真正的七言诗句还有不小差别：每句中间都有一个语气词"兮"字，如果将其中的虚词"兮"字去掉，或改为逗号，便可看出，它实际上多数是由"三三结构"的句式构成。需要去掉句中的"兮"字，并将每句开头的单音节词扩展为双音节词，才能变为标准的七言句。

后来，有首传为刘邦所作的**《大风歌》**：

大风起兮云飞扬，威加海内兮还故乡。安得猛士兮守四方。

这首诗虽然也用"骚体诗"格式写成,每句中也有个"兮"字,但却有了个重大变化,即每句诗开头都由单音词演化为复音词了。只要去掉"兮"字,或将其换作实词就可成为七言诗句。如改写为:

    大风起处云飞扬!威加海内还故乡!安得猛士守四方!

七言诗由雏形到定型,经历了一个过渡阶段。汉代张衡所写的**《四愁诗》**可说是这个过渡阶段的里程碑。全诗共4节,28句:

    我所思兮在太山,欲往从之梁父艰。侧身东望涕沾翰。美人赠我金错刀,何以报之英琼瑶。路远莫致倚逍遥,何为怀忧心烦劳。

    我所思兮在桂林,欲往从之湘水深。侧身南望涕沾襟。美人赠我琴琅玕,何以报之双玉盘。路远莫致倚惆怅,何为怀忧心烦伤。

    我所思兮在汉阳,欲往从之陇阪长。侧身西望涕沾裳。美人赠我貂襜褕,何以报之明月珠。路远莫致倚踟蹰,何为怀忧心烦纡。

    我所思兮在雁门,欲往从之雪纷纷。侧身北望涕沾巾。美人赠我锦绣缎,何以报之青玉案。路远莫致倚增叹,何为怀忧心烦惋。

张衡这首《四愁诗》,从格式特征上看,对《诗经》和骚体的继承有二:一是遣词用语上仍保留了诗经以至楚辞等古诗的句法特点。如每节中的"我所思兮""欲往报之""何以报之"等,多用"所""兮""以""之"等虚词。二是袭用《诗经》中各诗节间重叠反复的谋篇结构方法。如首句和第六、第七等三句,只变换了尾节二字;第二和第四、第五等三句,只变换了腹节和尾节三字;第三句中,所写方位,按东南西北四方递变。这就形成了往复缠绵的格调。

而向七言诗定型的重大变化有三：

一是，诗有定句，句有定字，全诗由句数相等的四节构成，每节七句，每句七字。每节第三句都是个独立的单句，不求对偶。

二是，皆句尾入韵，前三句连续入韵，从第四句后转换韵脚，并改为隔句押韵。每节中用韵也不拘平仄，如第四节，前三韵"门、纷、巾"分别为"元、文、真"三个平声部韵通押，后四韵"缎、案、叹、惋"则属去声"十五翰"韵。可见在汉朝以前，对于声韵平仄尚不十分讲究，只按当时古音押大致相近的声韵便可。

三是，节奏方面，已经摆脱了骚体诗以单音字领起的格式，每句开头二字完全转变为复音词结构。全诗所有各句，都是标准的"七言四拍"节奏。这是其句式上的重大变革。

因而，《四愁诗》对七言诗的形成，可谓"承前启后"，是里程碑式的作品。

二、七古的"柏梁体"

由文人创作的彻底摆脱骚体格式的纯七言诗，则最早完成于曹丕的《燕歌行》。其突出特点是句句谐韵。如：

秋风萧瑟天气凉，草木摇落露为霜。群燕辞归雁南翔，念君客游思断肠。慊慊思归恋故乡，何为淹留寄他方？贱妾茕茕守空房，忧来思君不敢忘。不觉泪下沾衣裳，援琴鸣弦发清商。短歌微吟不能长，明月皎皎照我床，星汉西流夜未央，牵牛织女遥相望，尔独何辜限河梁。

《燕歌行》在体式上有以下三个特征：一是，句句入韵，通篇一韵到底。二是，句法完整，每句都可成为结构完整的独立句。按诗意，既可独立成句，也可两句成联，又可三句罗列。全篇由奇数句构成。三是，词语实词化，不再使用"之、兮、以"等虚字入诗，彻底摆脱了《诗经》和《楚辞》的句式结构，形成了纯粹的七言句式。

在七言古诗形成史上，张衡的《四愁诗》发其端，曹丕的《燕歌行》完其体。

曹丕的《燕歌行》又称之为"柏梁体"。据宋严羽《沧浪诗话》载，汉武帝时，于柏梁台上宴请群臣，众人共赋七言，每句用韵。后人即把这种句句入韵的体式称为"柏梁体"。据《古文苑》中所收录的这次联句而成的七言诗，其文如下：

  日月星辰和四时——汉武帝
  骖驾驷马从梁来——梁孝王武
  郡国士马羽林材——大司马
  总领天下诚难治——丞相石庆
  和抚四夷不易哉——大将军卫青
  刀笔之吏臣执之——御史大夫倪宽
  撞钟击鼓声中诗——太常周建德
  宗室广大口益滋——宗正刘安国
  周卫交戟禁不时——卫尉路博德
  总领从官柏梁台——光禄勋徐自为
  平理请谳决嫌疑——廷尉杜周
  循饰舆马待驾来——太仆公孙贺
  郡国吏功差次之——大鸿胪壶充国
  乘舆御物主治之——少府王溢舒
  陈粟万硕扬以箕——大司农张成
  微道官下随讨治——执金吾中尉豹
  三辅盗贼天下尤——左冯翊盛宣
  盗阻南山为民灾——右扶风李成信

>   外家公主不可治——京兆尹
>   椒房率更领其材——詹事陈掌
>   蛮夷朝贺常会期——典属国
>   柱构薄栌相支持——大匠
>   枇杷橘栗桃李梅——太官令
>   走狗逐兔张罘罳——上林令
>   啮妃女唇甘如饴——郭舍人
>   迫窘诘屈几穷哉——东方朔

联诗人都是汉武帝身旁名臣贵胄。从内容看，都是各按自家身份职守，说些歌功颂德的奉承话，实为勉强拼凑起来的尽忠表态之语。极善诙谐的东方朔所联最后一句"迫窘诘屈几穷哉"，倒可作为这些联语的精辟评语，意思是说，急促拼凑，搜尽枯肠，弄得佶屈聱牙，已经到了山穷水尽的地步，没法再联下去了。

诗圣杜甫说过，苦吟得一句，捻断几根须，写诗本属殚精竭虑之事，临场凑趣，急促之间，怎得好诗。历代都有文人宴集联诗之举，作为一种雅兴也无不可，但却难有真正好诗是这样联出来的。

清代学者顾炎武在《日知录》中说，这些诗系后人拟作。不过对于汉武帝等柏梁台联句之事，在梁朝任昉《文章缘起》中便有记载，其时距汉代不远，当不为虚。七言古诗柏梁体起于此，也当无疑。而曹丕《燕歌行》，尽得其妙，始对后世七言诗发生较大影响。

唐宋以后，柏梁体七言诗的格式，仍为一些诗人所喜爱。如杜甫所作《八仙歌》：

>   知章骑马似乘船，眼花落井水底眠。汝阳三斗始朝天，
>   道逢曲车口流涎，恨不移封向酒泉。左相日兴费万钱，饮如

长鲸吸百川,衔杯乐圣称避贤。宗之潇洒美少年,举觞白眼望青天,皎如玉树临风前。苏晋长斋绣佛前,醉中往往爱逃禅。李白一斗诗百篇,长安市上酒家眠,天子呼来不上船,自称臣是酒中仙。张旭三杯草圣传,脱帽露顶王公前,挥毫落纸如云烟。焦遂五斗方卓然,高谈雄辩惊四筵。

——杜甫这首柏梁体七言古风,共 22 句,句句入韵,写每人之事,或二句,或三四句不拘,将柏梁体风格发挥得淋漓尽致。从中也可看出,柏梁体不仅不追求对偶,还常用奇数句:写知章、苏晋、焦遂三人的各用两句,写李白的用四句,而写汝阳、左相、宗之、张旭四人的则都用三句,给人一种离奇变化感。

三、唐代的七言古风

通常一提到唐诗,首先想到的是五七言律,实际上,五言古诗和七言古诗在唐代不仅并未荒废,而且都有了更大发展。除柏梁体句句入韵的特殊格式外,则以隔句入韵格式为主体。许多诗人用这种格式写下了一大批七言古风。如卢照邻的《长安古意》,张若虚的《春江花月夜》,李白的《把酒问月》,岑参的《白雪歌送武判官归京》,杜甫的《秋雨叹三首》,白居易的《长恨歌》、《琵琶行》等,都是这方面的名篇。略举数例如下:

张若虚 《春江花月夜》

春江潮水连海平,海上明月共潮生。滟滟随波千万里,何处春江无月明。江流宛转绕芳甸,月照花林皆似霰。空里流霜不觉飞,汀上白沙看不见。江天一色无纤尘,皎皎空中孤月轮。江畔何人初见月?江月何年初照人?人生代代无穷已,江月年年只相似。不知江月照何人?但见长江送流水。白云一片去悠悠,青枫浦上不胜愁。谁家今夜扁舟子?何处相思明月楼？可怜楼上月徘徊，应照离人妆镜台。玉户帘中卷不去，捣衣砧上拂还来。此时相望不相闻，愿逐月华流照君。鸿雁长飞光不度，鱼龙潜跃水成文。昨夜闲潭梦落花，可怜春半不还家。江水流春去欲尽，江潭落月复西斜。斜月沉沉藏海雾，碣石潇湘无限路。不知乘月几人归，落月摇情满江树。

——此诗共 36 句，每 4 句一换韵，既有平韵，也有仄韵。开头四句"平、生、明"为平声韵，接下四句"甸、霰、见"转为仄声韵，从始至终，换十次韵。

李白 《把酒问月》

青天有月来几时？我今停杯一问之。人攀明月不可得，月行却与人相随。皎如飞镜临丹阙，绿烟灭尽清辉发。但见宵从海上来，宁知晓向云间没。白兔捣药秋复春，嫦娥孤栖与谁邻？今人不见古时月，今月曾经照古人。古人今人若流水，共看明月皆如此。唯愿当歌对酒时，月光长照金樽里。

——此诗共 16 句，每 4 句一转韵，换四次韵，平仄不拘。

岑参 《白雪歌送武判官归京》

北风卷地白草折，胡天八月即飞雪。忽如一夜春风来，千树万树梨花开。散入珠帘湿罗幕，狐裘不暖锦衾薄。将军角弓不得控，都护铁衣冷难着。瀚海阑干百丈冰，愁云惨淡万里凝。中军置酒饮归客，胡琴琵琶与羌笛。纷纷暮雪下辕门，风掣红旗冻不翻。轮台东门送君去，去时雪满天山路。山回路转不见君，雪上空留马行处。

——此诗共 18 句，或 2 句或 4 句一转韵，换七次韵，平仄韵不拘。

白居易 《长恨歌》

汉皇重色思倾国，御宇多年求不得。杨家有女初长成，养在深闺人未识。天生丽质难自弃，一朝选在君王侧。回眸一笑百媚生，六宫粉黛无颜色。春寒赐浴华清池，温泉水滑洗凝脂。侍儿扶起娇无力，始是新承恩泽时。云鬓花颜金步摇，芙蓉帐暖度春宵。春宵苦短日高起，从此君王不早朝。承欢侍宴无闲暇，春从春游夜专夜。后宫佳丽三千人，三千宠爱在一身。金屋妆成娇侍夜，玉楼宴罢醉和春。姊妹弟兄皆列土，可怜光彩生门户。遂令天下父母心，不重生男重生女。骊宫高处入青云，仙乐风飘处处闻。缓歌慢舞凝丝竹，尽日君王看不足。渔阳鼙鼓动地来，惊破霓裳羽衣曲。九重城阙烟尘生，千乘万骑西南行。翠华摇摇行复止，西出都门百余里。六军不发无奈何，宛转蛾眉马前死。花钿委地无人收，翠翘金雀玉搔头。君王掩面救不得，回看血泪相和流。黄埃散漫风萧索，云栈萦纡登剑阁。峨嵋山下少人行，旌旗无光日色薄。蜀江水碧蜀山青，圣主朝朝暮暮情。行宫见月伤心色，夜雨闻铃肠断声。天旋地转回龙驭，到此踌躇不能去。马嵬坡下泥土中，不见玉颜空死处。君臣相顾尽沾衣，东望都门信马归。归来池苑皆依旧，太液芙蓉未央柳。芙蓉如面柳如眉，对此如何不泪垂！春风桃李花开日，秋雨梧桐叶落时。西宫南内多秋草，落叶满阶红不扫。梨园弟子白发新，椒房阿监青娥老。夕殿萤飞思悄然，孤灯挑尽未成眠。迟迟钟鼓初长夜，耿耿星河欲曙天。鸳鸯瓦冷霜华重，翡翠衾寒谁与共。悠悠生死别经年，魂魄不曾来入梦。临邛道士鸿都客，能以精诚致魂魄。为感君王辗转思，遂教方士殷勤觅。排空驭气奔如电，升天入地求之遍。上穷碧落下黄泉，两处茫茫都不见。忽闻海上有仙山，山在虚无缥缈间。楼阁玲珑五云起,其中绰约多仙子。中有一人字太真,雪肤花貌参差是。金阙西厢叩玉扃,转教小玉报双成。闻道汉家天子使,九华帐里梦魂惊。揽衣推枕起徘徊,珠箔银屏迤逦开。云鬓半偏新睡觉,花冠不整下堂来。风吹仙袂飘飘举,犹似霓裳羽衣舞。玉容寂寞泪阑干,梨花一枝春带雨。含情凝睇谢君王,一别音容两渺茫。昭阳殿里恩爱绝,蓬莱宫中日月长。回头下望人寰处,不见长安见尘雾。唯将旧物表深情,钿合金钗寄将去。钗留一股合一扇,钗擘黄金合分钿。但教心似金钿坚,天上人间会相见。临别殷勤重寄词,词中有誓两心知。七月七日长生殿,夜半无人私语时:在天愿作比翼鸟,在地愿为连理枝。天长地久有时尽,此恨绵绵无绝期。

——此诗长达 120 句。转韵 30 余次,共用了 90 个韵脚,如:"国、得、识、侧、色;池、脂、时;摇、宵、朝;暇、夜;人、身、春;土、户、女;云、闻;竹、足、曲;生、行;止、里、死;收、头、流;索、阁、薄;青、情、声;驭、去、处;衣、归、旧、柳;眉、垂、时;草、扫、老;然、眠、天;重、共、梦;客、魄;思、觅;电、遍、见;山、间;起、子、是;扃、成、惊;徊、开、来;举、舞、雨;王、茫、长;处、雾、去;扇、钿、见;词、知、时、枝、期"等。少则 2 句一换韵,多则 8 句一换韵,平仄韵不拘。

以上所举四篇七言古风名作,长短不同,风格各异。平仄韵转换自由,皆随内容需要而定。从所表达的内容看,既有用白描手法描绘春江夜色的如《春江花月夜》,也有借景抒情、阐发人生哲理的如《把酒问月》,既有记叙边塞军旅生活的送别短篇,如《白雪歌送武判官归京》,又有述说帝妃爱情故事的长篇巨制,如《长恨歌》。七言古体诗这种格式的基本特征及其生动表现力,在这些篇章中都可得到充分的展现。

四、七古的基本特征

从汉魏六朝的七言古诗,到唐代的七言古风,其格式特征主要有五:

(1) 通篇都由七言句组成。个别篇章在七言句前边加"君不见"三字者例外。但如有三言五言等混杂其中者,则为杂言体诗。

(2) 句数不定,篇幅可长可短。李白《把酒问月》16句,张若虚《春江花月夜》36句,白居易的《长恨歌》则长达120句,除柏梁体有的是单数句外,一般都是偶数句。

(3) 用韵都在句尾末字。其中柏梁体的突出特征是句句入韵,且一韵到底,而一般皆首句入韵,之后便隔句谐韵。也可中途换韵,少至2句一换,多至4句、6句、8句一换,皆无固定要求。换平声韵或仄声韵均可。张若虚的《春江花月夜》一诗共36句,换十次韵。李白的《把酒问月》16句,换四次韵。岑参的《白雪歌送武判官归京》换七次韵。白居易的《长恨歌》,120句,共用了90个韵脚,换韵30余次。用韵很频,转换也很频。而且不拘平仄,即使在同一韵部里,也可平仄声通谐,十分灵活自如。之所以转换频繁,是因为诗篇很长,如果一韵到底,势必要采用一些冷僻字入韵,也会以文害意。每转换一次韵脚处,为了给人以谐韵感,便尽可能首句也入韵。白居易这种用韵方法,便使古体诗的长处得到了充分发挥。

(4) 古体诗不讲究对偶,但也并不排斥对偶。白居易在《长恨歌》一诗中,根据内容表达的需要,也顺手采用了一些对偶句,或工对,或半对,灵活自然。如"金屋妆成娇侍夜,玉楼宴罢醉和春""行宫见月伤心色,夜雨闻铃断肠声""春风桃李花开日,秋雨梧桐叶落时""梨园弟子白发新,椒房阿监青娥老""迟迟钟鼓初长夜,耿耿星河欲曙天"等句,皆随手拈来,自然成对,能工则工,并不刻意雕琢。

(5) 古体诗对于句中词语的声韵平仄没有固定要求。

至此,我们可以对七言古体诗的基本特征,用八句话做出如下概括:

篇无定句,可长可短;句有定字,每句七言;
句尾入韵,随意转换;平仄不拘,对偶自然。

第五节 杂言古诗

一、杂言诗缘起

所谓杂言诗,是指诗句长短不齐,在诗中,有一字句、二字句、三字句、四字句、五字句、六字句,以至七字句、八字句等。凡是在一首诗中句无定字者,都可叫作"杂言诗"。

杂言诗在各种诗体中,当是起源最早的一种。鲁迅先生在《门外文谈》一文中谈及诗的起源时说,先民在劳动中为了协调动作,消解疲劳,"其中一个叫道'杭育杭育',那么这就是创作"。我们今天在林区或码头,工人搬运原木和重物劳动中,仍可听到这种协调动作拍节而随口哼唱的情景。那往往是由一个人领唱,其他人附和,曲调长短缓急,随劳作节奏需要而定。歌词也是即兴随口而出,有时中间还可插进一两句指挥性的对白。只要合乎拍节,并无什么严格限制。

今天,我们在一些地区的青年男女对歌中仍可看到"相和歌辞"的原始形式。《诗经》的《国风》中那些民歌也就是这样产生的。因而,语句并不都那么整齐,也就并不奇怪了。所以前述四言诗、五言诗、七言诗等诗体,并非一开始就形成那种格律的,往往都经历了一个由不定型到定型、不稳定到稳定的演化过程,并且,由四言向五七言过渡时,也总会出现一些介乎中间的形式。

今天我们所看到的古体杂言诗,大体上有两种产生方式:一是民歌歌辞的录存,二是文人模拟民歌格式的创作。

《诗经》以四言诗为主体,但也包含了不少句式长短不齐的杂言诗在内。有的在四言的中间或诗节的尾句变换成三言、五言以至七言八言句。少数几篇则变化较大。《伐檀》和《扬之水》,是《诗经》十五国风各篇中句式变化最多的两首。如:

《魏风·伐檀》

坎坎伐檀兮,置之河之干兮,河水清且涟漪。不稼不穑,胡取禾三百廛兮?不狩不猎,胡瞻尔庭有悬貆兮?彼君子兮,不素餐兮!

坎坎伐檀兮,置之河之侧兮,河水清且直漪。不稼不穑,胡取禾三百亿兮?不狩不猎,胡瞻尔庭有悬特兮?彼君子兮,不素食兮!

此诗中包括了四言、五言、七言、八言等四种句式。《杨之水》中则包括了三言、四言、五言、六言等四种句式。也可以说,它们是以四言为主体的《诗经》中的杂言诗。

《楚辞》中屈原的诗篇,除《国殇》从头至尾都是整齐的骚体六言句外,其余可说都是长短句并用的杂言诗。

在汉魏六朝时期的民间歌谣中,有不少都是杂言诗,今举数例如下:

《有所思》

有所思,乃在大海南。何用问遗君,双珠玳瑁簪,用玉绍缭之。闻君有他心,拉杂摧烧之。摧烧之,当风扬其灰。从今已往,勿复相思。相思与君绝,鸡鸣狗吠,兄嫂当知之。妃呼豨,秋风肃肃晨风飔,东方须臾当知之。

——这是首绝情诗,以五言为主,杂以三言、四言和七言。其诗句的长短及句尾韵脚转换,都是随从表达内容的需要,十分朴实自然。开头写对恋人的思念,首句三字起,第二句五言,句尾"南"字入韵。接下的两个五言句"君""簪"谐韵。从"闻君有他心"起,感情内容发生突变,韵脚也随之转换。"摧烧之,当众扬其灰",三言连五言,这种节奏和韵脚的变换,似乎令人看到诗中人愤而绝情的举止行为,十分形象。"从今已往,勿复相思",转为四言句,似乎又令人听到其断然绝情的愤怒语声,句式与内容完美统一。

《上邪》

上邪!我欲与君相知,长命无绝衰。山无陵,江水为竭,冬雷震震,夏雨雪,天地合,乃敢与君绝。

——此诗咏唱的是男女之间的坚贞爱情。二言、六言、五言、四言,参差错落,有如听到山盟海誓的旦旦信语。

《猛虎行》

饥不从猛虎行,暮不从野雀栖。野雀安无巢,游子为谁骄。

——此诗唱出了穷困流浪汉的悲苦心境和情感。前两个六言句呈"三三结构",六言四拍节奏,出语决断;后两个五言句呈"二三结构",五言三拍节奏,发语反诘。

《淮南民歌》

一尺布,尚可缝。一斗粟,尚可舂。兄弟二人不相容。

——此诗连用四个三言句作比喻,用一个七言句点明主题,简洁明朗。

从以上诗例可见,初始的杂言诗,具有散文古朴倾向。句型及用韵皆随内容而定。谐韵与转韵比较自由,句式长短也无拘无束,多用民间口语,不尚雕饰,显得十分活泼生动。

这种格式对后代古风有很大影响，如李白所写的《蜀道难》等一些古风，便夹有许多散文化的句式（详见后文）。

二、汉魏文人的杂言古诗

汉魏六朝文人以写五言古体诗居多，但受到民间歌辞长短句交错体式的影响，有的也在五言诗句中穿插进一些七言诗句，今列举几篇比较有代表性的诗作于下：

陈琳　《饮马长城窟行》

饮马长城窟，水寒伤马骨。往谓长城吏："慎莫稽留太原卒。""官作自有程，举筑谐汝声。""男儿宁当格斗死，何能怫郁筑长城。"长城何连连，连连三千里。边城多健少，内舍多寡妇。作书与内舍："便嫁莫留住。善待新姑嫜，时时念我故夫子。"报书往边地："君今出语一何鄙！""身在祸难中，为何稽留他家子？生男慎莫举，生女哺用脯。君独不见长城下，死人骸骨相撑拄！""结发行事君，慊慊心意关，明知边地苦，贱妾何能久自全！"

——《饮马长城窟行》，是乐府古题，原属《相和歌瑟调曲》，陈琳用此古调写筑城劳役造成人民妻离子散的沉重痛苦。在长城服苦役的夫君，在"死人骸骨相撑拄"，朝不保夕的恶境下，向亲人发出悲绝的倾诉，劝妻子改嫁；妻子则表明誓死不移的决心。我们从中似乎听到了那一封封书信往来的凄惨悲声。这首诗，既根据民歌古调的风格，又采用对话形式，便形成了五七言相间的杂言体格式。

鲍照　《拟行路难十八首之六》

对案不能食，拔剑击柱长叹息。丈夫生世会几时，安能蹀躞垂羽翼。弃置罢官去，还家自休息。朝出与亲辞，暮还在亲侧。弄儿床前戏，看妇机中织。自古圣贤尽贫贱，何况我辈孤且直。

——鲍照此诗，写志士怀才不遇的悲愤之情，是杂言诗中颇为脍炙人口的佳篇。愤慨之际，拔剑击柱，设想罢官归家亲人相聚的自由欢快，内心活动跃然纸上。随着诗情发展需要，全诗采用五七言相间的手法，忽短忽长，起伏跌宕，节奏感十分鲜明，比单纯的五言诗或七言诗，更加铿锵入耳，充分显示了五七言长短交错并用的较强表现力。

《敕勒歌》

敕勒川，阴山下。天似穹庐，笼盖四野。天苍苍，野茫茫，风吹草低见牛羊。

——这首杂言诗十分出名，对后代杂言诗影响也较大。原收于《乐府诗集·杂歌谣辞》中。据《乐府广题》载："北齐神武（高欢）攻周玉壁，士卒死者十四五。神武圭愤疾发。周王下令曰：'高欢鼠子，亲犯玉壁，剑弩一发，元凶自毙。'神武闻之，勉坐以安士众，悉引诸贵，使斛律金唱《敕勒歌》，神武自和之。其歌本鲜卑语，易为齐言，故其句长短不齐。"将此诗来源及格式的形成说得十分明白。它原是按《敕勒歌》的曲调，用鲜卑语填词而成的，当时翻译成齐地的语言，便形成三四七言相间、句式长短不齐的格式了。

三、唐代的杂言古风

长短句错综使用的古体杂言诗，在唐代也并未衰落，反而在新的基础上得到进一步发展。一些诗人，回头追拟古体诗的高古格调，不仅写下大量的"古风式的律诗"（详见后文），而且写下大量模拟古体诗长短句交错的诗篇。为与古人的古体诗相区别，后人便把这类诗称作"杂言古风"。像李白的《蜀道难》、《梦游天姥吟留别》，杜甫的《兵车行》、《茅屋为秋风所破歌》，白居易的《卖炭翁》、《杜陵叟》等，皆属杂言诗名篇佳作。这些古风式的新作，无论从数量到质量，都较汉魏六朝时代的作品远远高出一筹。其中，尤以李白所写篇章最多，句型变化最大，格调气势也最为雄伟浑厚。

这些杂言体诗，有的以七言为主体，有的以五言为主体，杂以三言、四言，以至九言、十一言句于其中，格式灵活，表现力极强。按其句型搭配不同，主要有以下五类。

（一）七言为主，杂以三言者

李白　《扶风豪士歌》

洛阳三月飞胡沙，洛阳城中人怨嗟。天津流水波赤血，白骨相撑如乱麻。我亦东奔向吴国，浮云四塞道路赊。东方日出啼早鸦，城门人开扫落花。梧桐杨柳拂金井，来醉扶风豪士家。扶风豪士天下奇，意气相倾山可移。作人不倚将军势，饮酒岂顾尚书期。雕盘绮食会众客，吴歌赵舞香风吹。原尝春陵六国时，开心写意君所知。堂中各有三千士，明日报恩知是谁。**抚长剑，一扬眉**，清水白石何离离！**脱吾帽，向君笑；饮君酒，为君吟**。张良未逐赤松去，桥边黄石知我心。

——李白的《扶风豪士歌》共29句，其中七言句23个，三言句6个。前20句皆为七言，到篇末忽然变体，改用了两个三言句："抚长剑，一扬眉"，气势为之一振。再接下一个七言句作为过渡后，又连用了四个三言句"脱吾帽，向君笑；饮君酒，为君吟"，将气氛推向高潮，然后才用两个七言句平稳作结。三言句虽少，却发挥了变换节奏、强调重点的重要作用。

白居易　《卖炭翁》

卖炭翁，伐薪烧炭南山中，满面尘灰烟火色，两鬓苍苍十指黑。卖炭得钱何所营，身上衣裳口中食。可怜身上衣正单,心忧炭贱愿天寒。夜来城外一尺雪,晓驾炭车辗冰辙。牛困人饥日已高,市南门外泥中歇。翩翩两骑来是谁?黄衣使者白衫儿。手把文书口称敕,回车叱牛牵向北。一车炭,千余斤,宫使驱将惜不得。半匹红纱一丈绫,系向牛头充炭直。

——白居易《卖炭翁》一诗,全篇21句,七言句18个,只有3个三言句。一开头便用"卖炭翁"这一突兀而立的三言句引出全诗主体,显得十分明朗又突出。结尾处"一车炭,千余斤"这两个三言句,则与首句节奏遥相呼应,使全诗达到格律上的完美和谐。

三言与七言的糅合,有其形式变化上的内在原因:唐代七言诗已经发育健全,写七言句,"七言古风",诗人们已经得心应手了。但全为七言,有时又嫌单调、呆板,于是,便将三言句杂入七言古风之中,打破了单纯划一的七言句式的沉闷呆板,进一步增强了古风韵味。从写作技巧上看,将三言句糅入七言诗中也十分顺手,因为七言句多为"四三"结构的句式,只要将七言句减去一字,破为两句便成。从节奏上看,三言句是两拍节奏,两个三言句仍为四拍节奏,也极易与七言四拍的节奏相协调,显得十分流畅。因而,这类篇章便较多。像李白的《长相思》、《行行游且猎篇》、《前有一樽酒行》,张籍的《牧童词》、《山头鹿》,以及张耒的《牧牛儿》,周紫芝的《五禽言》等篇都是。

(二)七言与五言相辅者

李白 《猛虎行》

朝作猛虎行,暮作猛虎吟。肠断非关陇头水,泪下不为雍门琴。旌旗缤纷两河道,战鼓惊山欲倾倒。秦人半作燕地囚,胡马翻衔洛阳草。一输一失关下兵,朝除夕叛幽蓟城。巨鳌未斩海水动,鱼龙奔走安得宁?颇似楚汉时,翻覆无定止。朝过博浪沙,暮入淮阴市。张良未遇韩信贫,刘项存亡在两臣。暂到下邳受兵略,来投漂母作主人。贤哲栖栖古如此,今时亦弃青云士。有策不敢犯龙鳞,窜身南国避胡尘。宝书玉剑挂高阁,金鞍玉马散故人。昨日方为宣城客,掣铃交通二千石。有时六博快壮心,绕床三匝呼一掷。楚人每道张旭奇,心藏风云世莫知。三吴邦伯皆顾盼,四海雄侠两追随。萧曹曾作沛中吏,攀龙附凤当有时。溧阳酒楼三月春,杨花茫茫愁杀人。胡雏绿眼吹玉笛,吴歌白纻飞梁尘。丈夫相见且为乐,槌牛挝鼓会众宾。我从此去钓东海,得鱼笑寄情相亲。

——此诗较长,由于开头起于 2 个五言,中间又插入 4 个五言句,如一石投水,震活局面,便打破一味七言的冗长沉闷感。加之平仄韵交互转换,更收起伏跌宕之效。

李白 《长相思》

日色欲尽花含烟,月明如素愁不眠。赵瑟初停凤凰柱,蜀琴欲奏鸳鸯弦。此曲有意无人传,愿随春风寄燕然。忆君迢迢隔青天,昔时横波目,今作流泪泉。不信妾肠断,归来看取明镜前。

——这首诗以七言为主,杂以五言。到第七句时,用一个七言句带起两个五言句。结尾又用一个五言句,连带一个七言句,完全是根据内容需要而搭配。根据内容需要,还可运用对偶句,如第三四句,词意对仗工整,而平仄声不必对仗。

白居易 《涧底松》

有松百尺大十围,生在涧底寒且卑。涧间山险人路绝,老死不逢工度之。天子明堂欠梁木,此求彼有两不知。谁输苍苍造物意,但与之材不与地。金张世禄黄宪贤,牛衣寒贱貂蝉贵。貂蝉与牛衣,高下虽有殊;高者未必贤,下者未必愚。君不见沉沉海底生珊瑚，历历天上种白榆。

——这首杂言诗，前半部分述事，以七言铺叙；后半部分发表议论，则改用五言，短而明快。末尾处又用一个十言长句连带一个七言句作结，收束得很稳实。

上述三篇，都是以七言为主，以五言为辅的。其他如李白的《自汉阳病酒归寄王明府》，张籍的《节妇吟寄东平李司空师道》、《行路难》等都是。这是种常见格式。

在五七言杂用格式中，还有与此相反的一种，即以五言为主而以七言为辅者，比较起来，数量较前者为少。如：

李白　《杨叛儿》

君歌《杨叛儿》，妾劝新丰酒。何许最关人？乌啼白门柳。乌啼隐杨花，君醉留妾家。博山炉中沉香火，双烟一气凌紫霞。

——李白此诗共8句，五言六句，七言只有末尾的两句。为了增强古风韵味，前四个五言句皆用仄声（上声）韵，后两个五言句则改用平声韵，然后再用两个七言句谐韵作结，从而使全诗格调显得古朴又别致。其他像李白的《江夏行》、陈造的《望夫山》等篇，均属此类。

五言与七言杂糅起来，也十分方便，五言增添二字为七言，七言减却二字即为五言。七言四拍与五言三拍，既可谐调，又有变化。

（三）七言为主，杂以杂言者

李白　《将进酒》

君不见黄河之水天上来，奔流到海不复回。君不见高堂明镜悲白发，朝如青丝暮成雪。人生得意须尽欢，莫使金樽空对月。天生我材必有用，千金散尽还复来。烹羊宰牛且为乐，会须一饮三百杯。岑夫子，丹丘生，将进酒，杯莫停。

与君歌一曲,请君为我倾耳听:钟鼓馔玉不足贵,但愿长醉不复醒。古来圣贤皆寂寞,唯有饮者留其名。陈王昔时宴平乐,斗酒十千恣欢谑。主人何为言少钱?径须沽取对君酌。**五花马,千金裘,呼儿将出换美酒,与尔同销万古愁!**

——此诗以七言为主,杂以三言五言和十言句。开头用十言句领起一个七言句,再用一个十言句连带一个七言句,重复这一节奏,统摄全篇,气势一振。一句是强调了"黄河水奔流一去不回"这一自然现象,一句是强调了"白发青丝朝暮变化"这一人生规律,从而为全诗内容做出了有力的铺垫。这里的两个十言句,是在七言句前附加上"君不见"三字构成的,这是古体诗习用的"三字冒"。接下去,连用六个七言句抒发人生感慨,流泻而下,陈述了诗人的基本见解。到此,节奏忽又一变,连用四个三言句,向同宴共饮的诗友发出呼叫"岑夫子,丹丘生,将进酒,杯莫停"。此处,由三言到五言,进而到七言的步步递进的格式,把诗境推向第一个高潮。之后,用八个七言句再次抒发感慨后,又用两个三言句写出豪放之情,将诗境再次推向高潮。从中看出,三、五、七言句掺杂运用,使诗歌的描绘、议论、抒情等手段发挥得淋漓尽致,起到了摄人心魄的震撼作用。这便是杂言古诗旋律上的特殊魅力。

杜甫 《茅屋为秋风所破歌》

八月秋高风怒号,卷我屋上三重茅。茅飞渡江洒江郊。高者挂罥长林梢,下者飘转沉塘坳。**南村群童欺我老无力,忍能对面为盗贼。公然抱茅入竹去,唇焦口燥呼不得,归来倚杖自叹息。**俄顷风定云墨色,秋天漠漠向昏黑。布衾多年冷似铁,骄儿恶卧踏里裂。床头屋漏无干处,雨脚如麻未断绝。自经丧乱少睡眠,长夜沾湿何由彻!**安得广厦千万间,大庇天下寒士俱欢颜,风雨不动安如山。呜呼!何时眼前突**

兀见此屋？吾庐独破受冻死亦足！

——杜甫的《茅屋为秋风所破歌》是脍炙人口的名篇。除却其高度人民性的思想内容外，长短句配合得体的格式所起到的强调作用，也不可忽视。此诗以七言为主，杂以九言和二言。共计 24 句，七言句占 19 句，变格句式只有 5 句。前边主体部分，主要是用来交待事件的本末，因而以含量较大的七言句为主，前 19 句中，只有"南村群童欺我老无力"一个九言句，稍微调节一下节奏。到结尾处，为了抒发感慨，便突然变格，运用了 3 个九言句，是在 3 个七言句上各添加上二字，使之变为九言五拍的延长节奏，写下了："安得广厦千万间，大庇天下寒士俱欢颜，风雨不动安如山。呜呼，何时眼前突兀见此屋？吾庐独破受冻死亦足！"这段名言动人心弦。这 3 个九言长句，还有那"呜呼"二字的一声长啸，给人头脑中留下的烙印是难以忘记的。由此可见，韵律格式的某些特殊变化，往往成为凸显深刻思想内容的强有力手段。在这个意义上，杂言体诗又确有其特殊长处。

白居易　《杜陵叟》

杜陵叟，杜陵居，岁种薄田一顷余。三月无雨旱风起，麦苗不秀多黄死。九月降霜秋早寒，禾穗未熟皆青乾。长吏明知不申破，急敛暴征求考课。典桑卖地纳官租，明年衣食将何如？剥我身上帛，夺我口中粟；虐人害物即豺狼，何必钩爪锯牙食人肉！不知何人奏皇帝，帝心恻隐知人弊；白麻纸上书德音，京畿尽放今年税。昨日里胥方到门，手持敕牒榜乡村。十家租税九家毕，虚受吾君蠲免恩。

——白居易的《杜陵叟》一诗，通篇 23 句，以 18 句七言为主，杂以三言、五言、九言。一起笔便用两个三言句，"杜陵叟、杜陵叟"作为开篇，民谣的通俗朴实风格立现。中间一串七言句叙述本末后，节奏一变："剥我身上帛、夺我口中粟；虐人害物即豺狼，何必钩爪锯牙食人肉！"这四句，是其诗体突出的变格之处，诗人代替民众向横征暴敛官吏发出了强烈指斥嘶喊之声。此处，作者采用"五／五／七／九"字数逐步递进的节奏，便使面对豺狼虎豹的惊恐呼号声，直冲云天。"其言质而切"的效应，就是这样通过杂言变格而得到完美的体现。

《杜陵叟》是白居易《新乐府》五十篇组诗中的第三十篇。白居易在《新乐府》自序中阐明了他这些诗作的体式宗旨，不仅有助于我们理解《杜陵叟》的格式，也有助于我们对新体杂言诗格式的理解。其自序云："凡九千二百二十二言，断为五十篇。篇无定句，句无定字，系于意不系于文。首句标其目，卒章显其志，《诗三百》之义也。其辞质而径，欲见之者易谕也。其言质而切，欲闻之者深诫也。其事核而实，使采之者传信也。其体顺而律，可以播于乐章歌曲也。总而言之：为君为臣为民为物为事而作，不为文而作也。"把这里的"篇无定句，句无定字""其言质而切""其体顺而律"等语合起来，恰恰就是杂言体古风格调的绝好定义。

以上李白的《将进酒》、杜甫的《茅屋为秋风所破歌》、白居易的《杜陵叟》都是广为传诵的名篇。不仅内容丰富深刻，而且音律节奏腾挪跌宕，流利酣畅。所以能有如此强大的感染力，与其句式结构所特有的表现力分不开。这三篇诗，总体上看，都以七言句为主体。四拍节奏的七言句，每句内容含量比起其他句式要大些，因而在诗中用以承担叙述本末的主体作用。但诗家为了避免句式一律的枯燥呆板，便在叙事或抒情的关键处改换句式，用三言句、五言句甚或九言、十言句，对某些重点内容加以特殊强调。

这类诗篇，李白所作较多，如《白云歌送刘十六归山》、《白毫子歌》、《登高丘而望远》等都是。

（四）多种句型难分主次者

有类杂言诗，多种句式纷然杂陈，并且很难说是以哪种句式为主的。以李白所写《梦游天姥吟留别》一诗最有代表性。

李白　《梦游天姥吟留别》

海客谈瀛洲，烟涛微茫信难求。越人语天姥，云霓明灭或可睹。天姥连天向天横，势拔五岳掩赤城。天台四万八千丈，对此欲倒东南倾。我欲因之梦吴越，一夜飞度镜湖月。湖月照我影，送我至剡溪。谢公宿处今尚在，绿水荡漾清猿啼。脚著谢公屐，身登青云梯。半壁见海日，空中闻天鸡。千岩万转路不定，迷花倚石忽已暝。熊咆龙吟殷岩泉，栗深林兮惊层巅。云青青兮欲雨，水澹澹兮生烟。列缺霹雳，丘峦崩摧。洞天石扉，訇然中开。青冥浩荡不见底，日月照耀金银台。霓为衣兮风为马，云之君兮纷纷而来下。虎鼓瑟兮鸾回车，仙之人兮列如麻。忽魂悸以魄动，恍惊起而长嗟。惟觉时之枕席，失向来之烟霞。世间行乐亦如此，古来万事东流水。别君去兮何时还，且放白鹿青崖间，须行即骑访名山。安能摧眉折腰事权贵，使我不得开心颜！

——李白此诗，可说是杂言诗中句式变化最为生动活泼的诗篇。短者四言，长至九言，它几乎包容了中国诗歌发展过程中从四言诗、骚体诗、五言古诗、七言古诗中的各种典型句式。并且能将各种句式交叉错落、长短搭配地融会成一个整体，形成了既富于变化、节奏韵律感又十分和谐的整体。

开头四句的格局就很别致，"海客谈瀛洲，烟涛微茫信难求。越人语天姥，云霓明灭或可睹。"用两个五言句各连着一个七言句，并且形成隔句对偶，这很类似于扇形对，只是字数不同。写到后半部分，"云青青兮欲雨，水澹澹兮生烟"等句，忽又采用楚辞《九歌》中的句型，中间还夹入"列缺霹雳，丘峦崩摧。洞天石扉,訇然中开"等四句四言诗,越发显得格调典雅。最后则用"安能摧眉折腰事权贵,使我不得开心颜!"的长句收尾,也显得气势十足。李白此诗,堪称充分发挥古体诗各种句式表现力的典范篇章。

(五) 散文化句式入诗者

这类杂言诗,既有以七言句为主体的,也有三五七言并用者。而其最突出特征,便是诗中故意采用了些散文化的句式,以增强古朴韵味。这类诗篇,以李白的《蜀道难》最具特色。

李白 《蜀道难》

噫吁嚱,危乎高哉!蜀道之难难于上青天!蚕丛及鱼凫,开国何茫然!尔来四万八千岁,不与秦塞通人烟。西当太白有鸟道,可以横绝峨眉巅。地崩山摧壮士死,**然后天梯石栈相钩连**。上有六龙回日之高标,下有冲波逆折之回川。黄鹤之飞尚不得过,猿猱欲度愁攀援。青泥何盘盘,百步九折萦岩峦。扪参历井仰胁息,以手抚膺坐长叹。问君西游何时还?畏途巉岩不可攀。但见悲鸟号古木,雄飞雌从绕林间。又闻子规啼夜月,愁空山。**蜀道之难难于上青天**,使人听此凋朱颜!连峰去天不盈尺,枯松倒挂倚绝壁。飞湍瀑流争喧豗,砯崖转石万壑雷。**其险也若此**,嗟尔远道之人胡为乎来哉!剑阁峥嵘而崔嵬,一夫当关,万夫莫开。所守或匪亲,化为狼与豺。朝避猛虎,夕避长蛇,磨牙吮血,杀人如麻。锦城虽云乐,不如早还家。**蜀道之难难于上青天**,侧身西望长咨嗟!

——李白《蜀道难》一诗,格调上一咏三叹,节奏上腾挪跌宕,在杂言体古风中,可说是气势最为磅礴雄浑的一篇。其所以能具有这种风格,除思想内容外,与它句式的多变以及韵脚的转换等密不可分。特别是诗中的某些句子,故意避开五七言诗的常规结构关系，采用了散文化句法，反而增强了跌宕的气势。

一开头，"噫吁嚱，危乎高哉，蜀道之难难于上青天"之句，便是散文化句式。一声惊叹之后，又间用了"乎""哉"二叹，接下来便是采用了含有两个虚词"之"和"于"字的九言句，呼出所以惊叹的缘由。此处，如果改用任何规范的五七言句，也不可能产生这种振聋发聩的效果。

接下连用几个十分流畅又谐韵的五七言句之后，忽又变格，故意将几个七言句散文化。其散文化的手法也多种多样："天梯石栈相钩连"一句，本是常规的七言句，他硬是添加上"然后"一语以打破正常节奏；"上有六龙回日之高标，下有冲波逆折之回川"二句，不仅使用重复词语，而且使用了散文句式中习用的"之"字；"黄鹤之飞尚不得过，猿猱欲度愁攀援"二句，在意义上本是对偶的，要想在词语上寻求对偶并非难事，而作者却故意在前一句中用个"之"字，且挤进一个"得"字，使之成为散文化的句式。

接下来再用些较为常规化的五七言句，再次平缓一下。到诗章后半部，又次变格，"其险也如此，嗟尔远道之人胡为乎来哉"这两句，一个是散文化的五言短句，一个是散文化的十一言长句。里边竟包含了"嗟""尔""之""乎""哉"等五个虚词。

临到全诗尾部，又第四次变格，作者连续采用了一些节奏最简单明快的四言句，"一夫当关，万夫莫开。""朝避猛虎，夕避长蛇，磨牙吮血，杀人如麻"，短促的节奏，有如发出一声声警告。到此，全诗的音律节奏，便与内容协调一致地推向高潮。然后，回应到"蜀道之难难于上青天"这一主题上来而收结。

统览全诗，虽以七言句为主体，却并不平稳呆板。从头到尾所掀起的四次波澜，都主要是靠句式变格，特别是句式散文化达到的。

李白这类散文化句式入诗的篇章不少。再如：

李白 《上云乐》

金天之西，白日所没。康老胡雏，生彼月窟。巉岩容仪，戍削风骨。碧玉炅炅双目瞳，黄金拳拳两鬓红。华盖垂下睫，嵩岳临上唇。不睹诡谲貌，岂知造化神！**大道是文康之严父，元气乃文康之老亲。**抚顶弄盘古，推车转天轮。云见日月初生时，铸冶火精与水银。阳乌未出谷，顾兔半藏身。女娲戏黄土，团作愚下人。散在六合间，蒙蒙若沙尘。生死了不尽，谁明此胡是仙真！西海栽若木，东溟植扶桑。别来几多时，枝叶万里长。中国有七圣，半路颓洪荒。陛下应运起，龙飞入咸阳。赤眉立盆子，白水兴汉光。叱咤四海动，洪涛为簸扬。举足踏紫微，天关自开张。老胡感至德，东来进仙倡。五色狮子，九苞凤凰。是老胡鸡犬，鸣舞飞帝乡。淋漓飒沓，进退成行。能胡歌，献汉酒。跪双膝，立两肘。散花指天举素手。拜龙颜，献圣寿。北斗戾，南山摧。天子九九八十一，万岁长倾万岁杯。

——李白此诗，写西域胡人来朝进献胡地舞乐场面，绘声绘色。从三言、四言、五言到七言、八言，包括了五种句型，并且是错综复杂地糅在一起，很难说是以哪一种句式为主体。作者只是根据表达内容的需要，该长则长，该短则短，绝无拘束。韵脚随意更替转换了六次。开首第一句"**金天之西**"便是个散文句法。"**大道是文康之严父，元气乃文康之老亲。**"这两句更是典型的散文句式。

这种散文化句式，在李白杂言体诗中所见最多。如李白在《日出入行》一诗中，由太阳运行而抒发人生感慨时，则写下"日出东方，似从地底来。历天又复入西海，六龙所舍安在哉？

其始与终古不息，人非元气安得与之久徘徊！"再如他在《久别离》一诗中，当写到怀念征夫久无信息的怨情时，则写下："胡为乎东风，为我吹行云，使西来，待来竟不来，落花寂寂委青苔！"

于常规之中力求异变，是李白许多杂言体诗篇给人留下特殊印象、达到较新较高艺术境界的奥妙之所在。

追求古风，在唐代一度成为一种时尚，连一向以格律严谨著称的杜甫，也刻意写下了一些。如他的《短歌行赠王郎司直》中，开头两句便是"王郎酒酣拔剑斫地歌莫哀！我能拔尔抑塞磊落之奇才"，只是较李白要少得多。

在某种意义上，可说杂言体诗是文言古体诗中的"自由体诗"。

至此，我们可以对杂言古体诗的基本特征，用八句话做出如下概括：

篇无定句，句无定字；三五七言，并无限制；
句尾入韵，转换自适；平仄不拘，重在气势。

第二章 五律

从本章开始,要分别解说各种体式律诗的定格及变格规律,这就涉及诗律形成的一些前提条件。

律诗之所以形成于唐代,并非偶然。唐朝建国,社会政治由多年战乱趋向稳定,社会经济得到恢复发展,走向繁荣。政治上的稳定和经济上的繁荣,必然促进文化的发展繁荣。这是涌现出以李白、杜甫、白居易为代表的大批杰出诗人及大批杰作的社会基础。

而五言律和七言律等"近体诗"之所以在唐代形成,又有其自身的内因。诗以语言词汇为结构基础,而格律的形成,又须以语言词汇状态、语句结构、声韵变化为依托。恰恰到唐代,汉语在这几个方面都发展到了一个新阶段。主要有四个方面:

一是词汇的发展,复音词增多。中国的古汉语,在先秦到两汉之间,主要是以单音词为主体。我们只要把《汉书》《史记》等汉代典籍与汉魏六朝以后至唐代的文籍做个比较,就会看得很清楚。与之互为表里的诗歌,从《诗经》到《楚辞》,除某些重叠的形容词和专有名称词语外,作为语言主体的大量动词、名词,还绝大多数都是单音词。《楚辞》在句法结构及节拍上,多以一个单音词为全句的领起。自汉末魏晋以降到隋唐时期,汉语词汇逐步向复音词方向发展,双音词明显增多了。与之并行,汉魏时期兴起的五七言诗和杂言诗,每句的前四字基本上是由两个双音词构成的两拍节奏。双音词的增多,是格律诗形成的第一个前提。

二是句型的准备。自汉魏六朝以来,诗歌创作已经突破了以四言句为主体的格式,五言古诗及七言古诗的五言三拍、七言四拍已经形成,这就在句型结构、节拍等方面为五言律和七言律打下了基础。这是五七言律得以形成的第二个前提。

三是对偶句的发展和日趋完美。汉语,可说是世界上各种语言中最便于对偶的语言了。汉语的字形是方块字,每个字符便是一个音节,一字对一字,一音对一音,不多不少,形成整齐的对偶,便很容易相互排比起来。早在诗经和楚辞中便出现了对偶句。如《木瓜》中"投我以木瓜;报之以琼琚";楚辞《湘夫人》中"麋何食兮庭中?蛟何为兮水裔?"等。到汉魏六朝时期,辞赋等骈体文盛行,每篇辞赋中都要使用大量的对偶句。如陆机《文赋》中"遵四时以叹逝,瞻万物而思纷;悲落叶于劲秋,喜柔条于芳春;心懔懔以怀霜,志眇眇而临云;咏世德之骏烈,诵先人之清芳"。汉魏六朝的古体诗更出现了大量对偶句,如《古风十九首》中"胡马依北风,越鸟巢南枝";阮籍《咏怀》中"孤鸿号外野,翔鸟鸣北林";左思《咏史》中竟通篇多用对偶"郁郁涧底松,离离山上苗。以彼径寸茎,荫此百尺条。世胄蹑高位,英俊沉下僚";陶潜《归田园居》中"方宅十余亩,草屋八九间。榆柳荫后檐,桃李罗堂前。暧暧远人村,依依墟里烟。狗吠深巷中,鸡鸣桑树颠"。古体诗中的这些对偶句,尽管尚不太工整,有的上下联同字,有的夹杂虚词,有的词性不同,有的半对半不对,但是,它毕竟为律诗的对偶留下了模式,启迪唐代诗人体会对偶的表达效果,继续探索对偶的最佳形态,以至从词性、语法到声韵、平仄等方面进行追求,使之日趋完美。

四是四声、平仄学说的成熟。律诗的格律，各种不同格式，除了句数和字数的限定外，很重要的就是平仄声韵。促进律诗的最后形成，极为重要的因素也在于四声的发现及声韵平仄的探索。平仄声韵之说，兴起于魏晋，成熟于隋唐。四声平仄之别，及四声八病之说，对律诗体式的产生和发展起了巨大推进作用。如无四声平仄的区分，当然也就没有律诗的体式标准可言了。

律诗形成时代的四声与今不同。今之四声为"阴平、阳平、上声、去声"四种，而那时则分为"平声、上声、去声、入声"四种，其中，平声字的发音较平缓、轻逸而舒展，而"上、去、入"三声的发音则较曲折、沉重、疾速，统称为"仄声"。律诗一切格式中的平仄句型及用韵平仄的划分，皆缘于此。（有关声韵平仄的详细知识，请见本书第五章。）

以上便是律诗得以形成的四个重要基础条件。

第一节 五绝

本着由简而繁、由易而难的做法，我们先从律诗中字句最少的"五绝"讲起。

五言律绝简称五绝，只有4句，每句5字，共20字，是五言律诗中字句最少的一种，也是所有律诗体式中字数最少的一种。五言律绝的平仄格式，是律诗中各种格式的基础。只要把握住五言律绝的格式，则五言律诗、五言排律，以至七言律绝、七言律诗、七言排律等，都可触类旁通，因而，我们从五言律绝入手来把握律诗，是条较快入门的捷径。

五绝的4句诗，都用"五言律句"构成。首先必须了解什么是"五言律句"。我们先以唐代李贺的五言律绝《马》为例，

其诗为:

大漠沙如雪,燕山月似钩。何当金络脑,快走踏清秋。

这是一首"仄起仄收式"的五绝格式,恰好是由4种五言律句的基础格式的原形组成的。

为便于解析格式,介绍专用术语,列表示意如下:

句序称呼		三拍音节	定　格	句式名称
第一联	起句 上句	大漠/沙如/雪,	仄仄平平仄	仄起仄收式 平仄脚
	对句 下句	燕山/月似/钩。	平平仄仄平	平起平收式 仄平脚
第二联	出句 上句	何当/金络/脑,	平平平仄仄	平起仄收式 仄仄脚
	对句 下句	快走/踏清/秋。	仄仄仄平平	仄起平收式 平平脚

凡律诗,必由律句构成。律句,就是句中每个字的平仄声韵,都是按照一定的规律排列下来的。在五言句中,被称为"律句"的平仄格式,总共只有四种句型,每句各有专用名称。

五言律句的节奏为五言三拍。前四字,每两字为一拍,末尾一个单字为一拍。

从上表中可以看出,五绝共有4种句式,其结构规律是:

第1种:"仄仄/平平/仄",两个仄声字连着两个平声字,结尾又回到一个仄声字上,形成平仄交错格式。因从仄声起,又落到仄声上,故称"仄起仄收式"。因句尾二字先平后仄,故又称"平仄脚"句式。

第2种:"平平/仄仄/平",与第1种句式正好相反,是两个平声字连着两个仄声字,结尾又回到一个平声字上,形成平仄交错格式。因从平声起,又落到平声上,故称"平起平收式"。

因句尾二字先仄后平,故又称"仄平脚"句式。

第3种:"平平/平仄/仄",由连续三个平声字,连着两个仄声字,形成平仄声交替格式。因从平声起,落到仄声上,故称"平起仄收式"。因句尾二字皆仄声,故又称"仄仄脚"句式。

第4种:"仄仄/仄平/平",与第3种句式正好相反,由连续三个仄声字,连着两个平声字,形成交替格式。因从仄声起,落到平声上,故称"仄起平收式"。因末尾二字皆平声,故又称"平平脚"句式。

这些句式名称都是特定的,它代表了这种句式的基本特征,只要一说"仄起仄收式"或"平仄脚"五言律句,便是指"**仄仄/平平/仄**"句式。其余类推。我们需要把它记住,下边在解说律诗各种体式,以至解说各种词调体式中,随时都要用到这些术语。

由于被称作律句的基础格式只有这4种,从五绝到五律和五言排律,无论其体式有多少变化,都是以这4种基本句式为基础的。只是句数不同及排列顺序和方式不同,而形成不同格式而已。

五绝共有4种格式,下边我们便分别加以介绍。

一、五绝第一格

五绝第一格的基本标志是:"首句仄起仄收"。

【定格】　　　　【例诗】　张实居《桃花谷》

仄仄平平仄,　　小径穿深树,
平平仄仄平。　　临崖四五家。
平平平仄仄,　　泉声天半落,
仄仄仄平平。　　满涧溅桃花。

【附例】

说明：附例之诗文中，凡有变格之处，皆以斜体加黑之字体标示之。以下各节类推。

(1) 王之涣五绝《登鹳雀楼》（两联皆对偶，"欲"字变格）

　　白日依山尽，黄河入海流。*欲*穷千里目，更上一层楼。

(2) 王维五绝《相思》（无对偶，"红""愿"二字变格）

　　*红*豆生南国，春来发几枝。*愿*君多采撷，此物最相思。

(3) 李益《江南曲》（无对偶，"早"字变格）

　　嫁得瞿塘贾，朝朝误妾期。*早*知潮有信，嫁与弄潮儿！

(4) 刘长卿《逢雪宿芙蓉山主人》（首联对偶，无变格）

　　日暮苍山远，天寒白屋贫。柴门闻犬吠，风雪夜归人。

(5) 杜甫《八阵图》（首联对偶，"功""石""遗"三字变格）

　　*功*盖三分国，名成八阵图。江流*石*不转，*遗*恨失吞吴。

(6) 张祜《宫词》（首联对偶，"一""双"二字变格）

　　故国三千里，深宫二十年。一声何满子，*双*泪落君前。

(7) 李商隐《登乐游原》（无对偶。首句全仄，第二句平补）

　　向晚*意*不适，驱车*登*古原。*夕*阳无限好，只是近黄昏。

(8) 张俞《蚕妇》（无对偶，"入""遍"二字变格）

　　昨日*入*城市，归来泪满巾。*遍*身罗绮者，不是养蚕人！

(9) 刘球《山居》（首联对偶，"不""还"二字变格）

　　水抱孤村远，山通一径斜。*不*知深树里，*还*住几人家。

(10) 高启《寻胡隐君》（首联对偶。首句全仄，2句平补）

　　渡水*复*渡水，*看*花*还*看花。春风江上路，不觉到君家。

【格式解析】

(1) 这是五绝第一种格式，"仄起仄收式"的定式。上文所举清代张实居《桃花谷》一诗，为本格最标准格式，各句平仄皆依律句原形，无一变格之处。其格式原形为：

仄仄/平平/仄，——"仄起仄收式"，句尾"平仄脚"
平平/仄仄/平。——"平起平收式"，句尾"仄平脚"
平平/平仄/仄，——"平起仄收式"，句尾"仄仄脚"
仄仄/仄平/平。——"仄起平收式"，句尾"平平脚"

(2) 构成这种格式的第一个要点是，**"一句之内，平仄交错"**：

第一句的平仄排列顺序是**"仄仄—平平—仄"**，
第二句的平仄排列顺序是**"平平—仄仄—平"**，
第三句的平仄排列顺序是**"平平平——仄仄"**，
第四句的平仄排列顺序是**"仄仄仄——平平"**。

凡五言律诗，包括各种格式的五绝、五律、五言排律、五言六句小律在内，都是由这四种基础句型构成的。

(3) 构成这种格式的第二个要点是，**"两联之间，平仄相粘"**：

本格式各句的排列，从句尾上看，是按"仄仄脚""平平脚""平仄脚""平平脚"顺序排列的，形成一种规律，即："一联之内，平仄相对"，就是下句的平声字对应着上句的仄声字，下句的仄声字对应着上句的平声字。"两联之间，平仄相粘"，就是第一联第二句为"平起式"，第二联第一句也是"平起式"（主要是看开头两字中第二字，因为它是音阶的重点），形成一种"粘连"关系。这样才能保证四种基础句型在一首诗中得到最大限度的运用，避免重复。

这里要特别说明一下，律诗为什么要强调"两联之间，平仄相粘"？让所有上下句都平仄相对不行吗？不可。因为，只有按照这种既相对又相粘的规律来组合，才能使四种律句得到最大限度的运用。假如只求相对而不相粘,就会出现如下"其一"和"其三"的两种局面,其结果是,每种格式中只运用了两种句式,显得重复和单调。只有上下联"相粘",如"其二"和"其四"那样,才能避免这种重复,使四种句型都得到运用。

其一:不粘　　其二:相粘　　其三:不粘　　其四:相粘
仄仄平平仄,　仄仄平平仄,　平平平仄仄,　平平平仄仄,
平平仄仄平。　平平仄仄平。　仄仄仄平平。　仄仄仄平平。
仄仄平平仄,　平平平仄仄,　平平平仄仄,　仄仄平平仄,
平平仄仄平。　仄仄仄平平。　仄仄仄平平。　平平仄仄平。

(4) 在创作实践中,不可能也没必要全依原格平仄一字不变。列举附例中各诗,一些字句的平仄声有所变化,就是明证。但其变化是有约束的,不能超越本格式**"一句之内,平仄交错""两联之间,平仄相粘"**的基本要求。

在四种基础句型中,有三种句型的第1字可以变化,用平用仄均可。如:

仄仄/平平/仄,可变为**平仄/平平/仄**,
平平/平仄/仄,可变为**仄平/平仄/仄**,
仄仄/仄平/平。可变为**平仄/仄平/平**。

我们看到,变化之后,**"一句之内,平仄交错"**这一格局并未破坏。上引例诗中用斜体黑字标志的第一字,皆为可平可仄之处。如,唐代李贺《马》及清代张实居《桃花谷》二绝,每字每句皆用此格原形,实为罕见者。绝大多数第1、3字都有变格,如前引王之涣《登鹳雀楼》中第三句"欲"字,王维《相思》第三句中"愿"字,李益《江南曲》第三句中"早"字,宋之问《渡汉江》第三句中"近"字等,按定格原为平声,却都改用仄声。这种变格,都在第一字,属"常规变格"。还有些"**特殊变格**"及"**拗救**"方法,如高启《寻胡隐君》一诗,首句5

字全仄，第 2 句"还"字处由仄变平，即为"对句相救互补"的特殊变格，待后文"律诗变格拗救章节中"详细讲解。这里，必须先记住并熟悉定格及常规变格方法，以后对如何"变格和拗救"才能有所理解。

（5）唯独**"平平/仄仄/平"**这种句式（定格范例中的第二句），其第一字不能由平变仄，即不能变作**"仄平/仄仄/平"**。如果变了，全句除韵脚外，只剩下一个平声字，即称为"孤平"，历来被视为律诗之大忌。如果要变，则必须设法加以补救，这待以后章节中再讲。

（6）五绝，一般都押平声韵。这第一种格式，首句和第三句不押韵，形成四句二韵的格局。

（7）五绝对于词语对偶并无限定性要求。列举 11 例诗中，刘长卿《逢雪宿芙蓉山主人》、张祜《宫词》、杜甫《八阵图》、刘球《山居》、高启《寻胡隐君》五首诗的首联对偶，余皆不对偶。

（8）比较起来，在四种五绝格式中，此格最为诗家重用，作品占半数以上。因为此式中，四种基本句型俱全，而且两联之间的平仄完全相对，最能表现出五言律句之间韵律交错和粘对的音乐美感。

二、五绝第二格

五绝第二格的基本标志是："首句平起仄收"。

【定格】　　　　【例诗】　李端《听筝》

平平平仄仄，　　鸣筝金粟柱，
仄仄仄平平。　　素手玉房前。
仄仄平平仄，　　欲得周郎顾，
平平仄仄平。　　时时误拂弦。

【附例】

(1) 王昌龄《送郭司仓》

映门淮水绿，留骑主人心。明月随良缘，春潮夜夜深。

(2) 孟浩然《宿建德江》（后联对偶，首句古风尾）

移舟泊烟渚，日暮客愁新。野旷天低树，江清月近人。

(3) 戴叙伦《三闾庙》（首联对偶）

沅湘流不尽，屈子怨何深。日暮秋风起，萧萧枫树林。

(4) 高攀龙《枕石》（首联对偶）

心同流水净，身与白云轻。寂寂深山暮，微闻钟磬声。

【格式解析】

李端《听筝》一诗，为本格最标准格式，各句平仄皆依律句原形，无一变格之处。附例中各诗虽有变格，但都有以下共同点：

(1) 五绝第二种格式，也都是由五言律句的四种基本格式构成的。其原形为：

平平／平仄／仄，——"平起仄收式"，句尾"仄仄脚"
仄仄／仄平／平。——"仄起平收式"，句尾"平平脚"
仄仄／平平／仄，——"仄起仄收式"，句尾"平仄脚"
平平／仄仄／平。——"平起平收式"，句尾"仄平脚"

(2) 与第一种格式的区别在于：它是把第一种格式的上下两联相互对调了一下。

(3) 因而，仍然保持了"一联之内，两句相对""两联之间，平仄相粘"的特征。

(4) 由于第一句和第三句的末字仍为仄声尾，不入韵，只有第二句和第四句的末字为平声，可入韵，故仍是隔句押韵，四句二平韵。

(5) 除第四句"平平仄仄平"句式外，其余三种句式的第一字皆可平可仄，如引例中用黑体标志处。即如例诗王昌龄《送郭司仓》中，前三句的第一字"映""留""明"处的平仄声都有了变化。

（6）这种格式不如第一种格式常用，原因在于，首句平起，末句又平起平收，总体格调显得平稳沉闷了些，多用来表达幽怨思绪，不大容易表达激昂豪放之情。

三、五绝第三格

五绝第三格的基本标志是："首句仄起平收"。

【定格】　　　　【例诗】　　元稹《行宫》

仄**仄**仄平平，　　**寥**落古行宫，
平平仄仄平。　　宫花寂寞红。
平平平仄仄，　　**白**头宫女在，
仄仄仄平平。　　**闲**坐说玄宗。

【附例】

（1）薛莹《秋日湖上》

　　落日五湖游，烟波处处愁。浮沉千古事，**谁**与问东流。

（2）卢纶《塞下曲六首》（其二、其三）

　　林暗草惊风，将军夜引弓。平明寻白羽，没在石棱中。
　　月黑雁飞高，单于夜遁逃。**欲**将轻骑逐，大雪满弓刀。

（3）何景明《小景四首其一》（第三句用古风式句尾"仄平仄"）

　　草阁散晴烟，柴门竹树边。门前**有**江水，**常**过打鱼船。

【格式解析】

（1）第三种五言律绝的格式，其原形为：

仄仄/仄平/平，——"仄起平收式"，句尾"平平脚"

平平/仄仄/平。——"平起平收式",句尾"仄平脚"
平平/仄仄/仄,——"平起仄收式",句尾"仄仄脚"
仄仄/仄平/平。——"仄起平收式",句尾"平平脚"

这种格式与第一种很近似,实际上也是第一种格式的变体。也就是,将第一种格式中的第一句,换为末句格式。替换的目的,是为了首句押韵。将这两种格式放在一起比较一下,便一目了然:

第一种格式:	第三种格式:		不能用第二句替换:
仄仄平平仄,换为	**仄仄仄平平,**	≠	**平平仄仄平,**
平平仄仄平。=	平平仄仄平。	=	**平平仄仄平。**
平平平仄仄,=	平平平仄仄,	=	**平平平仄仄,**
仄仄仄平平。=	**仄仄仄平平。**	=	仄仄仄平平。

(2)为什么要用第四句替换,而不用第二句替换?能够入平声韵的五言律句只有"仄平脚"和"平平脚"两种。换成哪种为好?显然,如果换成"仄平脚"句式"平平仄仄平",如上表所示,则前三句都是平声开头,缺乏变化。因而只能换成"**仄仄仄平平**"句式。这种替换方法,既解决了首句入韵问题,又保持了首联两句大体上平仄对仗的关系。

(3)这样变化后,首句和末句格式虽然相同,但中间有两句间隔,反而产生一种首尾回旋呼应感。

(4)这种格式,仍然是第二句"平平仄仄平"句式中的第一字不能由平变仄,否则便成为"孤平"。其余三句的第一字仍可不拘平仄,如元稹《行宫》诗中"**寥**""**白**""**闲**"等三字的平仄都与定格相反。

(5)此格由于首句入韵,全诗四句三韵,韵律感明显增强。因而是五绝中较为常见的一种。

四、五绝第四格

五绝第四格的基本标志是:"首句平起平收"。

【定格】　　　【例诗】　王维《闺人赠远》

平平仄仄平,　　花明绮陌春,

仄仄仄平平。　　柳拂御沟新。

仄仄平平仄,　　为报辽阳客,

平平仄仄平。　　流光不待人。

【附例】

苏廷《汾上惊秋》

　　北风吹白云,万里渡河汾。心绪逢摇落,秋声不可闻。

——此诗首句"北"字应平而仄,"吹"字应仄而平,属"拗句的本句自补"。(详细道理见后边专章)

【格式解析】

(1) 五绝第四种格式,其原形为:

平平/仄仄/平,——"平起平收式",句尾"仄平脚"

仄仄/仄平/平。——"仄起平收式",句尾"平平脚"

仄仄/平平/仄,——"仄起仄收式",句尾"平仄脚"

平平/仄仄/平。——"平起平收式",句尾"仄平脚"

这种格式与第二种很近似,实际上也是第二种格式的变体。也就是,将第二种格式中的第一句,换为末句格式。替换的目的,也是为了首句押韵。再将这两种格式放在一起比较一下:

第二种格式　　　第四种格式　　不能用第二句替换:

平平平仄仄,换为 **平平仄仄平,** ≠ **仄仄仄平平,**

仄仄仄平平。= 仄仄仄平平。 = **仄仄仄平平。**

仄仄平平仄,= 仄仄平平仄, = **仄仄平平仄,**

平平仄仄平。= **平平仄仄平。** = 平平仄仄平。

（2）与前述原因相同，只能用第四句替换，而不能用第二句替换。如果换成"仄仄仄平平"，如上表所示，则前三句都是仄声开头，缺乏变化，因而只能换成"**平平仄仄平**"句式。这种替换方法，既解决了首句入韵问题，又保持了首联两句大体上平仄对仗关系。

（3）在四种平韵五绝中，这第四种格式是最少见的一种。这有两个原因：

一是，在这种格式中，由于增加了一个"平平仄仄平"句式，而这种句式是属于第一字不能由平变仄的一种，因而，只有中间那两句的第一字是可平可仄的，是五绝中平仄变化限制较多的格式。例诗苏廷《汾上惊秋》中，其第一句的第一字"北"字，按定格是应平而仄了，触犯了"孤平"大忌，作者采用了补救办法，——同时在第三字该用仄声处补回一个平声"吹"字，维持此句"除韵脚外仍有两个平声"，这叫作"孤平拗救"（后边专章细讲）。

二是，五言律绝总共只有四句二十字，开头要力求突兀，结尾以铿锵有力为好。而"平平仄仄平"这种句式，一开头便是两个平声字，起得较平稳，末字也是平声，与其他三种句式相比较，在声韵变化上也是个平稳感较多些的句型。把这种较平稳的句式排列在开头和结尾两处，全诗基调也就平稳多于昂扬了。因而，在首句入韵的格式中，诗家更喜欢采用"仄起式"的第三种格式。

五、仄韵五绝

仄韵绝句脱胎于汉魏乐府古风。在平韵律绝兴盛后，仍有些诗人有意追慕古风而为之。以句尾押"仄声韵"为特征。其结构方式，便是平韵五言律绝的反体。因为五言律句只有四种句型。将两种仄收式句型安排在偶句上，便可构成两种首句不入韵的仄韵律绝；再将这两种格式的首句各换成仄脚句型，让首句也入仄韵，便又出现两种格式。因而，从理论上说，仄韵五绝也应有四种格式。

其平仄格式如下：

第一种："首句平起平收式仄韵五绝"。

平平仄仄平，仄仄平平仄。仄仄仄平平，平平平仄仄。

第二种："首句仄起平收式仄韵五绝"。

仄仄仄平平，平平平仄仄。平平仄仄平，仄仄平平仄。

第三种："首句平起仄收式仄韵五绝"。

平平平仄仄，仄仄平平仄。仄仄仄平平，平平平仄仄。

第四种："首句仄起仄收式仄韵五绝"。

仄仄平平仄，平平平仄仄。平平仄仄平，仄仄平平仄。

不过，仄韵五绝无论在作品数量或名篇数量上，都较平韵五绝少得多。现举例加以解析：

【定格】　　　　　【例诗】　顾况《忆旧游》

平平平仄仄　　悠悠南国思，
仄仄平平仄　　夜向江南泊。
仄仄仄平平　　楚客断肠时，
平平平仄仄。　月明枫子落。

【附例】

(1) 刘长卿《送灵澈上人》(首句平起仄收式)

苍苍竹林寺，杳杳钟声晚。荷笠带夕阳，青山独归远。

(2) 文及翁《山中夜坐》(首句平起平收式)

悠悠天地间，草木献奇怪。投老一蒲团，山中大自在。

(3) 孟浩然《春晓》(两联不粘之变体)

春眠不觉晓，处处闻啼鸟。夜来风雨声，花落知多少？

——这首仄韵五绝，为"失粘体"：首联与尾联间，第二字"处"与"来"不相粘。平仄韵五绝中皆有两联不粘之特殊体式。以下四例皆为这种变体。

　　(4) 柳宗元《江雪》(两联不粘；首联对偶)
　　　　千山鸟飞绝，万径人踪灭。孤舟蓑笠翁，独钓寒江雪。

　　(5) 贾岛《寻隐者不遇》(两联不粘，无对偶)
　　　　松下问童子，言师采药去。只在此山中，云深不知处。

　　(6) 史可法《燕子矶口占》(两联不粘)
　　　　来家不面母，咫尺犹千里。矶头洒清泪，滴滴沉江底。

　　(7) 袁枚《十二月十五夜》(两联不粘)
　　　　沉沉更鼓急，渐渐人声绝。吹灯窗更明，月照一天雪。

【格式解析】

　　顾况《忆旧游》一诗，是仄韵五言律绝中"平起仄收式"的格式。

　　(1) 从句式平仄关系上看，完全符合律诗"一句之中，平仄交错；两句之间，平仄对仗；两联之间，平仄相粘"的规则。

　　(2) 首句押韵为仄韵五绝的常见格式。第二句和第四句押韵，形成四句三韵格局。仄韵五绝首句用韵者多，原因有二：一是，仄韵体少见，首句押韵方能增强仄声的特殊韵律感；二是，凡写仄韵者，皆表达较特殊见闻和感受，有如变徵之声，一开始便用仄韵，容易很快进入激越情调。

　　(3) 上下句的词语上，对偶与否没有限定。仄韵五绝用对偶者更少见。

　　(4) 平韵和仄韵五绝中，都有些"拗对"(上下句平仄不对仗)或"拗粘"(两联间不相粘)的变体，称为"古风式律绝"。上举孟浩然《春晓》、柳宗元《江雪》、贾岛《寻隐者不遇》、史可法《燕子矶口占》、袁枚《十二月十五夜》等五首即是。

六、五言律绝与五言古绝的区分

上边所讲的是五言律绝平韵的五种定格及仄韵定格。

但五绝自六朝、隋唐以迄明清,历时较久,诗作较多,古与律交替发展,格式也较多。特别是律体兴盛后,一些诗家又产生了追慕魏晋古风的风气,写了一些似古似律、半古半律,以至于故意拗律的诗篇。句式变格者也较多式多样。这样,近体律绝与古风式绝句交织在一起,就有个识别问题。这里再就不同体式分别举例做些分析。

(一) 平韵五言古绝

(1) 虞姬《和项王歌》

汉兵已略地,四面楚歌声。大王意气尽,贱妾何聊生。

——多用古风尾,第1、3句皆"三连仄",末句"平仄平"。

(2) 刘长卿《湘妃》

帝子不可见,秋风来暮思。婵娟湘江月,千载空娥眉。

——首句二四同仄;第3句二四同平。

(3) 王维《鸟鸣涧》

人闲桂花落,夜静春山空。月出惊山鸟,时鸣春涧中。

——第1句"闲""花"为"二四同声"拗句;第2句后三字"春山空"三连平,亦称"三平调";第4句中第3字"春",应仄而平,后三字"春涧中"呈"平仄平",为"古风式句尾";另外,全诗不避重复字,"春""山"皆二现,也是古风特点。

(4) 李白《静夜思》

床前明月光,疑是地上霜。举头望明月,低头思故乡。

——第2句"二四同仄"拗;第3句"二四同平"拗;"头"字为"同字对偶"。"明月"一语重复两次。

(5) 韦应物《寄璨师》

村院生夜色，西廊上沙灯。时忆长松下，独坐一山僧。

——第1、2句皆"二四同声"拗句；第3句为律句，但与前联失粘；第四句虽也是律句，但又与上句失对。

(6) 薛道衡《人日思归》

入春才七日，离家已二年。人归落燕后，思发在花前。

——首联第1、2句中的第2字"春""家"皆为平声，拗对；第1句中"春"与"七"为"二四同平"拗。

(7) 屈复《偶然作》

百金买骏马，千金买美人。万金买高爵，何处买青春。

——首句拗；第3句古风尾；"金"字三现。故为古绝。

(二) 仄韵五言古绝

一提到绝句，似乎平韵律绝为正宗，古风体多少有些冷落。从崔颢《长干曲》、李绅《古风二首》、梅尧臣《陶者》等脍炙人口的名篇看，古风自有其古朴、深切之独特风韵。如：

(1) 崔颢《长干曲》

家临九江水，来去九江侧。同是长干人，生小不相识。

——首句二四同平；末联平仄不对仗，故为古绝。

(2) 李端《拜新月》

开帘见新月，即便下阶拜。细语人不闻，北风吹裙带。

——第1、4句二四同平；第3句二四同仄。故为古绝。

(3) 李绅《古风二首》

春种一粒粟，秋收万颗子。四海无闲田，农夫犹饿死。

锄禾日当午，汗滴禾下土。谁知盘中餐，粒粒皆辛苦。

——前首：首句二四同仄，句尾"三连仄"；第3句尾"三平调"；后首：第2句二四同仄，句尾三连仄；第3句二四同平。故为古绝。

(4) 梅尧臣《陶者》

　　陶尽门前土，屋上无片瓦。十指不沾泥，鳞鳞居大厦。

——首联上下句平仄失对；第2句二四同仄。故为古绝。

(5) 文同《望云楼》

　　巴山楼之东，秦岭楼之北。楼上卷帘时，满楼云一色。

——"楼"字三现，"之"字二现；首句二四同平。故为古绝。

(6) 刘因《村居杂诗》

　　邻翁走相报，隔窗呼我起。数日不见山，今朝翠如洗。

——首联不对；两联不粘；第3句二四同仄；第4句二四同平。故为古绝。

(三) 半律半古五绝

这是介乎律与非律的中间体，实际上应属古风范畴。这里单列出来加以介绍，目的是为了有助于认识五绝体式的区别。如：

(1) 骆宾王《于易水送人一绝》

　　此地别燕丹，壮士发冲冠。昔时人已没，今日水犹寒。

——前古后律：首联平仄声不对仗；后联两句皆合律；两联间失粘。

(2) 罗与之《商歌》

　　东风满天地，贫家独无春。负薪花下过，燕语似讥人。

——前古后律：首句二四同平；首联失对；后联两句皆合律。

(3) 李白《洛阳陌》

　　白玉谁家郎？回车渡天津。看花东陌上，惊动洛阳人。

——第2句二四同平；后联两句皆合律。

这类半古半律的绝句，多产生于唐宋之际。当时律体早已形成，与汉魏六朝时期的古绝有别。并非诗人不谙诗律，而是随手捻来、不拘大体之作。

（四）五绝中的古体与律体区别要点

五言律绝与五言古绝皆4句20字，而五言律绝有下述四项特殊要求与古绝不同：

1. 律绝要求每句内平仄交错，若有"二四同声"拗句者，多为古绝。

2. 律绝要求每联内两句平仄相对仗，否则称为"拗对"，见此便可认为是古绝。（有的只是首联或者尾联失对，有人称为律绝的"古风式变体"）

3. 律绝两联间平仄要相粘。见有拗粘者，可视为古绝。（但也有的把一联内两句相对，而两联失粘的格式，称为"古风式律绝"）

4. 律绝平韵为常格，仄韵律绝为少见。仄韵律绝与古绝之间的区别，须根据句式平仄来加以认定。仄韵者，只要所用皆为律句，就是仄韵律绝。

5. 见多有重字者，多为古绝（双声叠韵者不在此列）。

至此，可将五言律绝及五言古绝各用几句口诀加以概括。

五言律绝：

　　通篇五言共四句，讲究对仗与粘联；
　　用韵必须在句尾，平韵多见仄韵鲜。

五言古绝：

　　通篇四句皆五字，二四同声任自然；
　　用韵不必限平仄，不拘对仗与粘联。

第二节　五律

五言律诗简称五律。共8句，40字，句数和字数比五言律绝恰好增多一倍。仅就其平仄句式的结构形式上看,把两首五言律绝合起来就是一首五律。反过来说,五言律绝是五律的一半。因此,绝句又称"截句",意即截取了五律之半。在诗体形成及创作实践中,并非先有了五律,截其半而成五绝,只是从格式解析角度,我们在剖析和熟悉了五言律绝基础上,用两首五言律绝相加的方法来把握五言律诗,既便于把握又便于记忆,是一种较为便当的路径。

把四种五言律绝按不同方式两两组合,便可得到五言律诗的四种格式。

一、五律第一格
五律第一格的基本标志是:"首句仄起仄收"。

【定格】　　　　　　　　【例诗】杜甫《春望》

仄仄平平仄,　　　　　　国破山河在,
平平仄仄平。(首字不能变)　城春草木深。
平平平仄仄,　　　　　　感时花溅泪,
仄仄仄平平。　　　　　　恨别鸟惊心。(对偶)
仄仄平平仄,　　　　　　烽火连三月,
平平仄仄平。(首字不能变)　家书抵万金。(对偶)
平平平仄仄,　　　　　　白头搔更短,
仄仄仄平平。　　　　　　浑欲不胜簪。

("胜"音升,平声。"簪"音真,平声)

【附例】

(1) 杜甫《旅夜书怀》

　　细草微风岸,危樯独夜舟。星垂平野阔,月涌大江流。
　　名岂文章著,官应老病休。飘飘何所似,天地一沙鸥。

(2) 王湾《次北固山下》

客路青山外，行舟绿水前。潮平两岸阔，**风**正一帆悬。
海日生残夜，江春入旧年。乡书何处达，**归**雁洛阳边。

(3) 骆宾王《在狱咏蝉》

西陆蝉声唱，南冠客思深。**不**堪玄鬓影，**来**对白头吟。
露重飞难进，风多响易沉。无人信高洁，**谁**为表余心。

(4) 李白《塞下曲》

五月天山雪，无花只有寒。**笛**中闻折柳，**春**色未曾看。
晓战随金鼓，宵眠抱玉鞍。**愿**将腰下剑，直为斩楼兰。

【格式解析】

(1) 第一种格式的五言律诗，等于第一种五绝（仄起仄收式，首句不入韵）的重叠。隔句用韵，共8句4韵。

(2) 因为第一种格式五绝的四个诗句中，包含了五言律句的全部四种格式，重叠后，这四种句型在本格式中便各占两句。

(3) 每两句为一联，共四联。第一联称为"**首联**"，第二联称"**颔联**"，第三联称"**颈联**"，第四联称"**尾联**"。

(4) 与五绝一样，除"平平仄仄平"句式外，其余句式的第一字皆可不拘平仄。如上边所引例诗中改斜粗体的"**感**""**烽**""**白**""**浑**""**危**""**名**""**天**""**风**""**归**""**西**""**不**""**来**""**谁**""**笛**""**春**""**愿**"等字，其平仄声与定格原形都不同。因为五言律句为"五言三拍"节奏，前四字每两字为一拍，声韵感的重点落在第二字上，其第一字（尤其是头节的第一字）的平仄声，便往往可以不加计较，可平可仄。这样做，既扩大了选词范围，又增加了灵活性。由于这是创作中习见的变化，便被视为"常规变格"。

(5) 在四种律句中，唯有"平平仄仄平"这种句式，其第一字不能随便由平变仄，否则就是犯了"孤平"大忌。这是唐宋以来诗家创作中极少违背的一条"铁律"。所以称为"孤平"，历来的说法是：如果此式第一字由平变仄，呈现"**仄**平仄仄平"状态，除却末尾韵脚外，句中只剩一个平声字了，显得很孤单。关键在于，这是个押韵句，以平起平落为好，若把第一字变作仄声字，便丧失了平稳感。我们只要把这种句式反复吟诵几遍，就会找到感觉。

（6）五律有对偶要求，通常都是中间两联（颔联和颈联）对偶。对偶是指上下两句相对应部位的词语，要做到词性、句法相对。如杜甫《春望》中"**感时花溅泪，恨别鸟惊心。烽火连三月，家书抵万金**"，都是中间两联对偶。李白《塞下曲》则只有颈联"**晓战随金鼓，宵眠抱玉鞍**"对偶，属破格。

（7）本格式由于所有各联上下句间的平仄都完全相对，更适合于对偶。因而，采用本格式所写的诗，不仅中间两联对偶，首联也往往用对偶。如杜甫《旅夜书怀》中，"**细草微风岸，危樯独夜舟。星垂平野阔，月涌大江流。名岂文章著，官因老病休。**"再如王湾《次北固山下》中，"**客路青山外，行舟绿水前。潮平两岸阔，风正一帆悬。海日生残夜，江春入旧年。**"有的还改在其他联中对偶，如骆宾王《在狱咏蝉》中，"**西陆蝉声唱，南冠客思深。**不堪玄鬓影，来对白头吟。**露重飞难进，风多响易沉。**无人信高洁，谁为表予心？"则改在首联和颈联对偶，颔联和尾联不对偶。运用对偶较多，是本格式有别于其他三种格式的重要特征。凡喜用和擅用对偶句者，往往喜欢采用此格式。

二、五律第二格

五律第二格的基本标志是："首句平起仄收"。

【定格】　　　　　　　　【例诗】　王维《山居秋暝》
平平平仄仄，　　　　　　空山新雨后，仄仄仄平平。　　　　　　天气晚来秋。
仄仄平平仄，　　　　　　明月松间照，
平平仄仄平。（首字不能变）清泉石上流。（对偶）
平平平仄仄，　　　　　　竹喧归浣女，
仄仄仄平平。　　　　　　莲动下渔舟。（对偶）
仄仄平平仄，　　　　　　随意春芳歇，
平平仄仄平。（首字不能变）王孙自可留。

【附例】

(1) 李益《喜见外弟又言别》（第二、三联对偶）

　　十年离乱后，长大一相逢。问姓惊初见，称名忆旧容。
　　别来沧海事，语罢暮天钟。明日巴陵道，秋山又几重。

(2) 司空曙《云阳馆与韩绅宿别》（第二、三联对偶）

　　故人江海别，几度隔山川。乍见翻疑梦，相悲各问年。
　　孤灯寒照雨，深竹暗浮烟。更有明朝恨，离怀惜共传。

(3) 杜甫《夜宴左氏庄》（第一、二、三联皆对偶）

　　林风纤月落，衣露静琴张。暗水流花径，春星带草堂。
　　检书烧烛短，看剑引杯长。诗罢闻吴咏，扁舟意不忘。

(4) 白居易《草》（第二、三联对偶）

　　离离原上草，一岁一枯荣。野火烧不尽，春风吹又生。
　　远芳侵古道，晴翠接荒城。又送王孙去，萋萋满别情。

(5) 李白《送友人》（第一、二、三联皆对偶）

　　青山横北郭，白水绕东城。此地一为别，孤蓬万里征。
　　浮云游子意，落日故人情。挥手自兹去，萧萧班马鸣。

(6) 章太炎《狱中赠邹容》（第二、三联对偶）

　　邹容吾小弟，被发下瀛洲。快剪刀除辫，干牛肉作糇。
　　英雄一入狱，天地亦悲秋。临命须掺手，乾坤只两头。

【格式解析】

(1) 第二种格式的五言律诗,等于第二种五绝(平起仄收式首句不入韵)两首的重叠。隔句押韵,共 8 句 4 韵。

(2) 因为第二种五绝的四个诗句中,也包括了五言律句的全部四种基本句型,重叠后这四种句型在本格中便也各占两句。这一点与上边第一种很相似,只是句式安排顺序相反罢了。

(3) 同第一种格式相类似,所有各联两句之间的平仄都是相对的,所以很适于对偶。因而除中间两联用对偶句外,首联也常用对偶。如上举例诗杜甫《夜宴左氏庄》、李白《送友人》等诗中,首联也用对偶。

(4) 同样道理,除"平平仄仄平"句式外,其余句式的第一字皆不拘平仄。如例诗中"天""明""竹""莲""随""十""别""明""故""深""衣""检""诗""晴""挥""临"等字的平仄,皆与定格原形不同,属常规变格。

三、五律第三格

五律第三格的基本标志是:"首句仄起平收"。

【定格】　　　　　　　【例诗】　杜甫《月夜忆舍弟》

仄仄仄平平。　　　　　戍鼓断人行,

平平仄仄平。(首字不能变)　边秋一雁声。

平平平仄仄,　　　　　露从今夜白,

仄仄仄平平。　　　　　月是故乡明。(对偶)

仄仄平平仄,　　　　　有弟皆分散,

平平仄仄平。(首字不能变)　无家问死生。(对偶)

平平平仄仄,　　　　　寄书常不达,("达"字入声)

仄仄仄平平。　　　　　况乃未休兵!

【附例】

(1) 王维《终南山》(第二、三联对偶)

　　太乙近天都，连山到海隅。*白*云回望合，*青*霭入看无。
　　*分*野中峰变，阴晴众壑殊。*欲*投人处宿，隔水问樵夫。

(2) 王勃《杜少府之任蜀州》(第一联及第三联对偶)

　　*城*阙辅三秦，风烟望五津。与君离别意，*同*是宦游人。
　　海内存知己，天涯若比邻。*无*为在歧路，儿女共沾巾。

(3) 孟浩然《归洞庭》(中间两联对偶)

　　八月湖水平，涵虚混太清。气蒸云梦泽，*波*撼岳阳城。
　　欲济无舟楫，端居耻圣明。*坐*观垂钓者，*徒*有羡鱼情。

【格式解析】

(1) 第三种格式的五言律诗，等于第三种五绝（仄起平收式、首句入韵）加第一种五绝（仄起仄收、首句不入韵）。或者，也可以说是将第一种五言律诗的第一句"仄仄平平仄"句式换成"仄仄仄平平"。替换目的是为了首句入韵，成为 8 句 5 韵。吟诵第一句，便感知了全诗的韵脚，韵律感相应地有所增强。

(2) 这样变换后，首联两句之间的平仄关系变作："仄仄仄平平，平平仄仄平"，只能是大体对应，而不是每字都对应了，而其余各联两句之间的平仄格式，仍保持平仄完全对应关系。

(3) 由于第一联的平仄不完全对仗，首联对偶者属特例，一般都在第二、三联对偶。

四、五律第四格

五律第四格的基本标志是："首句平起平收"。

【定格】　　　　　　　　【例诗】李商隐《晚晴》

平平仄仄平，(首字不能变)　　深居俯夹城，

仄仄仄平平。	春去夏犹清。
仄仄平平仄，	无意怜幽草，
平平仄仄平。（首字不能变）	人间重晚晴。（对偶）
平平平仄仄，	并添高阁迥，
仄仄仄平平。	微注小窗明。（对偶）
仄仄平平仄，	越鸟巢乾后，
平平仄仄平。（首字不能变）	归飞体更轻。

【附例】

(1) 张籍《没蕃故人》

前年戍月支，城下没全师。蕃汉断消息，死生长别离。
无人收废帐，归马识残旗。欲祭疑君在，天涯哭此时！

(2) 李商隐《风雨》

凄凉宝剑篇，羁泊欲穷年。黄叶仍风雨，青楼自管弦。
新知遭薄俗，旧好隔良缘。心断新丰酒，销愁又几千！

【格式解析】

(1) 第四种格式的五言律诗，等于第四种五言律绝（首句平起平收式）加第二种五言律绝（首句平起仄收式）。或者，也可以说是将第二种五言律诗的第一句"平平平仄仄"句式，换作"平平仄仄平"而成。变换的目的，是为了首句入韵，成为8句5韵。

(2) 在五律中，这种格式是比较少见的一种。名家中，以李商隐用得较多些。诗人们采用此格式较少的原因主要有二：一是，变化后，增多了一个"平平仄仄平"句式，这种句式，诗中原有两句，现在又增添了一句，共有三句，而这种句式中的平仄都是固定的，第一字如改用仄声，便犯"孤平"大忌，因而选词用语的局限性增大了；二是，变化后，首尾二句都是"平起平收式"句型，这种句型韵味偏于平稳，处于开头和结尾，略显沉闷。故偏于豪放风格的诗家，多不喜采用此格。李商隐诗风较含蓄内向，多用此格也就可以理解了。

（3）此式首联和尾联鲜有对偶者，因首尾二联皆有"平平仄仄平"句式，第1字为避"孤平"，其平声不能变动，对偶选词所受局限要更多些。

（4）由此可见，选用某种诗格，并非随意，须根据所写内容来定。

五、古风式五律

还有种"古风式的律诗"。它是在律诗形成后，唐宋诗人们追求高古风韵格调的产物。其中既有五律，也有七律。

"古风式律诗"，顾名思义，既然也是律诗的一种，它就要符合律诗的某些标准；它又是古风式的，当然就又有些古风的特点。例如：

杜甫《秦州杂诗》

萧萧*古* 塞冷，漠漠*秋* 云低。*黄 鹄翅* 垂雨，苍鹰*饥* 啄泥。
平平*仄* 仄仄，仄仄*平* 平平。*平 仄仄* 平仄，平平*平* 仄平。
蓟 门谁自北，汉将独征西。不意书生耳，临衰听 鼓鼙。
仄 平平仄仄，仄仄仄平平。仄仄平平仄，平平*平* 仄平。

——杜甫此诗：前二联四句的末三字皆用古风式句尾："饥啄泥"为"平仄平"，"秋云低"为"三平调"，"古塞冷"为"三连仄"；"翅垂雨"为"仄平仄"。尾联末句"听鼓鼙"也是古风式句尾"平仄平"。由此看，它与五律原格相较，主要是在"古风式句尾"。

以律诗的四要素（字句数、平仄、用韵、对偶）为标准来衡量一下，它有三项符合要求：

（1）字句数合律，五言8句40字；

（2）对偶合律，通常是要中间两联对偶；

（3）用韵合律，平韵到底。

有一项不符合：句尾处的末三字与标准律诗的平仄有别，多用"三连平""三连仄"，或"仄平仄""平仄平"，而这又恰是古风中常见的，"古风式律诗"由此得名。

唐宋以来不少诗家都写过这种有违常格、刻意追求古朴风味的诗，虽说是种复古，却为律诗增添了一个新体式，便被大家认可，不少著名诗家都写了不少这种诗作。如：

孟浩然《晚泊浔阳望庐山》

挂席几千里，名山都未逢。泊舟浔阳郭，遥见香炉峰。
仄仄仄平仄，平平平仄平。仄平平平仄，平平仄平平。
尝读远公传，永怀尘外踪，东林精舍近，日暮坐闻钟。
平仄仄平仄，仄平平仄平。平平平仄仄，仄仄仄平平。

——孟浩然此诗：字句数、用韵、对偶三项皆合律。唯平仄格式上，前六句全为**古风式句尾**。再如：

王维《终南别业》：

中岁颇好道，晚家南山陲。兴来每独往，胜事空自知。
平仄仄仄仄，仄平平平平。仄平仄仄仄，仄仄平仄平。
行到水穷处，坐看云起时。偶然值林叟，谈笑无还期。
平仄仄平仄，仄平平仄平。仄平仄仄仄，平仄平平平。

——王维此诗，有三点合律：8句40字，合律；平韵到底，合律；中间**两联对偶**，合律。这三点，达到了律诗的起码要求。而在句式平仄方面，则力求古朴风韵，多用拗句；通篇末三字全用古风式句尾，两个"仄仄仄"，两个"仄平仄"，两个"平仄平"，特别是第二句和第八句，两处皆用"平平平"（三平调），更加浓化了古风特色。

由此可知，"古风式律诗"与正体律诗的主要区别，在句式的平仄变化上，特别是习用古风式句尾。其重要特征是：

（1）出句（不押韵句）末三字习用"仄平仄"以至"仄仄仄"。如杜甫诗中"翅垂雨""古塞冷"；孟浩然诗中"几千里""远公传"；王维诗中"每独往""颇好道"等。

（2）对句（押韵句）末三字习用"平仄平"以至"平平平"。如杜甫诗中"听鼓鼙""秋云低""饥啄泥"；孟浩然诗中"都未逢""尘外踪""香炉峰"；王维诗中"空自知""云起时"等。

（3）标准五律中，通常不许"二四同声"；而在"古风式律诗"中，由于习用古风式句尾，第四字时常变格，便会经常出现"二四同仄"或"二四同平"的句式。二四同仄者，如：王维"中岁颇好道"，后四字皆仄声，全句只剩一个平声者，也不顾忌。二四同平者如：孟浩然"泊舟浔阳郭"；王维"晚家南山陲"等，皆以模仿古诗二四同声为高古。

古风式五言律诗，以王维和杜甫所写较多。如王维《黎拾遗忻裴迪见过秋夜对雨》《被出济州》，杜甫《送远》《蕃剑》《寄赠五十将军承俊》《暂游临足至山湖亭》等。杜甫素以精于"诗律细"著称，所以如此，显然既非不懂格律，也非笔误。

这里给了我们一个重要启示：诗律是诗人在创作实践中形成的，成形后也绝非一成不变的。由"非律"到"有律"是创作实践中的变化；由"定体"到"变体"，也是创作实践的结果。我们要继承传统，当然也就包括这些既定规律及其变化在内。

但当前诗坛及某些刊物、诗词活动中，有种对继承传统的误解，以为只有字字句句皆合乎"标准"的，才算正宗，对略有变化的也一概排斥，连前代诗家已经走过的路，已经开辟了的路径，也都堵死，其实并非真正的继承，而是倒退。究其原因，主要是对这类变体不甚了解之故。

六、近似五律的五言古风

与"古风式五律"相反,还有一种被称作"近似五律的古风",也是在律诗已经形成之后,诗家刻意追求古朴风格的产物。古风原本不避平仄,从律诗角度看,既有拗句,也有律句,随其自然。而唐人所写古风,为了与律诗有所区别,则尽力避开律句,多用"二四同平"或"二四同仄"句式,句尾便也多数呈现"仄平仄""平仄平"和"仄仄仄""平平平"格式。如李白《金陵白下亭留别》:

驿亭三杨树,正当白下门。吴烟鸣长条,汉水啮古根。
仄平平平仄,仄平仄仄平。平平平平平,仄仄仄仄平。
向来送行处,回首阻笑言。别后若见之,为余一攀翻。
仄平仄平仄,平仄仄仄平。仄仄仄仄平,平平仄平平。

——李白此诗:乍看似为五律:8句40字,平韵到底。颔联对偶。但细加分析,8句中有7句的平仄关系是二四同声,这是古风句式的重要特点,又是律诗大忌。更主要的是第3、7句,这两个"出句"中"条""之"二字都是平声字,这是律诗绝不允许的。平韵五言诗中,不管句数、对偶等方面多么近似律诗,单凭未入韵的"出句平脚"这一点,便可立即断定为古风。

还有种诗体叫作**"入律的古风"**,也是在律诗形成后,一些诗人追慕古风的产物。如孟浩然《听郑五琴》:

阮籍推名饮,清风坐竹林。半酣下衫袖,拂拭龙唇琴。
仄仄平平仄,平平仄平平。仄平仄平仄,仄仄仄平平。
一杯弹一曲,不觉夕阳沉。余意在山水,闻知谐凤心。
仄平平仄仄,仄仄仄平平。平仄仄平仄,平平仄平平。

——孟浩然此诗也是首古风,重要原因是全篇无对偶。但从平仄句式上看,开头两句都是平仄合律的律句,而且相互平仄对仗；颔联与颈联又相粘；后四联各句也相互粘对，拗变之处也都按律诗要求有所补救，近似律诗之处不少。只有第三联（颈联）与第二联（颔联）失粘，虽是律诗大病，但在"古风式律诗"中也允许。按律诗的四项要求，有三项合律：句式平仄基本合律；粘对大体上合律；通篇平韵到底，合律。之所以不是律诗，仍属古风，关键在于：**全篇无对偶**。这是五言律诗格律所不允许的。只凭这一条，便可定性为古风。人们把这种以律句占多数的古风，称之为**"入律的古风"**，即"用律句写成的古风"。

再如王昌龄《宿裴氏山庄》：

苍苍竹林里，吾亦知所投。静坐山斋月，清溪闻远流。
西峰下微雨，向晚白云收。遂解尘中组，终南春可游。

——王昌龄此诗，粘对合律，平韵到底也合律，用些古风式句尾也是律诗所允许的。所以仍属古风，关键在于**全篇无对偶**。

有的五言诗，中间两联虽有对偶，但仍属古风。如孟郊《酒德》：

酒是古明镜，辗开小人心。醉见异举止，醉闻异声音。
酒功如此多，酒屈亦已深。罪人免罪酒，如此可为箴。

——孟郊此诗，中间两联虽为对偶，但却不符合律诗对偶要求。律诗对偶句中，除特殊技巧外，要尽力避免同字相对。此诗中"醉"、"异"、"酒"字等，同字对偶，恰是古风习用对法。并且，"酒"字在一、五、六、七等四句中反复出现四次，这也是古风的典型用法。见此情形，即使不去分析平仄格式，亦可立即断定为古风。

至此，我们可把识别五言古风主要标志归结为四句口诀：

通篇无对偶，出句尾用平，多用重复字，见此即古风。

那么唐宋诗人笔下为什么会写出这些不合律的古风？因为，律诗形成后，大家已写得很多了，格式越来越定型化，也会显得单调。于是，诗人们就返回头来去追求古朴的格调。就如人们吃细粮鱼肉久了，也想去吃些玉米面大饼子和山林野菜一个道理。他们是有意地追求，这与初学者写律诗而违律根本不同。

七、五言六句小律

五言六句小律，是"近体"五言律诗中格式较特殊的一种，是唐代科举考试时"加试诗艺"的产物。除科举应试外，写的人较少，几无佳作名篇。韩愈所写一首，较有内容。

【定格】　　　　【例诗】　韩愈《谢李员外寄纸笔》

仄仄平平仄，　　题是临池后，
平平仄仄平。　　分从起草余。（对偶）
平平平仄仄，　　兔尖针莫并，
仄仄仄平平。　　茧净雪难如。（对偶）
仄仄平平仄，　　莫怪殷勤谢，
平平仄仄平。　　虞卿正著书。

【格式解析】

（1）五言六句小律，共6句30字。由于首句一般不押韵，故原称"三韵小律"。也有首句入韵者，便为6句4韵，但习惯上仍称为"三韵小律"。在这个意义上讲，称为"五言六句小律"更为贴切些。

（2）总体看，较五绝多两句，较五律少两句，介乎两者之间。说是五律掐头去尾也可，说是五绝添头加尾也可。

（3）其句式结构及粘对关系，悉如五律：也要一句内平仄交错，上下句平仄相对，两联间平仄相粘。

（4）所有上下句的平仄都是对仗的，因而也很适于对偶。中间一联必须对偶。上例韩愈《谢李员外寄纸笔》第一、二联皆对偶。

八、五言排律

五言律诗按句数多少共有四种：四句者称为五绝，六句者称为六句小律，八句者称为五言律诗，十句以上者，即称为五言排律。五言排律又称五言长律。其格式如下：

【定格】　　　　　【例诗】　　钱起《湘灵鼓瑟》

仄仄平平仄，　　　羌鼓云和瑟，
平平仄仄平。　　　常闻帝子灵。
平平平仄仄，　　　冯夸空自舞，
仄仄仄平平。　　　楚客不堪听。（对偶）
仄仄平平仄，　　　苦调凄金石，
平平仄仄平。　　　清音入杳冥。（对偶）
平平平仄仄，　　　苍梧来怨慕，
仄仄仄平平。　　　白芷动芳馨。（对偶）
仄仄平平仄，　　　流水传湘浦，
平平仄仄平。　　　悲风过洞庭。（对偶）
平平平仄仄，　　　曲终人不见，
仄仄仄平平。　　　江上数峰青。

【格式解析】

（1）排律至少要十句以上，多则不限，但必须是偶数。上例钱起诗是一首五言12句6韵的排律。

（2）排律要求平韵到底，除首句外，皆隔句一韵，无论多长，中间不得换韵。

（3）诗中所有各句都必须是五言律句，并完全按照五律的平仄粘对格式排列。

（4）排律除开头和结尾两联不对偶外，中间各联全要对偶，这是排律的重要特征之一。

(5) 因而我们可以看出，五言排律的结构形式，实际就是五言律诗中间对偶部分的无限延长。延长的办法，就是按律诗的规则，两句之间平仄对仗，两联之间平仄相粘，需要加几联就加几联。

(6) 为了把握其格律特征，我们可以作这样的设想：如果从头到尾，把钱起《湘灵鼓瑟》十二句切分成三段，每段四句，则成为三首五绝。其状如下：

其一

仄仄平平仄，　　羌鼓云和瑟，
平平仄仄平。　　常闻帝子灵。
平平平仄仄，　　冯夸空自舞，
仄仄仄平平。　　楚客不堪听。（对偶）

其二

仄仄平平仄，　　苦调凄金石，
平平仄仄平。　　清音入杳冥。（对偶）
平平平仄仄，　　苍梧来怨慕，
仄仄仄平平。　　白芷动芳馨。（对偶）

其三

仄仄平平仄，　　流水传湘浦，
平平仄仄平。　　悲风过洞庭。（对偶）
平平平仄仄，　　曲终人不见，
仄仄仄平平。　　江上数峰青。

其第一首中，第二联为对偶，第三首中，后联对偶，中间那首，则两联都对偶。

如果把首联（二句）与尾联（二句）拼起来，则是一首没有对偶的五绝。如：

其四

仄仄平平仄，　　羌鼓云和瑟，
平平仄仄平。　　常闻帝子灵。
平平平仄仄，　　曲终人不见，
仄仄仄平平。　　江上数峰青。

五言排律，有的可以写得很长。白居易有首《代书诗一百韵寄微之》，在五言排律中可谓长篇巨制。一百韵，二百句，一千字，把最宽的"四支"韵部中的习见字几乎用尽。其诗文如下：

白居易　《代书诗一百韵寄微之》

忆在贞元岁，初登典校司。身名同日授，心事一言知。肺腑都无隔，形骸两不羁。疏狂属年少，闲散为官卑。分定金兰契，言通药石规。交贤方汲汲，友直每偲偲。有月多同赏，无杯不共持。秋风拂琴匣，夜月卷书帷。高上慈恩塔，幽寻皇子陂。唐昌玉蕊会，崇敬牡丹期。笑劝迂辛酒，闲吟短李诗。儒风爱敦质，佛理尚玄师。度日曾无闷，通宵靡不为。双声联律句，八面对宫棋。往往游三省，腾腾出九逵。寒销直城络，春到曲江池。树暖枝条弱，山晴彩翠奇，峰攒石绿点，柳宛曲尘丝。岸草烟铺地，园花雪压枝。早光红照耀，新溜碧逶迤。幄幕侵堤布，盘筵占地施。征伶皆绝艺，选伎悉名姬。粉黛凝春态，金钿耀水嬉。风流夸堕髻，时世斗啼眉。密坐随欢促，华樽逐胜移。香飘歌袂动，翠落舞钗遗。筹插红螺碗，觥飞白玉卮。打嫌调笑易，饮讶卷波迟。残席喧哗散，归鞍酩酊骑。酡颜乌帽侧，醉袖玉鞭垂。紫陌传钟鼓，红尘塞路岐。几时曾暂别，何处不相随？荏苒星霜换，回环节候推。两衙多请假，三考欲成资。运启千年圣，天成万物宜。皆当少壮日，同情盛明时。光景嗟虚掷，云霄窃暗窥。攻文朝矻矻，讲学夜孜孜。策目穿如札，毫锋锐若锥。繁张获鸟网，坚守钓鱼坻。并受夔龙荐，齐陈晁董词。万言经济略，三策太平基。中第争无敌，专场战不疲。辅车排胜阵,掎角搴降旗。双阙纷容卫,千僚俨等衰。
恩随紫泥降,名向白麻披。既在高科选,还从好爵縻。东垣君谏诤,
西邑我驱驰。再喜登乌府,多惭侍赤墀。官班分内外,游处遂参差。
每列鹓鸾序,偏瞻獬豸姿。简威寒凛冽,衣彩绣葳蕤。正色摧强御,
刚肠嫉喔咿。常憎持禄位,不拟保妻儿。养勇期除患,输忠在灭私。
下韝惊燕雀,当道慑狐狸。南国人无怨,东台吏不欺。理冤多定国,
切谏甚辛毗。造次行于是,平生志在兹。道将心共直,言与行兼危。
水暗波翻覆,山藏路险巇。未为明主识,已被幸臣疑。木秀遭风折,
兰芳遇霰萎。千钧势易压,一柱力难支。腾口因成病,吹毛遂得疵。
忧来吟贝锦,谪去咏江蓠。邂逅尘中遇,殷勤马上辞。贾生离魏阙,
王粲向荆夷。水过清源寺,山经绮季祠。心摇汉皋佩,泪堕岘亭碑。
驿路缘云际,城楼枕水湄。思乡多绕泽,望阙独登陴。林晚青萧索,
江平绿渺弥。野秋鸣蟋蟀,沙冷聚鸬鹚。官舍黄茅屋,人家苦竹篱。
白醪充夜酌,红粟备晨炊。寡鹤摧风翮,鳏鱼失水鳍。暗雏啼渴旦,
凉叶堕相思。一点寒灯灭,三声晓角吹。蓝衫经雨故,骢马卧霜羸。
念涸谁濡沫,嫌醒自啜醨。耳垂无伯乐,舌在有张仪。负气冲星剑,
倾心向日葵。定知身是患,应用道为医。想了今如彼,嗟予独在斯。
无悸当岁杪,有梦到天涯。坐阻连襟带,行乖接履綦。润销衣上雾,
香散室中芝。念远缘迁贬,惊时为别离。素书三往复,明月七盈亏。
旧里非难到,余欢不可追。树依兴善老,草傍静安衰。前事思如昨,
中怀写向谁?北村寻古柏,南宅访辛夷。此日空搔首,何人共解颐?
病多知夜永,年长觉秋悲。不饮长如醉,加餐亦似饥。狂吟一千字,
因使寄微之。

这首五言排律,从内容上看,写他与元稹的交往深情,叙事、状物、论理、抒情,淋漓尽致,规模宏大,格式严谨。五言排律的各种功能和特征,都得到了充分体现。朗朗千言,196个对偶句,连续排比下来,显示出白居易的深厚功力确非寻常。

凡写排律,诗家皆习惯于用韵数的多少来标题,并且总喜欢用逢十的整数。即便首句也押了韵,多出一韵,也忽略不计,在标题上仍用偶数。如王维《河南严尹弟见宿敝庐访别人赋十韵》、杜甫《上书左相二十韵》、杜甫《赠李八秘书别三十韵》、刘禹锡《武陵书怀五十韵》、元稹《春六十韵》。

排律,最后定型于唐代,但它的雏形可追远魏晋。以山水诗著称的谢灵运,有些诗作已很接近排律了。如:

谢灵运 《于南山往北山经湖中瞻眺》

朝旦发阳崖,景落憩阴峰。舍舟眺迥渚,停策倚茂松。侧径既窈窕,环洲亦玲珑。俛视乔木杪,仰聆大壑灇。石横水分流,林密蹊绝踪。解作竟何感,升长皆丰容。初篁苞绿箨,新蒲含紫茸。海鸥戏春岸,天鸡弄和风。抚化心无厌,览物眷弥重。不惜去人远,但恨莫与同。孤游非情叹,赏废理谁通!

——谢灵运这首咏物长诗,写他从南山到北山所见风光景物,写得很细腻传神。共22句,11联。除结尾一联外,其余十联全用对偶句。从词性上看,名词、动词、形容词、副词等都排比对偶得十分工整。一韵到底,用"一东"韵11个。很像排律。但从平仄声方面仔细分析,就会看出,与律诗的平仄粘对要求多有不合。如开首二句的头节"朝旦"与"景落"就平仄不对仗;第三联对句和第四联出句的头节又平仄不粘连,其他如"海鸥""天鸡""抚化""孤游"等处也多有不对、不粘之处。因而,仍属五言古诗,而不属排律。但无疑,它在对偶方面,已为以后形成排律打下了基础。

五言排律这种诗体,在唐代颇受重视,甚至成为科举考试中的"试帖诗",并规定一律十二句,首尾二联不对偶,中间四联八句必须对偶。如:

张乔 《华州试月中桂》

与月转鸿蒙,扶疏万古同。根非生下土,叶不堕秋风。结蕊圆时足,低枝缺处空。影超群木外,香满一轮中。未种丹霄日,应虚白兔宫。如何同片玉,散植在堂中。

——这种"试帖诗",在句数、韵数、对偶、平仄声等方面都限制得很死,格式完全僵化,当然也就写不出什么好诗来。从内容上看,不过是歌功颂德、粉饰太平罢了。

第三章 七律

第一节 七绝

一、七言律句的基本句型

"七言律绝"简称"七绝",是七言律诗中字句最少的一种格式。如:

李白《从军行》

百战沙场碎铁衣,城南已合数重围。
仄仄平平仄仄平,平平仄仄仄平平
突营射杀呼延将,独领残兵千骑归。
平平仄仄平平仄,仄仄平平仄仄平。

总共4句,28字。首句入韵者三韵,首句不入韵者二韵。

从格式上看,七绝较五绝,每句多出二字,增加了一个拍节,变成七言四拍节奏。七言律句也只有四种基础句型。其构成方法是,在五言律句前边按"平仄交错"的原则添加两个字。与五绝的四种句式比较一下,就会一目了然:

     五言律句   七言律句

(1) 仄起仄收者加平平头:仄仄平平仄——平 平/仄 仄平平仄

(2) 平起平收者加仄仄头:平平仄仄平——仄 仄/平平仄仄平

仄平

（3）平起仄收者加仄仄头：平平平仄仄──→仄仄/平平平仄仄

（4）仄起平收者加平平头：仄仄仄平平──→平平/仄仄仄平平

从上边的比较示意中可以明确地看出：

（1）七言律句比五言律句增加了两字，多出了一个拍节，原平起式加"仄仄"头，原仄起式加"平平"头。

（2）增加一个音节后，第1字皆可无条件地不拘平仄；除由原"平平仄仄平"句式变来者外，其余三种句式的第3字亦不拘平仄。这属于七言律句的"常规变格"。

（3）有的句式第5字还可能发生变化，如两种"仄脚"句式"平平仄仄平平仄"及"仄仄平平平仄仄"，末三字有时可变作"仄平仄"；两种"平脚"句式"仄仄平平仄仄平"及"平平仄仄仄平平"，末三字可变作"平仄平"，这是"古风式句尾"的"特殊变格"。

（4）七律的平仄声变化，有个"一三五不论"的口诀，按此口诀，四种七言律句可作如下变化：

平平仄仄平平仄　可变为　仄平平仄仄平仄
仄仄平平仄仄平　可变为　平仄平平平仄平
仄仄平平平仄仄　可变为　平仄仄平平仄仄
平平仄仄仄平平　可变为　仄平仄平平仄平平

我们从中看到，其第1、3、5字的平仄声都向对方转化了。"一三五不论"的口诀，也就是由此产生的。

但必须说明四点：一是，四种句式中，所有头节第1字的变化都是无条件的，即在任何情况下，都可平可仄。二是，除"仄仄平平仄仄平"句式，余下三种句式中的第3字，其平仄变化也是无条件的。三是,唯有"仄仄平平仄仄平"句式中,因为涉及"孤平",第3字由平变仄则是有条件的。通常情况下最好不变,实在要变,则必须同时把第5字由仄变平,以补回一个平声字,这称作"孤平拗救",属于"特殊变格"范畴(后边辟专章细讲)。四是,第5字的变化,涉及句尾形态,会因而出现"仄平仄""平仄平"以至"仄仄仄""平平平"等"古风式句尾",往往需要上下句搭配起来,做到互补互救为好。(对此,后边有专章做详细解说。)

七言律绝、七律,以至七言排律都是由七言律句这四种基本格式组成的。其组合方法与上节所讲五绝及五律的方法一样,也要符合"一句之内,平仄交错;两联之间,平仄相粘"的要求。

下边先对七绝的四种格式举例加以解说。

二、七绝第一格

七绝共有四种格式,首句不押韵者两种,首句押韵者两种。

这里先讲首句不押韵的一种。从结构角度看,这是最基础的格式,其他三种格式皆以此格为基础变化而来。只要把握住此格要领,另三种便可触类旁通。

七绝第一种格式的基本标志是:"首句平起仄收"。

【定格】　　　　　【例诗】　　白居易《忆江柳》

平平仄仄平平仄,　　曾栽杨柳江南岸,
仄仄平平仄仄平。　　一别江南两度春。
仄仄平平平仄仄,　　遥忆青青江岸上,
平平仄仄仄平平。　　不知攀折是何人!

【附例】

(1)杜甫《江南逢李龟年》(第一联对偶,第三句变古风尾)

岐王宅里寻常见，崔九堂前几度闻。
正是江南好风景，落花时节又逢君。

(2) 叶李《暮春即事》（第一联对偶，第三句变古风尾）
双双瓦雀行书案，点点杨花入砚池。
闲坐小窗读周易，不知春去几多时。

(3) 司马光《有约》（第一联对偶，第三句变古风句尾）
黄梅时节家家雨，青草池塘处处蛙。
有约不来过夜半，闲敲棋子落灯花。

(4) 苏轼《湖上初雨》（第一联对偶，第三句变古风尾）
水光潋滟晴方好，山色空蒙雨亦奇。
欲把西湖比西子，淡妆浓抹总相宜。

(5) 王驾《春晴》（第一联对偶，第三句变古风句尾）
雨前初见花间蕊，雨后全无叶底花。
蜂蝶纷纷过墙去，却疑春色在邻家。

【格式解析】

(1) 在七绝第一种格式中，七言律句的四种基本句式俱全。首句不入韵，隔句押韵，共七言4句28字2平韵。

(2) 一句内平仄交错，每联内上下句间皆平仄对仗。

(3) 两联邻句间，前四字平仄相粘（相同）。

(4) 首句不押韵，起得突兀，容易造成一种起伏跌宕感，便于抒发较激烈的情感，给人留下特出的印象。

(5) 七绝用对偶者较五绝多。尤其此式，更以首联对偶者较多见。因为此格首句不押韵，上下句的平仄完全对仗，颇适合文字对偶。所举例诗中，除白居易《忆江柳》外，其余各首皆第一联对偶。

(6) 从所举例诗中可以认证：在"仄仄平平仄仄平"句式中，为避免"孤平"，第3字的平声绝不变仄。其余三种句式中，皆可"一三不论"，如例诗中用黑体标明的"**杨**""**遥**""**不**""**攀**""**崔**""**落**""**时**""**闲**""**小**""**读**""**周**""**不**""**春**""**时**""**青**""**不**""**过**""**棋**""**水**""**山**""**比**""**西**""**淡**""**浓**""**雨**""**蜂**""**却**""**春**"等字的平仄，都与定格原形不同。在这些音位上的平仄变化，是格律所允许的，并且是常见的，因而称作"常规变格"。下述七绝三种格式，以及后边所讲七律各种格式中，与此道理相同。

（7）司马光《有约》第三句"**有约不来过夜半**"，原格应为"**仄仄平平平仄仄**"，其第1、3字本可不拘平仄，司马光不仅将第3字由平变仄，且采用"三连仄古风式句尾"，将第5字也由平变仄，末三字呈"三连仄"，这样，全句便"**六仄夹一平**"，只剩"来"字一个平声了。这就是通常所说的"一三五不论"句例。由于处在全诗第3句，是上句（出句），仄声多些，给人一种向上挑起的声韵感，效果更好。再如苏轼《饮湖上初晴后雨》第3句"欲把西湖**比西子**"，采用"仄平仄"古风式句尾，也加强了向上激扬感。这类变化，多用于七绝的第3句和七律的第7句。

三、七绝第二格

七绝第二种格式的基本标志是："首句仄起仄收"。

这是七绝中首句不押韵两种格式中的第二种，是名篇佳句较多的一格。

【定格】　　【例诗】　王维《九月九日忆山东兄弟》
仄**仄**平**平**平仄仄，　独在异乡为异客，
平平仄**仄**仄平平。　每逢佳节倍思亲。
平平仄**仄**平平仄，　遥知兄弟登高处，
仄**仄**平**平**仄仄平。　遍插茱萸少一人。

【附例】

（1）杜甫《绝句》（两联全用对偶）

　　两个黄鹂鸣翠柳，一行白鹭上青天。

　　窗含西岭千秋雪，门泊东吴万里船。

（2）高蟾《上高侍郎》（首联对偶）

　　天上碧桃和露种，日边红杏倚云栽。

　　芙蓉生在秋江上，不向东风怨未开。

（3）苏轼《冬景》（首联对偶）

　　荷尽已无擎雨盖，菊残犹有傲霜枝。

　　一年好景君须记，最是橙黄橘绿时。

（4）杜小山《寒夜》（首联对偶）

　　寒夜客来茶当酒，竹炉汤沸火初红。

　　寻常一样窗前月，才有梅花便不同。

（5）李益《夜上受降城闻笛》（首联对偶）

　　回乐峰前沙似雪，受降城外月如霜。

　　不知何处吹芦管，一夜征人尽望乡。

（6）鲁迅《无题》（首联对偶）

　　血沃中原肥劲草，寒凝大地发春华。

　　英雄多故谋夫病，泪洒崇陵噪暮鸦。

【格式解析】

（1）第二种七言律绝，从结构形式上看，就是把第一种格式的前后两联相互颠倒一下。因而，这种格式也是首句不押韵，隔句用韵，全诗4句2韵。

（2）与第一种格式有类同之处，也是每联上下句的平仄声完全对仗，适合文字对偶。所举七首例诗中，首联对偶者就有五首。有的还两联皆用对偶，如杜甫《绝句》。绝句对偶与否，并无固定要求。王维的七绝《九月九日忆山东兄弟》中就未用对偶。

(3) 与第一种格式类同，由于首句不押韵，起句突兀，富于跌宕感，也为诗家所喜用，名篇佳句较多。

(4) 句中平仄变格规律，与第一种格式类同。引文中凡用斜体加粗标示者，皆为变格之处。

四、七绝第三格

七绝第三种格式的基本标志是："首句平起平收"。

这是七绝中首句押韵的两种格式之一，由第一格变来。最为常用，名篇佳句多，句尾变化也较多，举些例诗加以解析。

【定格】　　　　　【例诗】　李白《早发白帝城》
*平*平仄仄仄平平，　　朝辞白帝彩云间，
仄仄平平仄仄平。　　千里江陵一日还。
仄仄*平*平平仄仄，　　两岸猿声啼不住，
*平*平*仄*仄仄平平。　　轻舟已过万重山。

【附例】

(1) 杜牧《泊秦淮》（两联皆不对偶，而首句自对。）
　　　烟笼*寒*水月笼沙，夜泊秦淮近酒家。
　　　*商*女*不*知亡国恨，*隔*江*犹*唱后庭花。

(2) 杜牧《清明》（无对偶）
　　　清明*时*节雨纷纷，路上行人欲断魂。
　　　借问*酒*家何处有，*牧*童遥指杏花村。

(3) 叶适《游小园不值》（无对偶）
　　　应嫌屐齿印苍苔，十扣柴门久不开。
　　　*春*色*满*园关不住，一枝红杏出墙来。

(4) 李白《客中作》（无对偶）
　　　兰陵美酒郁金香，玉碗盛来琥珀光。
　　　但使*主*人能醉客，*不*知何处是他乡。

(5) 卢梅坡《雪梅之二》（首联对偶）
有梅无雪不精神，有雪无诗俗了人。
日暮诗成天又雪，与梅并作十分春。

(6) 王昌龄《闺怨》（无对偶）
闺中少妇不知愁，*春*日凝妆上翠楼。
忽见*陌*头杨柳色，*悔*教*夫*婿觅封侯。

(7) 王翰《凉州词》（无对偶）
葡萄美酒夜光杯，欲饮琵琶马上催。
醉卧沙场君莫笑，*古*来*征*战几人回。

(8) 韩愈《初春小雨》（无对偶）
天街小雨润如酥，草色遥看近却无。
最是一年春好处，绝胜*烟*柳满皇都。

(9) 苏轼《春宵》（第二联对偶）
春宵一刻值千金，*花*有清香月有阴。
*歌*管楼亭声细细，秋千院落夜沉沉。

【格式解析】

(1) 第三种七绝是由第一种变成的。为了首句押韵，用末句"平平仄仄仄平平"句式替换掉"平平仄仄平平仄"句式。这样，便由原来的4句2韵变为4句3韵。七言律句较五言律句长，首句用韵会增强韵律感，读第1句，便知全诗押什么韵，做到首尾呼应，给人一种谐调感与平稳感。正是这个原因，这种格式颇为诗家所偏爱，名篇甚多，所举例诗，都是很有影响的佳作。

(2) 七绝中的对偶多用于首联，第二联对偶者较少。因为后两句要收得有些气势方好，如用对偶，便略嫌平稳。而本格式由于首句格式被替换后，上下两句间，只有前四字平仄相对，后三字不完全相对，不大适于对偶。因而，采用本格式所写的绝句，以不用对偶者居多，所举10首名篇中，不用对偶者便占9首。

（3）由于第1、2句皆押韵，显得平稳，而诗贵波澜起伏，于是诗家便在第3句大做文章，尽力在句尾上多些变化。这就是第3句多用"仄平仄"古风式句尾的原因。如以下诗例第3句斜体加粗处，都是古风式句尾。

王之涣《凉州词》

黄河远上白云间，一片孤城万仞山。
羌笛何须*怨杨柳*，春风不度玉门关。

王维《送元二使安西》

渭城朝雨浥轻尘，客舍青青柳色新。
劝君更进*一杯酒*，西出阳关无故人。

韦应物《滁州西涧》

独怜幽草涧边生，上有黄鹂深树鸣。
春潮带雨*晚来急*，野渡无人舟自横。

（4）有的在第2、4押韵句的句尾上也寻求些变化，采用"平仄平"古风式句尾。如：

王昌龄《出塞》

秦时明月汉时关，万里长征*人未还*。
但使龙城飞将在，不教胡马度阴山。

——此诗第2句句尾即采用"平仄平"。

五、七绝第四格

七绝第四种格式的基本标志是："首句仄起平收"。

这是七绝中首句押韵的两种格式之一，由第二格变来。也是最常见格式，下边所举例诗，篇篇皆为脍炙人口的名作，足见诗家对此式之特殊钟爱。

【定格】　　　　　　【例诗】　　杜牧《赤壁》
仄仄平平仄仄平，　　折戟沉沙铁未销，
平平仄仄仄平平。　　自将磨洗认前朝。
平平仄仄平平仄，　　东风不与周郎便，
仄仄平平仄仄平。　　铜雀春深锁二乔。

【附例】

(1) 王昌龄《芙蓉楼送辛渐》（无对偶）
　　寒雨连江夜入吴，平明送客楚山孤。
　　洛阳亲友如相问，一片冰心在玉壶。

(2) 杜牧《秋夕》（首联对偶）
　　银烛秋光冷画屏，轻罗小扇扑流萤。
　　天阶夜色凉如水，坐看牵牛织女星。

(3) 杜甫《漫兴》（第二联对偶）
　　肠断春江欲尽头，杖藜徐步立芳洲。
　　颠狂柳絮随风舞，轻薄桃花逐水流。

(4) 李商隐《夜雨寄北》（无对偶）
　　君问归期未有期，巴山夜雨涨秋池。
　　何当共剪西窗烛，却话巴山夜雨时。

(5) 李商隐《嫦娥》（无对偶）
　　云母屏风烛影深，长河渐落晓星沉。
　　嫦娥应悔偷灵药，碧海青天夜夜心。

(6) 张继《枫桥夜泊》（无对偶）
　　月落乌啼霜满天，江枫渔火对愁眠。
　　姑苏城外寒山寺，夜半钟声到客船。

(7) 杨万里《晓出净慈寺送林子方》（第二联对偶）
　　毕竟西湖六月中，风光不与四时同。
　　接天莲叶无穷碧，映日荷花别样红。

（8）苏轼《春日》（无对偶）
　　胜日寻芳泗水滨，无边光景一时新。
　　等闲识得东风面，万紫千红总是春。
（9）朱熹《观书有感》（无对偶）
　　半亩方塘一鉴开，天光云影共徘徊。
　　问渠哪得清如许，为有源头活水来。
（10）朱熹《泛舟》（无对偶）
　　昨夜江边春水生，艨艟巨舰一毛轻。
　　向来枉费推移力，此日中流自在行。
（11）卢梅坡《雪梅之一》（第二联对偶）
　　梅雪争春未肯降，骚人阁笔费评章。
　　梅须逊雪三分白，雪却输梅一段香。

【格式解析】

（1）第四种七绝是由第二种变成的。为了首句押韵，用末句"仄仄平平仄仄平"句式替换掉"仄仄平平平仄仄"句式。这样，便由原来的4句2韵变为4句3韵，增强了韵律感。

（2）与前种格式同一道理，由于第1句改换作押韵句，与下句的平仄并不完全对仗，加之韵脚处选用对偶字有些局限，对偶便较少，以不对偶者为多见。上边所举12首名篇中，只有4篇对偶，8篇不对偶。

（3）在这种首联不便于完全对偶的格式中，为了获得对应感，诗人还创造了一种新的对偶形式，叫作"本句自对"。如：

　　　　李白《清平调词》（首句自对）
　　云想衣裳花想容，春风拂槛露华浓。
　　若非群玉山头见，会向瑶台月下逢。
　　　　范成大《田家》（首句自对）
　　昼出耘田夜绩麻，村庄儿女各当家。

童孙未解共耕织,也傍桑阴学种瓜。

——李白"**云想衣裳花想容**"句,"云想衣裳"与"花想容"间构成词性及语法对偶。范成大"**昼出耘田夜绩麻**"句,"昼出耘田"与"夜绩麻"相对。

还有一种做法,叫作"半对"如:

刘禹锡《乌衣巷》

朱雀桥边野草花,乌衣巷口夕阳斜。

旧时王谢堂前燕,飞入寻常百姓家。

——此诗用"麻花韵",属"窄韵",字数有限,"花""斜"二字,前属名词,后为形容词,不能相对,而前六字"**朱雀桥边野草**"与"**乌衣巷口夕阳**"之间却对得很工整,总体上仍然给人一种对偶的感觉。

(4) 尽管七言律句第 1 字的平仄变化是无条件的,可变可不变,变了也不必补救,但许多诗家,却往往在第 2 个词的第 1 个字上,做些相应的调整,以求平衡感。例如:

韩愈《晚春》

草木知春不久归,百般红紫斗芳菲。

杨花榆荚无才思,唯解漫天作雪飞。

——此诗中,"**百般红紫**""**唯解漫天**"两处都用了前后对应变化的手法。它如:杜牧《赤壁》句"**自将磨洗认前朝**",杜甫《漫云》句"**杖藜徐步立芳洲**",苏轼《西湖》句"**接天莲叶无穷碧**"等,当第 1 字由平变仄的同时,也把第 3 字由仄变平。这是七言律句中的常用变格方法,故称"常规变格"。

(5) 在七言绝句中,古风式句尾的运用,往往会收到增强跌宕感的特殊效果。例如:

杜牧《江南春》

十里莺啼绿映红,水村山郭酒旗风。

南朝四百八十寺，*多少楼台烟雨中*。

——第3、4句古风式句尾，以拗对拗。

贺知章《回乡偶书》

少小离家老大回，乡音无改鬓毛衰。

儿童*相*见*不*相识，笑问*客*从*何*处来。

——第4句孤平拗救，形成古风式句尾。

李白《送孟浩然之广陵》

*故*人*西*辞*黄鹤*楼，烟花三月下扬州。

孤帆远影*碧*空尽，唯见长江天际流。

——第1、3、5句皆用古风式句尾。

"不相识""碧空尽"这类"仄平仄"句尾用于出句上，产生一种落而复起的激昂感；"烟雨中""何处来""天际流"这类"平仄平"句尾，用于押韵句上，与上句相呼应，产生一种起而又伏的回应感。当我们反复吟咏"南朝四百**八十**寺，多少楼台烟雨中"这两句时，前句连用五个仄声字的"四百八十寺"，那急促的声韵节奏，似乎把我们的情绪推上了高峰之巅，到下句"楼台烟雨中"，这"五平夹一仄"的舒缓中略有颠簸的变化里，倒觉得分外稳实了。这便是格式变化所产生的魅力。

（6）前边讲过，律诗与古风不同，要尽力避免同字重复，特别是要避免同字对偶。但这又不是绝对的，律诗某些特有的同字重复，反而是种表现手法上的特殊技巧。例如：

赵嘏《江楼有感》

独上江楼思悄然，月光如水水如天。

同来玩月人何在，风景依稀似去年。

——第2句自对。

林升《西湖》

山外青山楼外楼，西湖歌舞几时休。

暖风熏得游人醉,直把杭州作汴州。

——首句自对。

在这两首绝句中,"水""山""楼""外"等四字各重复了两次,不仅未给人同义重复、原地踏步、累赘絮烦之感,反而在譬喻、对应、比较中,产生了独特的艺术感染力,给人留下了更为深刻的印象。

(7)此格式的平仄限制,较其他三种要多些。四句中,"仄仄平平仄仄平"格式就占了两句,这是种易犯"孤平"的句式,灵活性较小些,束缚更大些。但对于某些精于诗律的诗家来说,往往越是限制较严的格式,他们反而越加感兴趣,愿意反复咀嚼。加之本格式首句押韵的因素,也为诗人所偏爱。因而,正是在这种束缚中,经过反复推敲和锤炼,反倒出现了许多脍炙人口的名篇佳作。可见束缚也并非全然不好。

六、七言古绝与七言律绝的区分

七律虽然定型于唐代,但在六朝到隋唐之间,已经开始萌芽。即如受杜甫赞誉"清新庾开府"的六朝诗家庾信之诗,便已开始向格律方向转化,用律句写出了些新体诗。而由于那时律诗毕竟尚未定型,这些用律句写成的诗,往往上下联间多有不粘不对的情况。

到唐代律诗已经定型之后,某些诗家又回过头来,故意追求古风韵味,在有些七言律绝中也出现了"拗对"和"拗粘"的状态。还有的故意写些二四同声或四六同声的拗句。因而就出现了一些介乎律与非律之间的诗作,到底属于律诗还是古风,有些混淆不清。

后人为了区分和鉴别:通常把凡用律句写成的七绝,而又有失粘、失对状态的,称为"古风式七言律绝";把那种主要是用拗句写成的,叫"七言古绝"。其中既有用平韵写的,也有用仄韵写的。

下边分别举例加以说明。

(一) 平韵古风式七言律绝

鉴别要点是：通篇皆用律句写成；平韵到底；即使上下句间失对失粘，仍为律绝。如：

六朝　庾信《秋夜望单飞雁》

失群寒雁声可怜，夜半单飞在月边。
仄平平仄**平仄平**，仄仄平平仄仄平。
无奈人心复有忆，今瞑将渠俱不眠。
平仄平平仄仄仄，平仄平平仄仄平。

——此诗，尽管首句用"仄平仄"古风尾，第3句用"三连仄"句尾，尾联拗对，但4个诗句大体上都是律句范畴。故为"古风式七言律绝"。

唐　韦应物《滁州西涧》

独怜幽草涧边生，上有黄鹂深树鸣。
仄平平仄仄平平，仄仄平平平仄平。
春潮带雨晚来急，野渡无人舟自横。
平平仄仄仄平仄，仄仄平平平仄平

——虽两联间拗粘，但通篇皆用律句，且用"古风式句尾"变格，故为古风式七言律绝。

明　于谦《咏石灰》

千锤万凿出深山，烈火焚烧若等闲。
平平仄仄仄平平，仄仄平平仄仄平。
粉身碎骨浑不怕，要留清白在人间！
仄平仄仄平仄仄，仄平平仄仄平平。

——两联间拗粘；尾联拗对；但通篇皆用律句。故为古风式七言律绝。

（二）平韵七言古绝

鉴别要点是：多用拗句。

唐　王维《少年行》

新丰美酒斗十千，咸阳游侠多少年。
平平仄仄仄仄平，平平平仄平仄平。
相逢意气为君饮，系马高楼垂柳边。
平平仄仄平平仄，仄仄平平平仄平。

——首句为四六同仄拗句；首联拗对。故为七言古绝。

唐　李白《登庐山五老峰》

庐山东南五老峰，青天削出金芙蓉。
平平平平仄仄平，平平仄仄平平平。
九江秀色可揽结，吾将此地巢云松。
仄平仄仄仄仄仄，平平仄仄平平平。

——首句为二四同平拗句；第三句为六仄一平大拗；两联皆拗对。故为古绝。

唐　李白《赠华州王司士》

淮水不绝涛澜高，盛德未泯生英髦。
平仄仄平平平平，仄仄仄平平平平。
知君先负庙堂器，今日还须赠宝刀。
平平平仄仄平仄，平仄平平仄仄平。

——第1、2句皆为拗句，且"三平调"；首联拗对，两联不粘。故为古绝。

唐　杜甫《诣徐卿觅果栽》

草堂少花今欲栽，不问绿李与黄梅。
仄平仄平平仄平，仄仄仄仄仄平平。
石笋街中却归去，果园坊里为求来。
仄仄平平仄平仄，仄平仄仄仄平平。

——首句为二四同平拗句,第2句为二四同仄拗句。只凭这两句便足以断定为古绝。

(三)仄韵七言律绝

鉴别要点有二:一是通篇皆用律句;二是仄韵到底;上下句间即使失粘失对,仍为律绝。

唐 岑参《武威送刘判官赴碛西行军》

火山五月行人少,看君马去疾如鸟。
仄平仄仄平平仄,平平仄仄仄平仄。
都护行营太白西,角声一动胡天晓。
平仄平平仄仄平,仄平仄仄平平仄。

——首联拗对;两联间拗粘;但通篇皆用律句。故仍为律绝。

辽 耶律弘基《题李俨黄菊赋》

昨日得卿黄菊赋,碎剪金英填作句。
仄仄仄平平仄仄,仄仄平平平仄仄。
袖中犹觉有余香,冷落西风吹不去。
仄平平仄仄平平,仄仄平平平仄仄。

——首联平仄不对仗,两联间平仄不粘。但通篇皆用律句,且仄韵到底,故仍属律绝。

(四)仄韵七言古绝

鉴别标志是:多用拗句;文中或用虚词。唐宋以后,此格罕见。

汉 项羽《垓下歌》

力拔山兮气盖世,时不利兮骓不逝。
骓不逝兮可奈何,虞兮虞兮奈若何!

——虚词"兮"字三现,属骚体七古。

明　朱元璋《咏菊花》

百花发时我不发，我若发时都吓杀。
仄平仄平仄仄仄，仄仄仄平平仄仄。
要与西风战一场，遍身穿就黄金甲。
仄仄平平仄仄平，仄平平仄平平仄。

——后联两句合律；但首句为二四同平拗句；且"发"字三现，"我"字二现。故为古绝。

归纳一下，区分七言律绝与七言古绝的要点：七言律绝有平韵与仄韵两类，无论平韵或仄韵，皆须一韵到底；确定是否律绝的要点是律句，律绝必须由律句组成；一首诗中即便有失对、失粘之处，只要全用律句组成者，仍属"古风式律绝"；如果一首七绝中，多用平仄不合律的拗句，便属古绝；如果上下句里多有同字重复者，或多有虚词者，也属古绝。

至此，可对七言律绝及七言古绝各用几句口诀加以概括：

七言律绝：

　　必须四句皆七言，上下对仗两联粘。
　　句尾多用平声韵，对偶与否限制宽。

七言古绝：

　　七言四句成一篇，不拘平仄与粘联。
　　文中多有重复字，对偶与否随自然。

第二节　七律

七言律诗也共有四种格式。首句不押韵者两种：首句平起仄收式和首句仄起仄收式。首句押韵者两种：首句仄起平收式和首句平起平收式。皆七言8句，56字，句数和字数恰好为七绝的双倍。仅就平仄格式看，它是两首七言律绝的重叠。只要熟悉了七绝的格式,把握七言律诗就很容易。当然,这只是为了便于把握格式所做的比较,实际创作过程并非如此谋篇的。

一、七律第一格

七律第一种格式的基本标志是:"首句平起仄收"。

这是首句不押韵两种格式中的一种。七律因句式稍长,相对来说,以首句押韵格式者为常用,首句不押韵者用得少些。

【定格】　　　　　【例诗】　杜甫《客至》
平 平仄 仄平平仄,　　舍 南舍北皆春水,
仄仄平平仄仄平。　　但见群鸥日日来。
仄仄平 平平仄仄,　　花 径不曾缘客扫,
平 平仄 仄仄平平。　　蓬门今 始为君开。(对偶)
平 平仄 仄平平仄,　　盘飧市远无兼味,
仄仄平平仄仄平。　　樽酒家贫只旧醅。(对偶)
仄仄平 平平仄仄,　　肯与邻翁相对饮,
平 平仄 仄仄平平。　　隔篱呼取尽余杯。

【附例】

(1)崔颢《黄鹤楼》(首联半对,一、三联对偶,有六处拗救)

　　昔人已乘黄*鹤*去,此地空余黄 鹤楼。
　　黄 鹤一去不复返,*白云千 载空*悠悠。
　　晴川历历汉 阳树,芳草萋萋*鹦* 鹉洲。
　　日暮乡关何处是,烟波江 上使人愁。

(2)韦应物《寄李儋元锡》(二、三联对偶)

　　*去 年花*里逢君别,今日花开又一年。
　　世事茫茫难自料,春愁黯黯独成眠。
　　身多疾病思田里,邑有流亡愧俸钱。

闻道*欲*来相问讯，西楼望月几回圆。

(3) 杜甫《野望》（一、二、三联皆对偶）

西山白雪三城戍，*南*浦清江万里桥。

海内风尘诸弟隔，天涯涕泪一身遥。

唯将*迟*暮供多病，未有涓埃答圣朝。

跨马*出*郊时极目，不堪人事日萧条。

(4) 元稹《遣悲怀之一》（二、三联对偶）

*谢*公最小偏怜女，自嫁黔娄百事乖。

顾我无衣搜荩箧，泥他*沽*酒拔金钗。

*野*蔬充膳甘长藿，落叶添薪仰古槐。

今日*俸*钱过十万，与君营奠复营斋。

【格式解析】

(1) 七律第一种格式，从结构形式上看，是七绝的第一种格式（首句平起仄收式）的重叠。因而，七言律句的四种基本格式各有两句。

(2) 首句不押韵，隔句一韵，全诗8句4韵。

(3) 全诗四联，依次名为首联、颔联、颈联、尾联。（以下同）

(4) 首尾二联通常不用对偶。中间两联（即颔联、颈联）通常要求对偶。例诗中杜甫《客至》、韦应物《寄李儋元锡》、元稹《遣悲怀》等皆中间两联用对偶。但由于此式首联不押韵，四联中，所有上下句的平仄声都是对仗的，因而，不仅中间两联适于对偶，首联也适于对偶。所举诗例中，杜甫《野望》的首联就用对偶，崔颢《黄鹤楼》首联半对偶。

(5) 句式平仄变化与七绝的变化规律相同：所有各句的第1字皆不拘平仄；另有三种句式的第3字也可不拘平仄；唯独"仄仄平平仄仄平"句式中，第3字必须用平声字，否则即犯"孤平"。

（6）在第1、3字不拘平仄的句型中，第1字或第3字的平仄变化后，前三字便会呈现"三连平"或"三连仄"，这不算毛病，并不忌讳。但在可能情况下，诗家往往将第1、3字的平仄同时变换，以求得平仄声的平衡。如例诗中句

"花 径 不 曾 缘 客 扫" "隔 篱 呼 取 尽 余 杯"
"白 云 千 载 空 悠 悠" "去 年 花 里 逢 君 别"
"闻 道 欲 来 相 问 讯" "不 堪 人 事 日 萧 条"
"野 荒 充 膳 甘 长 藿" "今 日 俸 钱 过 十 万"

皆第1、3字同变，形成"仄平平仄"或"平仄仄平"格式。

（7）律诗的定格，在有些诗家手下也有突破。崔颢《黄鹤楼》一诗，就有三个突破：按常规，要在中间两联对偶，崔颢诗却改在第1、3联对偶；通常律诗忌讳重字和重复用语，崔颢诗中"黄鹤"一词三现，"去"字二现，"空"字二现，"人"字二现；律诗要避免拗句，崔颢诗第三句"**黄鹤一去不复返**"，不仅"二四同仄"，全句除开头一个"黄"字平声，余下六字全为仄声，可谓大拗句。其他如"**空悠悠**"为"三平调"，"**汉阳树**"为"仄平仄"，"黄**鹤**楼"、"**鹦鹉洲**"为"平仄平"，皆古风式句尾。全诗共有六句与标准律句的要求不合。但这里却包含着律诗变格与拗救的复杂方法，因而仍不失为名篇佳作，连诗仙李白当年见到此诗也赞不绝口，兴"搁笔"之叹。关于此诗"拗救"的具体方法，这里暂做简单交待，下边有专章细讲。

二、七律第二格

七律第二种格式的基本标志是："首句仄起仄收"。

这是七律中首句不押韵的第二种格式。较首句用韵者的使用频率也较小些。但仍有不少名篇。

【定格】　　　　　【例诗】　杜甫《闻官军收河南河北》

仄仄平平平仄仄，　　剑外忽传收蓟北，
平平仄仄仄平平。　　初闻涕泪满衣裳。
平平仄仄平平仄，　　却看妻子愁何在，
仄仄平平仄仄平。　　漫卷诗书喜欲狂。（对偶）
仄仄平平平仄仄，　　白日放歌须纵酒，
平平仄仄仄平平。　　青春作伴好还乡。（对偶）
平平仄仄平平仄，　　即从巴峡穿巫峡，
仄仄平平仄仄平。　　便下襄阳向洛阳！（对偶）

【附例】

(1) 杜甫《阁夜》（第一、二、三联皆对偶）
　　岁暮阴阳催短景，天涯霜雪霁寒宵。
　　五更鼓角声悲壮，三峡星河影动摇。
　　野哭千家闻战伐，夷歌几处起渔樵。
　　卧龙跃马终黄土，人事音书漫寂寥。

(2) 元稹《遣悲怀之二》（中间两联对偶）
　　昔日戏言身后意，今朝都到眼前来。
　　衣裳已施行看尽，针线犹存未忍开。
　　尚想旧情怜婢仆，也曾因梦送钱财。
　　诚知此恨人人有，贫贱夫妻百事哀。

(3) 黄庭坚《清明》（中间两联对偶）
　　佳节清明桃李笑，野田荒冢只生愁。
　　雷惊天地龙蛇蛰，雨足郊原草木柔。
　　人乞祭余骄妾妇，士甘焚死不公侯。
　　贤愚千载知谁是，满眼蓬蒿共一丘。

【格式解析】

(1) 七律第二种格式的构成方法，即七绝的第二种格式

（首句仄起仄收式）的重叠。因而，在这个格式中，四种七言律句的基本句式也各有两句。

（2）因首句不押韵，隔句一韵，全诗8句4韵。首句不押韵的格式，起句较突兀，宜表达较激烈昂扬情调和内容。

（3）本格式习用中间两联对偶。但也有兼用首联或尾联对偶的，如上举例诗杜甫《阁夜》中，则首联也用对偶。

（4）通常来说，对偶句严整有余而气势不足，不宜用于开头和结尾。但杜甫《闻官军收河南河北》一诗的尾联对偶"**即从**巴峡**穿**巫峡，**便下**襄阳**向**洛阳！"由于运用了"即""从""穿""便""下""向"等极富于时间性和动作性的词语，巧妙地把"巴峡""巫峡"及"襄阳""洛阳"等地点串联起来，动感极强，反倒烘托出诗人急匆匆赶路的气势，显示了诗人遣词造句的强劲功力。

三、七律第三格

七律第三种格式的基本标志是："首句平起平收"。

这是七律中首句押韵两种格式之一，是由第一种格式变来的。由于首句押韵，韵律感增强，首尾呼应谐调，故为诗家喜用，名篇佳作较多。李白、杜甫、白居易、程颢、林逋、欧阳修、韩愈等一些唐宋名家都用此格写下不少佳作。鲁迅用此格写出"横眉冷对千夫指，俯首甘为孺子牛"名句。毛泽东所发表的十首七律中，就有七首是用此式写下的。

【定格】　　　　【例诗】　白居易《钱塘湖春行》
平平仄仄仄平平，　孤山寺北贾亭西，
仄仄平平仄仄平。　水面初平云脚低。
仄仄平平平仄仄，　几处早莺争暖树，
平平仄仄仄平平。　谁家新燕啄春泥。（对偶）

平平**仄**仄平平仄,　乱花渐欲迷人眼,
仄仄平平仄仄平。　浅草才能没马蹄。(对偶)
仄仄**平**平平仄仄,　最爱湖东行不足,
平平**仄**仄仄平平。　绿杨阴里白沙堤。

【附例】

(1) 李白《登金陵凤凰台》

　　凤凰**台**上凤凰游,凤去台空**江** **自** **流**。
　　吴宫**花**草埋幽径,晋代衣冠**成** **古** **丘**。
　　三山半落青天外,二水中分白鹭洲。
　　总为浮云能蔽日,长安不见使人愁。

——中间两联对偶,一、二联不粘,二、三联亦不粘。"**江自流**""**成古邱**"皆为"平仄平"古风式句尾。李白不拘一格如此。

(2) 杜甫《曲江对酒之二》

　　朝回日日典春衣,每日江头尽醉归。
　　酒债寻常行处有,人生七十古来稀。
　　穿花蛱蝶深深见,点水蜻蜓款款飞。
　　传与风光**共** **流** 转,**暂**时相赏莫相违。

——中间两联对偶。第二联采用"借对手法":八尺为一"寻",借为数字与"七十"相对。

(3) 杜甫《江村》(中间两联对偶)

　　清江一曲抱村流,**长** 夏江村事事幽。
　　自去**自**来梁上燕,相亲**相**近水中鸥。
　　老妻画纸为棋局,稚子敲针作钓钩。
　　多病所须唯药物,微躯此外复何求。

(4) 程颢《偶成》(中间两联对偶)

　　闲来无事不从容,睡觉东窗日已红。

万物*静*观皆自得，*四*时*佳*兴与人同。
*道*通天地有形外，思入风云变态中。
富贵*不*淫贫贱乐，男儿到此是豪雄。

(5) 林逋《梅花》（中间两联对偶）
众 芳*摇* 落独鲜妍，占断风情向小园。
疏影横斜*水 清*浅，*暗* 香*浮* 动月黄昏。
寒禽欲下先偷眼，粉蝶如知合断魂。
幸有微吟可相狎，*不*须*檀*板共金樽。

(6) 欧阳修《答丁元珍》（中间两联对偶）
春风*疑*不到天涯，二月山城未见花。
残 雪*压* 枝犹有橘，*冻* 雷*惊* 笋欲抽芽。
夜 闻*啼* 雁生乡思，病入新年感物华。
曾 是*洛* 阳花下客，野芳*虽* 晚不须嗟。

(7) 秦韬玉《贫女》（中间两联对偶）
蓬门未识绮罗香，拟托良媒益自伤。
谁 爱风流高格调，*共* 怜时世俭梳妆。
敢 将十指夸针巧，不把双眉斗画长。
苦恨年年*压*金线，*为*他人作嫁衣裳。

(8) 鲁迅《自嘲》（中间两联对偶）
*运*交*华*盖欲何求，未敢翻身已碰头。
破帽遮颜过闹市，*漏*船载酒泛中流。
横眉冷对千夫指，俯首甘为孺子牛。
躲进小楼成一统，*管*他冬夏与春秋。

(9) 毛泽东《人民解放军占领南京》（中间两联对偶）
钟山*风*雨起苍黄，百万雄师过大江。
虎踞龙盘今胜昔，天翻地覆慨而慷。
宜将剩勇追穷寇，不可沽名学霸王。

天若有情天亦老，人间正道是沧桑。

【格式解析】

（1）七律第三种格式是由七律第一种格式变来的。七律第一种格式，首句不押韵，现在要变作首句押韵。办法是，用"平平仄仄仄平平"句式替换掉原先的"平平仄仄平平仄"。换后，全诗少了一个"平平仄仄平平仄"句式，多了个"平平仄仄仄平平"句式。成为8句5韵。在七言律句的四种句式中，能用作押平声韵的句式只有两个：一是"仄仄平平仄仄平"，二是"平平仄仄仄平平"。在此格中，只能用"平平仄仄仄平平"句式替换，而不能用"仄仄平平仄仄平"替换。因为，首联的下句是"仄仄平平仄仄平"，按律诗组合规律，一联内上下两句间要平仄相对，特别是前四字必须平仄相对。排比一下，就会看得很清楚。

首联上句原形：平平仄仄平平仄
替换后的句型：平平仄仄仄平平
首联下句句型：仄仄平平仄仄平

——从中看出，替换后，前四字平仄完全相对，整体上也大致相对。假如用另一种句式替换则不妥。如：

首联上句原形：平平仄仄平平仄
替换后的句型：仄仄平平仄仄平
首联下句句型：仄仄平平仄仄平

——从中看出，改用另一种"平脚"句式替换，则上下两联的平仄声就不是相对，而是"相粘"了。

（2）此格习用中间两联对偶，从上边所选名篇佳作看，所有对偶也都在中间两联，首联及尾联对偶者罕见。

（3）在七律的四种格式中，此格为历代以至现代诗家所喜用，名篇甚多。毛泽东喜写七律，除前例《人民解放军解放南京》属于此格外,还有《长征》《和柳亚子》《送瘟神》《答友人》《和郭沫若》《登庐山》等篇,也都用此格写成。

四、七律第四格

七律第四种格式的基本标志是:"首句仄起平收"。

这是七律中首句押韵的第二种格式。是由首句不押韵第二种格式变来的。与其他三种格式相比,是平仄要求较严而又为诗家偏爱的一种,名篇佳作也较多。

【定格】　　　　　【例诗】　李商隐《无题》
仄仄平平仄仄平。　相见时难别亦难,
平平仄仄仄平平。　东风无力百花残。
平平仄仄平平仄,　春蚕到死丝方尽,
仄仄平平仄仄平。　蜡炬成灰泪始干。(对偶)
仄仄平平平仄仄,　晓镜但愁云鬓改,
平平仄仄仄平平。　夜吟应觉月光寒。(对偶)
平平仄仄平平仄,　蓬山此去无多路,
仄仄平平仄仄平。　青鸟殷勤为探看。

【附例】

(1)杜甫《蜀相》(中间两联对偶,三处采用"古风式"句尾)

　　丞相祠堂何处寻,锦官城外柏森森。
　　映阶碧草自春色,隔叶黄鹂空好音。
　　三顾频烦天下计,两朝开济老臣心。
　　出师未捷身先死,长使英雄泪满襟!

(2)杜甫《登高》(第一、二、三联皆用对偶)

　　风急天高猿啸哀,渚清沙白鸟飞回。
　　无边落木萧萧下,不尽长江滚滚来。

万里悲秋常作客,*百*年*多*病独登台。
艰难苦恨繁霜鬓,潦倒新停浊酒杯。

(3) 白居易《望月有感》(中间两联对偶)
*时*难年荒世业空,*弟*兄羁旅各西东。
田园*寥*落干戈后,骨肉流离道路中。
吊影分为千里雁,辞根散作九秋蓬。
*共*看*明*月应垂泪,一夜乡心五处同。

(4) 晏殊《寓意》(中间两联对偶)
*油*壁香车不再逢,*峡*云无迹任西东。
梨花院落溶溶月,柳絮池塘淡淡风。
几日*寂*寥伤酒后,一番*萧*索禁烟中。
鱼书欲寄何由达,水远山长处处同。

(5) 陆游《秋思》(中间两联对偶)
利欲驱人万火牛,江湖浪迹一沙鸥。
*日*长似岁闲方觉,事大如天醉亦休。
*砧*杵敲残深巷月,井桐*摇*落故园秋。
*欲*舒老眼无高处,*安*得元龙百尺楼。

(6) 毛泽东《送瘟神》(中间两联对偶)
绿水青山枉自多,华佗无奈小虫何!
千村薜荔人遗矢,万户萧疏鬼唱歌。
坐地*日*行八万里,巡天*遥*看一千河。
牛郎欲问瘟神事,一样悲欢逐逝波。

【格式解析】

(1) 七律第四种格式是由七律第二种格式变来,为使首句押韵,用"仄仄平平仄仄平"句式替换掉"平平仄仄平平仄"句式。换后,全诗少了一个"平平仄仄平平仄",多了个"仄仄平平仄仄平"句式。成为8句5韵。所以用"仄仄平平仄仄平"

句式替换，而不用"平平仄仄仄平平"句式替换，原因也是为了能与下句保持平仄对仗，个中道理上边已讲过，不赘。

（2）本格式也习用中间两联对偶。从上边所选录的诗例名篇看，除杜甫《登高》一篇首联也用对偶外，其余皆在中间两联对偶。

（3）由于增多了一个"仄仄平平仄仄平"句式，加上原有的两个，这种句型在本格式中便共有三个了。如前所述，这种句型的第3字的平声是不可随意变换为仄声的，否则便犯"孤平"。因而，此格的局限性和难度较其他三种格式都要大些。但也因此，像杜甫、李商隐、白居易、陆游等一些严于诗律、精于推敲的诗家，反倒喜用这种格式，觉得难中别有趣味，从而写下大量名篇。可谓：偏向难中寻妙趣，千锤百炼始成金。

（4）纵观七律以上四种格式，平仄变化较多的都在第1、3、5字上（见附例诗文斜体标示处）。可以初步得出三点结论：七律的第1字，在任何情况下，无条件地皆可不拘平仄；第3字的平仄变格，除却"仄仄平平仄仄平"句式外，也是不拘平仄的；唯独"仄仄平平仄仄平"句式，第3字的平声不可轻易变动。实在要变，则必须同时把第5字的仄声变为平声加以补偿，这叫"孤平拗救"（在后边"变格拗救"一章中细讲）。

五、古风式七律

与七律体式很相似的，还有种"古风式七律"。犹如古风式五律，它也是在律诗形成后，唐宋诗人们追求高古风韵格调的产物。古风主要存在于五言诗中，七言罕见。因为律诗产生以前，古风主要是以五言为主，七言除在杂言诗中数量较多外，文人所作纯七言诗只有曹丕《燕歌行》一诗，且为句句押韵的"柏梁体"，无古可仿，所以唐后文人所作古风，除杂言外，纯七言的古风数量不多。

名曰"古风式七律",顾名思义,既要符合七律的某些标准,又具有古风的某些特点。它符合七律要求的有三项:一是8句56字;二是对偶合律,一般也要中间两联对偶;三是用韵合律,必须平韵到底。

它与正体律诗的区别,主要在平仄句式上。大致有四点:一是,标准律诗忌用"三平调","古风式律诗"为刻意追求古风韵味,句尾常用"三连平";二是,七律第5字要注意平仄,如果出现拗变则要设法补救,而"古风式七律"于此则故意拗而不救;三是标准律诗不许"犯孤平",而古风式七律不仅不忌,反而成为特色之一。四是七律中不许二四同声或四六同声,而在"古风式七律"中,则以模仿古诗**二四同声、四六同声**为高古。以杜甫一诗为例加以分析比较:

杜甫 《昼梦》

二月饶睡昏昏然,不独夜短昼分眠。
仄仄平仄平平平,仄仄仄仄仄平平。
桃花气暖眼白醉,春渚日落梦相牵。(对偶句)
平平仄仄仄仄仄,平平仄仄仄平平。
故乡门巷荆棘底,中原君臣豺虎边。(对偶句)
仄平平仄平平仄,平平平平平仄平。
安得务农息战斗,普天无吏横索钱!
平仄仄平仄仄仄,仄平平仄仄仄平。

——杜甫此诗:句数、韵脚、对偶皆合律。但各句平仄格式皆效古风,从句式平仄、上下句平仄对仗、上下联平仄相粘等三个方面看,与标准七律格式相违的有11处。8句中,有第1、2、3、4、6、7句等6个拗句;因而又造成三处失对,两处失粘。具体分析如下:

(1) 第1句拗:"二月饶睡昏昏然"中,前四字"二月饶睡"为"二四同平";句尾"昏昏然"三连平,又称"三平调",为古风中常见句尾,却为标准律诗之大忌。

(2) 第2句拗:"不独夜短昼分眠"中,前四字"不独夜短"为"二四同仄",为古风中习见句式。

(3) 第3句拗:"桃花气暖眼自醉"中,"眼自"二字当平而仄,形成后5字全为仄声;句尾"眼自醉"三连仄,为古风中常见句尾。

(4) 第4句拗:"春渚日落梦相牵"中,前四字"春渚日落"为"二四同仄";这句原形应为"仄仄平平仄仄平",按唐律要求,第三字不可由平变仄,否则即"犯孤平",而杜甫此处,不仅第三字由平变仄,第四字也由平变仄。由此可见,在变体中,"孤平大忌"也无忌了。

(5) 第6句拗:"中原君臣豺虎边"中,前四字"中原君臣"为"二四同平";"豺虎边"为"平仄平",属古风式句尾。

(6) 第7句拗:"安得务农息战斗"中,由于"息"字当平而仄,句尾三字"息战斗"形成"三连仄"。

(7) 首联上下句前4字"二月饶睡""不独夜短"皆为仄起式,平仄不对仗。

(8) 颔联(第2联)上下句的前四字"桃花气暖""春渚日落",平仄声不对仗。

(9) 颈联(第3联)上下句的第1音节"故乡""中原"皆为平起式,不对仗。

(10) 第3联与上联不粘。

(11) 第4联与上联不粘。

与标准律诗有别,"二四同声""拗粘""拗对""古风式句尾"这四点,恰为"古风"的特征。而统观全诗,又有3点合律：一是，七言8句56字；二是，平韵到底；三是，中间的两联对偶。这又具有律诗的架势。于是，人们便将这种兼具古风和律诗双重特征的七言诗，称为"古风式七律"。

古风式七律一体，实由杜甫开端，其作品数量也较多，除前边所举《昼梦》外，还有《杜驸马宅宴洞中》《题省中院壁》《七月一日题终明府水楼》《暮归》《暮春》《晓发公安数月憩息此县》《白帝城最高楼》《愁》《崔氏东山草堂》《至后》《瀼预》《雨不绝》《赤甲》《简吴郎司法》等，皆属此类。

由于此体既有七律用韵、对偶的严整感，又有古风飘逸、恬淡、古朴的韵味，也为唐宋一些诗家所喜爱，其中以苏轼、黄庭坚模仿此体最为出色，称为"苏黄体"。如：

苏轼《寿星院寒碧轩》

清风肃肃摇窗扉，窗前修竹一尺围。（首联拗对）
平平仄仄**平平平**，平平平仄仄仄平。
纷纷苍雪落夏簟，冉冉绿雾沾人衣。（颔联拗对）
平平平仄**仄仄仄**，仄仄仄仄**平平平**。
口高山蝉抱叶响，人静翠羽穿林飞。（与上联拗粘）
仄平平平**仄仄仄**，平仄仄仄**平平平**。
道人绝粒对寒碧，为问鹤骨何缘肥？
仄平平仄**仄平仄**，仄仄仄仄**平平平**。

——苏轼此诗：句数、用韵、对偶皆合律。但从平仄格式上看：通篇八句的末三字皆用古风格式，并且有两处"三连仄"，有四处"三连平"；开首第一联两句间平仄不对仗；第三、四联与上联不粘。按七律骨架写，却又刻意追求古风韵味。

唐宋诗家所写古风式的五律和七律数量都不小，并且思想性和艺术性也都达到相当高水平，很耐人寻味。它介乎古风与标准律诗之间，为丰富古体诗体裁、打破格律一统的单调和沉闷起到了不可低估的作用。

当前诗坛上有种偏向,好像只有常格律诗才能登上大雅之堂,其次就是只有杂言古风被视为古风的正宗,搞些笔会和征文如此,一些诗词刊物似乎也不敢超越雷池一步。这主要是对古体诗词体裁格式的丰富性还认识不够,自己束缚了手脚。唐宋诗人,包括像诗圣杜甫那样严于诗律的大家,也并不墨守成规,能带头创新,写下了大量在当时肯定是"破格"的"古风式律诗"的新体诗章。我们更不该只是墨守成规,甚而对古人已经破格创新了的东西,也抛弃不用,这只能把路越走越窄,是不应该的。

杜甫和苏轼等在"古风式七律"中,不仅变体破格,甚而对"孤平"这一大忌也在所不顾,这倒给我们一个重大启示,并引发思考——是否要把"犯孤平"看得那么严重。"犯孤平"的说法初由五律而起,主要是说:在"平平仄仄平"句式中,如果第1字由平变仄,则全句除韵尾外,只剩下一个平声字了。从而也沿袭到七律之中。细想,一首七律中,共有56个字,难道只是少了一个平声,况且还不是在音阶重点之上,何至于如此严重?这里就诗论诗,顺便提一下,待后边谈及诗律变格时,再细谈此事。

六、七言六句小律

在七言律诗中,尚有"七言六句小律"之一种。以往习称为"七言三韵小律",但首句押韵者,并非三韵,而为四韵,不如即名之为"七言六句小律"更为贴切。七言六句小律,缘于五言六句小律"试帖诗"。从体式上看,短小灵便不如七绝,酣畅淋漓不如七律或排律,故鲜有佳作名篇。但李白的一首写得较有气势。

【定格】　　　　　【例诗】　李白《送羽林陶将军》
平平仄仄仄平平,　　将军出使拥楼船,

仄仄平平仄仄平。　　江上旌旗拂紫烟。
仄仄*平*平平仄仄，　　万里横戈探虎穴，
平平*仄*仄仄平平。　　三杯*拔*剑舞龙泉。（对偶）
平平*仄*仄平平仄，　　莫道词人无胆气，
仄仄平平仄仄平。　　临行*将*赠绕朝鞭。

【格式解析】

（1）七言六句小律共 6 句 42 字，较七律多二句，较七律少一联，介乎两者之间。

（2）其句式结构关系，悉如七律。即，两句之间要平仄相对，两联之间须平仄相粘。中间一联要求用对偶句。

（3）这里所举诗例为首句入韵者，首句不入韵的格式，就是把首句还原为"平平仄仄平平仄"句型。以往，即使首句入韵者，也习惯上仍被称为"七言三韵小律"。

七、七言排律

排律，多用于五言，七言排律较少。杜甫写过二三十韵以上五言排律多首，而七言排律只有《题郑十八著作虔》及《寒雨朝行视园树》两首。中唐诗人白居易与元稹二人多有用排律相互唱和之作，也以五言排律为主，用七言排律格式者也少。究其原因，排律要求中间的各联都必须对偶，句句七言的对偶，其难度比句句五言对偶当然大得多，往往容易出现生拼硬凑、辞藻堆砌的毛病。从下边所举诗例中可以看出，即便像白居易、元稹这等大家高手，也难避其嫌。五言排律有长篇，七言排律多短作，也与此有关。

【定格】　　　　**【例诗】**　白居易《泛太湖书事寄微之》
仄仄平平仄仄平　　*烟*渚云帆处处通，
平平*仄*仄仄平平　　飘然*舟*似入虚空。

平平仄仄平平仄　　玉杯浅酌巡初匝,
仄仄平平仄仄平　　金管徐吹曲未终。(对偶)
仄仄平平平仄仄　　黄夹缬林寒有叶,
平平仄仄仄平平　　碧琉璃水净无风。(对偶)
平平仄仄平平仄　　避旗飞鹭翩翻白,
仄仄平平仄仄平　　惊鼓跳鱼拔剌红。(对偶)
仄仄平平平仄仄　　涧雪压多松偃蹇,
平平仄仄仄平平　　岩泉滴久石玲珑。(对偶)
平平仄仄平平仄　　书为故事留湖上,
仄仄平平仄仄平　　吟作新诗寄浙东。(对偶)
仄仄平平平仄仄　　军府威容从道盛,
平平仄仄仄平平　　江山气色定知同。(对偶)
平平仄仄平平仄　　报君一事君应羡,
仄仄平平仄仄平　　五宿澄波皓月中。

【附例】

(1) 元稹《和乐天重题别东楼》

山容水态使君知,楼上从容万状移。
日映文章霞细丽,风驱鳞甲浪参差。
鼓催潮户凌晨击,笛赛婆官彻夜吹。
唤客潜挥远红袖,卖垆高挂小青旗。
剩铺床席春眠处,乍卷帘帷月上时。
光景无因将得去,为郎抄在和郎诗。

(2) 杜甫《题郑十八著作虔》

台州地阔海冥冥,云水长和岛屿青。
乱后故人双别泪,春深逐客一浮萍。
酒酣懒舞谁相拽?诗罢能吟不复听。
第五桥东流恨水,皇陂岸北结愁亭。

贾生对鹏伤王傅，苏武看羊陷贼庭。
可念此翁怀直道，也沾新国用轻刑。
祢衡实恐遭江夏，方朔虚传是岁星。
穷巷悄然车马绝，案头干死读书萤！

【格式解析】

（1）七言排律的格式，是七律的扩展，不是加头或添尾，而是中间对偶部分的延伸。增加的原则是，都用七律的平仄句式，本着"每联两句间平仄相对、两联间平仄相粘"的规则扩展开来。因而只要增加必为双数句。

（2）最短的七言排律，也不能少于5联10句70字，多则不限。例诗白居易那首排律，共8联112字，较七律多出4联。单从格式角度看，去掉中间4联，就成为七律的格式了。

（3）七律通常是首尾两联不对偶，中间两联要对偶。七言排律除首尾两联不对偶外，中间各联都必须对偶。

（4）每句第1字皆可平可仄，第3字，除"仄仄平平仄仄平"句式外，其余的亦皆可平可仄，这与七律的变化规律一样。

（5）七言排律，由于其句数较多，中间各联又必须对偶，束缚较大，写起来难免罗列堆砌，给人以冗长枯燥感，因而写的人不多。即如白居易、元稹两位喜欢唱和的诗人，此体在其诗集中也只占极小部分。后来，一些文人宴聚时，喜欢搞些"联句"赋诗活动，便多采用排律体式，但也多是采用五言排律，用七言排律则极少见。因为排律对偶皆须工对，并且不许用重复词语，排律越长，难度越大，宴饮即兴之间，出口成章，句句对偶，当然更难了。

（6）宴聚"联句"做法是，第一个人先出一句，以后每人要说两句，前一句要和第一人的出句相对应，第二句则是下一联的出句，都要依照律诗粘对规则，排比而下。视参与人数的多少及即兴赋诗内容的含义,可长可短。到最后一人,则用一个单句收尾。开展这种联诗活动,参与者必须对律诗格式把握较熟,方可为之。由于都是临场即兴而作,每人诗思敏捷程度不同,虽也可能出现某些佳句,但从整体上看,不大可能构成完美的佳篇。只不过是文人雅兴凑趣而已。

(7) 判断是否排律,既要看对偶,又要看平仄粘对是否合律。有的诗,冷眼看颇像排律,细加推敲则不是。如杜甫《寄岑嘉州》:

不见故人十年余,不道故人无素书。
愿逢颜色关塞远,岂意出守江城居。
外江三峡且相接,斗酒新诗终日疏。
谢朓每篇堪讽咏,冯唐已老听吹嘘。
泊船秋夜经春草,伏枕青枫限玉除。
眼前所寄选何物,赠子云安双鲤鱼。

此诗除首尾二联外,中间各联都用对偶,颇类排律。但其对偶并不严格。杜甫在七律中,凡用对偶都极工整,而本诗中间四联对偶句都半对半不对。更主要的是,平仄声与律诗平仄不合。开头两句便平仄失对。除"泊船""伏枕""眼前"几句是律句外,其余基本上都是拗句。另外,律诗忌讳重字,此诗开头两句"不见故人十年余,不道故人无素书"是古风的笔法,"不""故""人""江"等字皆重复出现。由此可见,杜甫原本就是当作一首古风来写的。

第四章 五七言律的变格

第一节 五七言律的常规变格

一、关于"一三五不论，二四六分明"

关于律诗的平仄变格有个口诀，曰："一三五不论，二四六分明。"此诀不知何人提出，见载于《切韵指南》一书。这个口诀是就七律而言的。因为五律每句只有五字，第5字为韵脚不能变格，只有七言律诗才涉及第5、6字变格的问题。针对五言律，则是"一三不论，二四分明"。

这个口诀，是对五七言律常规变格的最简要明确的概括。也就是说，它对五言律句及七言律句的平仄格式要点，提出了最起码的要求，也对其每个节拍中的次要音位的平仄变化，做了通常性的提示。

"一三五不论，二四六分明"的含义有二：

一是，七言律句第1字、第3字及第5字（五言则为第1字及第3字）的平仄都可以不拘，用平用仄都不算违律。

二是，七言律句第2字、第4字及第6字（五言则为第2字及第4字）的平仄必须分明，不能随便变动。如果该平而用仄，或该仄而用平，则算违律。违律的诗句便称为"拗句"。如果在这些音位上的平仄不合，造成整体上的失粘失对，便称为"拗体"。

这个口诀,大体上看是有道理的。因为五言诗是三拍子节奏,七言诗是四拍子节奏,除末尾一个字单字拍节外,其余都是每两个字一个拍节。每一个拍节的两个字中,从声韵感觉上看,重点总是在第 2 字上。因而,二、四、六等偶数位置上的声韵平仄,要比一、三、五位置重要得多。只要"二四六分明"了,读起来就会朗朗上口。而"一三五"等奇数位的平仄,在拍节中的地位和作用,相对地说次要些,便可通融变化。

"一三五不论,二四六分明",这只是人们为了便于把握律诗句型平仄变化要点的一种大体上的说法。都是相对的而不是绝对的。因为在创作实践中,诗人为了更好地表达思想感情和内容,想要使用的词语有时就会出现与平仄不合的矛盾。要么是屈就格式,以文害意,要么就是在平仄声上做些调整。有时,也是为了追求某种特殊风格和韵味,诗人故意做些变化和调整。诸如:为了特殊强调某种激烈情绪而有意地在"出句"里多用些仄声,而造成拗句;为追求古朴风格,而把常规句尾改为"古风式句尾"等。

此外,律句有四种基本句型,"一三五不论"这一口诀,只适用于其中的三种句式,在五言"平平仄仄平"句式里,第 1 字是不能由平变仄的,否则就算"犯孤平",是为"律诗大忌"。同样,在七言的四种基本句型中,"仄仄平平仄仄平"句式的第 3 字也不能由平变仄,变了也称"犯孤平"。

总之,无论什么原因,凡按"一三五不论"口诀所做的常规变化,就叫"常规变格";凡有违于"二四六分明"常格以外的一些特殊变化,就叫"特殊变格"。特殊变格中,句式由律变拗,为求得平仄声的平衡与和谐,要做些弥补性的调整,就叫作"拗救"。

下边，就对五律、七律的各种变格分别做些具体解说。

本着由浅入深、先易后难的原则，先讲"常规变格"，再讲"特殊变格"。

二、常规变格的概念

从上边对"一三五不论，二四六分明"口诀的说明中，我们可以得到一个基本概念：所谓"常规变格"，指的就是对律诗基本格律影响不大、越格较小的一些平仄变化，因而它是为诗家所认可的、常用的。为了使我们对常规变格有个感性印象，我们先从具体诗例入手，以避空谈。

（一）常规变格诗例详析

先以唐代王昌龄七言律绝《送郭司仓》为例加以分析。

定格：平平平仄仄，仄仄仄平平。仄仄平平仄，平平仄仄平。
诗文：*映*门淮水绿，*留*骑主人心。*明*月随良缘，春潮夜夜深。
变格：*仄*平平仄仄，*平*仄仄平平。*平*仄平平仄，平平仄仄平。

从中看到，王昌龄这首五绝中，有三句的第1字与定格的平仄声不符："映"字当平而仄；"留"字当仄而平；"明"字当仄而平。但它仍然是一首合律的五言律绝，就因为这些变化都在每个拍节中的次要音位上，是被认可了的，便属"常规变格"。

七律每句较五律多出二字，并在"头节"上，其第1字平仄变化的自由度更大些。其第1字，是无条件可变的。以杜甫七律《蜀相》为例加以分析。

定格：仄仄平平仄仄平，平平仄仄仄平平。
诗文：*丞*相祠堂*何*处寻，*锦*官*城*外柏森森。
变格：*平*仄平平*平*仄平，*仄*平*平*仄仄平平。
（前句1变平5变平）（后句1变仄3变平）
定格：平平仄仄平平仄，仄仄平平仄仄平。

诗文：*映*阶碧草*自*春色，隔叶黄鹂空好音。
变格：**仄**平仄仄**仄**平仄，仄仄平平**平**仄平。
（前句1变仄5变仄）（后句5变平）
定格：仄仄平平平仄仄，平平仄仄仄平平。
诗文：三顾频烦天下计，*两*朝*开*济老臣心。
变格：**平**仄平平平仄仄，**仄**平**平**仄仄平平，
（前句1变平）（后句1变仄3变平）
定格：平平仄仄平平仄，仄仄平平仄仄平。
诗文：*出*师未捷身先死，*长*使英雄泪满襟！
变格：**仄**平仄仄平平仄，**平**仄平平仄仄平！
（前句1变仄）（后句1变平）

我们看到，杜甫此诗八句中，只有第4句保持了定格原形，其余七句都有变化。有的只变第1字；有的只变第3字；有的只变第5字；有的则第1、3字同时变化。

其中，凡第1、3字变化，都是"常规变格"。

有三处第5字发生变化，如：

"丞相祠堂**何**处寻"，第5字由仄变平，末三字由"仄仄平"变作"平仄平"，为"古风式句尾"；

"映阶碧草*自*春色"，第5字由平变仄，末三字由"平平仄"变作"仄平仄"，为"古风式句尾"；

"隔叶黄鹂**空**好音"第5字由仄变平，末三字由"仄仄平"变作"平仄平"，也是"古风式句尾"。这种变化，属"特殊变格"，是杜甫的故意追求。

统观此诗8句中，只有"仄仄平平仄仄平"句式的第3字未变。如："**丞**相祠堂**何**处寻""隔叶黄鹂**空**好音""**长**使英雄泪满襟"，这3个诗句中，其第3字都不变化，就因为这种句式涉及"犯孤平"大忌，不属"常规变格"，通常情况下诗人皆不肯

轻易变动。

（二）常规变格中的"对应技巧"

常规变格中，诗家往往采用一些对应技巧："本句自补"及"对句相应"。以欧阳修七律《答丁元珍》为例，做些讲述。其诗文及平仄格如下：

　　　　春风**疑**不到天涯，二月山城未见花。
　　　　平平**平**仄仄平平，仄仄平平仄仄平。
　　　　残雪**压**枝犹有橘，**冻**雷**惊**笋欲抽芽。
　　　　平仄**仄**平平仄仄，**仄**平**平**仄仄平平。
　　　　夜闻**啼**雁生乡思，病入新年感物华。
　　　　仄平**平**仄平平仄，仄仄平平仄仄平。
　　　　曾是**洛**阳花下客，**野**芳**虽**晚不须嗟。
　　　　平仄**仄**平平仄仄，**仄**平**平**仄仄平平。

——这首诗中，常规变格较杜甫《蜀相》更多。除第1联外，其余三联的第1、3字，大都用了"常规变格"。

（1）这首诗中，按七律的标准格式，有十一个字的平仄不合。其中"疑、残、惊、啼、曾、虽"等六字，该仄而平了；"压、冻、夜、洛、野"等五字，该平而仄了。属于广义上的"拗"。

（2）第一句"春风**疑**不到天涯"，第三字本应用仄声，现用"**疑**"字平声，少了一个仄声字，开篇出现"三连平"。作者既未在"本句"中设法补回一个仄声字，比如说，将"春"字改为仄声字；也未在"对句"中相应位置上采取补救措施，比如说把"山"字改用仄声字。足见可补可不补。

（3）也可在"本句自补"的同时，又用"对句相救"。如第二联中："**残**雪**压**枝犹有橘，**冻**雷**惊**笋欲抽芽。"出句中"**残**"字该仄而平，"**压**"字该平而仄，为"本句自补"；对句里"**冻**"字该平而仄，"**惊**"字该仄而平，也是"本句自补"。而将上下两句联系起来看，形成了上句平声"**残**"字对应下句的仄声"**冻**"字，上句仄声"**压**"字对应下句的平声"**惊**"字，又形成两句间的呼应关系，这种情形，就是"本句自补"兼"对句相应"。

（4）第三联的上句，"**夜**闻**啼**雁生乡思"，"**夜**"字该平而仄，"**啼**"字该仄而平。这种变化，称为"本句自补"。就是说，前边第1字处多了个仄声字，在第3字处改用一个平声字，找回来了，也就平衡了。而它的对句"病入新年感物华"，未加任何变化，即对句不补。这就叫"本句自补"。

（5）第四联中，"**曾、路**"与"**野、芳**"四字平仄变化，道理相同。

从中可以看到，经过这番变化调整后，七言句的前四字，共有两种变化：

平起式："平平仄仄"变为"仄平平仄"

仄起式："仄仄平平"变为"平仄仄平"

这种"本句自补"又"对句相应"的变格技巧，更多用于七律的颔联和颈联。因为这两联要求用对偶句，诗家选词造句时，不仅注意句法、词性上的对偶，也十分注重平仄声韵上的对应。其出句第1、3字的平仄声如果发生变化，对句也都尽力做出相应变化，以求得声韵感的对应与和谐。以下所举诗例，便都是对偶句：

*瓮*头*竹*叶经春熟，*阶*底*蔷*薇入夏开。

——白居易《蔷薇正开春酒初熟》

*乍*辛玉勒辞金线，催整花细出绣阁。

——张禧《爱妾换马》

*金阙晓*钟开万户，*玉*阶*仙*仗拥千官。

——岑参《和贾至舍人早朝》

城带夕阳闻鼓角,寺留秋水见楼台。

——许浑《颍州从事西湖亭宴饯》

人在定中闻蟋蟀,鹤从栖处挂猕猴。

——贾岛《早秋寄题天竺灵隐寺》

以上引文中用斜体标示者,皆为常规变格之处。这种"本句自补"又"对句相应"的诗句,在唐人诗作中比比皆是,不胜枚举。我们只要把这类诗句反复吟诵几遍,就会明显感受到其韵味上的妙处,体会到诗人在这些地方遣词谐韵的良苦用心和功夫。

(三) 常规变格的句式形态

经过上述对五律和七律诗常规变格的实例解说,现在可以对其句式变格做一下归拢。

五言律句原形4式,常规变格有3式,共有7种形态:

(1) 仄仄平平仄——平仄脚句式原形;
(2) 平平仄仄平——仄平脚句式原形;(避孤平不能变)
(3) 平平平仄仄——仄仄脚句式原形;
(4) 仄仄仄平平——平平脚句式原形;
(5) *平*仄平平仄——平仄脚句式第1字由仄变平;
(6) *仄*平平仄仄——仄仄脚句式第1字由平变仄;
(7) *平*仄仄平平——平平脚句式第1字由仄变平。

七言律句原形4式,常规变格有10式,共有14种形态:

(1) 平平仄仄平平仄——平仄脚句式原形;
(2) *仄*平仄仄平平仄——只变第1字者;
(3) 平平*平*仄平平仄——只变第3字者;
(4) *仄*平*平*仄平平仄——第1、3字同时皆变者;
(5) 仄仄平平仄仄——仄仄脚句式原形;
(6) *平*仄平平仄仄——只变第1字者;
(7) 仄仄*仄*平平仄仄——只变第3字者;

（8）平仄仄平平仄仄——第1、3字同时皆变者；

（9）平平仄仄仄平平——平平脚句式原形；

（10）仄平仄仄仄平平——只变第1字者；

（11）平平平仄仄平平——只变第3字者；

（12）仄平平仄仄平平——第1、3字同时皆变者；

（13）仄仄平平仄仄平——仄平脚句式原形；

（14）平仄平平仄仄平——第1字由仄变平，其第3字为避孤平不能变。

五律和七律，各自原本只有4种标准句型，而今演化成为21种形态，这就给人在遣词造句上以更大的空间，是种解放。关键是我们要能熟悉地把握这些允许范围内的灵活变化，就会由束缚走向较多的自由。

三、常规变格句例说解

理性的理解总是抽象的，只有结合具体诗例去把握，才会印象深刻。下边便就五七言中4种基本句式的"常规变格"，分别举些实例加以对照解说。

（一）平仄脚句式例析

（1）五言"平仄脚"句式第一字的变化

五言"平仄脚"句式的原形为"仄仄平平仄"。其第一字不拘平仄，可变为"平仄平平仄"。例如：

　　红豆生南国　——王维五绝《相思》

　　明月随良缘　——王昌龄五绝《郭司仓》

　　无意怜幽草　——李商隐五律《晚晴》

　　流水传湘浦　——钱起七言排律《湘灵鼓瑟》

　　烽火连三月　——杜甫五律《春望》

　　名岂文章著　——杜甫五律《旅夜书怀》

*明*月松间照、*随*意春芳歇 ——王维五律《山居秋暝》

——这些诗句,按定格,其第一字应为仄声字,却都变作平声了。这种变化是无条件的,也就是说,这种句式,不论处在诗中任何位置,其第 1 字都可由仄变平。

相对来说,在五言诗中,此句首字以保持原来仄声者多,变平者少。在同一首诗中,如果有两个以上这种句型,往往有变有不变,两句同时都由仄变平者甚为少见。其原因则在于,这个句式属"出句",作为一联诗的上句,在声韵上往往要激昂上挑,多用仄声字的效果要比改用平声字强烈得多。只要我们找些诗反复吟诵几遍,就会悟得这个道理。

(2)七言"平仄脚"句式第 1、3 字的变化

由于七言律句是在五言律句前增加了一个拍节,是以五言律句为基础的,因而,便完全继承了五言律句变格的常规。这样,只要熟悉了五律的"常规变格",对七律的"常规变格"就很容易把握了。七律的"常规变格",主要指的是七言律句第 1、3 字的平仄变化。

七律"平仄脚"句型的原形为"平平仄仄平平仄"。其"常规变格"有三种形态。

其一,一变三不补者:

其格式为"*仄*平仄仄平平仄"——只将第 1 字由平变仄,第 3 字不变。例如:

*雨*前初见花间蕊 ——王驾七绝《春晴》

*舍*南舍北皆春水 ——杜甫七律《客至》

*即*从巴峡穿巫峡 ——杜甫七律《闻官军收河南河北》

*出*师未捷身先死 ——杜甫七律《蜀相》

*乱*花渐欲迷人眼 ——白居易七律《钱塘湖春行》

*谢*公最小偏怜女 ——元稹七律《遣悲怀之一》

*敢*将十指夸针巧　——秦韬玉七律《贫女》
　　*日*长似岁闲方觉　——陆游七律《秋思》
　　*一*年好景君须记　——苏轼七绝《冬景》
　　*水*光潋滟晴方好　——苏轼《饮湖上初晴后雨》
　　*问*渠哪得清如许　——朱熹七绝《观书有感》
　　*向*来枉费推移力　——朱熹《泛舟》

其二，三变一不变者：

其格式为"平平*平*仄平平仄"——只将第3字由仄变平，第1字不变。例如：

　　雷惊天*地*龙蛟蛰　——黄庭坚七律《清明》
　　姑苏城*外*寒山寺　——张继七绝《枫桥夜泊》
　　嫦娥应*悔*偷灵药　——李商隐七绝《嫦娥》
　　曾栽*杨*柳江南岸　——白居易七绝《忆江柳》
　　遥知*兄*弟登高处　——王维七绝《九月九日忆山东兄弟》
　　窗含*西*岭千秋雪　——杜甫七绝《绝句》
　　黄梅*时*节家家雨　——司马光七绝《有约》
　　千村*薜*荔人遗矢　——毛泽东七律《送瘟神之二》

——三变一不变，开头三字"三连平"，不为忌讳。

其三，一三同变而互补者：

其格式为"*仄*平*平*仄平平仄"——第1字与第3字同时变化而前后互补者。例如：

　　*更*吹*羌*笛关山月　——王昌龄《从军行》
　　*洛*阳*亲*友如相问　——五昌龄七绝《芙蓉楼送辛渐》
　　*若*非*群*玉山头见　——李白七绝《清平调》
　　*叶*心*朱*实看时落　——杜甫《院中晚晴怀西郭茅舍》
　　*不*知*何*处吹芦管　——李益七绝《夜上受降城闻笛》
　　*接*天*莲*叶无穷碧　——杨万里七绝《晓出净慈寺送林子方》

——前后同变，前四字呈"仄平平仄"形态，是七律常见格式。

其四，同诗中有两句以上变化，有补有不补者：

却看妻子愁何在……即从巴峡穿巫峡

——杜甫七律《闻官军收河南河北》

谢公最小偏怜女……野蔬充膳甘长藿

——元稹七律《遣悲怀之一》

田园寥落干戈后……共看明月应垂泪

——白居易七律《望月有感》

玉杯浅酌巡初匝……避旗飞鹭翩翻白

——白居易七言排律《泛太湖书事寄微之》

(二) 仄仄脚句式例析

(1) 五言"仄仄脚"句式第一字的变化

五言律句"仄仄脚"句式的原形为"平平平仄仄"。其第1字也不拘平仄，可变为"仄平平仄仄"。如：

映门淮水绿 ——王昌龄五绝《送郭司仓》
早知潮有信 ——李益五绝《江南曲》
曲终人不见 ——钱起五言排律《湘灵鼓瑟》
欲将轻骑逐 ——卢纶五绝《塞下曲》
愿君多采撷 ——王维五绝《相思》
竹喧归浣女 ——王维五律《山居秋暝》
欲穷千里目 ——王之涣五绝《登鹳雀楼》
白云回望合……欲投人处宿

——王维五律《终南山》

气蒸云梦泽……坐观垂钓者

——孟浩然五律《临洞庭》

感时花溅泪……白头搔更短 ——杜甫五律《春望》

*露*从今夜白……*寄*书常不达

——杜甫五律《月夜忆舍弟》

*笛*中闻折柳……*愿*将腰下剑

——李白五律《塞下曲》

*白*头宫女在　——元稹五绝《行宫》

*邹*容吾小弟　——章太炎七律《狱中赠邹容》

*几*家春袅袅　——鲁迅五律《无题》

从中可以看出，在五绝、五律或五言排律的"仄仄脚"句式中，其第 1 个平声字都是可变为仄声的。

在同一首诗中，如有两个以上这种句式，既可两句都不变，如李白《送友人》、杜甫《旅夜书怀》；也可句句都变，如李白《塞下曲》、杜甫《月夜忆舍弟》《春望》、王维《终南山》，也可前句变后句不变，或前句不变后句变，如王维《山居秋暝》、孟浩然《临洞庭》、鲁迅《无题》。与上种句式相较，这种句式首字由平变仄者较多，道理同上：在"出句"中，多用仄声字，韵味会显得更加激昂些。

(2) 七言"仄仄脚"第 1、3 字的变化

七言律句"仄仄脚"句式的原形为"仄仄平平平仄仄"。其"常规变格"有三种形态。

其一，一变三不补者：

其格式为"*平* 仄平平平仄仄"——只将第 1 字由仄变平。如：

三 顾频烦天下计　——杜甫七律《蜀相》

遥 忆青青江岸上　——白居易《忆江柳》

回 乐峰前沙似雪　——李益七律《夜上受降城闻笛》

歌 管楼亭声细细　——苏轼七绝《春宵》

砧 杵敲残深巷月　——陆游七律《秋思》

这个句型只将第1字由仄变平，在七绝和七律中都较少见。因为，它总是处于一联中的上句，以起得突兀些为好，喜仄不喜平。特别是第1音节，开头便改用平声，显得过于平稳。诗家倒更喜欢使用下边那种变格——把第3字由平变仄，使开头三字皆为仄声，显得十分突兀。

其二，三变一不变者：

其格式为"仄仄仄平平仄仄"——只将第3字由平变仄，前三字"三连仄"。例如：

独在异乡为异客　——王维七绝《九月九日忆山东兄弟》
借问酒家何处有　——杜牧七绝《清明》
跨马出郊时极目　——杜甫七律《野望》
昔日戏言身后意　——元稹七律《遣悲怀之二》
几处早莺争暖树　——白居易七律《钱塘湖春行》
荷尽已无擎雨盖　——苏轼七绝《冬景》
有约不来过夜半　——司马光七绝《有约》
躲进小楼成一统　——鲁迅七律《自嘲》

——三变一不变，开头三字呈现"三连仄"，因在开头，不为忌。并且，由于这是个不押韵的"出句"，仄声多些更有气势，为诗家所喜用。

其三，一三同变而互补者：

其格式为"平仄仄平平仄仄"——第1、3字同时变化，前多平后增仄而互补。如：

商女不知亡国恨　——杜牧《泊秦淮》
同作逐臣君更远　——刘长卿《重送裴郎中贬吉州》
寒夜客来茶当酒　——杜小山七绝《寒夜》
花径不曾缘客扫　——杜甫七律《客至》
亭脊太高君莫拆　——白居易《高亭》

闻 道*欲* 来相问讯 ——韦应物七律《答李儋、元锡》
春 色*恼* 人眠不得 ——王安石七绝《春夜》
闲 坐小窗读周易 ——叶采七绝《暮春即事》
犹 赖*德* 全如醉者
　　　　　　——刘禹锡《秘书崔少监见示坠马长句》

——此式中，一三同变，前四字呈现"平仄仄平"形态，为七律中常见格式。由于这是"出句"，不忌多用仄声，在叶采的诗句中，还同时把第5字也由平变仄，成为"古风式句尾"。

其四，同诗中多处变化者：

同一首诗中，有两句以上都加变化，有补有不补。如：

　　剑外*忽* 传收蓟北……白日*放* 歌须纵酒
　　　　　　——杜甫七律《闻官军收河南河北》
　　自去*自* 来梁上燕……*多* 病所须唯药物
　　　　　　——杜甫七律《江村》
　　残 雪*压* 枝犹有橘……*曾* 是*洛* 阳花下客
　　　　　　——欧阳修七律《答丁元珍》
　　冷眼*向* 洋看世界……*陶* 令不知何处去
　　　　　　——毛泽东七律《登庐山》

（三）平平脚句式例析

（1）五言"平平脚"句型第一字的变化

五言律句"平平脚"句式的原形为"仄仄仄平平"。其第1字也不拘平仄，可变为"*平* 仄仄平平"。例如：

　　莲 动下渔舟　——王维《山居秋暝》
　　青 霭入看无　——王维《终南山》
　　江 上数峰青　——钱起《湖天鼓瑟》
　　同 是宦游人……儿女共沾巾
　　　　　　——王勃《送杜少府之任蜀州》

波撼岳阳城……**徒**有羡鱼情　——孟浩然《临洞庭》
　　衣露净琴张……**看**剑引杯长　——杜甫《夜宴左氏庄》
　　浑欲不胜簪　——杜甫《春望》
　　天地一沙鸥　——杜甫《旅夜书怀》
　　春色未曾看　——李白《塞下曲》
　　高树影朝晖　——元稹《早归》
　　鸦背夕阳多　——温庭筠《春日野行》

——从中可以看出：在五绝、五律或五言排律的"平平脚"句式中，其第一个仄声字，都可由仄声变为平声。在同一首诗中，这种句型如有两个以上，有前句不变而后句变者，也有前后句都变者。足证此字平仄不拘。

（2）七律"平平脚"句式第1、3字的变化

七言律句"平平脚"句式的原形为"平平仄仄仄平平"。其"常规变格"也有三种形态。

其一，一变三不变者：

其格式为"**仄**平仄仄仄平平"——只将第1字由平变仄。如：

　　一行白鹭上青天　——杜甫《绝句》
　　漏船载酒泛中流　——鲁迅七律《自嘲》
　　敢教日月换新天　——毛泽东七律《送瘟神》

由于这是个押韵句，偏于平稳些好，开头第1字改用仄声，有些偏于激昂，所以非特殊需要，用得较少。比较起来，采用下面三种变格较多。

其二，三变一不变者：

其格式为"平平**平**仄仄平平"——只将第三字由仄变平。这种变格，开头三字"三连平"，用于押韵句，会增强平稳感。如：

　　天涯**霜**雪霁寒宵　——杜甫七律《阁夜》

井桐*摇*落故园秋　——陆游七律《秋思》

钟山*风*雨起苍黄

　　　　　　——毛泽东七律《人民解放军解放南京》

华佗*无*奈小虫何……巡天遥看一千河。

　　　　　　　　　——毛泽东七律《送瘟神》

其三，一三同变而互补者：

其形态为"*仄*平*平*仄仄平平"——第3字与第1字同时变化而本句自补。由于押韵句喜平不喜仄，开头改用仄声，便在第3字处补回一个平声。如：

*悔 教夫*婿觅封侯　——王昌龄七绝《闺怨》

*隔 江犹*唱后庭花　——杜牧《泊秦淮》

*贾 生才*调更无伦　——李商隐《贾生》

*夜 吟应*觉月光寒　——李商隐七律《无题》

*夕 阳城*上角偏愁　——李嘉佑《同皇甫冉登重玄阁》

*夜 钟残*月雁归声　——高适《夜别韦司士》

*锦 官城*外柏森森……*两朝开*济老臣心

　　　　　　　　　　——杜甫七律《蜀相》

*不 堪人*事日萧条　——杜甫七律《野望》

*不 知何*处是他乡　——李白七绝《客中行》

其四，同诗有两句以上变化，有补有不补者：

秦时*明*月汉时关……*不教胡*马度阴山

　　　　　　　　　　——王昌龄七绝《出塞》

烟笼*寒*水月笼沙……*隔江犹*唱后庭花

　　　　　　　　　　——杜牧七绝《泊秦淮》

清明*时*节雨纷纷……*牧童遥*指杏花村

　　　　　　　　　　——杜牧七绝《清明》

蓬门今*始*为君开……*隔篱呼*取尽余杯

——杜甫七律《客至》

人生七十古来稀……*暂*时*相*赏莫相违

——杜甫七律《曲江》

*渚*清沙白鸟飞回……*百年多病*独登台

——杜甫七律《登高》

谁家*新*燕啄春泥……*绿*杨*阴*里白沙堤

——白居易七律《钱塘湖春行》

闲来无事不从容……*四*时*佳*兴与人同

——程颢七律《偶感》

*野*田荒*冢*只生愁……*士*甘*焚*死不公侯

——黄庭坚七律《清明》

金炉*香*尽漏声残……*月*移花*影*上阑干

——王安石七绝《春夜》

*运*交华盖欲何求……*漏*船载酒泛中流……*管*他冬夏与春秋

——鲁迅《自嘲》

（四）仄平脚句式例析

（1）五言"仄平脚"句式要避"孤平"

前边说过，五律四种句型中，只有"仄平脚"句型"平平仄仄平"的第1字不能随意由平变仄。

这种句式与前述三种不同，其第1字必须按原格式的规定用平声字，若是把"平平仄仄平"第1字变为平声，就叫作"犯孤平"。所谓"孤平"，是指在"仄平脚"的句式中，除韵脚这个平声字外，全句只剩下一个平声字了。"孤平"一向被视为律诗的大忌。这在唐宋人律诗中极少例外。在创作实践中，假若这个字非改用仄声不可，则必须设法加以补救，一般都是在第3字处补回一个平声字，变作"仄平平仄平"，这叫作"本句自救"。

待后边"孤平拗救"专节中详加解说。这里只举些不变的诗例以加深印象。

我们查看历代诗人的诗作,在五言律句"平平仄仄平"句式中,单独将第一字由平变仄者几乎不见。以下都是按定格原形写下的诗句。如:

深居俯夹城……人间重晚晴　——李商隐《晚晴》
清泉石上流……王孙自可留　——王维《山居秋暝》
城春草木深……家书抵万金　——杜甫《春望》
危樯独夜舟……官应老病休　——杜甫《旅夜书怀》
无花只有寒……宵眠抱玉鞍　——李白《塞下曲》
孤蓬万里征……萧萧班马鸣　——李白《送友人》

——可见,在五言"平平仄仄平"句式中,诗家对第一字的平声,都不肯轻易变动。

(2)七言"仄平脚"句式也避"孤平"

五言中是第1字避孤平,七言中则为第3字要避孤平。而第1字仍可不拘。

我们查看历代诗人的七绝、七律、七言排律中诗句,"仄仄平平仄仄平"句式,其第1字可变可不变,而第3个平声字,几无例外地都保持不变。下边所举都是第3字不变的诗例:

寒雨连江夜入吴　——王昌龄七绝《芙蓉楼送辛渐》
客舍**青**青柳色新　——王维《送元二使安西》
路上**行**人欲断魂　——杜牧《清明》
银烛秋光冷画屏　——杜牧《秋夕》
君问归期未有期　——李商隐七绝《夜雨寄北》
云母**屏**风烛影深　——李商隐七绝《嫦娥》
宣室**求**贤访逐臣　——李商隐《贾生》
相见时难别亦难……**蜡**炬成灰泪始干

——李商隐《无题》

君问归期未有期……却话巴山夜雨时
　　　　　　　　　　——李商隐《夜雨寄北》

千里江陵一日还　——李白《早发白帝城》

长使英雄泪满襟　——杜甫七律《蜀相》

风急天高猿啸哀……不尽长江滚滚来
　　　　　　　　　　——杜甫《登高》

长夏江村事事幽……稚子敲针作钓钩
　　　　　　　　　　——杜甫《江村》

但见群鸥日日来……***樽***酒家贫只旧醅
　　　　　　　　　　——杜甫《客至》

漫卷诗书喜欲狂……便下襄阳向洛阳
　　　　　　　　　　——杜甫《闻官军收河南河北》

水面初平云脚低……浅草才能没马蹄
　　　　　　　　　　——白居易《钱塘湖春行》

花有清香月有阴　——苏轼七绝《春宵》

山色空蒙雨亦奇　——苏轼《湖上初雨》

梅雪争春未肯降　——卢梅坡七绝《雪梅之一》

未敢翻身已碰头……俯首甘为孺子牛
　　　　　　　　　　——鲁迅《自嘲》

万水千山只等闲……大渡桥横铁索寒
　　　　　　　　　　——毛泽东《长征》

六亿神州尽舜尧……地动三河铁臂摇
　　　　　　　　　　——毛泽东《送瘟神》

　　我们看到，以上所有例句，第3字皆保持平声不变。即使第1字已经由仄变平，第3字的平声依然保持不变。
　　在特殊情况下，第3字非变不可时，则须采用"孤平拗救"

方法，属"特殊变格"，待后边专门讲解。

（五）"常规变格"要点总结

从以上各种脚式五七言律句例析中，可以归纳出以下几点认识：

（1）必须特别注意的是要避免"犯孤平大忌"。五七言律句的四种基本格式中，要避"孤平"的是"仄平脚"句式：五言为"平平仄仄平"，七言为"仄仄平平仄仄平"。在这种句式中，五言的第1字及七言的第3字，通常不能由平变仄，变了就叫"犯孤平"，要用"孤平拗救"的"特殊变格"方法加以补救。

（2）除"仄平脚"句式外，在其他"仄仄脚""平仄脚""平平脚"等三种句式中，五言的第1字及七言的第1、3字，其平仄变化都是无条件的，无论处于诗中任何位置，都可变可不变。

（3）七言句的第1、3字的平仄变化，往往产生联动现象，即一变三也变，做到互补，以求平仄声总数的平衡。这时，前四字呈现"平仄仄平"或"仄平平仄"形态，是七律中常见句式。这种句式具有更活泼的声韵起伏及平衡对称的美感。

（4）七言中，三变一不变时，有时前四字会呈现"三连仄"（仄仄仄）形态，并不忌讳。有的诗家往往故意如此，特别是在不押韵的"仄脚句"中，因为是"出句"，喜仄不喜平，多用仄声上挑，更有气势。

（5）七言中，三变一不变时，前四字还会呈现"三连平"（平平平）形态，也不忌讳。有时诗家也是故意如此，特别是在押韵的"平脚句"中，因为是"对句"，偏于平稳为好，多用平声与"出句"的仄声相对应，则落得稳实。

（6）律诗正因为有了四种基本格式作为依据，又有这"常规变格"的多种变化，诗家才能收到"律中求变，变而依律"

的效果，从而写出中规合律、井然有序，又生动活泼、毫不呆板的名篇佳句来。

（7）初学律诗者，应从"常规变格"入手，熟练把握和运用。多看名家名篇名句，从中解悟其修辞达意之奥妙。本节分类选用例句加以解析，意在于此。

第二节　孤平拗救

"孤平"一向被视为律诗第一大忌。要避免"犯孤平"，历来是学写律诗的必备常识。一旦"犯孤平"，就成为律诗中最严重的拗句，便必须设法补救，这叫"孤平拗救"，属"特殊变格"范畴。

从前几章的解说中我们知道，只要写律诗，就会碰到这个问题，因为，每首律诗中都有"仄平脚"句式（五言"平平仄仄平"及七言"仄仄平平仄仄平"），也就不可避免地要回避"犯孤平"。如何回避，如何补救，有必要作为专节讲述。

一、孤平大忌的原因

唐宋诗家绝少触犯"孤平"，一旦出现，则非加补救不可。唐宋诗作中，也几乎找不到"犯孤平"的诗例。可见其忌讳之深。

何以如此？我在童蒙诵习唐诗之际，从父辈口中就听到"一三五不论"及"孤平大忌"这类提示。后来从事古典文学教学，偏爱古诗词，对"孤平"何以成为大忌，一直存有疑问，耿耿于怀。王力先生在《汉语诗律学》中，涉及"孤平"句式时有段解说："如系五言，第一字的平仄必须分明。……头节上必须依照规定，限用平声。……如果近体诗违犯了这一个规律，就叫作'犯孤平',因为韵脚的平声字是固定的,除此之外,句中就单剩一个平声字了。……在这种情形之下,五言的第1字和七言的第3字的平声非论不可。"这就是最通常的说法。

可是,有个谜团总在缠绕着——平脚押韵句共有两个,一个是"仄仄仄平平",另一个是"平平仄仄平",为什么前者第1字可以不拘平仄,后者就不行?"仄仄仄平平"句式里,除韵脚外,不也只有一个平声字吗?那怎么就不算"犯孤平"?另外,在仄脚句式"仄仄平平仄"中,变格后会成为"仄仄仄平仄",也只剩余一个平声字了,怎么也不忌讳?单从平声数量的多少上做解释,岂不相互矛盾?真令人百思不解。

可是,"犯孤平"毕竟是千百年来众多诗词大家皆不肯违背的铁律,必有另外某种原因。后来,我在破解诗律中的另一谜团——六律格式定型及其与五七言律的渊源关系时,从平仄声韵的布局角度,产生了一些新的认识。才明白,要害不只在于平声字数量的多少,而在于平声字所处位置。细察内涵,关键有二:

一是,平声在句中,单用为孤,"联用"方为不孤。

五律中共有两种平韵句:"平平仄仄平"和"仄仄仄平平"。两种"平韵句"中的平仄分布不同。其中,"仄仄仄平平"第1字变格后会成为"平仄仄平平",是多出了一个平声字,并有末尾两个平声字连在一起,当然不孤。而"平平仄仄平"句式中,末尾是仄平脚,平声已经孤单;如果第1字由平变仄,则成为"仄平仄仄平",虽然还有两个平声字,却被仄声字分割开来,孤零零地夹在前后三个仄声之间,便显得孤单了。全句除韵脚外,只剩下一个平声字,是一孤;作为平脚押韵句,全句连一个由平声构成的双音节也没有,缺乏平稳感,又是一孤。我们只要反复朗读"仄平仄仄平",有如小船在浪头颠簸,声韵上总是缺少平稳感。这大概就是"孤平"所以成为律诗第一大忌的根本原因。

二是，"平脚押韵句"与"仄脚不押韵句"的性质和地位不同：仄脚句声韵偏重于仄，平韵句声韵偏重于平。

"仄仄平平仄"变格后可能成为"仄仄仄平仄"；"平平平仄仄"变格后可能成为"仄平平仄仄"；**特殊情况下，还有"仄平仄仄仄"及"仄仄仄仄仄"的特例**，如杜甫诗《送远》中"草木岁月晚"，孟浩然《送友东归》中"士有不得志"等，即为五连仄的特例。但由于仄脚句在诗中总是处于"起句"（上句）的位置，要把声韵向上挑起来，仄声多于平声无大妨碍。平韵句则不同，它处于"对句"（下句），要押韵，平声少了，就会显得不够平稳，因而平声字不能少而孤。

律诗的韵律美感，在于平仄交错和相互粘对中，讲究起承转合、抑扬顿挫，才能给人以契合感。一般来说，"出句"耸动上挑而激昂，偏倚于仄声，"对句"平稳流畅而悠然，有赖于平声。这样才能在有限的几个诗句中，造成起伏跌宕的气势。统观大家名篇，上句不忌仄，下句偏喜平。这大概是分外忌讳"孤平"的又一原因。

从"孤平拗救"办法上，也可得到认证：如果第1字非用仄声不可，就要在第3字上补回一个平声，变为"仄平平仄平"，如李白《自遣》中"**落花盈我衣**"，杜甫《蕃剑》中"**又非珠玉装**"等，句中有两个相连的平声字，就加强了平稳感。这是目前我对"孤平大忌"的初步理解。

二、孤平的"本句自救"

补救孤平，只有"本句自救"的唯一方法。有时，诗人也在"出句"中做些配合，但不能代替自救。

（一）五言句"孤平自救"

在五言"平平仄仄平"句式中，如果由于写作内容的需要，第1字非由平变仄不可，就要设法把第3字由仄变平，以补回一个平声字。这就叫"本句自救"。所以，在这个句式中，只要第1字由平变仄，必然引起第3字由仄变平，是个连锁反应。其变格形态为：

由"平平仄仄平"变为"*仄*平*平*仄平"。例如：

好 诗 *难* 卒 酬　——贾岛《酬姚合校书》
欲 归 *翻* 旅 游　——高适《别韦五》
乱 山 *为* 四 邻　——储嗣宗《赠隐者》
李 衡 *墟* 落 存　——刘禹锡《武陵书怀五十韵》
二 毛 *伤* 虎 贲　——刘禹锡《武陵书怀五十韵》
数 花 *摇* 翠 藤　——赵师秀《岩居僧》
举 头 *闲* 望 赊　——陈与义《金潭道中》
读 书 *多* 欲 眠　——司空曙《江园书事》
看 随 *秋* 草 衰　——刘湾《即席赋露中菊》

上列五言律例句中，第1字"好""欲""乱""李""二""数""举""读""看"等应平而用仄了，第3字处便改仄为平，用"难""翻""为""墟""伤""摇""闲""多""秋"等平声字补回。

这就是五言律句中的"孤平拗救"。只此一法，别无他法。

（二）七言句"孤平自救"

同样道理，在七言"仄仄平平仄仄平"句式中，如果第3字由于写作内容的需要，非由平变仄不可，该平而用仄了，则要设法把第5字由仄变平加以补救，使句中除韵脚之外仍保有两个相连的平声字。

其格式形态由"仄仄平平仄仄平"变为"仄仄**仄**平**平**仄

平"。例如：

  江上女儿全胜花　——王昌龄《浣纱女》
  伛偻丈人乡里贤　——王维《辋川别业》
  酌酒与君君自宽　——王维《酌酒与裴迪》
  何日雨晴云出溪　——杜甫《中丞严公雨中垂寄见忆》
  远在剑南思洛阳　——杜甫《至后》
  眼见客愁愁不醒　——杜甫《绝句漫兴》
  长笛一声归岛门　——谭用之《秋宿湘江遇雨》
  满地月明何处砧　——薛能《秋夜旅舍寓怀》
  日暮拥阶黄叶深　——韩驹《和李上舍冬日书事》

  从中看出，对"孤平"句，在五言诗中是"一字拗三字救"，在七言中是"三字拗五字救"。

  在唐宋诸多名家诗作中，可说几无"犯孤平"的诗例，只要出现，就非补救不可。据王力先生在《汉语诗律学》一书中所做的统计，他列举了五言169句，七言38句，都没有"犯孤平"的诗例，在一部《全唐诗》中，只找到两个"犯孤平"的诗例。即：

  醉多适不愁　——高适《淇上送韦司仓》
  百岁老翁不种田　——李颀《野老曝背》

  王力先生认为，高适、李颀都是初唐诗人，当时律诗格律尚未完全定型，同时，高适等也喜欢用古风式诗句入律。因而，这是极个别的例外。

三、孤平拗救句的句尾变化

  孤平的"自句相救"后，句尾必然变作"平仄平"。这是古风中习用句尾。诗家往往连带着也回顾上句，使之变作"仄平仄"句尾，让"仄平仄"与"平仄平"搭配使用，收到上下呼应、相互补充的特殊效果。

（一）五言孤平拗救句的句尾变化

五言孤平拗救句与上句搭配互补的形态为：

"仄仄仄平仄"（出句）——"仄平平仄平"（对句）

例如：

日暮*倦*行役，*解*鞍*初*息肩。 ——余靖《晚至松门僧舍》
老树*有*余韵，*别*花无此姿。 ——张道洽《咏梅》
为惜*故*人去，*复*怜嘶马愁。 ——高适《送魏八》
世上*谩*相识，*此*翁殊不然。 ——高适《醉后赠张九旭》
久客*得*无泪，*故*妻难及晨。 ——杜甫《促织》
古戍*落*黄叶，浩然*离*故关。 ——温庭筠《送人东游》
不觉*入*关晚，*别*来林木秋。 ——贾岛《酬姚合校书》
*尝*读*远*公传，永怀尘外踪。 ——孟浩然《晚泊浔阳》
*时*改*客*心动，鸟鸣春意深。 ——陈与义《寒食》

——从中看到，由于后句的"孤平拗救"，句尾三字变作"平仄平"，前句的第3字也相对做了调整，句尾变作"仄平仄"。

"倦""有""故""谩""得""落""入""远""客"等位置，原应平声，则改用仄声了。

其中，"*尝*读*远*公传""*时*改*客*心动"两句，还同时把第1字由仄变平，这样，与下句的形成对仗，即"平仄仄平仄"对"仄平平仄平"，这又称为"对句互补"。不过需要注意，历来的规矩，"孤平"必须"本句自救"，不能用"对句相救"来替代。这里对句的互补，只是为了谐韵更好些。

（二）七言孤平拗救句的句尾变化

七言孤平拗救后，与上句搭配互补的形态为：

"平平仄仄*仄*平仄"（上句）

"仄仄*仄*平*平*仄平"（拗救句）

例如：

百年将半*仕*三已，五亩*就*荒天一涯。——高适《重阳》

三秋木落半年客，满地月明*何*处砧。
——薛能《秋夜旅舍寓怀》

山斋留客*扫*红叶，野艇送僧*披*绿莎。
——许浑《赠茅山高拾遗》

溪云初起*日*沉阁，山雨*欲*来风满楼。
——许浑《咸阳城东楼》

水声东去*市*朝变，山势北来*宫*殿高。
——许浑《登故洛阳城》

野桃含笑*竹*篱短，*溪*柳自摇沙水清。
——苏轼《新城道中》

相知四海*孰*青眼，*高*卧一庵今白头。
——谢逸《寄隐居士》

溪声犹带*夜*来雨，山色*渐*分云外霞。
——李弥逊《渡横溪》

夕阳茅店*客*沽酒，*明*月小桥人钓鱼。
——王十朋《题湖边庄》

——上例后句，皆孤平"本句自救"例，第3字该平而用仄，第5字该仄而变平以补救，句尾变为"平仄平"。

与之相搭配，前句第5字该平而用仄，句尾变为"仄平仄"，与后句的句尾正好相互对应而互补。

孤平"本句自救"后，单独使用者在少数，多数与上句的"仄平仄"搭配使用。由于使用的人多了，并且感觉也好，这种特殊变格，便成为习用的变格方式了。

从上例中还可看出，在七言诗中，孤平"本句自救"后，第 1 字照旧可以不拘平仄，如"山""溪""高""明"等字。

第三节　律诗的古风式句尾

"古风式句尾"，是五言律句第 3 字和七言律句第 5 字变格后，必然形成的状态。

七言律句的第 5 字，相当于五言律句的第 3 字，单从音节重音角度看，与第 1、3 字性质相同，也是可变的。但此字离韵尾较近，对诗句影响较大，在标准律诗格式中，一般不轻易变动。而某些诗人，有时也喜欢用古风韵味的诗句入律，以至逐步形成"古风式律诗"别体。用得多了，约定俗成，也就被视为"习用变格"的一种。

当五言第 3 字及七言第 5 字的平仄声变格时，仄脚句尾三字会呈现"仄平仄"以至"仄仄仄"形态，平脚句尾可能出现"平仄平"以至"平平平"形态。这都是"古风式句尾"。它们有的单独使用，有的相互搭配使用。现分述于下。

一、五律的古风式句尾
（一）五律古风式句尾的四种形态

五律的四种句式，当第 3 字变格时，会分别呈现四种句尾。

(1) 五律"仄平仄"句尾

　　　季弟念离别　——高适《醉后赠张旭》

　　　白发老闲事　——高适《送蔡十二之海上》

　　　*明月*隐高树　——陈子昂《春夜别友人》

　　　我有一瓢酒　——韦应物《简卢陟》

　　　未有桂阳使　——韦应物《对韩少尹所赠砚有怀》

另有"平平平仄仄"句型第 4 字，通常是不可变的。但在特殊拗变的句式中，却由仄声变为平声。为了补救回一个仄声字，便同时把它前边那个平声字变为仄声。也可以理解为，在这个音节中，平仄声前后倒换移位了。从而形成了"仄平仄"的特殊句尾格式。这也是一种常见的句尾变格形态。

（2）五律"仄仄仄"句尾

　　微升*古*塞外　——杜甫《初月》
　　*幸*因*腐*草出　——杜甫《萤火》（第1字同时变）
　　*世*情*尺*益睡　——杜甫《村雨》（第1字同时变）

——"平平平仄仄"第3字由平变仄时，句尾为"仄仄仄"。"三连仄"也曾是律诗的忌讳，故而也属少见。

（3）五律"平仄平"句尾

　　田园*春*雨余　——韦应物《春日郊居》
　　禅房*花*木深　——常建《题破山寺后禅院》
　　看随*秋*草衰　——刘湾《即席赋露中菊》

——"平平仄仄平"第3字由仄变平时，句尾为"平仄平"。这种变格，常与上句的"仄平仄"呼应使用，所以常见。

（4）五律"平平平"句尾

　　漠漠*秋*云低　——杜甫《秦川杂诗》
　　醉里*开*衡门　——高适《酬卫八雪中见寄》
　　*相*问*良*殷勤　——韦应物《路逢崔元二侍御》

——"仄仄仄平平"第3字由仄变平时，句尾为"平平平"。"三连平"又称"三平调"，诗家都尽力避免，所以属少见的特例。

五律原有四种句尾，又变出四种古风尾，就会形成多种不同的搭配方法。最常见的有以下各种搭配形式。

（二）五律句尾"仄平仄"与"仄平平"搭配

这种格式发生在"平平*平仄*仄，仄仄仄平平"之间，由于上句第3、4字变格形成的。

在律诗中运用"仄平仄"变格句尾，始于唐，盛于宋。起初，视为特例，只用于尾联。因为涉及四六双音位的关键音节，又使句尾形态发生重大变化，当然是拗句。但由于是在"出句"中，不视为违律。如：

杜甫《奉陪郑驸马韦曲二首》

其一

韦曲花无赖，家家恼杀人。绿樽虽尽日，白发好禁春。
石角钩衣破，藤枝刺眼新。何时**占丛**竹？头戴小乌巾。

其二

野寺垂杨里，春畦乱水间。美花多映竹，好鸟不归山。
城郭终何事？风尘岂驻颜。谁能**共**公子，薄暮欲俱还！

——此诗两处"古风式句尾"变格，都在尾联。

这种格式，后来用的人多了，便视为常格，不仅用到尾联，中间两联对偶句中也多有使用。甚而连科举应试的"试帖诗"中也可使用。如元稹《河鲤登龙门》中"回瞻**顺流**辈，谁敢望同升"就是应试排律中句。尤其是到宋代，更加体会到这种特殊变格会产生美妙的声韵效果，用得就更多了。下边分别举例。

（1）用于首联（第一联）者

南山**半云**雨，天气杂暄寒。　　——刘敞《独行》

春风**取花**去，酬我以清阴。
　　　　　　　　　　——王安石《半山春晚即事》

游人**出**三峡，楚地尽平川。　　——苏轼《荆州》

凭高**散幽**策，绿草满春坡。　　——徐玑《凭高》

——用于首联者较少，因律诗首句不入韵者较入韵者少。

（2）用于颔联（第二联）者

秋风**正萧**索，客散孟尝门。

　　　　　　　　　　——王维《送岐州源长史归》
　　山桥*断行*路，溪雨涨春田。　——欧阳修《离彭婆值雨》
　　浮云*帝乡*外，落日古城边。　——刘敞《临雨亭》
　　纵横*一川*水，高下数家村。　——王安石《即事》
　　楼台*见新*月，灯火上双桥。　——贺铸《秦淮夜泊》
　　云分*一山*翠，风与数荷香。　——周紫芝《雨过》
　　排云*数峰*出，漏日半江明。　——杨万里《泊樟镇》

——用于颔联者较少，因五律颔联要求平仄对仗，此式句尾变格，下联并未相应变化，造成失对。

（3）用于颈联（第三联）者

　　开窗*置樽*酒，看月涌江涛。　——刘敞《秋晴西楼》

——此式用于颈联者最少。原因也是在于平仄不对仗。律诗有个惯例：如果首联对偶，则第二联可以不对偶，而改在第三联（颈联）对偶。可见颈联较颔联的地位更重要些。

（4）用于尾联（第四联）者

　　回瞻*顺流*辈，谁敢望同升。　——元稹《河鲤登龙门》
　　悲欢古今事，寂寞堕荒城。
　　　　　　　　　　——苏舜钦《和解生中秋月》
　　天风*拂襟*袂，缥缈觉身轻。　——周敦颐《游大林寺》
　　谁怜*远游*子，心旌正摇摇。　——贺铸《秦淮夜泊》
　　西冈*夕阳*路，不到又经年。　——陆游《小舟游西泾》
　　东风*好西*去，吹泪到泉台。
　　　　　　　　　　——杨万里《虞丞相挽词》

——用于尾联者最多。因此式富于跌宕感，唐初即发轫于尾联，后来才扩展到其他各联，宋诗中于尾联用此式者更多。

（三）五律句尾"仄平仄"与"平仄平"搭配

这种句尾变格发生在"仄仄**平**平仄"与"平平**仄**仄平"句式间。这是较习用和常见的搭配方式。当第 3 字变格时，其句尾形态为："仄仄**仄**平仄"与"平平**平**仄平"上下对应。其中有第 1 字随同变化者，也有只变第 3 字，而第 1 字不变者。分别举例如下。

（1）第 3 字前后对应变化者

其形态为"仄仄**仄**平仄"对"平平**平**仄平"。例如：

落日*鸟*边下，秋原*人*外闲。　　——王维《登裴迪秀才小台作》
促织*甚*微细，哀音*何*动人。　　——杜甫《促织》
吾爱*孟*夫子，风流*天*下闻。　　——李白《赠孟浩然》
地即*帝*王宅，山为*龙*虎盘。　　——李白《金陵》
晓雨*暗*人日，春愁*连*上元。　　——苏轼《新年》
古寺*满*修竹，深林*闻*杜鹃。　　——苏轼《游鹤林招隐》

——这种情况，前句拗了，本句"拗而不救"，而在下句中设法补救，是为"对句相救"。

（2）第 3 字对应变化，后句第 1 字同变者

其形态为"仄仄**仄**平仄""**仄**平**平**仄平"。例如：

为惜*故*人去，*复*怜*嘶*马愁。　　——高适《送魏八》
嗜酒*渐*思渴，*读*书*多*欲眠。　　——司空曙《江园书事》
美酒*易*倾尽，*好*诗*难*卒酬。　　——贾岛《酬姚合校书》
日暮*倦*行役，*解*鞍*初*息肩。　　——余靖《晚至松门僧舍》

——这种情况，从后句角度看，既是"对句相救"，又包含"本句自救"，——第 3 字由仄变平，把第 1 字同时由平变仄，补回一个平声，以求平衡。当然，这是可补可不补的，因为，在平脚押韵句中，少一仄声无大妨碍。如王维《登裴迪秀才小台

作》中"落日**鸟**边下，秋原**人**外闲"，只将后句第 3 字由仄变平，而第 1 字仍为平声。

（3）第 3 字对应变化，前后句第 1 字同变者

其形态为"**平**仄**仄**平仄""**仄**平**平**仄平"。例如：

　　　　时 改客 *心* 动，*鸟* 鸣 *春* 意深。　——陈与义《寒食》

——从另外角度看，此亦后句"孤平拗救"所常见格式。

（四）五言句尾"仄仄仄"与"平平平"搭配

这种变格发生在"平平平仄仄"与"仄仄仄平平"这组句式的变格中。

当前后句第 3 字都变格时，其句型变为"平平**仄仄仄**"和"仄仄**平平平**"。例如：

　　　　可 怜 *白* 雪曲，未遇 *知* 音人。　——韦应物《简卢陟》
　　　　故 人 *越* 五岭，旅雁 *留* 三湖。

　　　　　　　　　　　　——贺铸《登乌江柏子冈》

也有的后句第 3 字并不随之变化，句尾便形成"仄仄仄"对"仄平平"，如：

　　　　清晨入古寺，初日照高林。

　　　　　　　　　　　　——常建《题破山寺后禅院》

从中可以看出以下三点：

（1）当上句"平平平仄仄"第 3 字由平变仄时，句尾三字就呈现"仄仄仄"形态。因为它处于不押韵地位，仄声多些也无大碍，有的诗人为了突出仄声，同时又把第 1 字也变为仄声，"**可**怜**白**雪曲""**故**人**越**五岭"，全句就成为"**仄**平**仄**仄仄"，只剩下一个平声字了。

（2）与之相对应的下句原为"仄仄仄平平"，为配合上句的变化，第 3 字由仄变平，句尾就出现了"平平平"形态。这是一联诗中上下句连锁反应的结果。如果上变下不变，或下变上未

变,就为拗而未救。诗家要上下照应,设法做到互补,以上句的"仄仄仄",对应下句的"平平平"。

(3) 但这种以"三连平"对"三连仄"的"特殊变格",从唐到宋都极为少见。诗家有时宁肯前句拗成"三连仄",后句也不大肯用"三连平"。因为"三连平"又称"三平调",也一直被视为律诗大忌之一,只有个别诗中偶尔出现。

(五) 五言句尾"仄平仄"的单独使用

"仄平仄"句尾,经常是由"平平平仄仄"句式变来的。其产生过程是这样的:有时根据写作内容,第4字需要由仄变平时,会引起连锁反应,便将第3字由平变仄;或者是反过来,当第3字需要由平变仄时,而同时把第4字由仄变平。

律诗中,对不押韵句的平仄要求总是相对宽松些,平声字多一个或少一个不太计较,下句中可补可不补。因而"**仄平仄**"古风式句尾,便也经常单独使用,并不在下句用"平仄平"相搭配。这就出现了上句"仄平仄"单用的情况。例如:

阊门*折垂*柳,御苑听残莺。 ——李颀《送人尉闽中》
落花*满春*水,疏柳映新塘。 ——储光羲《答王十三维》
朝游*茂陵*道,夜宿凤凰城。 ——李嶷《少年行》
长江*一帆*远,落日五湖春。
　　　　　　——刘长卿《饯别王十一南游》
何时*占丛*竹?头戴小乌巾。
　　　　　　——杜甫《奉陪郑驸马韦曲二首》之一
檐飞*宛溪*水,窗落敬亭云。——李白《过崔八丈水亭》
扬鞭*玉关*道,回首望旌旗。
　　　　　　——李华《奉使朔方赠郭都护》
奇哉*一江*水,写此二更天。
　　　　　　——杨万里《宿三溪水驿前》

依依*半*荒苑,行处独闻蝉。

——欧阳修《雨后独行洛北》

余非*避*喧者,坐爱远风清。　　——梅尧臣《夏日晚霁》

西冈*夕*阳路,不到又经年。　　——陆游《小舟游西径》

二、七律的古风式句尾

七律也有四种古风式句尾,是由四种句式的第5字变格形成的。它们也经常搭配使用。可分为两组,即一组是"仄平仄"对"平仄平";一组是"仄仄仄"对"平平平"。下边分别举例加以解析。

(一) 七律句尾"仄平仄"与"平仄平"搭配

七言"平平仄仄平平仄"(平仄脚句式)与"仄仄平平仄仄平"(仄平脚句式)经常在一起搭配使用。当其第5字变格时,句尾便会形成"**仄平仄**"对"**平仄平**"。

其格式为"平平仄仄**仄平仄**"对"仄仄平平**平仄平**"。

例如:

雨中草色*绿*堪染,水上桃花*红*欲燃。

——王维《辋川别业》

尽抛今日*贵*人样,复振前朝*名*相家。

——刘禹锡《和牛相公寓言》

歌声袅袅*出*清汉,月色涓涓当翠楼。

——杜牧《南楼夜》

我行日夜*向*江海,枫叶芦花*秋*兴长。

——苏轼《出颍口初见淮山》

青山缺处*日*初上,孤店开时*莺*乱啼。

——陆游《上虞逆旅见旧题》

行人半出*稻*花上,宿鹭孤鸣*菱*叶中。

——范成大《初归石湖》

——此式要点：前句第 5 字由平变仄，后句第 5 字由仄变平。

(二) 七律句尾"仄平仄"与"孤平拗救"搭配

其格式为"平平仄仄**仄平仄**"对"仄仄**仄平**平仄平"。

例如：

百年将半*仕*三已，五亩*就*荒无一涯。

——高适《重阳》

山斋留客*扫*红叶，野艇送僧*披*绿莎。

——许浑《赠茅山高拾遗》

溪云初起*日*沉阁，山雨*欲*来风满楼。

——许浑《咸阳城东楼》

三秋木落半年客，满地月明*何*处砧。

——薛能《秋夜旅舍寓怀》

溪声犹带*夜*来雨，山色*渐*分云外霞。

——李弥逊《渡横溪》

野桃含笑*竹*篱短，溪柳*自*摇沙水清。

——苏轼《新城道中》

夕阳茅店*客*沽酒，明月小桥人钓鱼。

——王十朋《题湖边庄》

长堤冻柳*不*堪折，穷腊*使*君单骑行。

——梅尧臣《送乐职方知泗州》

——从中可以看出以下四点：

(1) 上句原为"平平仄仄平平仄"，第 5 字由平变仄，呈现"平平仄仄**仄**平仄"状态，句尾"仄平仄"。全句较原格少了一个平声字。因处于不押韵的位置，少一个平声多一个仄声无关紧要。其第 1、3 字仍然皆可不拘平仄，变与不变都可随意。

(2) 下句原为"仄仄平平仄仄平"句式，第5字由仄变平，句尾"平仄平"。与上句的"仄平仄"相呼应。将上下两句合起来看，又属于"对句相救"——前句少用了一个平声字，后句多用了一个平声字，上下句间的平仄声也恰好对仗。因而这种搭配，已经成为第5字"变格拗救"的习用定格。

(3) 这种格式很特殊：后句本来是容易"犯孤平"的"仄平脚"句式，其第3字通常是不可由平变仄的，但此处第5字已经由仄声变作平声了，于是，有的诗家便同时也把第3字由平变仄，恰好成为"孤平本句自救"。有人开了这个头，人们发现这里含寓"一箭双雕"之妙："仄平仄"对"平仄平"的古风式句尾，跌宕感很强，是一妙；后句的"孤平自救"顺理成章，又是一妙。这样搭配起来，还别具韵味。于是，由唐及宋，不少诗家便竞相效仿。由此可见，并非一定是正格才算好诗，运用变格，寻求些灵活的变化，时常会产生更加奇妙的效果。

(4) 这种格式多用于律诗颔联或颈联，因其对称感强，更适于对偶。上边所举8例皆为对偶。

(5) 需要说明的是：在实际创作中，这类古风式句尾，以拗对拗的格式，并不是诗人一开始就要这样设计的，未必一定是先有出句的拗，再用对句去救，也可能完全相反，写到对句时出现了拗救，便返回头将出句也做个调整，在对应位置上也用一个拗字，以相互抵消，从而取得新的平衡。只有亲自进入创作，才会深切体验到这种互补的实际过程。

(三) 七律句尾"仄平仄"与"仄平平"搭配

"仄仄平平平仄仄"句尾变为"仄平仄"，是把第5字由平变仄，同时将第6字由仄变平。经常用于尾联上句，主要是为造成一种曲折上挑的跌宕感。其下句并不用"平仄平"搭配，而仍用"仄平平"句尾相对应，原因在于，全诗尾句用"平仄平"

不如"仄平平"落得稳实些，也更舒展些。这是在七律中最常见的搭配方式，所用较多。从唐初到中唐以至宋代诗词大家，皆喜用此。以下诸多诗例皆如此：

山压天中*半*头上，洞穿江底出江南。

——王维《送方尊师归嵩山》

庾信生平*最萧*瑟，暮年诗赋动江关。

——杜甫《咏怀古迹》

千载琵琶*作胡*语，分明怨恨曲中论！

——杜甫《咏怀古迹》

多少材官*守泾*渭，将军且莫破愁颜。

——杜甫《诸将》

日色悠扬*映山*尽，雨声萧飒渡江来。

——白居易《百花亭晚望》

更着好风*堕清*句，不知何地顿闲愁。

——杨万里《和昌英叔久雨》

幸有微吟*可相*狎，不须檀板共金樽。

——林逋《山园小梅》

疏影横斜*水清*浅，暗香浮动月黄昏。

——林逋《山园小梅》

日脚穿云*射洲*影，槎头摆子出潭声。

——梅尧臣《和韩钦圣学士》

已把痴顽*敌忧*患，不劳团扇念寒灰。

——陆游《余年四十六入峡》

自笑低心*逐年*少，只寻前事捻霜毛。

——曾巩《上元》

岁晚无人*吊遗*迹，壁间诗在半灰尘。

——周紫芝《凌歊晚眺》

何日芦轩*下双*榻，满持樽酒洗尘机。
——贺铸《怀寄寇元弼》
若许他时*作闲*伴，殷勤为买钓鱼船。
——徐铉《送郝郎中》
况是清明*好天*气，不妨游衍莫忘归。
——程颢《郊行即事》
晚木声酣*洞庭*野，晴天影抱岳阳楼。
——陈与义《巴丘书事》
醉任狂风*揭茅*屋，卧听残雪打蓑衣。
——王庭圭《题郭秀才钓亭》
云捧楼台*出天*上，风飘钟磬落人间。
——杨蟠《甘露上方》
我独空斋*挂尘*榻，遗编时读子云书。
——欧阳修《苏主簿泂挽歌》
万里归船*弄长*笛，此心吾与白鸥盟。
——黄庭坚《登快阁》
长与东风*约今*日，暗得先返玉梅魂。
——苏轼《复出东门》
栽种成阴*十年*事，仓皇求买万金无。
——苏轼《傅尧俞济源草堂》
沂水弦歌*重曾*点，菑川故旧识平津。
——苏辙《送龚鼎臣谏议移守青州》

（四）七律句尾"仄仄仄"与"仄平平"搭配

"仄仄平平平仄仄"的句尾还可变为"仄仄仄"，是只将第5字由平变仄，而第6字并不变为平声，从而形成句尾句"三连仄"。

此式也多用于尾联上句，较前式用得少些。其下句也往往不变，仍用原形句尾"仄平平"相对应。例如：

最是楚宫*俱*泯灭，舟人指点到今疑。

——杜甫《咏怀古迹》

安得务农*息*战斗，普天无吏横索钱。

——杜甫《昼梦》

怅望千秋一洒泪，萧条异代不同时。

——杜甫《咏怀古迹》

朝罢须裁五色诏，佩声归到凤池头。

——王维《和贾舍人早朝》

——"三连仄"在律诗中属"拗句"，但用在尾联的上句，反而产生激昂上挑的特殊韵味，便成为"特殊变格"而被认可。

按"一三五不论"之说，这类句式第 3 字也可由平变仄，即变为"仄仄*仄* 平仄 仄仄"。这样变后，**全句七字中，只剩一个平声字了**。如上举杜甫《咏怀古迹》"最是楚宫*俱* 泯灭"便是。这种句式可谓"**大拗句**"，但它处于尾联上句位置，猛然上挑，别具气势。精于诗律的杜甫，显然是有意而为之的。

（五）七律"平平平"句尾的特殊变格

"平平仄仄仄平平"，第 5 字变格后，变作"平平仄仄*平* 平平"句尾呈现"平平平"（三连平）状态。例如：

主人为卜*林* 塘幽　——杜甫《卜居》

末尾三字"三连平"，又称"三平调"，亦为律诗之"忌"，属于"**大拗**"，故用者很少，诗例不多。

杜甫一向严于诗律，为什么会用？其七律《卜居》是首名篇，几乎所有杜诗选集中都收有此诗。首联两句为"浣花溪水水西头，主人为卜林塘幽"。到成都杜甫草堂，亲临其境方知，"林塘幽"三字，从诗意上看，是再确切不过了。既写出了林木之幽，也写出了湖塘之幽，给人以分外幽静平和的感觉。杜甫卜居于浣花溪时，开塘引水，并到处寻求花木，亲手栽种了许多翠竹和榕树。故而他既要写水塘，又要写林木。"林塘幽"三字是"三平调"，杜甫并非不懂，但无可代替。如果只考虑平仄韵律，用"小塘幽"便很现成，但有水而无木，便不成其为草堂了。可见，像杜甫这样的大诗家，也是不肯以文害意的。这就是有些诗人偶尔用些拗变诗句的原因了。

从上边所举诗例中可以看到，既有一句单独变化的，也有上下句对应连动的。由于它对律诗定格违拗较大，对标准律句来说，都叫"拗句"。违拗不大的，也可不加补救，而有的违拗太大，"本句自救"已无能为力，就要采用"对句相救"办法，形成上下句连锁反应。如果上变下不变，或下变上未变，就为"拗而不救"。诗家在创作过程中，总要上下呼应，写到上句时需要变拗了，写下句时就设法以拗对拗，做到互补；反之，写到下句时感到需要用拗，就回头到上句去找一下，也相应地做出变化。目的就是，上句丢了下句找，以求平衡。

（六）七律句尾变格小结

把上述七言律句第 5 字变化后的句尾归结一下，四种基本句式可有 4 种句尾变态：

(1) "仄仄脚"句尾由"平仄仄"可变为**"仄仄仄"**；
(2) "平平脚"句尾由"仄平平"可变为**"平平平"**；
(3) "平仄脚"句尾由"平平仄"可变为**"仄平仄"**；
(4) "仄平脚"句尾由"仄仄平"可变为**"平仄平"**。

也就是说，七言律句的句尾，除原形 4 种外，加上 4 种变化，共有 8 种。其中，"仄平仄"与"平仄平"相互搭配已成习用。"仄仄仄"与"平平平"，属"特殊拗变"。这些句尾在古风中通常惯用，而在近体律诗中则为"拗句"和"变体"。

在律诗格式已经成熟时，所以还有这些古风式句尾，主要是有意追求古朴风韵的结果。有的，则宁可违律，也不肯"因律害义",有种不拘一格的革新精神在内。

这类拗变,既然在唐宋前代诗人创作中已有先例,我们在创作中便可以视具体情况随机应用,不应较前人还更加禁锢。当前,在诗坛上,以至某些古体诗词专刊中,一见有"三连平"句尾,无论其做了补救与否,都一概斥之"违律"而鄙之,这是对变格拗救尚缺乏通融认识的结果。这样禁锢,实际上是种"作茧自缚"的倒退,长此下去,会把诗越做越死板僵化。要解决这个问题,除从理论上加以探讨外,更重要的,还得靠创作实践,要在精通格律基础上,勇于推陈出新,拿出好的佳篇佳句来。即如崔颢的《黄鹤楼》,八句中有六句拗,且多重复词语,对偶也不工,但他采用了一些特殊的拗救方法,达到状物细切、抒情酣畅的境界,连诗仙李白也为之叫绝。

第四节 "二四六"变格与拗救

上述三节,讲的都是关于律诗"一三五"声位上的平仄变化与拗救。律诗中的第"二四六"字,处于拍节的重点部位,对诗句节奏感、声韵感的作用,仅次于句尾最末一字,比"一三五"字重要得多。所以,通常强调"二四六分明",就是说,该平则平,该仄则仄,要明明确确,不能随意变动。

但也并非全无例外。在不押韵的"仄仄脚"和"平仄脚"两类句式中,五言的第四字和七言的第六字,也有一些特殊变格。(由于这类变格问题太繁杂,王力先生为便于叙述,采用"甲乙丙丁……子丑寅卯……"编号法,分别用代号命名,把五言"二四音位"的变格叫作"丁类拗变",又叫"子类特殊形式",把七言"二四六音位"的变格称作"戊类拗变",又叫"丑类特殊形式"。)

这种"二四六"位置上的特殊变格,前边在涉及"孤平拗救"及古风式句尾变格时已经有些解说。这里,重点讲一些特殊拗变及补救方法。

律诗所以强调"二四六分明",就是因为这是拍节的重点音阶,一般不许改变,一旦变化,牵一发而动全身。只有将律诗标准定格及前边各种拗变完全弄清楚,才可能真正理解二四六音位的变化。

一、五律中"二四"变格的拗救

(1)"对句相救"

五言中,前句第4字由平变仄,成为拗句,后句第3字由仄变平,加以补救。其格式为"仄仄平**仄**仄,平平**平**仄平"。这是"对句相救"。如:

　　落日池**上**酌,清风**松**下来。
　　　　　　　　　　——孟浩然《裴司事见寻》
　　送客飞鸟外,城头**楼**最高。——岑参《陕州月城楼》
　　二月频**送**客,东津江**欲**平。——杜甫《泛江送客》
　　蔼蔼花蕊乱,飞飞**蜂**蝶多。——杜甫《绝句》
　　落日风**雨**至,秋天**鸿**雁初。
　　　　　　　　　　——高适《途中寄徐录事》
　　况有台**上**月,如闻云**外**笙。——刘禹锡《秋日书怀》
　　翳翳陂**路**静,交交**园**屋深。
　　　　　　　　　　——王安石《半山春晚即事》
　　落日含**古**意,高台**多**远心　——刘敞《观鱼台》

——前句第4字该平而用仄了,变成"仄仄平**仄**仄",四仄夹一平;后句第3字该仄而用平,变作"平平**平**仄平",为"四平夹一仄",恰好补回一个平声,达到平衡。前句多仄,后句多平,读起来韵味也足。

（2）"对句相救"对"孤平拗救"

五言中，前句第 4 字由平变仄，成为拗句，后句第 3 字由仄变平，加以补救。其格式为"仄仄平仄仄"，下句变为"仄平平仄平"。

　　且复伤远别，不然愁此身。　——高适《别刘大校书》
　　本欲云雨化，却随波浪翻。
　　　　　　　　　　——吕温《及第后答潼关主人》
　　木落山觉瘦，雨晴天似高　——刘敞《秋晴西楼》

——这种变格，从上句看，是第 4 字拗而未救，靠下句的第 3 字由仄变平补回平声；而从下句看，则为"孤平自救"。

（3）"特拗"对"特拗"

上句由于第 3、4 字同时由平变仄，出现"五连仄"特拗，下句把第 3 字由仄变平加以补救。是"以拗对拗"的做法。

其格式为"仄仄仄仄仄"对"平平平仄平"。如：

　　士有不得志，栖栖吴梦间。　——孟浩然《送友东归》
　　草木岁月晚，关河霜雪清。　——杜甫《送远》
　　落日念古意，高台多远心。　——刘敞《观鱼台》

——此式，前句为"五连仄"的特拗句，后句则为"四平一仄"的特拗句，以拗对拗，求得平衡。

（4）"特拗"对"孤平自救"

上句由于第 3、4 字同时由平变仄，出现"五连仄"特拗；下句把第 3 字由仄变平加以补救，同时又把第 1 字由平变仄，这样，单从下句看，属于"孤平自救"，与上句的搭配关系角度看，则为"对句相救"。如：

　　对酒不觉暝，落花盈我衣。　——李白《自遣》
　　待月月未出，望江江自流。
　　　　　　　　　——李白《挂席江上待月有怀》

致此自*僻*远，又非*珠*玉装。 ——杜甫《蕃剑》
素月*自*有约，*绿*瓜*初*可尝。 ——周紫芝《雨过》
数里*蹋*乱石，一川*环*碧峰。 ——苏舜钦《独游辋川》

二、七律中"二四六"变格拗救

熟悉了五律的"特殊拗救"方法，七律中的"特殊拗救"便可触类旁通。其道理和办法是大同小异的。

(1)"对句相救"

七律中，当上句多用了仄声字（特别是第6字用了仄声），便将下句多用些平声字加以补偿。例如：

水真绿净不可唾，鱼若空行无所依。

——楼钥《顷游龙井》

仄平仄仄*仄仄*仄，*平*仄平平*平*仄平。（前句六仄一平）

南朝四百八十寺，多少楼台烟雨中。

——杜牧《江南春绝句》

平平仄仄*仄仄*仄，*平*仄平平*平*仄平。（前句五仄二平）

——这都是在某种特殊情况下，不得已而为之。楼钥《顷游龙井》诗，是为了强调"不可唾"，实在找不到更恰当的词语来代替"不可"二字，只好在下句寻找出路。我到杭州龙井，亲见其水之清之碧，感到**"水真绿净不可唾"**这句诗，惟妙惟肖之极，几乎达到一字不易的地步了。那静卧崖下的一汪井水，真是绿得可爱，就是再无赖者，也绝不会忍心吐口唾沫的。杜牧《江南春绝句》中，**"南朝四百八十寺"**是个历史性的数字，关键是"八十"二字都为仄声（入声），无法回避，不能为了顾忌平仄格式，就以文害意。"本句自救"不行，只能"对句相救"，以拗平对拗仄,反倒写成了千古名句。

(2)"特拗"对"孤平自救"

上句中,第5、6字同时由平变仄,成为特拗句;下句将第5字由仄变平以补回一个平声。由于七言字数比五言多,变化形态也多。上句会形成"五仄二平"以至"六仄一平";下句会形成"孤平自救"等各种不同形态。如:

马蹄践雪六七里,山觜有梅三四花。
仄平仄仄**仄仄**仄,平仄**仄**平**平**仄平。(前句六仄一平)
——方岳《梦寻梅》

舞阳去叶才百里,贱子与公俱少年。
仄平仄仄平**仄**仄,仄仄**与**平**平**仄平。
——黄庭坚《次韵裴仲谋同年》

宦游何啻路九折,归卧恨无山万重。
仄平平仄**仄仄**仄,平仄**仄**平**平**仄平。(前句五仄二平)
——陆游《桐庐县泛舟东归》

——律诗第4、6音位的变化看起来很复杂。但千变万化不离其宗,都是在打破原有的平衡时,力求新的平衡。

三、律诗变格与拗救总结

在以上对五律、七律各种变格的举例解析基础上,可以做些归纳总结:

(1)律诗以末字押平声韵为主体,五七言律诗无论哪种体式,每句末字的平仄声都永远不会变。也就是说,五言律句的第5字的平仄声永远不变,七言律句中的第7字永远不变。

(2)诗律有个口诀"一三五不论,二四六分明",这是个大框框。因为律诗组合的根本原则,就是要平仄交错和对仗,有了"一三五不论,二四六分明"的大框,才有可能体现这种交错、粘对的规律。这个口诀反映了律句"标准定式"的一般性规律。"一三五不论"是因为第1、3、5字皆处于每个拍节的前半拍，不是重点，往往可平可仄；"二四六分明"是因为第2、4、6字处于每个拍节的后半拍，关乎着韵律感受的重点，通常不变。

（3）通常情况下，"一三五"的变化，对律诗大体的影响较小，比如五律和七律中第1、3字的变化，比较常见和习用，称作"常规变格"。

（4）五言句第3字及七言句第5字的变化，往往是有条件的。变化后句尾会出现"仄平仄""平仄平"以至"仄仄仄"或"平平平"等"古风式句尾"，也曾经是"标准律诗"的忌讳。尤其是平平平句尾，被称为"三平调"，是仅次于"孤平"的忌讳。出现这种情况，一般都要做些补救。常见的补救方法是，将上下句的末三字同时变作"仄平仄""平仄平"以互补。后来，由于许多诗家追慕古风韵味，如杜甫、黄庭坚、苏轼等大家还故意用这类句尾写下不少"古风式律诗"，"古风式句尾"的忌讳逐渐淡化，"古风尾"的搭配使用，成为一些诗家喜用的"习用变格"。

（5）其中，由于五言"平平仄仄平"第1字及七言"仄仄平平仄仄平"第3字变化形成的拗句，称为"犯孤平"，是律诗第一大忌。一旦此字由平变仄，必须加以补救，补救方法只有"本句自救"一种，就是把第3、5字由仄变平，这叫作"孤平拗救"。

（6）律诗特别重视"二四六分明"。第2、4、6字变化后，则会对律句造成较大破坏，形成拗句，就需要加以补救，这叫作"特殊变格"和"拗救"。"拗救"有多种方法，都是诗家在创作实践中经验的总结。

（7）在"特殊拗救"句式中，五律上句变格的最大极限可能出现"仄仄仄仄仄"（五连仄），而下句却不会出现"五连平"，因为除韵脚为平声外，第 2 字还会保留一个平声字；在七言句中，上句最大极限会出现"六仄夹一平"（"仄平仄仄仄仄"，如楼钥《顷游龙井》中"**水真绿净不可唾**"，或"仄仄仄平仄仄仄"，如杜甫《咏怀古迹》中"**最是楚宫俱泯灭**"），而不会出现"七连仄"。

（8）至此，我们可对律诗上下句的变格和对应关系拟一口诀：

　　　　四声分平仄，粘对律始成。一三五不论，二四六分明。
　　　　变格避僵化，最忌是孤平。句尾仄平仄，常伴平仄平。
　　　　上句不避仄，下句喜平声。中联常对偶，起承转合精。

（9）我们把握这些定格和变格的知识，深入理解律诗各种变格和拗救的方法，不是为了增加束缚，恰恰相反，是为了"从必然王国进入自由王国"。首先是为了精通诗律，能把诗写得真正合律。进而也是为了体会先辈诗家精研诗律又不断革新的可贵精神，以解放我们的思想，使律诗在继承基础上，进一步开拓发展。

（10）许多人都觉得格律是种束缚，可是，去掉这些束缚，也就无所谓格律诗了。革新是必要的，而怎么革？革什么？只有熟知了它，把握了它，才能谈到革新。对古代诗家已经做了变通的，如果不了解，就只能死守那几种标准定式，不能变也不敢变，只是一成不变"一丝不苟"地去作诗，当然束缚得多，诗也就作得很枯板。如果熟悉了定格，特别是掌握了变格方法，就获得了自由，诗也就写得活泼生动了。

（11）近年来诗坛上有种倾向，以标准诗格为尚，忽视变格拗救对搞活诗词创作以至推陈出新的重大作用，一旦有人写了某些本来符合于变格规律的诗，还会被视为"不合律""不懂律"

而加以排斥，这是作茧自缚，也是对历代诗家已经多有先例的创新做法的否定。

（12）诗体的革新和开拓，自古及今从未停止过。唐代"近体诗"是对古体诗的革新；以杜甫为首的唐代诗人所写的"古风式的律诗"及"入律的古风"，又是对已经定型了的律体的补充和改造；唐宋诗家有意识地写出些失粘失对的变体律诗，也是对律体的变格。广义地说，被称为"诗余"的长短句交错的词曲，又是对五律、六律、七律以及四言诗的继承和突破性的革新的结果。

（13）最重要的是创作实践。诗词中的许多变格甚而是变体，往往都是由于前代诗家勇于创新、写出了别具一格的好作品，扩大了影响，就会约定俗成，被人认同。当时既无统一出版条件，更无统一联网的方便，都是个体创作，诗友间小范围里的交流切磋，框框少，限制小，自由度相对大些。对某些革新性创造发展，也往往持欣喜鼓励态度。诗圣杜甫最严于诗律，同时也是推动革新的积极倡导者。他在《咏怀古迹》中热情赞颂"庾信生平最萧瑟，暮年诗赋动江关"。在《戏为六绝句》中又赞扬"庾信文章老更成，凌云健笔意纵横。今人嗤点流传赋，不觉前生畏后生"。就是对庾信精研诗律又富于革新精神的大力肯定，也是对一些人褊狭态度的批评。"未及前贤更无疑，递相祖述复先谁。别裁伪体亲风雅，转益多师是汝师。"显然，杜甫的主张是，既要虚心尊重前贤，又不拘泥"祖述"，宁可"别裁伪体"，也要服从内容，要有多多师法别人长处的博大胸怀。杜甫不仅诗写得好，他这种不以老大自居的诗品也为我们做出了榜样。

（14）设想一下，如果诗体总是一成不变，尊古又泥古，那么，岂不只能死守着那本《诗经》，总写四言诗了吗，又怎么会产生五律、六律和七律呢。愚以为，必须提倡和鼓励在创作实践中推陈出新的改革精神。在遵循诗律大体的同时，在继承古人变通拗救方法的同时，也要学习古人勇于开拓的精神，特别是应当努力适应当代声韵变化的现实，去寻求和开拓出些新的途径，使这一文化瑰宝更为发扬光大。

四、律诗变格的辩证

律诗有定格，又有变格。没有定格便无所依据，没有变格便会死板僵化缺乏生气。定格是共性，变格是个性，这便是定格与变格的辩证关系。

变格是最具活力的因素。在创作实践中，不可能每字每句都一字不差地全按标准格式去写。那既难以做到，也没必要。因为，一点松动灵活性也没有，就把诗作死了。实际上，在唐人诗作中，那种完全依照标准格式而一字不变的诗，反倒是极少数的特例。

前边在讲解各种体式基础格式时，为了在一开始就给大家一个原型的概念，想要尽可能选用一字不变的原格作为定式，以便于说明，却发现这很难做到。五绝及七绝只四句，还能找到，但也并非最佳名篇。而在五律、七律中，要找到一篇八句全用句式原型写下的，几乎没有。这就充分说明，诗有变格，在创作实践中，倒是普遍性的。

我们知道，任何一种诗体的格式都并非固有的，是历代诗人在创作实践中根据声韵美感的需要，摸索经验而逐渐形成的。所有格式，都是在约定俗成基础上，经人们归纳总结而形成的。某种诗体定型后，诗人们在创作实践中，又会根据所表达的具体思想内容的需要，对这些格式的某些局部不断有所改造和突破。这些突破的做法，开始只是个别的、特例的，被称为"拗句"，但效仿的人多了，被多数人认可了，便约定俗成地形成一种新的

"常规变格"。而某些超常的突破,离标准格式距离较大的,人们则设法做些补救性的处理,便被称为"特殊拗救"。

无论"常规变格",还是"特殊拗救",都是在不改变律诗大体规格的前提下所做的局部灵活变通。这对于标准格式来说,是一种违背,是出格,也是一种创造,一种革新。这种变格革新,恰是对律诗格式的丰富和发展,又从而孕育出许多名篇佳作。

不能认为,完全按标准格式一丝不苟地写出的诗就最好。有些尽管用常规格式写下的律诗,由于僵化死板,并无高深意境,也不感人。反之,着眼于意境,有些变通,甚而局部出格的诗,又成为名篇。崔颢七律《黄鹤楼》一诗最为典型。

这里便以崔颢七律《黄鹤楼》为例,用标准格式加以衡量,对其变格拗救做些具体解析。这算是一道习题,既作为以上论点的实证,又可当作对已讲过的律诗"常规变格"及"特殊拗救"知识的一个运用和复习。

崔颢七律《黄鹤楼》诗格详析

定格:平平仄仄平平仄,仄仄平平仄仄平。
诗文:昔人已乘黄鹤去,此地空余黄鹤楼。
变格:仄平仄仄平仄仄,仄仄平平平仄平。
　　（第1、6字变）（末三字古风尾）
定格:仄仄平平平仄仄,平平仄仄仄平平。
诗文:黄鹤一去不复返,白云千载空悠悠。
变格:平仄仄仄仄仄仄,仄平平平仄平平。
　　（六连仄）　　（末三字三连平）
定格:平平仄仄平平仄,仄仄平平仄仄平。

诗文：晴川历历汉阳树，芳草萋萋鹦鹉洲。
变格：平平仄仄仄平仄，平仄平平平仄平。
（末三字古风尾）（末三字古风尾）
定格：仄仄平平平仄仄，平平仄仄仄平平。
诗文：日暮乡关何处是，烟波江上使人愁。
变格：仄仄平平平仄仄，平平平仄仄平平。
（只此一句为原形）（第3字由仄变平）

此诗，如果按"平起仄收式"诗格的原型去要求，便有14字的平仄与定式不符：

第1句"昔""鹤"二字皆该平而仄了。第2句"黄"字又该仄而平了。第3句则违拗得更多，"黄""一""去""不"都与标准格式不符，此句本应有四个平声字，现在只剩一个"黄"字是平声，还没在相应的位置上，并形成六连仄的状况。第4句中"白""千""空"三字与原格不符，结尾出现"三连平"。第5句"汉"字该平而仄了。第6句"芳""鹦"字该仄而平了。第8句"江"字不符，前三字形成"三连平"。所以，八句之中，除第7句"日暮乡关何处是"一句是标准律句外，有7句14字变格，简直就是一首不合律的拗诗了。

但它却是千古名篇。传说李白当年到黄鹤楼见到此诗，竟然为之叫绝，说有崔颢此诗在上，自己只好搁笔，不能再写黄鹤楼的诗了，至今那里还修了座李白"搁笔亭"。

为什么有这么多平仄不符的诗还会成为好诗呢？原因即在于诗人不肯以文害义，运用了一些"常规变格"和"特殊拗救"的手法，勇于破除和创新。

其中有些平仄声变化，发生在每个拍节两字中的前一字上，已被视为"约定俗成"的"常规变格"，这类就不算"拗句"。

其中有些则确为拗句，但诗人已设法进行了补救。如：第1

句"鹤"字该平而仄,少了一个平声字,为"拗句";第2句"黄"字该仄而平,便补回了一个平声字,这称为"前拗后救"。第3句"黄鹤一去不复返"只有一个"黄"字为平声,还在第1字的次要音位上,无疑是个"特拗句";但诗人在第4句中,又改用了"千""空"两个平声字,做到回补,是为"异句相救"。第5句的"汉"字该平而仄了,形成"仄平仄"的"古风式"句尾;而在第6句同一音位处,"鹦"字该仄而平,形成"平仄平"的"古风式"句尾,与前句相呼应,这又是"五六句互补"。这样,有缺有补,有拗有救,反而成为高妙的造句技巧。因而,这首诗可说是"变格拗救"的特例。

其实,任何一种新体都是对旧体的背叛和革新。没有背叛和革新,只能故步自封。先秦两汉以前的诗,经过先圣之手汇编成册,并冠以《诗经》大名,列为"五经"之首,如果就此奉为经典,再也不许变革,那么也就不会有后来的五七言律诗了。从广义上说,五言体是对四言体的出格和变通;七言又是对五言的出格和变通;六言律又是在七言律基础上变通的;词又是对五七言律的突破。

变通,才能出新。较大的变格,如四言、五言、六言、七言间的变体,是质的飞跃和革命,便孕育了新体;以某种体式的大框为前提的变格,则是本体式内的通融和搞活,会赋予诗体格式以新鲜生机。这种变化,是在精通熟悉诗体定格基础上进行的,绝非离开格律大体而随心所欲地乱变。

掌握古体诗词格律,由会写到能写好,是个循序渐进的过程。首先要熟练地把握住律诗各体的基本格式,才能进而把握律诗的变格,清楚哪些是"常规变格",哪些是"特殊变格和拗救",从而达到诗词创作的新境界。这个境界大致有三个层次:

一是问径入门,登堂入室,能准确地把握律诗各种体裁的基

本格式,运用常规变格各种方法,写出合格入律的诗篇;

二是参禅悟道,惬意而适,能熟练地运用各种拗救手段,随机应变地应付所遇难处,把诗写得活泼生动,足以体现自己的思想感受;

三是柳暗花明,忽入佳境,那是在灵感驱动下,忽有奇思妙想,几经推敲锤炼,终于找到途径,于是,体定词安,韵合意遂,心胸豁然,"手之舞之足之蹈之"。这当是写诗的最高境界。

第五章　六律

对"六言律诗"在古体律诗行列中的地位，历来重视不够，前人同类专著中，对其格律的形成及演化的探讨也较少，对六律定式及其变格规律尚缺乏系统的归纳和研究，这是个缺憾。

但六言律诗以其六言三拍的明快节奏，平仄粘对格式的灵活变化，以及适合于采用对偶等特有的格律特征，却显示了独有的魅力，不可忽视。

特别值得重视的是，六言句在词中的特殊地位和作用。六言句是词体中最具特色的句式。我们对六言律进行深入研究和把握，不仅可以深入认识六律自身的体式特征，进而还可对词体中六言句式的运用和变化有个深入的理解和把握。

1992年11月，在白鹿书院于海南举办的"中华诗词表现艺术研讨会"上，我曾用《六言诗格律刍议》一文同与会诗友交流看法，之后发表于《长白山诗词》专刊上，得到同道的认可。在此基础上，这里单辟一章，对六律的起源、演化、定式、变格规律，进行一些论证分析。

第一节　六绝与六律

一、六言律句的基础句式

要了解什么是六律，首先必须知道什么是六言律句。六言律句只有 4 种基础句式。所有的六言律绝及六律，都是用这 4 种基础句式及其变化形态构成的。

我们以刘长卿的六绝《送陆澧还吴中》为例，对其句式平仄做些分析。其文为：

瓜步寒潮送客，杨花暮雨沾衣。

故乡南望何处？春水连天独归。

为便于解析格式，介绍专用术语，列表示意如下：

句序称呼		三拍节奏	平仄格式	句式名称
第一联	起句上句	瓜步/寒潮/送客	平仄平平仄仄	仄起仄收式 仄仄脚
	对句下句	杨花/暮雨/沾衣	平平仄仄平平	平起平收式 平平脚
第二联	出句上句	故乡/南望/何处	仄平平仄平仄	平起仄收式 平仄脚
	对句下句	春水/连天/独归	平仄平平平平	仄起平收式 仄平脚

从上表可以看出：

（1）六言律句在节奏上有个突出特点：为六言三拍，恰好每两字为一节拍，不像五律、七律中总会有一个单字为一拍。

（2）这是"首句仄起仄收式"的六言律绝，恰好是由六言律句的 4 种基础格式组成的，每式一样，互不重复。其原形为：

仄仄/平平/仄仄，——"仄起仄收式"，句尾"仄仄脚"

平平/仄仄/平平。——"平起平收式"，句尾"平平脚"

平平/仄仄/平仄，——"平起仄收式"，句尾"平仄脚"

仄仄/平平/仄平。——"仄起平收式"，句尾"仄平脚"

从平仄关系上看，每句中都是平仄交错的，这是构成律句的基本要求。

（3）如果把6个字分划成前4后2两个部分，前4字的平仄格式只有两种形态，一是"平平仄仄"，二是"仄仄平平"，这与七言律诗的前两拍的4个字完全相同。

（4）后2字为一个拍节，与五律、七律句尾也完全相同，共有"仄仄脚""平平脚""平仄脚""仄平脚"四种。句尾两字中的前一字，力求与前一拍节形成平仄交错关系——前节末字为平声者，则为"仄仄"或"仄平"；前节末字为仄声者，则为"平平"或"平仄"。

（5）其平仄"对仗"和"粘对"规则，与七律完全相同，即"**一联之内，平仄对仗；两联之间，平仄相粘**"，从而使得4种基本句型能够得到最大限度的平衡使用。这与五律、七律的结构原理完全一样。

（6）六言律诗基本体式有两种：一是六言律绝，二是六律。它们都是由上述4种不同句型按不同顺序排列构成的。但由于六律在其形成和演变过程式中，在平仄"粘"和"对"的要求上不像五律及七律那么严格，便出现了一些"拗粘"和"拗对"的变体。下边分别加以介绍。

二、六绝正体

六绝只有4句，每句6字，共24字。只要把握住六言律绝的基本格式，则六绝的其他变体及六律的格式，便可触类旁通。

六言律句的4种基本格式，如果也按五七言律绝的粘对规则相组合，按理说，也可组成首句不入韵的"仄起仄收式""平起仄收式"及首句入韵的"仄起平收式""平起平收式"等四种定格。但理论必须从实践出发。梳理一下从唐宋以迄明清诗家的六绝诗作，首句入韵者极为罕见，绝大多数皆采用首句不入韵的两种格式。

（一）六绝第一格

六绝第一格的基本标志是"首句仄起仄收"。

【定格】　　　　【例诗】　　刘长卿《寻张逸人山居》

仄仄平平仄仄，　危石才通鸟道，（第1字由仄变平）
平平仄仄平平。　空山更有人家。（六字皆原形；对偶）
平平仄仄平仄，　桃源定在深处，（六字皆原形）
仄仄平平仄平。　涧水浮来落花。（六字皆原形；对偶）

【附例】

(1) 韦应物《三台二首》之二

冰泮寒塘始绿，雨余百草皆生。朝来门阁无事，晚下高斋有情。

——两联皆对偶；第1、2句第1字变格。

(2) 朱继芳《溪村二首》之一

榉柳正当官道，渔舟偏系柴门。今年春水深浅，看取层层岸痕。

——首联对偶；第1、2、3句第3字皆变格。

(3) 俞安期《东濠杂兴》

送客偶经花坞，呼童莫上松关。雨晴邻叟乍去，月黑樵人未还。

——两联皆对偶；第3句第1、3、5字皆变格。

(4) 查慎行《江行十八首》之八

乍合乍开烟霭，一重一掩霏微。紫鳞出网能跃，翠鸟踏波乱飞。

——两联皆对偶；第1、4句第3字变格。

(5) 莫友芝《山居》

茅屋四围桑竹，疏篱一带鸡豚。客来不用几席，共坐千年树根。

——首联对偶；第3句第1、5字变格。

【格式解析】

（1）以上诗例，皆"首句仄起仄收式"，首句不押韵，每首含有两个平声句尾，故4句2韵。

（2）其格式原形为：

仄仄/平平/仄仄，——仄起仄收式，仄仄脚

平平/仄仄/平平。——平起平收式，平平脚

平平/仄仄/平仄，——平起仄收式，平仄脚

仄仄/平平/仄平。——仄起平收式，仄平脚

——从中看到：全诗皆由六言律句的4种基本句式组成；脚式俱全；每句内皆平仄交错；每联内两句间皆平仄相对；两联间皆平仄相粘。这些规律与七绝完全一样。

（3）诗中多用对偶。所选六例中，有4首两联皆对偶，其余2首则首联对偶。可见六绝较五绝及七绝更喜用对偶。

（4）以双音词为主，每两字构成一个节拍，形成六言三拍节奏；重音皆在双音节的第2字上，因而，凡"仄脚句式"的第1、3、5字，及"平脚句式"的第1、3字皆可不拘平仄。例诗中凡用斜体黑字标明者，皆为变格之处，如"**危**""**冰**""**雨**""**正**""**偏**""**春**""**偶**""**雨**""**邻**""**紫**""**踏**""**四**""**客**"等变格字，都在第1、3、5音位上。这点与七律颇为类似。

（5）共有4种句尾："仄仄脚"，"平仄脚"，"平平脚"，"仄平脚"。其中，"仄仄脚"与"平仄脚"可以通用，如例诗中首句末三字既有仄仄脚"鸟道""始绿"，也有平仄脚"官道""花坞""烟霭""桑竹"。

（6）由于"仄仄脚"与"平仄脚"的通用，也就意味着在仄脚句式中可以无保留地体现"一三五不论"。在这一点上，六律的变格要比七律宽松不少。如俞安期《东濠杂兴》第3句

"雨晴邻叟乍去"句,莫友芝《山居》第3句"**客来不用几席**",其原格本为"平平仄仄平仄",末二字却变为"仄仄"。结果,末三字呈现"三连仄"。这一点与七律也很相似,在七言律句"仄仄脚"句式"仄仄平平平仄仄"的特殊变格中,由于第1、3、5字变格,也会出现"平仄仄平仄仄仄"的特例。因为仄脚属于不押韵出句(上句),仄声字多,激扬上挑些,还会别有韵味。

(7) 但"平平脚"与"仄平脚"的第5字,一般很少变化。以上诗例中皆未见有可通用者。看来,六言律句中,不避"三连仄",却尽量避免"三连平"(三平调)。这一点,又与七律很相似。

(二) 六绝第二格

六绝第二格的基本标志是"首句平起仄收"。

【定格】　　　【例诗】　　　皇甫冉《送郑二之茅山》
平平**仄**仄平仄,　水流绝涧终日,(第1字由平变仄)
仄仄平平仄平。　草长深山暮春。(第1字由仄变平;对偶)
仄仄平平仄仄,　犬吠鸡鸣几处,(六字皆原形)
平平**仄**仄平平。　条桑种杏何人?(六字皆原形;对偶)

【附例】

(1) 陆游《六言四首》之一

　　功名正恐不免,富贵酷非所须。铁马未平辽碣,钓船且醉江湖。

　　——两联皆对偶;第1句第5字及第3句第3、5字变格。

(2) 范成大《宿牧马山胜果寺》

　　佛灯已暗还吐,**旅**枕才安却惊。月色**看**成晓色,溪声听作松声。

——两联全用对偶;第1、2句第1字及第3、4句第3字皆变格。

(3) 刘辰翁《春归》

留春一日不可,种树十年未成。*芳*草*断*肠*花*落,*绿*窗携手莺声。

——两联全用对偶;第1、3句第5字皆变格;第3句第1、3、5字皆变格。

【格式解析】

(1) 这是"首句平起仄收式",皆首句不入韵,隔句一韵,共4句2韵。其格式原形为:

平平/仄仄/平仄,——平起仄收式,平仄脚

仄仄/平平/仄平。——仄起平收式,仄平脚

仄仄/平平/仄仄,——仄起仄收式,仄仄脚

平平/仄仄/平平。——平起平收式,平平脚

——从中看到,此式也是四种基础句型俱全。

(2) 此式就是把上式的两联前后颠倒而成。前式首句为"仄起、仄仄脚",此式首句为"平起、平仄脚"。

(3) 各句间的平仄对仗和粘连规律皆与七律相同。即,每联内两句间皆平仄相对,两联间平仄相粘。

(4) 亦多用对偶。所选四例中,两联皆对偶。

(5) 从上举例诗中可以看出,"仄脚句"的第1、3、5字的平仄声皆可变化,如用斜体黑字标明者,"水""草""不""未""辽""钓""佛""旅""看""听""不""十""芳""断""花""绿"等字,皆为平仄变格处。这样,"平平仄仄平仄"句式中,由于第5字由平变仄,就会出现四连仄,却并不为忌讳。如陆游诗中"功名*正*恐*不*免",刘辰翁诗中"留春*一*日*不*可"。

(6) "仄平脚句"的第1、3字也不拘平仄。但其第5字一

般不变,主要是避免末尾"三连平"("三平调")。

(三) 六绝第三格

六绝第三格的基本标志是"首句仄起平收"。

六言律绝中,四句三韵者极少。首句入韵的"平起平收式",我尚未见。首句入韵的"仄起平收式"也甚少。只见有素以格律严谨著称的唐代诗人刘长卿《发越州赴润州使院留别鲍侍御》一诗:

【定格】　　　　【例诗】

仄仄**仄**平仄平,　对**水看**山别离,(第3字由平变仄)

平平仄仄平平。　孤舟日暮行迟。

平平**仄**平仄仄,　**江**南江北春草,(第3字由仄变平)

仄仄**平**平仄平。　独向金陵去时。

【格式解析】

(1) 这种格式的原形为:

仄仄/平平/仄平,——仄起平收式,仄平脚

平平/仄仄/平平。——平起平收式,平平脚

平平/仄仄/平仄,——平起仄收式,平仄脚

仄仄/平平/仄平。——仄起平收式,仄平脚

(2) 这第三种格式,是由第一格变化而成的,变化目的是为了首句入韵。在六律中,平韵句式有两种:一是"平平仄仄平平",二是"仄仄平平仄平"。要照顾到上下句的平仄声对仗,只能用"仄仄平平仄平"句式来替换"仄仄平平仄仄"。这个规律与前边已经讲过的七言律绝变体方法完全相同。

(3) 此诗中,首句第3字"**看**"由平变仄;第3句的第3字"**江**"由仄变平,皆属常规变格。

(4) 首句入韵的六绝极为罕见。历代诗家在写六言律绝时,

所以不喜采用首句入韵格式,与六言诗独特的节奏韵律有关。六言诗的鲜明特征在于每句皆六言三拍节奏,与七言诗每句七言四拍节奏有较大区别。按人们习惯的节奏感,总是偶数相合,奇数则缺乏稳定感。七言诗每句四拍,自身便可两两相合而具有相对的稳定性,故而开首一句单独入韵并不别扭。而六言诗每句三拍,在拍节上是个奇数,自身缺乏稳定感,便不宜用韵,只有与下一句相合再用韵,才有稳定感。这当是六言诗首句极少入韵,多为隔句一韵的原因所在。

(5)此式首句入韵后,"平脚"句式由原来的2个变为3个。我们注意到:在这3个"平脚句式"里,第5字的平仄声都保持原格不变;而前边所举例诗中,"仄脚句式"的第5字多有变化;两相比较,可以进一步认定,凡平脚押韵句,第5字的平仄声一般不变,而在仄脚不押韵句中,第5字的平仄皆可不拘。

三、古风式六绝

自唐宋以迄明清,诗家所写六绝作品,除上述完全仿照七绝的平仄粘对定格外,还有大量"拗粘""拗对"的变体格式,其数量甚至远远超过正格数量。

本来,正格律诗,一联内的两句间是要平仄对仗的。两联间也要讲究相粘,即下联首句第一拍节的平仄要与上联第2句相同,这样才能确保四句格式互不重复。如果不对不粘,四句中就会有两句的句型完全一样,即为"拗对""拗粘"(又称"失对""失粘")。

七绝中也有一些"拗对体"和"拗粘体"。如杜甫《谢严中丞送乳酒》:"山瓶乳酒下青云,气味浓香幸见分。鸣鞭走送怜渔父，洗盏开尝对马军。"第 2 句的头节"气味"（仄仄）与第 3 句头节"鸣鞭"（平平）失粘，就是两联不相粘的七绝。这在唐代诗作中也有不少。七绝和七律中，这类失对、失粘的变体被称作"古风式"律绝，那么，我们也可把这类拗对、拗粘的六绝称为"古风式六言律绝"。

六绝中的"拗对""拗粘"变体较五绝、七绝中更多，这既是六律较五、七律宽松得多的又一表现，同时也还别有原因：当七律定型后，诗人们返回头来追求古朴韵味，故意写些拗粘、拗对的五七言绝句和律诗。六律既成体于七律之后，恰逢慕古风气正浓之际，随之便也乘风而兴起一些"拗粘"、"拗对"之变体。

下边，我们举例对这类变体做些分析。

（一）拗粘六绝

【格式】　　　【例诗】　王建《江南三台词四首》之二

平仄平平仄仄　　青草湖边草色，（首字由仄变平）
平平仄仄平平　　飞猿岭上猿声。（六字全用原形；对偶）
仄仄平平仄仄　　万里三湘客到，（六字全用原形；拗粘）
平平仄仄平平　　有风有雨人行。（首字由平变仄）

【格式解析】

（1）其格式原形为：

仄仄平平仄仄，平平仄仄平平。
仄仄平平仄仄，平平仄仄平平。

——从中看出，由于第 2、3 句"拗粘"，结果第 1、3 句的句型相同。第 2、4 句的句型也相同。全篇只用了两种句式，给人一种往返重复感。

（2）全篇 4 句皆为六言律句；有两处平仄变格：首句第 1 字"青"该仄而用平；末句第 1 字"有"该平而用仄。

（二）拗对六绝

【格式】　　　　　【例诗】　　陆游《夏日》六言四首之三

平仄平平仄仄，　　**溪**涨清风拂面，（第1字由仄变平）

仄仄平平仄平。　　月落繁星满天，（六字皆用原形）

仄仄平平仄仄，　　数只船横浦口，（六字皆用原形）

仄平仄仄平平。　　一声笛起山前。（第1字由平变仄）

【格式解析】

（1）此式的平仄结构原形为：

仄仄平平仄仄，仄仄平平仄平。

仄仄平平仄仄，平平仄仄平平。

——由于第一联失对，"仄仄平平仄仄"句型便重复了两次。

（2）首句第1字"**溪**"该仄而平，末句第1字"**一**"该平而仄，皆属正常变格。

（三）拗对兼拗粘六绝

【格式】　　　　　【例诗】　　徐俯《再次韵题于生画雁》

平平**平**仄平仄，　　彭蠡何限秋雁，

仄平**平**仄平平。　　此君胸次为家。

仄仄**平**平仄仄，　　醉里举群飞出，

仄平**平**仄平平。　　着行排立平沙。

【格式解析】

（1）此式的平仄原形为：

平平仄仄平仄，平平仄仄平平。

仄仄平平仄仄，平平仄仄平平。

——从中看出，第1、2句都是平起式，因而首联上下句的平仄"拗对"；第2句为平起式，第3句则是仄起式，两联间的平仄又拗粘。结果第1、2、4句皆为"平起式"句型。

(2) 但全篇 4 句皆属六言律句。有 6 个字的平仄变格：首句第 3 字"**何**"该仄而用平；第 2 句第 1 字"**此**"该平而仄，第 3 字"**胸**"该仄而平；第 3 句第 3 字"**举**"该平而仄；末句第 1 字"**着**"该平而用仄；第 3 字"**排**"该仄而平。此皆属六律之常规变格。

六绝中的这种"拗对兼拗粘"体式，宋人常用。如陆游诗中还有一种格式：

【格式】　　　　【例诗】　陆游《舍北闲望绝句》
平**仄仄**平平仄　潘岳一篇秋兴，（第 1、3 字皆变格）
仄平仄仄平平　李成八幅寒林。（第 1 字该平而仄；对偶）
仄仄**仄**平仄仄　舍北偶然倚杖，（与上句拗粘）
仄仄**仄**平仄平　尽见古人用心。（与上句拗对）

【格式解析】

(1) 陆游此诗也属拗粘、拗对体：两联拗粘，后联拗对，结果第 1、3、4 句皆为仄起式。其格式的平仄原形为：

仄仄平平平仄，平平仄仄平平。

仄仄平平仄仄，仄仄平平仄平。

——"拗对"格式多用于首联，像陆游此诗于后两句拗对，很少见。这类韵味，在以六言句为主体的宋词中则较习见。

(2) 此诗第 1、3、5 字多有变格：首句第 1、3 字皆变格；第 2 句第 1 字该平而仄；第 3 句第 3 字该平而仄；末句第 3 字该平而仄。足见"仄脚"六言律句的第 1、3、5 字皆不拘平仄。

(3) 不能把这种拗粘、拗对格式打入六言古体中去，因为所用皆属六言律句，而且每诗皆有一联或两联对偶。对偶是律诗的重要标志，五、七言律诗中也有"古风式律诗"的变体，其中就有平仄声拗粘、拗对的，但只要以律句为主，有对偶，便仍属律体。这是因为，古风中根本不讲平仄粘对，律诗定型后，人们为追求古风韵味，便故意写些拗粘、拗对的格式，以示与正格差别。这是体式上的一种故作宽松的追求。

四、六律

六言律诗，以六绝为多，六律较少。以刘长卿、鱼玄机所写较著名。

【定格】　　　　【例诗】　刘长卿《苕溪酬梁耿别后见寄》

平平仄仄平仄，　　　清川永路何极？
仄仄平平仄平。　　　落日孤舟解携。（仄对仗）
仄仄平平仄仄，　　　鸟向平芜远近，（相粘）
平平仄仄平平。　　　人随流水东西。（对偶）
平平仄仄平仄，　　　白云千里万里，（相粘）
仄仄平平仄平。　　　明月前溪后溪。（对偶）
仄仄平平仄仄，　　　惆怅长沙谪去，（相粘）
平平仄仄平平。　　　江潭芳草萋萋。（对仗）

【附例】

(1) 鱼玄机《寓言》（第1、2、3联皆对偶）

红桃处处春色，碧柳家家月明。
楼上新妆待夜，闺中独坐含情。
芙蓉叶下鱼戏，螮蛛天边雀声。
人世悲欢一梦，如何得作双成。

(2) 鱼玄机《隔汉江寄子安》

江南江北愁望，相思相忆空吟。
鸳鸯暖卧沙浦，鸂鶒闲飞橘林。
烟里歌声隐隐，渡头月色沉沉。
含情咫尺千里，况听家家远砧。

——此诗首联拗对；第1、2、3联皆对偶。

(3) 卢纶《送万臣》(第1、2、3联对偶)
　　　把酒留君听琴,难堪岁暮离心?
　　　霜叶无风自落,秋云不雨空阴。
　　　人愁荒村路细,马怯寒溪水深。
　　　望尽青山独立,更知何处相寻?

【格式解析】

(1) 范例刘长卿《苕溪酬梁耿别后见寄》这首六律,属六律正格,其平仄格式的原形为:

平平/仄仄/平仄,　　(平仄脚)
仄仄/平平/仄平。　　(仄平脚,与上句对仗)
仄仄/平平/仄仄,　　(仄仄脚,与上句相粘)
平平/仄仄/平平。　　(平平脚,与上句对偶)
平平/仄仄/平仄,　　(平仄脚,与上句相粘)
仄仄/平平/仄平。　　(仄平脚,与上句对偶)
仄仄/平平/仄仄,　　(仄仄脚,与上句相粘)
平平/仄仄/平平。　　(平平脚,与上句对仗)

——从中看出,这种六律格式的结构关系,也可看作两首格式完全相同的六绝的重叠。

(2) 上举例诗中,鱼玄机《寓言》一诗也为正格:全诗各句间的组合,皆按平仄粘对关系构成,无一失对、失粘之处。

(3) 鱼玄机的另一首六律《隔汉江寄子安》,首联拗对,为六律的一种变格体。

(4) 六律正格中,首句押韵者罕见,卢纶《送万臣》一诗为特例。卢纶《送万臣》为变格拗体:首联与颔联拗粘;第5句为"二四同平"拗句。第5句"愁""村"为"二四同平",属拗句。此为"古风式六律"。由此可见七律对六律影响之深,不仅第1、3音位的变格与七律颇为类似,就连其古风体也仿效七律。

（5）两联间平仄失粘的格式，在唐宋人的"古风式"七律和七绝中都有，而首联拗对的格式，却为六绝和六律中所独有。诗家对六律格式之所以做这种处理，显然是为了增强古风韵味，以进一步强调六律在风格上与七律的差异。

第二节　六律的形成与演化

一、六律定格的启示

从以上六绝、六律各种格式解析中，我们可以总结出以下的规律：

（1）构成六言律句的基本条件是：每句6字，每2字为一拍节；呈"平仄交错"关系，这是构成律句的起码要求。

（2）正格六律的结构原则是：一联之内两句之间皆"平仄对仗"；两联间"平仄相粘"。这与五律、七律上下句的对应关系一样。

（3）句尾也只有四种："仄仄脚""平平脚""平仄脚""仄平脚"。也与五律、七律相同。

（4）与五律相较，虽然都是三拍节奏，却有个重大区别：六律句尾的第3拍总是由双音节构成，而五律的第3拍都是单字。

（5）与七律相较，却有三个重要相同点：一是，四种"脚式"完全相同。二是，前二拍都是双音节词组，并都是由"平平仄仄"和"仄仄平平"两种格式构成。三是，七律中，除"仄仄平平仄仄平"句式要避"孤平"外，其余三种句式的第1、3、5字的平仄声皆可不论；六律中，凡"仄脚"句式的第1、3、5字也皆可平仄不论。这些规则与七律非常相近，只是每句字数较七律省却一字而已。

(6) 组合形态上的这种规律性的契合，绝非偶然。盖因六律定型于七律之后，其平仄格式的变化与七律渊源最深。

从六言诗的产生、演变过程，大致可以得出这样两点结论：一是，六言古体诗是四言诗的延伸；二是，七律的定型促进了六言诗由古体向律体的转化。

有了七律格式的影响和对照，诗人们自然地就要考虑这样一个问题：添加的一个拍节的两个字的平仄声与原四言句的平仄关系是否谐调。于是，六律的平仄格式便水到渠成，应运而生。这当是探索六律变格规律的一把钥匙。下边，便从这些启示出发，对六律格式进行一些深入的探索和解析。

二、六言古诗是四言诗的衍生

纵观六言诗的发展过程，六言句最早产生于先秦。在以四言为主体的《诗经》中已经见到了个别的六言句，如《北门》中"政事一埤益我"，《伐檀》中"河水清且涟漪"等便是。但那只是散见，并未成体。六言诗真正成为独立诗体，则在汉末魏晋之间。如：

嵇康《六言十首》（选三）

二人功德齐均，不以天下私亲。
高尚简朴慈顺，宁济四海蒸民。
——《惟上古尧舜》

金玉满堂莫守，古人安此粗丑。
独以道德为友，故能延期不朽。
——《生生厚招咎》

外以贪污内贞，秽身滑稽隐名。
不为世累所撄，所欲不足无营。
——《东方朔至清》

陆琼《还台乐》
葡萄四时芳醇，琉璃千钟旧宾。
夜饮舞迟销烛，朝醒弦促催人。
春风秋月恒好，欢醉日月言新。

六言古诗，与四言诗的"亲缘"关系更近些。六言句可理解为四言句的延长。即，在四言句上戴帽或添尾。以嵇康的六言古诗《生生厚招咎》为例：

金玉/满堂/**莫守**，——"金玉/满堂"词组后加"莫守"
平仄/仄平/仄仄，

古人/安此/粗丑。——"安此/粗丑"词组前加"古人"
仄平/平仄/平仄。

独以/道德/为友，——"道德/为友"词组前加"独以"
仄仄/仄仄/平仄，

故能/延期/不朽。——"延期/不朽"词组前加"故能"
仄平/平平/仄仄。

不难看出，在写六言古体诗时，诗人们就是在四言诗基础上，每句添头或加尾，便成为六字句。主要是根据语意需要，加在前后都可。至于加上两个字后，平仄关系怎样，古诗中是不加计较的。因为那时尚无"律句"之说。

这种古风式六绝，唐人写得较多，宋人也写。如：

司马光《陪张龙图南湖暑饮》
红旆萦林却转，琼筵就水重开。
荷香着衣不去，竹色映水遥来。

——通篇皆"二四同平"或"二四同仄"拗句。这种六言古风，到近代仍有人写，如：

毛泽东《电复彭德怀同志》
山高路远坑深，大军纵横驰奔。

谁敢横刀立马，唯我彭大将军。

——毛泽东这首六言古绝写得颇有特色，第2、3、4句皆用"二四同平"或"二四同仄"拗句。前二句皆平起平收，后两句则一个仄起仄收，一个仄起平收，显得既有气势，又收得稳。

三、六言古体向律体转化

六言古体向律体转化，是个渐进过程。大致也是起于六朝之末、隋唐之间，而真正定型乃在七律完全定型之后。

六律早期雏形，介乎律与非律之间。如：

六朝　庾信《怨歌行》

家住金陵县前，嫁得长安少年。回头望乡泪落，不知何处天边。
平仄平平仄平，仄仄平平仄平。平平仄平仄仄，**仄平平仄平平。**
胡尘几日应尽，汉月何时能圆？为君能歌此曲，不觉心随断弦。
平平仄仄平仄，仄仄平平平平。仄平平平此仄，**仄仄平平仄平。**

——我们看出：全篇8句中，已有5个律句（如黑体标示处），但"回头望乡泪落"（二四同平）"汉月何时能圆"（四六同平）"为君能歌此曲"（二四同平）为拗句；另外也不讲"粘对"，故仍属古体。

再如：

王维《田园乐七首》

其一

采菱渡头风急，策杖林西日斜。杏树坛边渔父，桃花源里人家。
仄平仄平平仄，仄仄平平仄平。仄仄平平仄仄，平平仄仄平平。

其二

萋萋春草秋绿，落落长松夏寒。牛羊自归村巷，童稚不识衣冠。
平平平仄平仄，仄仄平平仄平。平平仄平平仄，平仄仄仄平平。

其三

桃红复含宿雨，柳绿更带朝烟。花落家童未扫，莺啼山客犹眠。

平平仄平仄仄，仄仄仄仄平平。**平仄平平仄仄，平平平仄平平。**

——王维的这些六绝，虽然仍属古风，但已看出向六言律绝过渡的端倪。平仄声开始讲究对仗。每首都出现了两个以上律句，如黑体标示的，第1首的后3句，第2首的前2句，第3首中的后2句，便都是律句。并且，三首皆通篇对偶。

从魏晋入唐，写六言诗日多，随着五、七言律体诗的形成，六言诗也逐步形成较固定的格律，从而定格。刘长卿、王建、刘禹锡、白居易、杜牧等一些诗家相继写下不少佳篇。如：

王建　六绝《江南三台词》

青草湖边草色，飞猿岭上猿声。万里三湘客到，有风有雨人行。

白居易　六绝《临都驿答梦得》

扬子津头月下，临都驿里灯前。昨日老于今日，去年春似今年。

刘禹锡　六绝《答乐天临都驿见赠》

北固山边波浪，东都城里风尘。世事不同心事，新人何似故人。

杜牧　六绝《代人寄远》

河桥酒斾风软，候馆梅花雪娇。宛陵楼上瞪目，我郎何处情饶？

鱼幺机　六律《寓言》

红桃处处春色，碧柳家家月明。楼上新妆待夜，闺中独坐含情。芙蓉叶下鱼戏，蠮螉天边雀声。人世悲欢一梦，如何得作双成。

第三节　六律的变格

五、七律有常规变格和特殊变格，六律中也有，只是方法不同。总体看来，六律的变格一方面借鉴七律，一方面，又较七律宽松得多。

其变格大致可分为两类：一是第1、3字的常规变格；二是第5字的习用变格。而最大的变革，是不忌"孤平"。下边分别加以论析。

一、六律不忌"孤平"

在七言律诗中，第1字都可不拘平仄，第3字则有所保留，主要是，在"仄仄平平仄仄平"句式中，第3字由平变仄则为"犯孤平"，是律诗大忌，实在要变，则须设法补救。第5字的平仄如有变化，往往也需要补救，称为"拗救"。六律则不同，在六律中根本不存在"孤平拗救"问题。不论哪种句型，其第1、3字都无条件地可以不拘平仄。

六律中完全不忌"犯孤平"，也就不存在"孤平拗救"，是其变格上的重大革新和突破。

我们从上边所引诗例中看到，写六律的诗家对其第3字的平仄都是不拘的。如刘长卿《发越州赴润州使院留别鲍侍御》中"对水**看**山别离"，查慎行《江行六言杂诗》中"翠鸟**踏**波乱飞"，陆游《舍北闲望绝句》中"尽见**古**人用心"等，按五、七律的规矩，句中的"看""古""踏"三字由平变仄，就是"犯孤平"大忌，而六律中根本不忌，也不必把第5字改为平声来补救。

何以如此？这要从六言律句与五、七言律句的渊源及句式对比中寻找原因。

我们在五言律及七言律的"孤平拗救"章节中已经明确：只有"仄平脚"句式才涉及"犯孤平"问题。那么，我们就把六言律句中的"仄平脚"句式与五、七言中的"仄平脚"句式作个对比：

五律仄平脚句式：平平/仄仄/平

七律仄平脚句式：仄仄/平平/仄仄/平

六律仄平脚句式：仄仄/平平/□仄/平

从而看到，六律"仄平脚"句式中，其第 5 字，原属七律中的第 6 字，则七律中的第 5 字，在六律中是"缺省"了的。

弄清了这一本质，便可明白，六律中之所以没有"孤平拗救"，原因主要有二：

一是，在七律中，当第 3 字"由平变仄"后，犯了"孤平"大忌，须把其第 5 字"由仄变平"以补回，而在六言律句中，并无与之相对应的第 5 字，也就没有可补救的"对象"了。

二是，六言句中现在的第 5 字，实为七言句中原来的第 6 字，而今已属"仄平脚"句尾的组成部分，假若即以它替补，"由仄变平"，整个句式则成为"仄仄仄平平平"状态，反倒破坏了平仄交错的格局，更不谐调了。

这大致就是六言律句所以不避孤平的根本道理。

六言律句中免却了"犯孤平"这一最大局限，是个重大突破，使六律在句式运用及字词的选择上获得了更多的自由。我以为，这也是六律得以能够多用对偶的重要原因之一。

了解了这一点，不仅对六律自身格式的把握有重要意义，对深入理解整个律诗的变格，特别是对把握六言句在词律中的句型变化，有更加深切的意义。这在《词律综述》及《词谱律析》中，再作深入解说。

二、六律的"一三五不论"

六言律句的第 1、3 字皆可不论平仄，已经明确，而其第 5 字的平仄变格涉及句尾，按句尾形态不同，分为两种情况。在六律四种句尾里，"仄脚"（"仄仄脚"和"平仄脚"）中，其第 5 字的平仄可以完全不限，而其"平脚"（"平平脚"和"仄平脚"）的第 5 字，则通常不变，如有变化，则属"特殊拗变"。

下边便结合实例，分别加以解说。

（一）"仄脚"句式彻底"一三五不论"

六律的"仄脚"句式有两种："仄仄平平**仄仄**"和"平平仄仄**平仄**"。无论"仄仄脚"还是"平仄脚"，其第 5 字皆可不拘平仄。因而，在六绝与六律的仄脚句式中，"一三五不论，二四六分明"这一口诀得到了无条件的体现。下边举例加以论证。

（1）"仄仄脚"句式例析

凡"仄仄平平**仄仄**"（仄起仄收式）句型，第 5 字皆不拘平仄。

第 5 字仍用仄声者

鸟向平芜远近……惆怅长沙谪去
　　　　　——刘长卿六律《苕溪酬梁耿别后见寄》
楼上新妆待夜……人世悲欢一梦
　　　　　　　　——鱼玄机六律《寓言》
冰泮寒塘始绿　——韦应物六绝《三台二首》
数只船横浦口　——陆游《夏日》

第 5 字改用平声者

榉柳正当官道　——朱继芳六绝《溪村二首》
铁马未平辽碣　——范成大六绝《宿牧马山胜果寺》
潘岳一篇秋兴　——陆游《舍北闲望绝句》
醉里举群飞出　——徐俯《再次韵题于生画雁》
北固山边波浪　——刘禹锡《答乐天》
昨日老于今日　——白居易《临都驿答梦得》
三十六陂春水　——王安石《题西太一宫壁》
为问故人闲处　——朱同《题浯溪清隐图赠吴甥》

——上述诗例，皆为"仄仄脚"句式，前 4 例的第 5 字用仄声，后 8 例的第 5 字用平声，足证其第 5 字是可以不拘平仄的。

(2)"平仄脚"句式例析

凡"平平仄仄**平仄**"（平起仄收式）句型，第 5 字皆不拘平仄。

第 5 字仍用平声者：

清川永路何极

——刘长卿《苕溪酬梁耿别后见寄》

红桃处处春色……芙蓉叶下鱼戏

——鱼玄机《寓言》

江南江北愁望……含情咫尺千里

——鱼玄机《隔汉江寄子安》

第 5 字改用仄声者：

雨晴邻叟乍去　——俞安期《东濠杂兴》
客来不用几席　——莫友芝《山居》
功名正恐不免　——范成大《宿牧马山胜果寺》
留春一日不可　——刘辰翁《春归》

——以上皆为"平起仄收式"，其第 5 字亦皆可平可仄，甚至句尾出现"三连仄"以至"四连仄"也在所不忌。

由此可以得出结论：无论"平起式"还是"仄起式"，只要是"仄脚句式"，无论是"仄仄脚"还是"平仄脚"，其第 5 字皆不拘平仄。

（二）"平脚"句式第 5 字不变

六律的"平脚"句式也有两种："平平仄仄平平"和"仄仄平平仄平"。这两种句式界垒分明："平起式"句尾为"平平"；"仄起式"句尾为"仄平"。其原则是：**仄平脚第 5 字必仄，平平脚第 5 字必平**。下边举些诗例加以论证。

落日孤舟解携……人随流水东西……
明月前溪后溪……江潭芳草萋萋。

——刘长卿七律《苕溪酬梁耿别后见寄》

碧柳家家月明……闺中独坐含情……
蜘蛛天边雀声……如何作得双成。

——鱼玄机六律《寓言》

相思相忆空吟……鹧鹉闲飞橘林……
渡头夜色沉沉……况听家家远砧。

——鱼玄机六律《隔汉江寄子安》

谁堪岁暮离心……秋云不语空阴……
马怯寒溪水深……更知何处相寻？

——卢纶七律《送万臣》

雨余百草皆生……晚下高斋有情。

——韦应物六绝《三台》

渔舟偏系柴门……看取层层岸痕。

——朱继芳六绝《溪村》

呼童莫上松关……月黑樵人未还。

——俞安期六绝《东濠杂兴》

疏篱一带鸡豚……共坐千年树根。

——莫友芝六绝《山居》

一重一掩霏微……翠鸟踏波乱飞。

——查慎行六绝《江行六言杂诗》

从这些例句可以看出，在"仄仄平平仄平"句式中，平仄声是相互交错的，这是律句的起码要求。尽管其第5字处于第3拍节的前半，按理说不是拍节的重点，应是可变的。但是，如果第5字不拘平仄，就可能变为"仄仄平平平平"形态，便丧失了平仄交错的起伏感。保持平仄交错，是律诗具有声韵美感的重要因素。这就是它不能变化的根本原因。

统观六律的"仄脚句"与"平脚句"第5字变格所以有别，

归根到底,都与句式的"平仄韵感"有关。一般来说,"仄脚句不忌仄,平脚句偏喜平"。因"仄脚句"属不押韵的上句(出句),以激昂挑起为尚,"平脚句"属押韵句,以平稳悠扬为妥。在五、七律"仄脚句"变格中,甚而有"五连仄"的特例。那么在六律"仄脚句"中,出现"四连仄"就不足为奇了。就如朱继芳《溪村》"榉柳**正**当鸟道",其平仄结构的原型应为"仄仄平平仄仄"。由于一三五字均可不拘平仄,第 3 字由平变仄后,第 1 字也并不补救,便形成"仄仄仄平仄仄"句式,全句只余一个平声字了。这在七律中为特例,在六律中则视为正常。

再如刘长卿《苕溪酬梁耿别后见寄》"**白**云千里**万**里",莫友芝《山居》"**客**来不用**几**席",陆游《六言》"功名正恐**不免**",俞安期《东濠杂兴》"雨晴**邻**叟**乍**去"等句,其平仄格式原型都是"平平仄仄平仄",由于"一三五不论",第五字也由平变仄,结果,末三字皆"三连仄",其中"**客**来不用**几**席"句六字中,只余"来"字一个平声了。

再如:范成大《宿牧马山胜果寺》"溪声**听**作松声",此句平仄格式的原形为"平平仄仄平平",而第 3 字由仄变平,第 1 字并不补救,成为"平平平仄平平",全句五个平声字,只余"作"字一个仄声了。

深入探讨六律这些变格方法,对于所有律诗的变格研究也颇有启迪。七律在格律上限制甚严,古代诗家也深深感到多有以文害意之弊,故而在创作实践中,想出了许多"变格拗救"的解决办法。其目的,不外就是为了在保有律诗韵律美的前提下,尽力寻求些减少束缚的途径。但至今对所谓"孤平""三连平""三连仄"等,仍视为禁区。六律既然可以大体上做到"一三五不论",七律又何尝不可?这有待于我们从理论探讨到创作实践去加以解决。

从以上对六绝和六律定格及各种变格的解析来看，六言律诗有点像是对七言律诗格式"革命"的味道。你讲求对仗和粘连，我偏反其道而行之，来一个越轨突破。这在"千篇一律"的情况下，倒显得有些出新，有如在平稳乐章中，突发"变徵之声"打破了一些沉闷。

第四节 六律与七律的亲缘关系

我们在解析了六律定式及变格规律后，便会发现：六律在句式的平仄关系、句尾四种形态、通篇结构的粘对规律及第1、3、5字变格等四个方面，都与七律非常相似。尤其从其第5字的变格中，更加使我们感到它与七律之间存在一种"亲缘"关系。把这一点搞清楚，对于我们把握六律变格内因，进而把握词调中六言句的变化规律，都是很有价值的。

纵观各家六绝及六律诗作，对比其与七律变格的异同点，大致可以认定：六言律句的四种基本格式，就是七言律句的减缩。其所省却之一字，即在七言律句的第5字上。何以断之？我们将六绝与七绝做个对比，采用"六言增补一字变七言"和"七言减缩一字变六言"两种方法做些实验，便可认定。

一、六绝增补法验证

以刘长卿六绝《送陆澧还吴中》一诗为例，其原文为：

瓜步寒潮送客，杨花暮雨沾衣。
故乡南望何处？春水连天独归。

这是"首句仄起仄收式"，首句不押韵格式。于每句第4字后，按七绝第5字的平仄声要求，各添一字，"今""苦""人""怅"，这首六绝便成为完全合律的七绝：

瓜步/寒潮/(今)送客， **平仄/平平(平)仄仄**，
杨花/暮雨/(苦)沾衣。 **平平/仄仄(仄)平平**。
故乡/南望/(人)何处？ **仄平/平仄(平)平仄**，
春水/连天/(怅)独归。 **平仄/平平(仄)仄平**。

再以刘长卿六绝《发越州赴润州使院留别鲍侍御》为例，其原文为：

对水看山别离，孤舟日暮行迟。
江南江北春色，独向金陵去时。

这是"首句仄起平收式"，首句押韵格式。于每句第4字后边增补一字"叹""苦""空""复"，也成为完全合律的七绝格式：

对水/看山/(叹)别离， **仄仄/仄平(仄)仄平**，
孤舟/日暮/(苦)行迟。 **平平/仄仄(仄)平平**。
江南/江北/(空)春色， **平平/平仄(平)平仄**，
独向/金陵/(复)去时。 **仄仄/平平(仄)仄平**。

这种规律在六律中同样适用。以刘长卿的六律《苕溪酬梁耿别后见寄》为例，作同样补缺处理和分析。其原文为：

清川永路何极？落日孤舟解携。
鸟向平芜远近，人随流水东西。
白云千里万里，明月前溪后溪。
惆怅长沙谪去，江潭芳草萋萋。

增补一字后格式为：

清川/永路/(遥)何极？ **平平仄仄(平)平仄**，
落日/孤舟/(亦)解携。 **仄仄平平(仄)仄平**。
鸟向/平芜/(时)远近， **仄仄平平(平)仄仄**，
人随/流水/(自)东西。 **平平平仄(仄)平平**。
白云/千里/(连)万里， **平平平仄(平)仄仄**，
明月/前溪/(照)后溪。 **平仄平平(仄)仄平**。

惆怅/长沙/(君)谪去，　**平仄平平(平)仄仄，**

江潭/芳草/(尽)萋萋。　平平平仄(仄)平平。

——此诗中，每句第5字"**遥、亦、时、自、连、照、君、尽**"等，是我按照七律平仄格式补添的。从而可见，补缺后的平仄粘对格式，完全合乎七律的"平起仄收式（首句不押韵）"的定格。

再以唐代女诗人鱼玄机的一首六律《寓言》为例，运用增补法加以认证。其原文为：

红桃处处春色，碧柳家家月明。

楼上新妆待夜，闺中独坐含情。

芙蓉叶下鱼戏，螮蛛天边雀声。

人世悲欢一梦，如何得作双成。

于第4字后边添补一字后，即成为：

桃红处处(传)春色，　平平仄仄(平)平仄，

碧柳家家(赏)月明。　仄仄平平(仄)仄平。

楼上新妆(憨)待夜，　平仄平平(平)仄仄，

闺中独坐(默)含情。　平平仄仄(**仄**)平平。

芙蓉叶下(怡)鱼戏，　平平仄仄(**平**)平仄，

螮蛛天边(悸)雀声。　仄仄平平(**仄**)仄平。

人世悲欢(浑)一梦，　**平仄平平(平)仄仄，**

如何作得(尽)双成？　平平仄仄(**仄**)平平。

补字后，全诗平仄格式完全合乎七律定格。上述各例，足可认证六律与七律的渊源关系，六律实即七律省却第5字之变体。或者说，由于六律定型于七律之后，诗家对七律已很熟练，在写六律时，前二拍节的四字及句尾，很顺手地便运用了七律的平仄韵律。所以，其第1、3字的变格，自然就与七律完全一样，第5字的变格，又有七律"一三五不论"的习惯，也顺理成章了。

二、七绝"减缩法"验证

反过来，我们再用"减缩法"做个实验，将七绝减却第5字，其平仄格式又恰恰与六绝相合。以高适七绝《除夜作》为例。其原文为：

旅馆寒灯独不眠，客心何事转凄然？

故乡今夜思千里，霜鬓明朝又一年。

每句减却第5字，其格式为：

旅馆寒灯(独)不眠，——→旅馆寒灯不眠，

仄仄平平(仄)仄平。——→仄仄平平仄平。

客心何事(转)凄然？——→客心何事凄然？

仄平平仄(仄)平平。——→仄平平仄平平。

故乡今夜(思)千里，——→故乡今夜千里，

仄平平仄(平)平仄，——→仄平平仄平仄，

霜鬓明朝(又)一年。——→霜鬓明朝一年。

平仄平平(仄)仄平。——→平仄平平仄平。

从中看到，这首七绝减掉第5字后即成为六绝。当然，这只是从平仄格式角度而言的，并非所有七绝减却第5字便成六绝。因为创作时，或写六绝或写七绝，上下文是个统一构思过程。这里运用增减法，只是为了从平仄格式上寻找异同点，从而确认，六律与七律之别，关键即在第5字。

三、六律格式为七律格式浓缩的结论

从以上5篇"增减法"诗例中，可以进一步认证以下几点共同规律：

（1）在六律中，第2、4、6字的平仄声是定格不变的，与七律的第2、4、6字的平仄声通常不变完全相同。

(2) 六律句尾 2 字与七律句尾 2 字的平仄声也完全相同,皆为"平平""仄仄""平仄""仄平"四种脚式。

(3) 每句第 1、3 字的平仄声都可以不拘。这也与七律的变格规律完全相同。

(4) 在"仄脚"句式中,第 5 字可变,也与七律类同。

从而可以得出这样的结论:

(1) 六言律句与七言律句的"亲缘关系"最为密切;它是七言律句格式的浓缩。

(2) 六言律句只有四种原型,与七言律句的四种基本格式相较,平仄格式的差异就在第 5 字上。只要把七律第 5 字减却,就是六律格式。

(3) 六律从字数上看,每句比五律多一字,比七律少一字,为什么说是"七言律句的减缩",而不是"五言律句的添字"?因为,若是在五言律句后边添一字而构成六言句,无论添在句尾,或添在尾字之前,我们只要试一下便会看到,其结果是,律句的四种句尾格式便被打破了,不可能形成律句的四种基础句型。只有在七言律句上减却第 5 字,既不破坏四种句尾格式,也保持了七言句前两个音节的完整。

(4) 从发展过程看,六言诗虽然早已产生,却长期停留在古体形态上,直到七律定型后,六律才由古体走向格律化,这一先后次序也间接表明,它的格律是在七律格式的影响下而定型的。是诗人们在大量写作七律之后,回过头来对六言古风句式加以改造,从而形成这一新体。

(5) 认清了这种传承关系,对于把握六律的平仄变格,以至把握词调中六言律句的平仄变化,都极为重要。我在《古体诗词格律详解》之三《词谱律析》一书中,依据这种认识,对词中六言句之定格及变格规律进行解析,不仅得到了进一步认证,并解开了一些长期疑而不决的谜团。

第五节 六律的对偶

惯用对偶,是六言律诗表现手法上的一大特色。不仅六律的中间两联皆对偶,六绝也多用对偶。在五绝和七绝中,以不用对偶者为常见,有一联对偶者稍多,两联均用对偶者为少数。而六绝则恰恰相反,全诗无对偶句者,在正格中未见其例,只在变体中偶有。只有一联对偶者也占少数,两联皆用对偶者为绝大多数。

即以前边所举六绝为例。

(一) 通篇全用对偶者居多

韦应物《三台二首》之二

冰泮寒塘始绿,雨余百草皆生。朝来门阁无事,晚下高斋有情。

俞安期《东濠杂兴》

送客偶经花坞,呼童莫上松关。雨晴邻叟乍去,月黑樵人未还。

查慎行《江行六言杂诗十八首》之八

乍合乍开烟霭,一重一掩霏微。紫鳞出网能跃,翠鸟踏波乱飞。

范成大《宿牧马山胜果寺》

佛灯已暗还吐,旅枕才安却惊。月色看成晓色,溪声听作松声。

陆游《六言四首》之一

功名正恐不免,富贵酷非所须。铁马未平辽碣,钓船且醉江湖。

刘辰翁《春归》

留春一日不可，种树十年未成。芳草断肠花落，绿窗携手莺声。

陆游《夏日》六言四首之三

溪涨清风拂面，月落繁星满天，数只船横浦口，一声笛起山前。

白居易《临都驿答梦得》（二首之一）

扬子津头月下，临都驿里灯前。昨日老于今日，去年春似今年。

刘禹锡《答乐天临都驿见赠》

北固山边波浪，东都城里风尘。世事不同心事，新人何似故人。

——以上六绝诸例，通篇两联皆用对偶，足证在六绝中，以对偶为常格。

（二）单有一联对偶者居少

以下诗例里，正体中只用一联对偶者，只有朱继芳《溪村二首》中之一首，其余皆属"拗对""拗粘"之变体。凡只用一联对偶者，几乎都在首联，尾联单独对偶者罕见其例。

朱继芳《溪村二首》之一

椵柳正当官道，渔舟偏系柴门。今年春水深浅，看取层层岸痕。

——正体，首联对偶

莫友芝《山居》

茅屋四围桑竹，疏篱一带鸡豚。客来不用几席，共坐千年树根。

——变体，首联拗对，首联对偶

陆游《舍北闲望绝句》

潘岳一篇秋兴，李成八幅寒林。舍北偶然倚杖，尽见古人用心。

——变体，两联拗粘，首联对偶

王安石《题西太一宫壁》

柳叶鸣蜩绿暗，荷花落日红酣。三十六陂春水，白头想见江南。

——变体，两联拗粘，首联对偶

苏轼《西太一见王荆公旧诗》

秋早川原净丽，雨余风日清酣。从此归耕剑外，何人送我池南。

——变体，两联拗粘，首联对偶

杨万里《宴客夜归》

月在荔枝梢上，人行茉莉花间。但觉胸吞碧海，不知身落南蛮。

——变体，两联拗粘，首联对偶

朱熹《铅山立春》

行尽风林雪径，依然水馆山村。却是春风有脚，今朝先到柴门。

——变体，两联拗粘，首联对偶

朱同《题浯溪清隐图赠吴翌》

山下半篙春水，溪头几树疏烟。为问故人闲处，听松应是高眠。

——变体，两联拗粘，首联对偶

姚鼐《离思》

画角一声江郭，布帆几叠风亭。前日古人千里，倚楼依旧山青。

——变体，两联拗粘，首联对偶

在六绝中，通篇无对偶者几乎罕见，只查到一首，可谓特例：

宋人徐俯《再次韵题于生画雁》

彭蠡何限秋雁，此君胸次为家。醉里举群飞出，着行排立平沙。

（三）六律多用对偶的原因

六言诗所以多用对偶，大致有以下几个原因：

（1）六律音节整齐，节奏鲜明：六言诗恰好由六个字两两成双地构成三拍节奏，十分整齐利落，很便于对偶。

（2）"三与六的偶合感"：如前所述，每句三拍的奇数节奏没有稳定感及偶合感，与下句另一个三拍相呼应，六个节拍才能形成偶数的稳定感。用对偶句，恰可进一步增强节奏上的相互呼应和稳定感。

（3）六绝的首句大多不押韵，便于对偶：五律和七律多在中间两联对偶，首联及尾联对偶者较少，除首尾要取势这一因素外，中间两联的平仄声完全对仗，也是重要因素。六绝和六律由于首句入韵者少，平仄声韵上是对仗的，自然也就更方便文字上的对偶。同时，首句末字不押韵，选词范围便宽松得多。

（4）变格限制少：上述"一三五不论"及"不忌孤平"两项，为形成对偶也创造了更为方便的条件。诗句的对偶，不仅要求句式语法结构相同，而且词性也要相类。在七言绝句中，第2、4、6字及第7字的平仄声都是固定不变的；第3字的平仄变化要顾及"犯孤平"；第5字平仄声的变化限制又较大。7字中只剩下第1字是无可顾虑的了，故而词语选用范围就受限制。而六言诗则不同，除"二四六分明"外，"一三五"字多数皆可平仄不拘，可资选用的词语自然就宽泛得多。因而，也就更易于形成对偶。

(5) 加强对称感：六绝多用对偶，可弥补"四六同声"的缺陷：六律仄脚句第 5 字变格后，会出现"四六同平"或"四六同仄"的情形，这时便会造成上下句间平仄声的局部拗对，打破了对称感，而用文字上的对偶，增强对应感，恰可弥补这一缺陷。

至此，可就六律大体，用八句六字口诀加以概括：

六言三拍节奏，整齐明快剔透；
一三五字常变，二四六声不苟；
首句少有入韵，全篇多用对偶；
惯于粘对变体，不讲孤平拗救。

凡事各有利弊，诗体也各有短长。六绝每句较七绝少 1 字，在表现客观事物性状的细腻程度上，尤其在抒发主观情感的复杂程度上，便显然不如七绝丰厚。这便是其作品数量远较七绝少得多的原因之一。

但六律的束缚较五律和七律少，并且又以节奏明快和适于对偶而见长，因而唐宋以至明清许多诗家，便也运用此休写下不少即景遣兴、独具韵味的佳篇。

六言律句的这种明快风格，在词调中得到了更为充分的发挥，成为词中调节句型、变化节奏、活跃气氛、浓化词味儿的最新鲜因素，这在中卷和下卷有关词论及词谱中，再细加解说。

第六章　诗律综述

从第二章到第五章，重点说的是有关律诗的基本格式及其变格常识。对于诗的四声韵律、节奏变化、文字对偶、句法结构，以及变体异同等，虽也顺便作了些说明，但都只能是就个别体式而言，不可讲得太多，否则就会顾此失彼，冗杂混淆，有乱章法。

这一章中，我们从总体上，分门别类地对上述问题做些归纳性综述。

第一节　律诗的用韵

一、押韵的基本概念

诗是韵文的一种，都要押韵。即所谓"无韵不成诗"。

押韵的内涵有二：

一是押韵的位置：格律诗的韵脚都在句尾。按不同体式，有不同的押韵方法，或押平声韵，或押仄声韵，或隔句押韵，或首句入韵，或首句不押韵。

二是押什么韵：汉字按平仄声及韵母的不同，分属不同韵部。相同韵部的字用在句尾，就叫押韵，或叫"叶韵"。例如：

王之涣　平韵　七绝　《凉州词》
　　黄河远上白云间，一片孤城万仞山。
　　羌笛何须怨杨柳，春风不度玉门关。
　　——此诗"间""山""关"皆为上平声"十五删韵"，首句入韵，第2句押韵，末句押韵，第3句"柳"字不押韵，为4句3韵。

　　杜甫　平韵　五律　《季秋苏五弟缨江楼夜宴》
　　对月那无酒，登楼况有江。听歌惊白鬓，笑舞拓秋窗。
　　尊蚁添相续，沙鸥并一双。尽怜君醉倒，更觉片心降。
　　——此诗"江""窗""双""降"皆为上平声"三江韵"。首句不入韵，第2句押韵，之后皆隔句押韵，为8句4韵。

　　律诗以押平声韵为正格，押仄声韵者较少。仄韵律诗颇近似古风，区别在于是否使用律句。只要所用皆律句，押仄韵仍为律诗。例如：

　　顾况　仄韵　五绝　《忆旧游》
　　悠悠南国思，夜向江南泊。楚客断肠时，月明枫子落。
　　——此诗皆由律句构成。"泊""落"为入声"十药韵"隔句押韵，为4句2韵。

　　刘长卿　仄韵　五律　《湘中纪行　浮石濑》
　　秋月照潇湘，月明闻荡桨。石横晚濑急，水落寒沙广。
　　众岭猿啸重，空江人语响。清晖朝复暮，如待扁舟赏。
　　——此诗亦皆由律句构成。"桨""广""响""赏"皆上声"二二养韵"，为隔句押韵，8句4韵。

　　陆游　平韵　六绝　《舍北闲望绝句》
　　潘岳一篇秋兴，李成八幅寒林。
　　舍北偶然倚杖，尽见古人用心。
　　——此诗"林""心"为下平声"十二侵韵"，隔句押韵，

4句2韵。

各种律诗押韵方法大致如此。

二、四声平仄与诗律

（一）四声学说的来历

要真正理解中国古体律诗的平仄韵律，就必须把握汉字的四声。

汉语发音有四声平仄之别，这是汉语语音的客观存在，也是汉语的一大特点。恰是这个特点，形成了汉语诗歌声韵方面的独有特色。可以说，有了四声平仄的区别，才有律诗的格律；离开对四声平仄的理解和把握，也就无法理解和把握律诗。

而古体诗由"非律体"到"律体"的发展过程中，不同时期的声韵又是不同的，因而，这里需要从演化上加以说明，才能对不同时期诗之用韵的差异有所理解。

四声平仄之说，起于六朝齐梁之间，完善于隋唐之后。中国地域辽阔，方言土语众多。到秦时，文字虽有统一，而各地方言土音中的声调却五花八门，各有差异。特别是先秦时期，诸侯国分封割据，各守己土，各持己音，相互间也难加比较。诗经及骚体诗中用韵的差异，皆缘于此。不要说古音与今音已相隔久远，难寻其声，即在当时，"十五国风"的诗歌，移地而读，也会产生互不谐韵的感觉。后来，周末大乱，秦朝统一；汉末大乱，晋朝统一；晋末大乱，隋朝统一；隋末大乱，唐朝统一。每次战乱中，拥兵异地，难民流徙，都促进了民族言辞的融合及不同地域的语言交流，从而获得了相互比较的契机，这就给上层文人探索研究、总结语音规律创造了条件。这便是四声平仄之说得以兴起和发展完美的主要原因。

另外，汉末魏晋之际，佛教陆续从印度传入中国，在翻译佛经过程中，又与外来的梵语有了较多的交流，翻译时要把握字音，便也受到进一步的启发，开始注意分析汉语自身声韵上的特点，这也是一个相关的原因。

在此之前，只是用字注音。到孙炎开始运用了"反切注音法"，说明已知道可以把一个字音相对地划分为"声"和"韵"两部分了。李登作《声类》，吕彭著《韵集》，表明已经能够将汉字发音加以统一比较，而按声韵的不同，分别归类了。

相传是南朝诗人沈约最初发现汉字里共有四个声调，即平声、上声、去声和入声。他著有《四声谱》，将四声分为平声与仄声两大类。在此基础上，沈约等人又进一步创立"四声八病"之说。

沈约等人的"四声八病"之说，对律诗平仄格律的形成曾起到不可忽视的推动作用。宋人魏庆之所编《诗人玉屑》卷十一中，引沈约所言"诗病有八"，即：平头、上尾、蜂腰、鹤膝、大韵、小韵、旁纽、正纽，并举出一些五言诗中的八病诗例，加了注解。其文如下：

一曰平头：第一、第二字不得与第六第七字同声。如"今日良宴会，欢乐莫具陈"，"今""欢"二字皆平声。

——沈约"平头"原意的要点，在于强调出句与对句的第一拍节之第2字的平仄声以相对为好。所举《古诗十九首》诗例中，"今""欢"二字同平，还有"日""乐"同仄，便是诗病。这与律诗要求上下句的平仄声要对仗之意相符。

二曰上尾：第五字不得与第十字同声。如"青青河畔草，郁郁园中柳"，"草""柳"皆上声。

——所举《古诗十九首》句例，意在上下句的句尾"草""柳"都用了上声不妥，要有变换为好。后来的律诗中，句尾要避免同声，与此意相符。

三曰蜂腰：第二字不得与第五字同声，如"闻君爱我甘，窃欲自修饰"，"君""甘"皆平声，"欲""饰"皆入声。

——魏庆之所举之例及其理解，与沈约原意不符。沈约"犯蜂腰"的原意，是指中间小两边大，如蜂之腰。即如蔡邕《饮马长城窟行》"客从远方来，遗我双鲤鱼"，前句"远"字夹在前后两个平声字中间，后句"双"字夹在前后两个上声"鲤"和"我"字中间，形成细腰，感觉不美。沈约这一要求，与律诗中强调要避免"二四同声"也完合相符。

四曰鹤膝：第五字不得与第十五字同声。如"客从远方来，遗我一书札，上言长相思，下言久离别"。"来""思"皆平声。

——魏庆之所举《古诗十九首》例中，第一句和第三句末字同为平声字，显得有些顺拐，为"犯鹤膝"。这与律诗中要避免"上尾"之意类同。

五曰大韵：如"声""鸣"为韵，上九字不得用"惊""倾""平""荣"字。

——意为五言两句之内，不得有与韵脚同韵的字，否则会显得声韵重复。如阮籍《咏怀》"微风吹罗袂，明月耀清辉"句，用"辉"韵，又有"微"字同韵；再如《古诗十九首》中"引领还入房，泪下沾裳衣"句中，"裳"与"房"同韵即为"犯大韵"。

六曰小韵：除本一字外，九字中不得有两字同韵。如"遥""条"不同。

——意指五言诗两句之内，无论是否在韵脚上，都不能用两个同韵字。如阮籍《咏怀》句"薄帷鉴明月，清风吹我衣"，"明""清"二字同韵，即为"犯小韵"。

七曰旁纽，八曰正纽：十字内两字叠韵为"正纽"，若不共一纽而有双声，为旁纽。如"流""久"为正纽，"流""柳"为旁纽。

　　——魏庆之对此理解又有错误。沈约原意，旁纽是指五言诗两句内不能同时用两个以上的同声母字，如"流""屡""鲁""娄"之类。诗如《古诗十九首》中"回风动地起，秋草萋已绿"，"起""萋"二字，声母韵母皆同，只四声平仄不同。正纽是指五言诗两句中各字不得为同一韵母"知""纸""智""直"之类。

　　以上有关"四声八病"之说中，涉及一些古声韵方面的专业知识和术语，比较费解。我们不必详加注释和刻意追求，只须了解其大概含义便可。

　　沈约等所提倡的"四声八病"之说，原意在避免雷同，追求声韵变化之美。但过于苛求，束缚太大，势必以声害义，实际上也很难做到。限制到如此严苛地步，有如一道道绳索重重捆绑，诗也就很难舒畅自然了。距其不久的梁朝评论家钟嵘在《诗品》中就批评说"使文多拘忌，伤其真美"。

　　不过，诗词格律自身，本就是语言表达形式方面的东西，不讲形式，内容便也无从表达。没有束缚，便也不存在格律。"八病"搞得太过，固然不好，但细加分析，体会其核心精神，不外乎就是在强调：要尽力做到声韵上的交错和对仗，尽力避免韵脚以外的声韵重复和雷同，其中便包含了后来律诗在平仄方面的一些要求。如避免"平头"，包孕了平仄声对仗；"蜂腰"中含寓了"孤平"之忌。从这个意义上讲，沈约等对平仄声律的探索，对律诗平仄规律的形成，所做的贡献也还是不能抹煞的。

　　（二）从发展变化中认识语音

　　古今音变不同，对四声平仄，又必须在发展变化中去把握，否则就无法理解古诗中四声平仄与今音的异同。因地域不同、方言差别、时代变迁、民族融汇、人口流动等种种因素，汉语的四声平仄的演变，自古迄今从来没有停止过。即如今天，我们推广普通话标准音的工作，也还在推动着语音的演化和统一。

古代发音与今人发音自然不同。上古声调虽已不可尽考，但按照中古时（秦朝以后到唐宋时期）的声调向上逆推，上古的声调大致只有平声和入声两大类，本无上声和去声。到中古时代初期，即秦汉以后，平上去入四声才逐渐发展完全。其中，上声大部分由平声变来，少部分由入声变来；去声则大部分由入声变来，小部分由平声变来。当时的一些入声字，也已转为平声字了。正是由于这种原因，我们今天读先秦时代的《诗经》、《楚辞》，以及汉初时期的一些诗篇，常常感到其韵尾很不谐和，就因为其中的许多上声字和去声字，在当时本属入声。也是由于这种原因，我们会发现，即使在唐宋时代四声平仄已经健全、韵书已经大量产生之时，也还有些字被同时划入平仄声的不同韵部之中。同样道理，今天在北方普通话中入声已经消失，我们用今音去读唐宋时期的诗词作品，对其中的入声字则很难分辨了。因为，自宋末以后，特别是到元代，汉语语言在当时的"官话"中又发生了一些重大变化，即："平分阴阳，入归三声"，入声字已经分别归入平上去三声之中。因而，我们今天去分析唐诗的平仄格律，只有站在唐代声韵的角度，才能合乎当时的实际。

至于唐代四声平仄的实际发音，尤其是其入声字的发音，到底是什么样，因为并无录音保存，我们也就很难确知。不过，却可以从三个方面而逆向推知其大概：一是，根据唐代大量诗作，特别是律诗的声韵表现。比如查核一下杜甫、李白、白居易等大诗人的律诗中的用韵，看看在同一首诗中，对各字的平仄声韵是怎样划分的。二是根据唐宋时代整理的韵书。比如，"先"韵中,"先、前、千、阡、贤"等字在同一韵部,我们就可以认定,在当时,这些字的韵尾相同,或至少是相近的。还可以断定,当时,对阴平的"先、千、阡"与阳平的"前、贤"是可以不加区别的。三是,考察一下现代某些地区的方言土语,其中还保留了某些古音。比如,入声在北方官话中已经完全消失,也无人能发出,而在闽、粤、黔、湘等地的方言中,则仍用得较普遍。我是北方人,不会发入声,后来有机会到广东一带走走,拿一些入声字请教当地老人,要他们发音给我听,尽管很难学准,但总算略有体会。

(三)四声的区分及运用

我们今天现代汉语的发音,全国已有了统一规定,是以北方普通话为基础的标准话发音,《新华字典》中对常用字发音的四声都有明确标识。而古今音变很大,产生四声平仄之说的魏晋六朝已经是一千六七百年前,形成律诗的唐代距今也有千余年,用今音去把握古人诗歌的声韵,总是有不小差距。

根据有关资料记载,对当时的平上去入四声,大致可做这样的描述:

(1)平声"平而长"

平声的发音大致是不升不降,或者稍有升扬也不明显。示意符号为"→"。如韵书中,东冬、寒删、江阳、盐咸等三十个平声韵部所包括的字便是。因为这类字的发音平而长,所以律诗中一般都用平声字作为韵脚,以便于句尾拖腔谐韵。

需要注意的是,这类字音,在宋元以后,由于"平分阴阳"之变,又划分为阴平和阳平两类。其中,阴平发音"平而缓",其示意符号为"→"如:"平水韵"中,上平声15韵部中的"东、冬、江、支、微、初、愚、妻、街、灰、真、分、翻、丹、删"等音;下平声15韵部中的"先、萧、貂、操、歌、花、香、耕、青、蒸、邮、侵、甘、添、衫"等音。

当时阴平与阳平者不分,"东、铜"同部,"先、前"同部。而按今音,阳平发音则"扬而长",其示意符号为"↗"。如:"平水韵"中,上平声15韵部中的"同、农、庞、移、围、鱼、无、齐、柴、回、臣、文、元、寒、还"等音;下平声15韵部中的"前、辽、肴、豪、河、麻、阳、彭、型、庭、承、林、潭、盐、咸"等音。

(2) 上声"降又起"

其发音大致是先向下降落,然后立即转而上挑。示意符号为"∨"。它是四声中声音变化曲线最大的一种。如"平水韵"中,上声29韵部中的"董、肿、讲、纸、尾、语、府、荠、解、采、敏、吻、阮、暖、眼、典、小、巧、早、火、马、养、梗、迥、有、寝、感、俭、斩"等音。

(3) 去声"重而落"

其发音力度较大,声音较重,因而也较急较短促。示意符号为"↘"。如"平水韵"中,去声30韵部中的"送、宋、绛、置、未、御、遇、霁、泰、卦、队、震、问、愿、翰、谏、霰、啸、效、号、个、驾、漾、敬、径、候、沁、暗、艳、陷"等音。

(4) 入声"促而缩"

其发音较重较短,并给人一种向回收吸的感觉。示意符号可为"-"。如"平水韵"中,入声17韵部中的"屋、沃、觉、质、物、月、曷、黠、屑、药、陌、锡、职、缉、合、页、洽"等音。这些字,按今音已分别归入阴平的如"屋、锡、缉";归入阳平的如"觉、曷、职、黠、合";归入去声的如"沃、质、物、月、曷、屑、药、陌、页、洽"等音。入声归上声的字很少。

古代一些声韵学家，也曾对四声读音做过一些描述。如唐朝的处忠和尚曾说："平声哀而安，上声厉而举，去声清而远，入声直而促。"（见于《元和韵谱》）明朝的真空和尚曾说："平声平道莫低昂，上声高呼猛烈强，去声分明哀远道，入声短促急收藏。"他们毕竟属于中古时代的人，这是他们对当时声韵的实际感受，可供我们参考。

总体上看，阴平和阳平都较舒缓绵长，划为一大类，统归"平声"。而上去入三声都较急促，并有些升降曲度，故另分一大类，统而划归"仄声"。有人说，"仄"即"侧"，"侧"而不平之意。因而它与平声在音色上形成对立。

（5）四声在诗中的体现

诗人们在创作实践中，恰恰是运用了汉语平仄声韵在音质音色上这些截然不同、相互对立的特点，来造成抑扬顿挫的节奏起伏感及交叉对立的格调变化感，从而避免了平庸刻板，获致了腾挪跌宕的韵律美。这当是我们对诗律所以要注重平仄韵律变化的最本质的理解。诗从"非律体"到"律体"的演化，除词语上的对偶外，最重要之点即在于四声平仄的格式变化。

为了充分发挥汉字平仄声韵的这些特点，以达到声韵美感，律诗是从三个方面来体现的：

（1）每句中，以双字一个拍节为主，尽力做到各拍节间平仄交错，以求抑扬变化感。

（2）两句之间，尽力做到平仄相对，以避免重复感。

（3）句尾用韵，力求整体上给人一种和谐统一感。大体上是每两句一用韵：上句的句尾用仄声，猛烈强劲，急促激昂；下句以押平声韵为主，显得平逸悠扬，舒展绵长；平仄对应，上下契合。

（4）句间对偶，在追求词性相对的同时，也要平仄声韵相对，给人一种规整有序感。

这样，就把交错变化与规整平衡两种感觉，巧妙地融汇于对立统一体之中了。

由此可见，四声平仄是律诗形成的重要基础。尽管在辞、赋等一些文体中也讲究声韵，但在韵文体裁中，律诗是文字最简约的一种。在这个意义上，可以说，律诗使方块汉字所独有的声韵特征得到了最充分、最完美的发挥，从而形成一种最凝练、最富于音乐美感的文字形式。

三、关于韵部和韵书

要弄清押什么韵，就要了解韵部和韵书。

每个汉字的发音，都由"声"和"韵"两部分构成，并且分属于**平声、上声、去声、入声**中的某一声。如：

王之涣平韵七绝《凉州词》
　　黄河远上白云间，一片孤城万仞山。
　　羌笛何须怨杨柳，春风不度玉门关。

四句诗，每句末字如用现代汉语拼音文字标音：
间（jiān），山（shān），柳（liǔ），关（guān）

"间、山、关"三字都是平声字，且韵母相同，为同韵；柳字与上述三字韵母不同，为"上声"，属仄，便不押韵。

韵书，便是历代学者根据诗歌用字声韵的不同，将声韵相同者归纳为同类，分门别类而成。因而，绝非先有韵书而后有诗韵，恰恰相反，是先有入韵的诗，而后才有韵书。但韵书一旦形成之后，诗家用韵又须依据韵书。

汉语声韵既有其相对的稳定性，又不是一成不变的。不同时代、不同地区的发音有较大差别。比如，古音中有入声字，而元代后语音逐渐发生变化，即所谓**平分阴阳，入归三声**，入声字已分别归入平声、上声、去声中，普通话中便没有入声了。

有许多字音，古今变化很大。如：按现代声韵看，"东、中、衷、空"，与"冬、钟、松、匈"等都是以"ong"为韵母的平声字，今天根本听不出有什么不同，而在唐代韵书中却分属于"一东"、"二冬"两个韵部。再如，按现代读音，"东、中、衷、空"与"铜、虫、隆、熊"的声调不同，前为阴平、后为阳平，在当时却又同归"一东"部中。今天，我们读"屋、木、肉、郁、独、卜"等这些字的韵尾，差异很大，而当时却同属入声部"一屋"韵。这反映了语音的时代变迁。

正因为语音的这种变化，所以不同时代都有人根据当时发音及诗歌创作中使用声韵的实际状况，不断加以调整，从而产生了不同的韵书。可见，韵书的产生与变化，与诗歌（后来则包括词曲）的发展变化有密切关系。

较早的韵书，是隋代人陆法言根据当时声韵情况编辑的《切韵》一书，分为平、上、去、入四声，共分 193 个韵部。到唐代，王仁煦在《切韵》基础上修订《刊谬补缺唐韵》，简称为《唐韵》，增添两个韵部，共分 195 个韵部。到宋代，陈彭年等人奉旨重修唐韵，编为《广韵》一书，又进一步划分为 206 部，影响最大，成为后世韵书的楷模。《切韵》、《唐韵》二书今天都无全本，只《广韵》犹存。

到宋淳祐十二年（公元 1252 年），**平水人刘渊**出于科举试帖诗的需要，根据声韵新变化，在前代韵书基础上，修订成《壬子新刊礼部韵略》一书，将声韵相同的字又作了些合并，简化为 106 部。这就是人们常说的"**平水韵**"。从此以后，历代作诗便完全遵照这 106 部用韵，沿袭到清末以至今。尽管语音已有很大变异，但无论文人写诗、科场考试，以及新编韵书，都遵从这个声韵体系。到今天，按北方普通话的发音，显然已多有不符，但当我们阅读欣赏古诗时，如不了解当时平仄声韵的划分，则不好理解了。

至于为什么以唐韵为依托而流传不歇，盖因诗律定型于唐，唐诗又影响最大有关。

兹将"平水韵"106部所分平、上、去、入四声，列表如下（括弧中为附注《唐韵》原韵目）：

（1）平声（30部）

上平声15部：一东（东）二冬（冬钟）三江（江）四支（支脂之）五微（微）六鱼（鱼）七虞（虞模）八齐（齐）九佳（佳皆）十灰（灰咍）十一真（真谆臻）十二文（文欣）十三元（元魂痕）十四寒（寒桓）十五删（删山）

下平声15部：一先（先仙）二萧（萧宵）三肴（肴）四豪（豪）五歌（歌戈）六麻（麻）七阳（阳唐）八庚（庚耕清）九青（青）十蒸（蒸登）十一尤（尤侯幽）十二侵（侵）十三覃（覃谈）十四盐（盐添严）十五咸（咸衔凡）

（2）上声（29部）

一董（董）二肿（肿）三讲（讲）四纸（纸旨止）五尾（尾）六语（语）七麌（麌姥）八荠（荠）九蟹（蟹骇）十贿（贿海）十一轸（轸准）十二吻（吻隐）十三阮（阮混很）十四旱（旱缓）十五潸（潸产）十六铣（铣狝）十七篠（篠小）十八巧（巧）十九皓（皓）二十哿（哿果）二十一马（马）二十二养（养荡）二十三梗（梗耿静）二十四迥（迥拯等）二十五有（有厚黝）二十六寝（寝）二十七感（感敢）二十八俭（琰忝忝）二十九豏（槛范）

（3）去声（30部）

一送（送）二宋（宋用）三绛四寘（寘至志）五未（未）

六御（御）七遇（遇暮）八霁（霁）九泰（泰）十卦（卦怪夬）十一队（队代废）十二震（震稕）十三问（问焮）十四愿（愿恩恨）十五翰（翰换）十六谏（谏裥）十七霰（霰线）十八啸（啸笑）十九效（效）二十号（号）二十一个（个过）二十二祃（祃）二十三漾（漾宕）二十四敬（映诤劲）二十五径（径证嶝）二十六宥（宥候幼）二十七沁（沁）二十八勘（阚）二十九艳（艳酽）三十陷（陷鉴梵）

（4）入声（17 部）

一屋（屋）二沃（沃烛）三觉（觉）四质（质术栉）五物（物迄）六月（月没）七曷（曷末）八黠（黠）九屑（屑薛）十药（药铎）十一陌（陌麦昔）十二锡（锡）十三职（职德）十四缉（缉）十五合（合盍）十六叶（叶业）十七洽（洽狎乏）

总计 106 部。因为平声字较多，便于印装，古人便把平声分为上下两卷，一东韵至十五删称为"上平声"；一先至十五咸称为下平声。而上、去、入声字较少，便不分上下卷了。从中可见，"平水韵"与唐韵大体一致，只是将相近声韵做了归并和简化。

这里值得思考的是，从原始唐韵的 195 个韵部，到增广唐韵的 206 部，而至于平水韵的 106 部，增增减减之中，也透出一个信息，即唐宋之间的声韵是有些变化的。原先所划分的 195 部，到 206 部，自有所本，总是更切合唐代的语音实际。其中包含了首府大都及另外地域的某些方音。到宋代的南北融汇，以及对声韵进一步统一，才简化为 106 部。同样道理，若用今天标准话对平水韵进行梳理，必有进一步简化。实际上，自唐代开始的"邻韵通押"，也就是这种融汇的表现。

四、律诗押韵的规定及变通

(一) 本韵

律诗通常以押平声韵为常格,而且一首诗中要一韵到底,即所有的韵脚都要是同一个韵部内的平声字。这称为"本韵"。如本节所举王之涣七绝《凉州词》及杜甫五律《季秋苏五弟缨江楼夜宴》二诗所用的韵,便都是平声韵,同一韵部一韵到底。顾况五绝《忆旧游》及刘长卿五律《湘中纪行·浮石濑》二诗则为仄声韵。

但一韵到底,却要尽量避免"重韵",即在一首律诗中,三个或五个韵脚中不能有重复字。因为,连不在韵脚上的字都要避免重复,有限的几个韵脚重复当然不好。在律诗中重韵者,未见先例。在排律中,偶或有之,但也都尽力避免。

我们今天读古诗,时常会感到不押韵,这是古今音变造成的。即如当时同属"支韵"中字:支(zhi)、滋(zi)、丝(si)师(shi);吹(chui)、虽(sui)追(zhui)、龟(gui)、皮(pi)、尼(ni)、其(qi)移(yi)、眉(mei)、碑(bei)、维(wei)、归(gui)等,若按现代汉语标准音,其韵尾当分属"i""ui""ei"等不同韵部,而在唐代,其韵尾却是相同的。

总之,只要是按韵书同一韵部押韵,并一韵到底,即称本韵。

(二) 出韵

出韵又称"落韵"。如果用韵超出本韵部,就叫作"出韵"。"出韵"是近体格律诗的大忌。如《红楼梦》第四十八回写到限"十四寒"韵作诗,香菱苦思韵脚时,"探春隔窗笑道:'菱姑娘,你闲闲罢。'香菱怔怔答道:'闲字是十五删的,错了韵了。'"从这段文字中,可见从前韵部限制的严格,十四寒与十五删也是不能通用的。

科场考试，写"试帖诗"如果出了韵，即使诗意诗境再好，也算不及格。据清人薛福成《庸盦笔记》载：清代高碧湄，颇有才学，又很会作诗，但在咸丰年间两次参加科举考试，都因为限用"十三元"的韵而"出韵"，被列为四等。有个叫王壬秋的人为此赠诗戏曰："平生两四等，该死十三元。"从中既可见当时韵部限制之严，又可见辨韵之难——连古人对"元、删、寒"等韵母同属"an"韵的字，也难以划分得那么清楚。

（三）宽韵、窄韵、险韵

既然律诗不许"出韵"，而平声各韵部中字数的多少又相差较大，就有个"宽韵"和"窄韵"的问题。字数多的，选择余地大，即为"宽韵"，如"支韵"的常用字有200多个；反之，字数少，选择余地小，即为"窄韵"，如"文韵"常用字只有近40个。有的不仅字数少，所包含的字又较冷僻，用起来难度大，则称为"险韵"，如"江韵"常用字不到20个。

平声韵30部中，依宽窄难易程度，一般可分为四类：

宽韵：支、先、阳、庚、尤、东、真、虞等8个韵部；

中韵：元、寒、鱼、萧、侵、冬、灰、齐、歌、麻、豪等11个韵部；

窄韵：微、文、删、青、蒸、覃、盐等7个韵部；

险韵：江、佳、肴、咸等4个韵部。

熟练的诗人有时也喜欢用险韵。例如：

元稹《遣悲怀》

谢公最小偏怜女，自嫁黔娄百事乖。
顾我无衣搜荩箧，泥他沽酒拔金钗。
野蔬充膳甘长藿，落叶添薪仰古槐。

今日俸钱过十万,与君营奠复营斋。

——此中"乖""钗""槐""斋"都属险韵"佳部"。

(四) 借韵、邻韵与通押

在诗家平日创作中,也并非完全不出韵。

律诗首句本可不用韵。古人把"八句四韵"的五七言律诗又称为"四韵诗";排律标题有"十韵"、"二十韵"以至"百韵"等字样,即使首句入韵者,也不计在内,仍称作十韵、二十韵。于是,诗人们便在首句"多余的"这个韵脚上讨些便宜,偶尔借用与之声韵相近的韵部**"邻韵"**,称之为首句**"借韵"**。盛唐以前,此例甚少,中晚唐后渐多。后来渐渐演成风气,到宋代则以首句借韵为时髦做法。这实际就是对律诗不许出韵限制的一种突破。这种情况又称为邻韵**"通押"**。例如:

司马光《寒食许昌道中寄幕府诸君》
原上烟芜淡复**浓**,寂寥佳节思无**穷**。
竹林近水半边绿;桃树连村一片**红**。
尽日解鞍山店雨,晚天回首酒旗**风**。
遥知幕府清明饮,应笑驰驱羁旅**中**。

——全篇五个韵脚:"浓、穷、红、风、中"。首句**"浓"**为"冬韵",其余"穷、红、风、中"等属"东韵","浓"字出韵了,便是"借韵"。再如:

李商隐 《深宫》
金殿香销闭绮**栊**,玉壶传点咽铜**龙**。
狂飙不惜萝阴薄,清露偏知桂叶**浓**。
蜀王岭边无限泪,景阳宫里及时**钟**。
岂知为雨为云处,只有高唐十二**峰**。

——首句**"栊"**为"东"韵,其余"龙、浓、钟、峰"为"冬韵","栊"字便属"借韵"。

其他如李颀《送李四》、韩琮《牡丹》、杨万里《寓意》、杨万里《霞》等七律，及陆游《三峡歌》、王建《宫词》等七绝，皆类此。

借韵都是在首句，而不许在中间，并且要是相邻的韵部，如"支""微"通押，"支""齐"通押，"删""寒"通押，"麻""佳"通押，"萧""豪"通押等。

唐时通押范围尚小，王力先生曾归拢为8类。宋时则逐渐扩大。纵观唐宋诗作，通押者有15类：（1）东与冬，（2）江与阳，（3）支与微，（4）鱼与虞，（5）齐与支、微，（6）佳与灰，（7）真与文，（8）元与真、文，（9）删与元、寒，（10）先与删、元、寒，（11）萧与豪，（12）麻与佳，（13）庚与青、蒸，（14）蒸与侵，（15）覃与盐、咸。

从中可以看出，这种首句借韵通押，多出于韵母相同或相近的韵部间。即随着声韵的变化，逐渐向现代声韵发展方向靠拢。

古代"非律体"诗中也存在通押现象。与律体诗的区别在于：律体诗除仄韵五绝外，只押平声韵，而古体诗则平、上、去、入四声之韵都可以押。古体诗可以转韵，但转韵后相连的句中，仍须平声与平声押，入声与入声押，上声与去声有时通押，多数也分开。仄声中的入声不能与上声、去声通押。唐宋以降的"古风"，以押本韵为常见，其韵部使用都与律诗相同。

古体诗中邻韵通押的比近体诗中要普遍，特别是在较长的诗篇里。古体诗中同韵部的仄声韵通押也与平声韵部相互对应。

(1) 平、上、去通押者，可分为15类：

（1）平：东冬；上：董肿；去：送宋。

（2）平：江阳；上：讲养；去：绛漾。

（3）平：支微齐；上：纸尾荠；去：寘未霁。

（4）平：鱼虞；上：语麌；去：御遇。

（5）平：佳灰；上：蟹贿；去：泰卦队。

（6）平：真文及元（半）；上：轸吻及阮（半）；去：震问及愿（半）。

（7）平：寒删先及元（半）；上：旱潸铣及阮（半）；去：翰谏霰及愿（半）。

（8）平：萧肴豪；上：筱巧皓；去：啸效号。

（9）平：歌；上：哿；去：个。——（独用）

（10）平：麻；上：马；去：祃。——（独用）

（11）平：庚青；上：梗迥；去：敬径。

（12）平：蒸；——（独用，宋代时与真庚侵通押。）

（13）平：尤；上：有；去：宥。——（独用）

（14）平：侵；上：寝；去：沁。——（独用）

（15）平：覃盐咸；上：感俭；去：勘艳陷。

（2）入声类通押者，有8类：

（1）屋沃；（2）觉药；（3）质物及月（半）；（5）陌锡；（6）合叶洽（7）职（独用）；（8）缉（独用）。

我们可以看出，这种通押变化，与后来宋词中的用韵，颇有类同之处。

律诗及古体诗的通押现象，尤其是宋代时进一步扩大通押范围这一现象，说明随着方音的逐渐统一，语音发生了变化。今天的语音进一步统一，韵部更要随着新的语音实际状况做新的划分，应当是不可阻挡的发展趋势。

（五）进退格

比上述首句借韵通押又前进一步，邻韵通押已不止限于首句，在其他韵脚中也出现了。比如，二四句与六八句相互通押的，称为"进退韵"。进退格诗例如：《诗人玉屑》中引北宋李师中一首七律，叙唐介因被贬英州别驾事。其诗为：

孤忠自许众不与，独立敢言人所难。
去国一身轻似叶，高名千古重于山。
并游英俊颜何厚，未死奸谀骨已寒。
天为吾君扶社稷，肯教夫子不生还。

——此诗第2、6句"难、寒"二字为"十四寒"韵，第4、8句"山、还"二字为"十五删"韵。四个韵脚，一进一退，交错相押，故称"进退格"。

（六）辘轳格

还有二四句与六八句转换通押的，称为"辘轳韵"或"辘轳格"。例如：

黄庭坚《谢送宣城笔》

宣城变样蹲鸡距，诸葛名家捋鼠须。
一束喜从公处得，千金求买市中无。
漫投墨客摹科斗，胜与朱门饱蠹鱼。
愧我初非草玄手，不将闲写吏文书。

——此诗第2、4句"须、无"属"七虞"韵；第6、8句"鱼、书"属"六鱼"韵。两两相对，"双入双出"，是为"辘轳韵"。

进退格和辘轳格这两种押韵方法，按当时用韵规定，都是突破了"一韵到底"的禁区。实际也就是"出韵"和"落韵"了。但若按当今声韵来看，倒是很合辙押韵的。

（七）限韵

即规定写某首诗必须押某韵，有时还会限定其中必须有某字。科场考试限韵，或诗友间唱和时互用其韵，才会有这种情况。例如：

柳宗元《答刘连州"邦"字》

连壁本难双，分符刺小邦。崩云下漓水，劈箭上浔江。
负弩啼寒狖，鸣抢惊夜狵。遥怜郡山好，谢守但临窗。

——此诗不仅限用属于"险韵"的"江韵"，而且必须有个"邦"字韵在内。此诗中，"双""邦""江""狵""窗"都属"江部"险韵（"江""阳"韵不许混用）。可谓难上加难了。由于该韵部中可用的字实在太少，这首诗便用了些冷僻字，写得佶屈聱牙。

（八）和韵、次韵、步韵与和诗

"和韵"又称"次韵"或"步韵"。就是在唱和别人的诗作时，用人家诗中的原韵。这有三种情形：一是完全采用原作中的韵字，并完全依照原韵次序；二是用其原字，次序有所颠倒；三是只用其原韵部，而未用其原字。

明末夏完淳唱和广成先生诗中，就完全用原韵原字，并且次序完全相同，这是和韵中最严格的一种。我们将原作及和诗抄录于下：

广成《甲申除夕感怀》	夏完淳《除夕追和度成先生韵》
此夜真除异往年，	山河风景忆前年，
历头检尽泪如泉。	泪尽鲛人百斛泉。
汉家伏腊看遗俗，	凤辇已空当日恨，
晋代衣冠语后贤。	鹿门深愧古人贤。
紫极问谁扶日月，	江湖潮信潜归越，
新亭应共望幽燕。	秦晋风云半入燕。
非关守岁通宵坐，	怆对九京如可作，
莫颂椒花媚远天。	国仇家难问苍天。

这里要注意的是，"和韵"与"和诗"的概念不同。"和诗"，只是就某人诗意，相应地写一首，未必用其原韵，更未必

用其原字。如毛泽东《和柳亚子先生》七律：

柳亚子原作《感事呈毛主席》用"十四寒"韵，毛泽东诗《和柳亚子先生》诗为"江、阳"通押韵。所以称为"和诗"而不是"和韵"。

（九）叠韵

指用自己前诗的原韵另写的诗，即自己"和"自己的诗，并用原韵。例如：

黄仲则《夜坐示施雪帆二首》（录一）

丹黄旧业掩行縢，欲写长笺研簇冰。
绕座残花犹影壁，打窗乾叶似窥灯。
饥来客尚怜穷鸟，痴绝人还笑冻蝇。
襥被依依雨无寐，昨宵寒思已难胜。

黄仲则《再叠前韵二首》（录一）

镇日抄写展箧縢，吟髭捻尽欲凝冰。
霜清已白边头草，秋老先青壁上灯。
坐怯临窗尘似马，居嫌近市客如蝇。
萧萧风色愁如许，不听燕歌已不胜。

——两首诗中，"縢、冰、灯、蝇、胜"韵脚完全相同。

五、关于"上尾"

"上尾"，也是属于声韵范畴的问题。曾被某些诗家视为律诗的一种毛病。所谓"上尾"，就是指：在五七言律诗中，四个"出句"的末字在"平仄四声"中都是同一声调。例如：

储光羲《石瓮亭》

遥山起真宇，西向尽花林。下见宫殿小，上看廊庑深。
苑花落池水，天语闻松音。君子又知我，焚香期化心。

——上句（不押韵句）末尾的四个字"宇""小""水"

"我"都是"上声",每读到这里,在声韵感上都是上下跳动弯转一下,有些"顺拐"的絮烦感。再如:

刘长卿《对酒寄严维》

> 陋巷喜阳和,衰颜对酒歌。懒从华发乱,闲任白云多。
> 郡简容垂钓,家贫学弄梭。门前七里濑,早晚子陵过。

——上句末尾的四个字"和""乱""钓""濑"都是去声,每读到此都下降一下,也不大好。其他如:

王维《送杨少府贬郴州》

> 明到衡山与洞庭,若为秋月听猿声。
> 愁看北渚三湘远,恶说南风五两轻。
> 青草瘴时更夏口,白头浪里出溢城。
> 长沙不久留才子,贾谊何须吊屈平。

——上句末尾"远""口""子"三个字都是上声。

欧阳修《怀嵩楼新末南轩与郡僚小饮》

> 绕郭云烟匝几重,昔人曾此感怀嵩。
> 霜林落后山争出,野菊开时酒正浓。
> 解带西风飘画角,倚栏斜日照青松。
> 会须乘醉携嘉客,踏雪来看群玉峰。

——上句末尾"出""角""客"三个字都是入声。

"上尾"之所以不好,只需我们反复吟诵两遍,就会明显感到,在声调上缺少抑扬起伏变化。用"上声"者,每到"出句"都是向上挑一下;用"去声"者,总是向下落一下;用"入声"者,总是往回抽吸一下。这样,声韵上势必给人一再重复的感觉。因而一些诗论家认为,相邻两个"出句"声调相同是小病,三句相同是大病,四句相同为重病。而最理想的形式是:在出句句脚中,平上去入四声俱全。例如:

杜甫五律《房兵曹胡马》

胡马大宛名(平)，锋棱瘦骨成。
竹批双耳峻(去)，风入四蹄轻。
所向无空阔(入)，真堪托死生。
骁腾有如此(上)，万里可横行。

杜甫五律《春日忆李白》

白也诗无敌(入)，飘然思不群。
清新庾开府(上)，俊逸鲍参军。
渭北春天树(去)，江东日暮云。
何时一樽酒(上)，重与细论文。

张谓五律《同王徵君湘中有怀》

八月洞庭秋(平)，潇湘水北流。
还家万里梦(去)，为客五更愁。
不用开书帙(入)，偏宜上酒楼。
故人京洛满(上)，何日复同游，

杜甫七律《曲江》

一片花飞减却春(平)，风吹万点正愁人。
且看欲尽花经眼(上)，莫厌伤多酒入唇。
江上小堂巢翡翠(去)，苑边高冢卧麒麟。
细推物理须行乐(入)，何用浮名绊此身。

杜甫七律《蜀相》

丞相祠堂何处寻(平)，锦官城外柏森森。
映阶碧草自春色(入)，隔叶黄鹂空好音。
三顾频烦天下计(去)，两朝开济老臣心。
出师未捷身先死(上)，长使英雄泪满襟！

李白七律《赠郭将军》

将军少年出武威(平)，入掌银台护紫微。

平明拂剑朝天**去**(去),薄暮垂鞭醉酒归。

爱子临风吹玉**笛**(入),美人向月舞罗衣。

畴昔雄豪如梦**里**(上),相逢且欲醉春晖。

以上例诗,首句入韵者,则"出句"末字中的平上去入四声俱全;首句不入韵者,则首句末字不可能是平声。杜甫十分重视诗律,他的五七言律都很重视声调搭配。如上例《春日忆李白》,由于首句押韵便有两个"上声"字,他则把它隔开,分别用于颔联和尾联。

这样做,当然需要精通诗律,并对声韵有高度的敏感才行。过去常说,诗是吟出来的。一首诗,在写作时反复思虑,选择合适词语;写出后,又要反复默吟朗诵,其中除句式上的平仄交替,两句间的平仄粘对外,句脚声调是否重复,则是全诗能否收到抑扬顿挫、朗朗上口效果的关键。我们只要把杜甫《曲江》《蜀相》《恨别》这些诗作反复吟诵几遍,就会深深感到,句脚声调的起伏跌宕对于律诗是何等重要。

不过,对此不可过严要求,搞得以文害意、以声害意。过去有人曾要求"一句之中四声相递""各联出句四声俱全",以为这才是诗律艺术的最高峰。今举唐代诗人杜审言所作一首七律为例:

诗文	四声平仄	四声交错
独有宦游人,	仄仄仄平平	入上去平平
偏惊物候新。	平平仄仄平	平平入去平
云霞出海曙,	平平平仄仄	平平入上去
梅柳渡江春。	仄仄仄平平	平上去平平
淑气催黄鸟,	仄仄平平仄	入去平平上
晴光转绿荫。	平平仄仄平	平平上入平
忽闻歌古调,	平平平仄仄	入平平上去
归思欲沾巾。	仄仄仄平平	平去入平平

从中看到，此诗八句中，第"一三五七"等四句，皆平上去入四声俱全，而"二四六"句为"平平仄仄平"句式，不能四声俱全，否则要"犯孤平"。可说，他在可能的范围内做到了极致。

对于声律，到底有无必要讲究得这么细？有提倡和反对两种极端看法。我以为，偶一为之，作为一种情趣上的游艺，也无不可，但绝不能作为普遍要求。若认为这才真正合律，便会令人对格律生畏。这里有个理想形式与一般要求的问题。比如雕刻技艺，我看到有人在一粒米大小的象牙上刻下了《兰亭序》，在五六公分长的头发丝上刻下了一首七律。吉林省微雕家彭祖述先生在巴掌大的80块石面上，刻下了《红楼梦》八十回的浩大巨篇。这是微雕的高超境界，实在令人叹服！但并非所有的雕刻都应这样。同样道理，对杜审言这首五律的解析，只不过是让人知道，声律还能达到如此严细程度，从中体会声韵的某些妙处，而不是说，所有诗作都要如此。形式还是要服从内容。况且，即便做到这些，也未必就是好诗。

六、声韵的辨识

识别声韵的目的有二：一是为了能更好地欣赏古体诗的韵律美，因为前人是按古韵部的谐韵要求写下诗篇的，你若按现代声韵去读，就不能真正把握它的韵律。二是为了自己能写出合乎韵律要求的诗，避免违背平仄律以致违声出韵。

如何辨识声韵，是古今诗人及诗词爱好者都存在的一个共同问题。若不然，就不会有韵书了。首先是中国地域辽阔，方音百出，若各执其声，诗词韵律也就难以相通了。其次是古今音变很大。产生"近体诗"的唐代，距今已千余年了，这中间，经历诸多战乱迁徙，民族交融，文化融汇，声韵已有很大变化发展。

特别是自元代中叶以降,"平分阴阳,入归三声"已成为声韵变化的实际,而在诗词领域,仍因循唐代"平上去入"四声分韵的体系,与我们今天的语音现实差距就更大了。因而,对于今人读古诗、写古体来说,都有个识声辨韵的障碍。

某字究竟归于某韵,连研究了一辈子语言学的王力先生也说:"除了硬记之外,没有妥善的办法。"这是实情。因为古今声韵变化太大,用我们今天普通话语音去识别古声韵,已经基本不适用。即便你的普通话已经掌握得很标准,或古声韵知识何等渊博,仍然无济于事。

翻看一下"平水韵"书就会发现:许多字的声韵,按我们今天读音完全相同的,古韵书却未编在一个韵部;我们觉得是声韵不同的,韵书偏又划归一部。可以举些常用字为例,列表对比一下。

"真、新、因、巾、身"——按今音,韵母"en",同属阴平,韵书却属"十一真"。

"分、君、欣、斤、军"——按今音,韵母也是"en",同属阴平,韵书却属"十二文"。

"仁、神、巡、纯"——按今音,韵母也是"en",同属阳平,韵书却属"十一真"。

"文、群、云、芹"——按今音,韵母也是"en",同属阳平,韵书却属"十二文"。

从中看到:

"**真、新、因、巾、身**"与"**分、君、欣、斤、军**",我们今天读来,韵母都是"en",又都是"阴平声",没什么不同,而韵书却分属"真部"和"文部"。

"**仁、神、巡、纯**"属"真部","**文、群、云、芹**"我们今天读来,韵母都是"en",又都是"阳平声",没什么不同,而韵书却分属"真部"和"文部"。

反过来看：

"**真、新、因、巾、身**"与"**仁、神、巡、纯**"，按现今声韵，前属阴平，后为阳平，本有区别，而韵书却同属"十一真"。"**分、君、欣、斤、军**"与"**文、群、云、芹**"按现今声韵，前为阴平，后为阳平，而韵书却同归"十二文"。

在唐宋时期，大约"**真、新、因、巾、身**"与"**分、君、欣、斤、军**"的发音就是不同的。可究竟其区别在哪里，毕竟相距千余年了，用我们今天的发音去区别当时的异同，当然就很困难了。

其他如东冬韵、江阳韵、寒删韵等各部，也大致如此。

涉及入声部分，问题就更大些。例如：

苏轼《念奴娇·赤壁怀古》

大江东去，浪淘尽、千古风流人物。故垒西边，人道是、三国周郎赤壁。乱石穿空，惊涛拍岸，卷起千堆雪。江山如画，一时多少豪杰！　遥想公瑾当年，小乔初嫁了，雄姿英发。羽扇纶巾，谈笑间、樯橹灰飞烟灭。故国神游，多情应笑我，早生华发。人生如梦，一樽还酹江月。

——苏轼词共用了"**物、壁、雪、杰、灭、发、月**"等八个入声韵。"物"属"物韵"；"壁"属"锡韵"；"雪、杰、灭"属"屑韵"；"发、月"属"月韵"。词韵较诗韵宽，在宋代用韵时，这四个韵部可以通押。显然，在当时这些读音是相近的。而按今天读音，是怎么也搭不拢的了。

入声字的古今读音，在四声平仄方面的变化十分悬殊。如"屋、粥、哭、秃；菊、竹、服、族、叔、独；谷、卜；木、肉、陆、鹿、目、祝"等字，按唐韵划分，都是入声"五屋"韵部。而其中的"屋、粥、哭、秃"等字今读阴平；"菊、竹、服、族、叔、独"等今读阳平；"谷、卜"今读上声；"木、肉、陆、鹿、目、祝"等字今读去声。

汉字有许多字是"形声字",一部分表形,一部分表声,如**林**、霖、淋;**正**、征;**京**、惊、鲸;**扁**、编、匾、遍、卓、桌、棹;**肖**、消、销;**包**、苞、胞、饱、刨;**星**、醒、腥;**今**,吟、琴、衾等。

但是,由于古今声韵的变化,靠声符去辨识,有的就行不通,如"**卢**"在"七虞",而"庐、驴、鲈"却在"六鱼"。况且汉字简化后有的音符已经发生了变化,就如"卢、庐、驴、鲈"。可见,以声符辨韵的方法也不可靠。确如王力先生所说,还得靠死记硬背,记不住的便只有去查韵书。

我们今天如果是写新诗,可按标准话发音,只要你的发音合乎现代标准话,这个问题不难解决。但今天写古体诗,由于韵书未变,有些刊物又死守住"平水韵"不放,你要写得"合律",就只能死记硬背"平水韵"而别无他法了。这是个涉及韵律革新的问题。

七、改用新韵写新诗是大势所趋

这里所说的"新诗",不是指现代自由体的新诗,而是指现代人运用古体诗的格式,创作具有现代思想内容的新诗。

关于诗词继承、发展和革新,要害不在平仄句式的格律上,迫切问题在于如何用韵。

我们欣赏和理解古诗词,离开古韵书当然不行。而重新按古体格式创作新诗,就不是非按古韵不可。对于一些习用古韵者,仍可按习用的"平水韵"去写,而一些人愿意用当代标准话语音的新韵来写,也不应反对和鄙视。可以施行"双轨制"。这对于在当代更好地继承、发展、提高古体诗的创作大有好处。我所接触到的一些诗词爱好者,很喜欢古体诗词,却对限用"平水韵"很怵心。有些想学诗的青年，一想到用韵有那么大的障碍，就望而却步了。为了推陈出新，为使古体诗的创作在它应有的层面上得到更多人参与，打破固守"平水韵"的"正统观念"，肯允、倡导用新韵，是个要害，也可说是大势所趋，当务之急。为此，按现代汉语语音的实际，认真编撰出与普通话标准音相一致的新韵书就很必要。

唐宋距今已越千年。语音自身已有很大变化。自元代中期便已"平分阴阳，入归三声"了。建国以来，我们在推广以北方话为基础的普通话方面取得了可喜的成果。有史以来，汉语读音从未像今天这般大幅度地趋于全国统一。这是统一诗词声韵，并编制新韵书，按新韵从事创作的极为有利条件。我们不该仍旧死守着"平水韵"和"词林正韵"不肯撒手。其实，由于国家的统一、交通、通讯的发达，普通话已经大面积普及，这比过去任何时代都容易得多。

主要障碍，还是对其必要性和迫切性认识不足。在某些方音较重的地域里，还对方音存在着留恋和偏爱，总感到老韵书中的读音亲切，有韵味。曾听到这样一种说法："诗词本来就是阳春白雪嘛，就是少数人才能掌握的东西，谈何普及？不懂用韵，就别写诗。"这种"孤芳自赏"的心态虽属个别，却有代表性。近年来，诗坛上有种风气，就是把住"平水韵"不放，搞些诗词比赛评奖之类活动，只要有一字不合"平水韵"，就毫无异议地打入冷宫，弄得孤家寡人，曲高和寡。

古韵不可改，是毫无道理的。如果说古韵不可改，那么就只有唐韵了。实际上，从唐到宋元明清，历代那些新韵书的出现，便都是对以前韵书的修改和否定，怎么到今天，就非把"平水韵"当作金科玉律而不可稍有违背了呢？今人写诗作词，却必须用千年前的古韵，否则就叫"不入流"，岂非咄咄怪事？

至于词中的入声格问题，也不是全无解决途径。前代人对《满江红》由入改平的做法，已为我们做了榜样，既然前人都可"以入代平"以至"用平代入"，又何尝不可用上声、去声代替入声？通过创作实践，是可以进一步开辟新途的。

这也就像当年搞简化汉字一样，不也是阻力重重吗，但汉字简化的改革势不可挡，结果是大大有利于普及文化教育，在某些特殊领域，简体与繁体双轨并行，也并未伤害古文化的继承。我看声韵改革也有类于此。

第二节 律诗的平仄粘对

一、"粘对"的基本概念

"粘对"也是有关律诗声韵平仄的问题。在前边讲解各种诗体时，已分别做了些介绍。在已经具备了五律、六律、七律等各种诗体基本知识后，这里做些综合性的归纳。

律诗既要讲究平仄相对，又要讲究平仄相粘。"相对"，指的是一联内上下句的关系，其平仄声要相互对应，平对仄，仄对平；"相粘"，指的是两联之间的关系，主要是看前两拍的四个字中的第二、四字，其平仄声要相同，而不能相对。这是律诗赖以组成的两条重要规则。它规定了律诗中各句间的稳定关系，使律诗具有工整、对称、和谐的美感。

粘对规则的基本内容，扼要地说，可以用两句话来概括：即，一联之内，出句与对句要平仄相对；两联之间，相邻的两句要平仄相粘。这在五绝、五律、七绝、七律、排律以至六律中，除"变体"外，都是如此。为了深入理解"粘"和"对"的必要性，我们再举例加以说明。杜甫七律《阁夜》：

首联：岁暮阴阳一催短景，

　　　　仄仄平平—平仄仄，（一句内，前后音节平仄交错）
　　　　天涯霜雪—霁寒宵。
　　　　平平仄仄—仄平平。（一联内，上下句间平仄相对）
颔联：五更鼓角—声悲壮，
　　　　平平仄仄—平平仄，（两联间，前四字平仄相同）
　　　　三峡星河—影动摇。
　　　　仄仄平平—仄仄平。（本联内，上下句间平仄相对）
颈联：野哭千家—闻战伐，
　　　　仄仄平平—平仄仄，（与上联对句，平仄相同）
　　　　夷歌几处—起渔樵。
　　　　平平仄仄—仄平平。（本联内，上下句间平仄相对）
尾联：卧龙跃马—终黄土，
　　　　平平仄仄—平平仄，（与上联对句，平仄相同）
　　　　人事音书—漫寂寥。
　　　　仄仄平平—仄仄平。（本联内，上下句间平仄相对）

　　这是"首句平起仄收式"七律，共8句，首句不押韵。律句共有四种句型，由于完全按照粘对规律组合，每种句型便各有两句。确保四种句型不偏不倚，都能得到平衡使用，这就是律诗所以要粘对的根本要义。

　　如果把首句换作押韵句，则首联的平仄对仗略有变化，不可能做到字字对仗。以韦应物七绝《登楼寄王卿》为例：
　　踏阁攀林—恨不同，
　　仄仄平平—**仄仄平**。（首句换为押韵句）
　　楚云沧海—思无穷。
　　平平仄仄—仄平平。（本联内，前四字平仄仍然相对）
　　数家砧杵—秋山下，
　　平平仄仄—平平仄，（与上联对句，平仄相粘）

一郡荆榛—楚雨中。

仄仄平平—仄仄平。（本联内，上下句间平仄完全相对）

我们看到，由于首句押韵，出现了两个变化：一是，第1联上下两句间，"头节"和"颈节"仍然平仄相对，而"腹节"和"尾节"便不可能字字平仄相对，出现了两处仄对仄、平对平的情况；二是，四种句型中，少了个"仄仄平平平仄仄"，多了个"仄仄平平仄仄平"。凡首句押韵者，都会发生这种变化。

或问：只要相对，不要相粘，会怎样？那便会形成相同句式的一再重复。如：

七绝：平平仄仄平平仄，

仄仄平平仄仄平。

平平仄仄平平仄，

仄仄平平仄仄平。

七律：仄仄平平平仄仄，平平仄仄仄平平。

仄仄平平平仄仄，平平仄仄仄平平。

仄仄平平平仄仄，平平仄仄仄平平。

仄仄平平平仄仄，平平仄仄仄平平。

如此重复下去，每首诗中就只能有两种句型了，不仅五绝、七律变得十分单调，排律更没法写了。

从以上格式分析中，我们看到，粘对规则确保了律诗具有以下几个特征：一句之内平仄交错，两句之间平仄相对，两联之间平仄相粘。只要充分理解和熟记了这三条规则，给出第一句的格式，便可依此口诀，把五七言绝句、律诗以至排律的全篇结构都排列出来。

需要注意的是："粘对"主要是看每句的前两个拍节。更确切些说，主要是看前四个字中的第2字和第4字。因为，第1字和第3字，按"一三五不论"，有可能不拘平仄。

相对和相粘，是律诗的正格。如果违背了两句之间相对规则，便叫作"失对"，又称"拗对"；如果违背了两联之间相粘规则，就叫作"失粘"，又称"拗粘"。如果所有诗句仍为律句，只是失对、失粘，则为变体。

二、"失粘"与"失对"

"对"和"粘"作为律诗的格律，确定于盛唐。此前，在律诗形成初期，诗律刚刚脱胎于古风，诗家对于"粘对"并不十分讲究，后来才逐渐加以重视。比较起来，更重视"对"，"粘"则居于次要地位。即使在格律完全成熟之后，某些诗家有时也有意地写些失粘的古风韵味的律诗。下边，对这类失对、失粘的变体格式做些介绍。

（一）失对例析

七言中失对几乎不见。因律体发展有个渐进过程，五律成体较七律为早，初期的五律与古风很相近，于粘对尚不特别重视，到七律成熟时，上下句平仄声的对仗已十分讲究了，故而七律皆不失对。在六绝中，失粘和失对的变体则较多，前边已有专门介绍，不赘。五律中失对诗例虽也不多，但时而可见。

(1) 五言"平起式"失对

落潮洗鱼浦，倾荷枕驿楼。——储光羲《京口送别王四谊》
雨频催发色，云轻不作阴。——刘禹锡《春有情篇》

——其原格为"平平平仄仄，平平仄仄平"，关键在于出句与对句第1拍节的第2字都是平声字。

(2) 五言"仄起式"失对

山路元无雨，空翠湿人衣。——王维《阙题》
且喜河南定，不问邺城围。——杜甫《忆弟》
从此洛阳社，吟咏属书生。

——刘禹锡《送河南皇甫少尹赴绛州》

涧树含朝雨，山鸟哢余春。 ——韦应物《简卢陟》
两地俱秋夕，相望共星河。
高梧一叶下，空斋归思多。
方用忧人瘼，况自抱微疴。 ——韦应物《新秋夜寄诸弟》

其原格为"仄仄平平仄，仄仄仄平平"，关键在于第1拍节的第2字都是仄声字。

五言律诗中的失对现象多数都在首联，以五绝多于五律。以上诗例，从通篇上看都是律诗，只是个别诗句违背了"一联之内两句平仄相对"的规则。

（二）失粘例析

唐人诗作中，失粘的诗例并不罕见，特别是在古风式五绝、五律、七绝、七律中常有。

（1）五绝失粘

李白五绝《自遣》

对酒不觉暝，落花盈我衣。醉起步溪月，鸟还人亦稀。
仄仄仄仄仄，仄平平仄平，仄仄仄平仄，仄平平仄平。

——李白此诗，多用"仄平仄""平仄平"古风式句尾。两联又不相粘，更增强了古风韵味。此上联第2句"花"字为平声，下联第1句"起"字为仄声，是为失粘。由于失粘，在四句中，"仄平平仄平"句型重复两次。反复读几遍，就会有种格律上的重复感。标准格式的律诗之所以要讲究粘对，就是为了避免这种相同句式的重复。李白之所以这样写，并非不懂格律，而是故意写成古风韵味。再如：

韦应物《晚登郡阁》

怅然高阁望，已掩东城关。春风偏送柳，夜景欲沉山。
仄平平仄仄 仄仄平平平。平平平仄仄，仄仄仄平平。

——"掩"与"风"前仄后平失粘，造成句型重复。

王维《椒园》

桂尊迎帝子，杜若赠佳人。椒浆奠瑶席，欲下云中君。
仄平平仄仄，仄仄仄平平。平平仄平仄，仄仄平平平。

——"若"与"浆"前仄后平失粘，造成句型重复。

崔颢《长干曲》

君家何处住？妾住在横塘。停舟暂借问，或恐是同乡。

李清照《夏日绝句》

生当作人杰，死亦为鬼雄。至今思项羽，不肯过江东。

以上五首绝句，韦应物诗中"已掩"与"春风"失粘；王维诗中"杜若"与"椒浆"失粘；崔颢诗中"妾住"与"停舟"失粘；李清照诗中"死亦"与"至今"失粘。由于失粘，每首诗四句中都只有两种句型，并且多用古风式句尾；但由于所用皆为律句，故称之为"古风式律绝"，它与完全用拗句写成的"古绝"还有所不同。

(2) 五律失粘

陈子昂《晚次乐乡县》

故乡杳无际，日暮且孤征。川原迷旧国，道路入边城。
仄平仄平仄　仄仄仄平平。平平平仄仄　仄仄仄平平。
野戍荒烟断，深山古木平。如何此时恨，嗷嗷夜猿鸣。
仄仄平平仄，平平仄仄平。平平平仄仄　仄仄仄平平。

——"暮"与"原"失粘，造成首联与颔联句型重复，"平平平仄仄，仄仄仄平平"的结构格式便重复了三次。凡失粘，必然造成句型重复。

陈子昂五律《送别崔著东征》

金天方肃杀，白露始专征。王师非乐战，之子慎佳兵。
海气侵南部，边风扫北平。莫卖卢龙塞，归邀麟阁名。

——"白露"与"王师"前仄后平失粘；"边风"与"莫

卖"前平后仄失粘。

陈子昂为初唐诗人,唐初律体形成未久,一些诗人的五律中常有这种情况。

苏轼五律《游鹤林招隐》

郊原雨初霁,春物有余妍。古寺满修竹,深林闻杜鹃。
平平仄平仄,平仄仄平平。仄仄仄平仄,平平平仄平。
睡余柳花堕,目眩山樱然。西窗有病客,危坐看香烟。
仄平仄平仄,仄仄平平平。平平仄仄仄,平仄仄平平。

——"**目眩**"与"**西窗**"前仄后平失粘。另外,第1、3、5句尾"雨初霁""满修竹""柳花堕"皆为"仄平仄";第4句尾"闻杜鹃"为"平仄平";第6句尾"山樱然"为"三连平";第7句尾"有病客"为"三连仄";共有6个"古风式"句尾。五律于盛唐时完全定格,粘对规矩日严,标准律诗中已无失对、失粘现象。但此时又兴起慕古之风,从杜甫开始,有意创作一种"古风式律诗",其特点是:所用皆律句,但多用古风式句尾变格;上下联间不讲相粘;中间的两联对偶严格。这种新体到宋代尤为盛行,写得最多的是苏轼和黄庭坚,称为"苏黄体"。苏轼此诗可为代表。

(3)七绝失粘

比较起来,五律失粘较少,而七绝和七律失粘却较多。王维、杜甫等失粘的诗例都不少。

王维《送元二使西安》

渭城朝雨浥轻尘,客舍青青柳色新。
仄平平仄仄平平,仄**仄**平平仄仄平。
劝君更进一杯酒,西出阳关无故人。
仄**平**仄仄仄平仄,平仄平平平仄平。

——"舍"与"君"前仄后平失粘。

韦应物《滁州西涧》

独怜幽草涧边生,上有黄鹂深树鸣。
仄平平仄仄平平,仄**仄**平平**平**仄平。
春潮带雨晚来急,野渡无人舟自横。
平平仄仄仄平仄,仄仄平平平仄平。

——"有"与"潮"前仄后平失粘。

杜甫《谢严中丞送乳酒》

山瓶乳酒下青云,气味浓香幸见分。
平平仄仄仄平平,仄**仄**平平仄仄平。
鸣鞭走送怜渔父,洗盏开尝对马军。
平**平**仄仄平平仄,仄仄平平仄仄平。

——"味"与"鞭"前仄后平失粘。

李白《与谢良辅游泾川陵岩寺》

乘君素舸泛泾西,宛似云门对若溪。
仄平仄仄仄平平,仄**仄**平平仄仄平。
且从康乐寻山水,何必东游入会稽。
仄**平**仄平平平仄,平仄平平仄仄平。

——"似"与"从"前仄后平失粘。

(4) 七律失粘

王维《出塞作》

居延城外猎天骄,白草连山野火烧。
平平平仄仄平平,仄**仄**平平仄仄平。
暮云空碛时驱马,秋日平原好射雕。
仄**平**平仄平平仄,平**仄**平平仄仄平。
护羌校尉朝乘障,破虏将军夜渡辽。
仄平仄仄平平仄,仄仄平平仄仄平。

玉靶角弓珠勒马，汉家将赐霍嫖姚。
仄仄仄平平仄仄，仄平平仄仄平平。

——王维此诗，首联与颔联的"草"与"云"前仄后平失粘；颔联与颈联"日"与"羌"前仄后平失粘。便造成"白草""秋日""破房"等三句同为"仄仄平平仄仄平"句型，在声韵上显得重复少变。但由于全诗皆由律句构成，中间两联又对偶，便称之为"古风式七律"。

杜甫《严公仲夏枉驾草堂兼携酒馔》

竹里行厨洗玉盘，花边立马簇金鞍。
非关使者征求急，自识将军礼数宽。
百年地僻柴门迥，五月江深草阁寒。
看弄渔舟移白日，老农何有罄交欢。

——杜甫此诗，颔联与颈联"识"与"年"前仄后平失粘。杜甫还有《奉寄章十侍御》、《拨闷》等七律，都是颔联与颈联失粘。其他唐诗中，如王维《和贾舍人早朝大明宫之作》颈联与尾联失粘，《送方尊师归嵩山》颔联与颈联、颈联与尾联都失粘；杜审言《春日家中有怀》首联与颔联、颈联与尾联失粘。杜甫向以严于诗律著称，可见，当时对于律诗失粘尚不认为是严重违律的大病。宋代七律中失粘者也不乏其例。如：

谢逸《寄隐居士》

先生骨相不封侯，卜居但得林塘幽。
家藏玉唾几千卷，手校韦编三十秋。
相知四海孰青眼？高卧一庵今白头。
襄阳耆旧节独苦，只有庞公不入州。

此诗第3联与第2联间"手校"与"相知"失粘，第4联与第3联间"高卧"与"襄阳"也失粘。

第三节　律诗的节奏

诗是节奏感很强的韵文。诗的节奏有两个方面，一是平仄格式上的"音律节奏"，二是诗文句法上的"意义节奏"。两者之间存在密切关联。在大多情况下是一致的，但有时也不完全一致。

每种律诗都只有四种基本句型，按声韵平仄上的"音律节奏"，五言律和六言律都是三拍节奏，七言律是四拍节奏。现分别做些介绍。

一、五律的节奏

五言三拍的"音律节奏"，通常是按音节划分的，为"二/二/一"格式，即：

仄仄/平平/仄，平平/仄仄/平。

平平/平仄/仄，仄仄/仄平/平。

若按平仄声不同来划分，则为：

仄仄/平平/仄，平平/仄仄/平。

平平/平仄/仄，仄仄/仄平/平。

五言诗，由于每句的语法结构不完全相同，便会形成不同的"意义节奏"。在同一首诗中，如按句子基本成分的主谓关系划分，则不可能同"音律节奏"完全一样。例如：

王之涣《登鹳雀楼》

白日/依山/尽，黄河/入海/流。

欲穷/千里/目，更上/一层/楼。

——前后联皆"二/二/一"。

王维《相思》

红豆/生/南国，春来/发/几枝。

愿君/多/采撷，此物/最/相思。

——前后联皆"二/一/二"。

杨炯《夜送赵纵》

赵氏/连城/璧，由来/天下/传。

送君/还/旧府，明月/满/前川。

——前联"二/二/一"，后联"二/一/二"。

王勃《山中》

长江/悲/已滞，万里/念/将归。

况属/高风/晚，山山/黄叶/飞。

——前联"二/一/二"，后联"二/二/一"。

李白《塞下曲》

五月/天山/雪，无花/只有/寒。

笛中/闻/折柳，春色/未曾/看。

晓战/随/金鼓，宵眠/抱/玉鞍。

愿将/腰下/剑，直为/斩/楼兰。

——李白此诗，首联"二/二/一"，颈联"二/一/二"，颔联和尾联则前后不一。

意义节奏与音律节奏之间还有差别更大者。如章太炎《狱中赠邹容》句，按音律节奏划分就讲不通：

快剪/刀除/辫，干牛/肉作/糇。

——前句把"快剪"与"刀"，分开，还勉强可以讲通；而后句，原意是指把晾干的"牛肉"作为糇粮，而不是把"干牛"的"肉"作糇粮。因而，按意义节奏，只能划为"一/二/二"，即：

快/剪刀/除辫，干/牛肉/作糇。

王力先生认为，按意义节奏可划分为9种，其分法是：

（甲）"二/一/二"，如"蝉声/集/古寺，鸟影/度/寒塘。"

（乙）"二／二／一"，如"明月／松间／照，清泉／石上／流。"
（丙）"一／二／二"，如"色／因林／向背，行／逐地／高卑。"
（丁）"一／三／一"，如"幸／因腐草／出，敢／近太阳／飞。"
（戊）"一／一／三"，如"绿／垂／风折笋，红／绽／雨肥梅。"
（己）"二／三"，如"已恨／亲皆远，谁怜／友复稀。"
（庚）"三／二"，如"海鸥知／吏傲，砂鹤见／人衰。"
（辛）"四／一"，如"辩士安边／策，元戎决胜／威。"
（壬）"一／四"，如"味／岂同金菊，香／宜配绿葵。"

王先生是按主谓宾等基本成分关系划分的。这里有两个问题：一是语法现象很复杂，诗句又可作不同理解；二是后四种划分，与"五言三拍"不合。后四种，按语法关系似乎也可划分为：

"二／一／二"，如"已恨／亲／皆远，谁怜／友／复稀。"
"二／一／二"，如"海鸥／知／吏傲，砂鹤／见／人衰。"
"二／二／一"，如"辩士／安边／策，元戎／决胜／威。"
"一／二／二"，如"味／岂同／金菊，香／宜配／绿葵。"

若如此划分，"意义节奏"就可简化合并为五种。

二、七律的节奏

七言律诗的四种句型，与五言不同之处，是增多了一个拍节，为"七言四拍"。前四字的两个拍节是稳定的，变化则都在后三字的两个拍节上。

通常是按双音节来划分，为"二／二／二／一"格式：
平平／仄仄／平平／仄，仄仄／平平／仄仄／平。
仄仄／平平／平仄／仄，平平／仄仄／仄平／平。

若按平仄声不同划分，则为：
平平／仄仄／平平／仄，仄仄／平平／仄仄／平。

仄仄/平平/平/仄仄，平平/仄仄/仄/平平。

从中看出，不论如何划分，第1、2拍节总是稳定的。

七言诗每句的语法结构不可能完全相同，便也会形成不同的意义节奏。

七言诗按句法词意划分，可有四种类型：

(1) 前后联相同，皆"二/二/二/一"者：

　　天门/中断/楚江/开，碧水/东流/至此/回。
　　两岸/青山/相对/出，孤帆/一片/日边/来。

——李白《望天门山》

(2) 前后联相同，皆"二/二/一/二"者：

　　剑外/忽传/收/蓟北，初闻/涕泪/满/衣裳。
　　却看/妻子/愁/何在，漫卷/诗书/喜/欲狂。

——杜甫《闻官军收河南河北》

(3) 前后联不同，而每联内相同者：

　　两个/黄鹂/鸣/翠柳，一行/白鹭/上/青天。
　　窗含/西岭/千秋/雪，门泊/东吴/万里/船。

——杜甫《绝句》

　　肠断/春江/欲/尽头，杖藜/徐步/立/芳洲。
　　颠狂/柳絮/随风/舞，轻薄/桃花/逐水/流。

——杜甫《漫兴》

(4) 同一联内，两句不同者：

　　折戟/沉沙/铁/未销，自将/磨洗/认/前朝，
　　东风/不与/周郎/便，铜雀/春深/锁/二乔。

——杜牧《赤壁》

我们看到，不论哪种划分，前四字（头节、颈节）总是两个字为一拍节，稳定不变；末三字（腹节和脚节）则有分有合。这与句尾变化密切相关。还可看出：凡对偶句，前后节奏必然相

同；前后句节奏不同者，往往是在首联，因首联替换为押韵句，上下句的平仄声不完全对仗。

按意义节奏划分，也有例外者，如：

三万里/河/东入/海，五千仞/岳/上摩/天。

遗民/泪尽/胡尘/里，南望/王师/又一年。

——陆游《秋夜将晓出篱门迎凉有感》

陆游此诗，从意义上看，前后联的结构不同：上联，"三万里"为一个词组，作为"河"的修饰语，"五千仞"为一个词组，作为"岳"的修饰语。下联，前四字一样，后三字则不同，因为"胡尘/里"与"又/一年"的语法结构不同。

三、六律的节奏

六言律诗的四种句型，较七言诗少一字，便少了一个拍节，全为双音节，共六言三拍，十分整齐。

由于其句尾总是两个字，其音节划分不像五、七言会有不同变化，便只有一种形态，即"二/二/二"格式：

仄仄/平平/仄仄，平平/仄仄/平平，

平平/仄仄/平仄，仄仄/平平/仄平。

并且，六言诗的"意义节奏"，与"音律节奏"又总是一致的。例如：

鱼玄机《寓言》

红桃/处处/春色，碧柳/家家/月明。

楼上/新妆/待夜，闺中/独坐/含情。

芙蓉/叶下/鱼戏，蝴蝶/天边/雀声。

人世/悲欢/一梦，如何/作得/双成。

卢纶《送万臣》

把酒/留君/听琴，谁堪/岁暮/离心？

霜叶/无风/自落，秋云/不语/空阴。
人愁/荒村/路细，马怯/寒溪/水深。
望尽/青山/独立，更知/何处/相寻？

六言诗的意义节奏所以与音律节奏总是相合的，这有两个因素：一是，六言句都是双音节，并且稳定不变，总是"二/二/二"结构；二是，六言诗皆习用对偶，语法结构关系也容易一致。

第四节　律诗的文字对偶

一、对偶的概念

对偶是律诗格律的重要标志之一。前边在各种体式分别解析中已讲过一些，本节再系统地做些归纳。

也有种意见，认为对偶并不是律诗的必然规律，其根据大致是：绝句也是律诗，有的就没有对偶；五律和七律中的对偶并非都在同一位置，也有改在首联或尾联的，等等。其实，诗体格式上的规律不能像物理化学上的规律那么截然划一。文体规律只是反映一些带有普遍性的东西，总会有些例外。就如律诗只有四种基本句型，但却有那么多变格、拗救；原型句尾只有4种，通过变格却形成8种。不能因此就怀疑律诗平仄律的存在。从五律到六律、七律到排律，都讲究对偶。特别是排律，中间的各联必须对偶，这是铁律。因而，对偶是律诗的重要标志之一，当属无疑。

"对偶"又称"对仗"。但平仄声相对也叫"对仗"，为了不至于造成概念上的混淆，本书在叙述中约定一下，把声韵平仄上的相对叫"对仗"，把词语句法上的相对叫"对偶"。

对偶句，讲究的是：上下句间词性相同或相近，语法结构上

相同,形成对应关系,读起来,给人一种工整和谐的美感。如王之涣五绝《登鹳雀楼》:

词性句法对偶	平仄格式对仗
白日/依山/尽,	仄仄/平平/仄,
黄河/入海/流。	平平/仄仄/平。
欲穷/千里/目,	**平**平/平仄/仄,
更上/一层/楼。	仄仄/**仄**平/平。

这首绝句,两联全用对偶:

从平仄声关系上看,上下句的平仄声是相对的,这就叫对仗。只有两个字失对,"欲"字应平而仄,"一"字应平而仄,是变格。

从词性和语法结构上看,上下句的语法结构完全一致,词性也完全对应,这就叫对偶。

"**白日依山尽,黄河入海流。**"都是单句,主谓关系一致。上下句相对应的词性一致:"日"与"河"都是名词作主语;"白"和"黄"都是表示颜色的形容词,附在主语上;"尽"和"流"都是动词作谓语,表明主体的动作;"依山"和"入海"都是"介宾结构",附加在"尽"和"流"上,说明动作趋向。

"**欲穷千里目,更上一层楼。**"是两个无主语句(主语为诗人自身,省略);"穷"和"上"是主体的动作;"目"和"楼"是动作的目标;"千里"和"一层",都是附加在"目"和"楼"上的数量词语。

从以上分析可以明白,对偶指的就是:在出句和对句中,按着相同的语法结构,把同类的词语或相互对立的词语放在相互对应的位置上,使之形成排偶关系。

能够做到平仄声对仗及字句对偶,这是汉语的一大特色。汉字为方块字,以单音词为主体,往往一个字就是一个词,且为一个发音的独立体。这一个个单音字,既可独立成词,又可与其他字组成复音词和多音词,而且分合自如。这是汉语诗歌能够做到平仄对仗及字句对偶的根本条件,也是西方拉丁语系所无法比拟的。它们能做到词语与词语之间重音的对应,词尾的谐韵,却无法做到每个字词的整齐对仗和对偶。

二、对偶的宽与严

对偶按宽严程度可分四类:一是工对,二是邻对,三是宽对,四是半对。

古代诗人们对于名词特别重视,分类最细,有天文气象、季节时令、地理、疆域、房舍建筑、器物用具、穿戴衣饰、饮食、文化用品、文章体裁、草木花果、鸟兽虫鱼、身体形态、人伦关系、人事行为等等。对偶范围越小,就越工整。对于表示方位、数量、颜色类的词语,要求尤为严格,皆各成一类。动词、副词、代名词等,则没有详细分类。通常来说,凡是句型一致、词性一致、同类相对者,就叫"工对"。否则,便为宽对。

但对偶的宽与严不是绝对的。杜甫是极工于诗律的,他有首七绝向以"工对"著称,我们就此加以具体解析。

杜甫《绝句》

两个——黄鹂——鸣——翠——柳,
(数量)-(名)-(动)-(颜色)-(名)
一行——白鹭——上——青——天。
(数量)-(名)-(动)-(颜色)-(名)
窗——含——西——岭——千秋——雪,
(名)-(动)-(方位)-(名)-(数量)-(名)
门——泊——东——吴——万里——船。
(名)-(动)-(方位)-(名)-(数量)-(名)

杜甫此诗每联两句间的语法结构及词性都完全一致：

前联两句都是"主谓结构"的完整句；皆按数量词、名词、动词、颜色词、名词的顺序排列："两个"对"一行"是数量词；"黄鹂"对"白鹭"是名词作主语；"鸣"对"上"是动词作谓语；"翠"对"青"是有关颜色的形容词，附加在名词上；"柳"对"天"是名词作宾语。

后联两句都是"无主语句"；皆按名词、动词、方位词、名词、数量词、名词的顺序排列："窗"对"门"是名词，附加在谓语前指明地点的；"含"对"泊"是动词，作谓语；"西"对"东"是方位词，分别附加在"岭"和"吴"前表明方位；"千秋"对"万里"是数量词，附加在名词前；"雪"对"船"是名词，作宾语。

但若按名词中"工对"的"小类名"去严格要求，也不是每个字都绝对地"工对"：其中"柳"对"天"，前者是植物类，后者为天文类；"雪"对"船"，前者为天象类，后者为器物类，当属"邻对"。但杜甫此诗，仍然堪称对偶工整的典范名篇。

鉴于有关对偶宽严程度有些习惯术语，现分类介绍于下。

(一) 严对

"工对"的概念是：不仅两句的语法结构一样，相对应音节的词性要一样，而且在名词相对偶时，"大类名"（词性）与"小类名"（词类）如天文对天文、地理对地理、人伦对人伦等，也要一样。例如：

  向月穿针易，临风整线难。 ——祖咏《七夕》
  东风千岭树，西日一洲萍。 ——储光羲《咏山泉》
  绕郭荷花三十里，拂城松树一千林。
        ——白居易《杭州名胜》
  雪盖青山龙卧处，日临丹洞鹤归时。

——刘禹锡《麻姑山》

——上边这些诗句,"向月"对"临风","穿针"对"整线";"东风"对"西日","千岭树"对"一洲萍";"花"对"树","郭"对"城","三十里",对"一千株";"龙卧处",对"鹤归时"。不仅上下句的语法结构完全相同,而且每个单词的词性,从大类到小类也都完全相互对应。名词对名词,动词对动词,介词对介词,数量词对数量词,真可谓句句字字对得工整,令人称绝。这种极度"工对",在一首诗的上下句间并不罕见,但要让一首七绝,甚或是一篇七律中,通篇各句都做到,就太难,也没必要。

(二) 邻对

"邻对"的要求稍宽些:名词中的"小类名"不必一样,如天文对时令、地理对宫室、人名对地名、草木对鸟兽、衣饰对饮食等,皆可。在创作实践中,对一些"小类名"词语能相同则相同,不能相同,则运用比较相近些的邻类词语。例如:

晓来江气连城白,雨后山光满郭青。

——张籍《寄和州刘使君》

——从"小类名"上看,"晓"表明时间,"雨"为天象,稍有不同。

漠漠水田飞白鹭,阴阴夏木啭黄鹂。

——王维《积雨辋川庄作》

——"水田"与"夏木"虽然都是名词,"水"属地理,"夏"属节令,"田"属地理,"木"为植物。

江间波浪兼天涌,塞上风云接地阴。

——杜甫《秋兴》

——"波浪"与"风云"都是名词,但前者属地理,后者为天象。

老树稀疏影，惊禽断续声。　　——刘敞《月夜》

——"树"和"禽"都是名词，但前属植物，后为动物。

梅须逊雪三分白，雪却输梅一段香。

——卢梅坡《雪梅》

——"雪"属天象，"梅"为花草，但同属名词。

敏捷诗千首，飘零酒一杯。　　——杜甫《不见》

——"诗"属文学，"酒"为饮料，亦同属名词。

我们可以看到，诗人们并不刻意追求小类名完全相同，只要大类名相同或相近，就会给人以工整感，即应属于工对。

（三）宽对

"宽对"则又宽松些：只要词性相同或相近便可。汉语词性中，分名词、代名词、动词、形容词、副词、方位词、数词、量词、介词、连接词、语气词、感叹词等。在宽对中，只要是名词，不论"小类名"相同与否。其他相近词类，如名词与代名词相对，动词也可与表示状态变化的形容词相对。例如：

饮马鱼惊水，穿花露滴衣。　　——元稹《早归》

卜药远求新熟酒，看山多上最高楼。

——张籍《书怀寄王秘书》

——上例中，"马"与"花"动植物不同；"鱼"与"露"动物和天象更远；"水"与"衣"地理和衣物也非同类；"药"与"山"、"熟酒"与"高楼"皆有别。但都属名词。

草木尽能酬雨露，荣枯安敢问乾坤。

——王维《重酬苑郎口》

——"草木"对"荣枯"，乃植物与人事，属宽对；但细加分析，"草"与"木"相并，"雨"与"露"相并，"荣"与"枯"相并，"乾"与"坤"相并，既是相对又是自对，此句中便兼容了邻对、自对之妙。其实"宽对"是与"严对"而言，与"邻对"相差无几。

(四) 半对

"半对"更宽松些,两句间只有部分词语相对,其余的不相对。

这类对偶多用于律诗的首联。律诗首联本以不用对偶为常格。首句押韵的,受韵脚限制,选词范围小,对偶难度大些。某些诗家根据内容需要,也顺手写下些半对半不对的诗句。下列例句都是律诗首联,标黑体者即为不对偶处:

子月过秦正,寒云覆洛城。
——李颀《送相李造入京》

西寺碧云端,东溪白雪团。
——欧阳詹《太原和严长宫》

中宵天色净,片月出沧州。
——欧阳詹《旅次舟中对月寄姜公》

文章千古事,得失寸心知。
——杜甫《偶题》

昔人已乘黄鹤去,此地空余黄鹤楼。
——崔颢《黄鹤楼》

鸾飞远树栖何处?凤得新巢想称心。
——刘禹锡《怀枝》

君游丹陛已三迁,我泛沧浪欲二年。
——白居易《夜宿江浦闻元八改官》

五律颔联有时也用"半对"句式。因为五律是最先从古风转化为律诗的,古风原本不讲究对偶,故而早期的五律,其颔联有时也可以不用对偶。这种情况也延及七律,某些诗家便在颔联中用些半对半不对的诗句。

下列诗句皆为律诗颔联,标黑体字者皆为失对处:

不待金门诏，空持宝剑游。　——李白《寄淮南友人》
几年同在此，今日各驱驰。
　　　　　　　　　　——张籍《送友生游峡中》
逐北自谙深碛路，长嘶谁念静边功。
　　　　　　　　　　——储嗣宗《聪马曲》
尘埃一别杨朱路，风月三年宋玉墙。
　　　　　　　　　　——唐彦谦《离鸾》
遥知杨柳是门处，似隔芙蓉无路通。
　　　　　　　　　　——刘威《游东阁》

三、对偶中名词分类与应用

律诗对偶中，对名词特别重视，所用频率高。在为科举考试而编写的一些韵书里，附载着若干门类，有点类似于我们今天的中高考参考资料之类。在大量诗词创作实践中，也能看出一些传统习惯上的划分结果。这里拣其要者，举例做些介绍。对每个门类中的字词，我分作或四字或六字一组，尽力组成韵句，这只是为了便于联想记忆和理解。

(1) 天文气象类：

天空日月，雷电霓虹；阴晴雨雪，雾露霜风；烟霞云气，晖岚火烽……

诗如：

海云迷驿道，江月隐乡楼。　——李白《寄淮南友人》
北风随爽气，南斗避文星。　——杜甫《衡州送李大夫》

(2) 地理场所类：

土地山岭，峡谷岩礁；江河湖海，浪潮波涛；京国郡县，州邑城郊；园圃池苑，坟墓塘坳；路径衢道，关塞堤桥……

诗如：
野凉侵闭户，江满带维舟。　　——杜甫《夜雨》
怪松欹岸出，古庙背河开。　——杨万里《过张五庙》

(3) 季节时刻类：
世纪年岁，月日时刻；春夏秋冬，寒暑季节；伏腊晦朔，朝晚昼夜……

诗如：
送**春**唯有酒，销**日**不过棋。　——白居易《官舍闲题》
隔**岁**乡书绝，新**寒**酒病生。　——张咏《县斋秋日》

(4) 宫室建筑类：
房宅庐舍，宫殿楼阁；衙署馆驿，亭台廊榭；寺观庙塔，梁檐楹阙；街巷篱井，墙垣庭阶；仓库壕垒，门窗瓦堞……

诗如：
霜引**台**乌集，风惊**塔**雁飞。
　　　　　　　　——张谓《道林寺送莫侍御》
石**坛**遗鹳羽，粉**壁**剥龙形。　——赵师秀《桐柏观》

(5) 器物用具类：
舟船车辇，桅棹帆篷；刀枪剑戟，钟鼓旗旌；床榻枕席，桌椅烛灯；帘帏箱箧，尺钥鞭绳；杯盘壶碗，炉灶釜甑……

诗如：
晚色催征**棹**，斜阳恋去**桡**。——杨万里《过张王庙》
前骓驱**弩**过，别境荷**戈**还。　——韩琦《过故关》
彩树转灯珠错落，绣檀回**枕**玉雕锼。
　　　　　　　　　　——李商隐《富平少侯》

(6) 衣饰穿戴类：
衣裳表襦，袍袂裙襟；冠帽旒冕，靴履杖巾；绂绶缨佩，钗带环簪……

诗如：

　　草润衫襟重，沙乾屐齿轻。　　——白居易《野行》

　　便留朱绂还铃阁，却著青袍侍玉除。

　　　　　　　　——白居易《初除尚书郎脱刺史绯》

(7) 饮食医药类：

　　糕饼粥饭，菜肴羹汤；茶茗蜜脯，醅醯醢酿；盐酱丹药，醪饧酒浆……

诗如：

　　身健却缘餐饭少，诗清都为饮茶多。

　　　　　　　　　　——徐玑《赠徐照》

　　酒似粥浓知社到，饼如盘大喜秋成。

　　　　　　　　　　——陆游《秋晚闲步》

(8) 文化用品类：

　　笔墨纸砚，卷策筹签；轴册幛幅，翰简印钤；棋剑书画，箫笛琴弦……

诗如：

　　静对挥宸翰，闲临襞彩笺。

　　　　　　　　——刘禹锡《奉和中书崔舍人》

　　童心便有爱书癖，手指今余把笔痕。

　　　　　　　　——刘禹锡《送周鲁儒赴举》

(9) 文章体裁类：

　　诗词歌赋，题咏辞谣；经论典策，碑碣符约；文章书画，信札缄诰；典籍疏檄，敕旨令诏……

诗如：

　　匡衡抗疏功名薄，刘向传经心事违。　　——杜甫《秋兴》

　　制诰留台阁，歌词入管弦。

——刘禹锡《酬乐天醉后狂吟》

灯火诗书如梦寐,麒麟图画属浮云。

——黄庭坚《次韵外舅谢师厚》

(10) **草木花果类**:

花草树木,椿榆杨柳;菊竹梅兰,松柏橘柚;桃李柑橙,梨蕉杏榴;芦荻荇蓼,葭苇菰蒲;藤萝藓苔,禾麦豆菽;芡菱莲藕,萱蕙芝菇;根茎叶絮,蒂蕊萼芫……

诗如:

余滴下纤蕊,残珠堕细枝。 ——元稹《赋得雨后花》

新水乱侵青草路,残烟犹傍绿杨村。

——雍陶《塞路晚晴》

(11) **鸟兽虫鱼类**:

猪羊猫犬,狗兔马牛;鸡鸭鹅鹤,鸽雁莺鸥;鲲鹏鸾凤,鸳鹭鹳鸠;狐狼虎豹,鹿獐鼠鼬;鱼鳖虾蟹,龟蛇龙蛟;蚊蝇蛆蛹,蝶蛾蝉蛛……

诗如:

上山随老鹤,接酒待残莺。 ——元稹《独游》

自握蛇珠辞白屋,欲凭鸡卜谒金门。

——刘禹锡《送周鲁儒赴举诗》

(12) **形体器官类**:

体肤毛发,肌肉骨骼;腰肩胸背,手足面额;眉目口鼻,面容颜色;声音形影,心迹魂魄;羽翼爪牙,翎翅蹄角……

诗如:

江月随人影,山花趁马蹄。

——张谓《送裴侍御归上都》

不逢萧史休回首,莫见洪崖又拍肩。

———李商隐《碧城》

初分隆准山河秀，再点重瞳日月明。
———李远《赠写御容李长史》

(13) 人伦关系类：

父母兄弟，夫妻子女；叔伯姨姑，妇翁儿婿；农渔樵叟，朋友伴侣；君臣王侯，将相妓伎；仙佛贤圣，军兵僧尼……

诗如：

锦帐郎官醉，罗衣舞女娇。　　———李白《寄王汉阳》
庄叟静眠清梦永，客儿芳意小诗多。
———殷文圭《题陆龟蒙山斋》

(14) 人事行为类：

功名志虑，道德品行；宠荣势力，恩怨爱憎；言论才气，心情性灵；宴游谈笑，感怀性情；妒羞喜怒，歌舞吟鸣。梦幻生死，愁闲醉醒……

诗如：

羞多转面语，妒极定睛看。　　———吴融《春词》
梦绕天山外，愁翻锦字中。　　———窦巩《少妇词》

四、对偶中敏感词类的运用

有些词类很敏感，诗家在对偶句中巧妙运用，善加对应，则会产生分外工整的感觉。

(1) 代名词类

吾我余予，孰或自己；尔汝者人，谁他君子……

诗如：

他皆任厚地，尔独近高天。　　———杜甫《白盐山》
枸杞因我有，鸡栖奈汝何！　　———杜甫《恶树》

别馆君孤枕,空庭我闭关。

——李商隐《戏赠张书记》

谁家促席临低树,何处横钗戴小枝?

——秦韬玉《对花》

(2) **方位词类**

前后左右,内外上下,里边旁畔,东西南北中……

诗如:

晴山烟**外**翠,香蕊日**边**新。

——高弁《省试春台晴望》

山合**东西**瞻使节,地分**南北**任流萍。

——杜甫《严中丞枉驾见过》

小书楼**下**千竿竹,深火炉**前**一盏灯。

——杜甫《竹楼宿》

西岛落花随水至,**前**山飞鸟出云来。

——欧阳詹《薛舍人使君观察……》

(3) **数目类**

一二三四五,六七八九十;百千万亿兆,孤独双两几;半再众群诸……

诗如:

近看**三**寸字,远见**百**年心。 ——张谓《寄李侍御》

舞爱**双**飞蝶,歌闻**数**里莺。 ——张籍《寒食书事》

穷泉**百**死别,绝域**再**生归。

——吕温《蕃中拘留岁余》

万卷图书**千**户贵,**十**洲烟景**四**时和。

——殷文圭《题吴中陆龟蒙山斋》

(4) **颜色类**

金黄银白玉皓,苍青黔玄缁黑,粉紫蓝绿碧翠,赭赤朱红丹绯……

诗如：

  玉窗抛翠管，轻袖掩银鸾。　——李远观《廉女真葬》

  寒潭映白月，秋雨上青苔。

        ——刘长卿《游休禅师双峰寺》

  映阶碧草自春色，隔叶黄鹂空好音。

           ——杜甫《蜀相》

(5) 天干地支类

甲乙丙丁，戊己庚辛，壬癸；子丑寅卯，辰巳午未，申酉戌亥……

诗如：

  不须愁犯卯，且乞醉过申。

        ——马异《暮春醉中寄李干秀才》

  寅年篱下多逢虎，亥日沙头始卖鱼。

        ——白居易《得微之到官后诗》

(6) 副词类

忽乍才渐，将欲已曾；尚拟即转，还又再更；每屡犹甚，堪须频争；但岂徒休，俱皆枉空；却只合宜，殊可复应；虽且尝翻，浑亦稍能；莫不顿漫，唯颇未竟……

诗如：

  艳极翻含怨，怜多转自娇。　——元稹《赠双文》

  老去争由我？愁来欲泥谁？　——白居易《新秋》

  金丹拟驻千年貌，玉指休匀八字眉。

         ——张萧远《送宫人入道》

  阴成杏叶才通日，雨著杨花已污尘。

           ——薛能《晚春》

(7) 连介词类

共同和并与，而且还则于，因为所以之……

诗如：

羌妇语还哭，胡儿行且歌。　　——杜甫《日暮》
鸟与孤帆远，烟和独树低。　　——丘为《登润州城》
相车问罢同牛喘，大厦成时与燕来。

——宋祁《献枢密太尉相公》

(8) 助词类

之乎也焉，欤矣耶然，止哉尔旃……

诗如：

处世心悠尔，干时思索然。　　——李群玉《春寒》
光华扬盛矣，霄汉在兹乎！

——高适《真定即事奉赠韦使君》

已矣归黄壤，伤哉梦白鸡！

——杨万里《虞丞相挽词》

(9) 人名字号类

例如：

见逐张征虏，今思霍冠军。

——王维《送张判官赴河西》

推贤有愧韩安国，论旧犹存盛孝章。

——刘禹锡《赠同年陈长史员外》

世乱共嗟王粲老，时危俱受信陵恩。

——罗隐《江南寄所知周仆射》

(10) 地名类

诗如：

楚水青莲净，吴门白日闲。　　——张谓《送青龙一公》
马穿暮雨荆山远，人宿寒灯郢梦长。

——李群玉《送萧十二校书赴郢州》

(11) 同义词类

自己、邻里、友朋、宾客、忧愁、怨尤、凄凉、寂寞、耿直、笨拙、恩惠、邪恶、房屋、牲畜、菜蔬、瓜果、绫罗、裙襦、梳妆、打扮、徭役、鼙鼓、赋税、灾祸……

诗如：

楚地劳行役，秦城罢鼓鼙。

——张谓《送裴侍御归上都》

谁爱风流高格调，共怜时世俭梳妆。

——秦韬玉《贫女》

外地见花终寂寞，异乡闻乐更凄凉。

——韦庄《思归》

(12) 反义词类

男女老少童叟、是非曲直短长；来去反复今古、得失盛衰存亡；高下纵横强弱、胜败沉浮沧桑……

诗如：

兴亡留日月，今古共红尘。

——司马礼《登河中鹳雀楼》

纵横一川水，高下数家村。 ——王安石《即事》

日月东西见，湖山表里开。 ——朱熹《登定王台》

(13) 联绵词类

联绵词是指那些声母或韵母相同的复合词，它们往往只有复合在一起才有明确含义。在律诗对偶中，联绵词很特殊，不能与其他任何词类相对，也就是说，必须联绵词与联绵词相对，并且又必须词性相同才可对偶。

名词：婵娟、鸳鸯、鹦鹉、蟋蟀、葡萄、薜荔、琉璃……

动词：踊跃、指示、盘桓、徘徊、踌躇……

形容词：蹉跎、婆娑、磅礴、荒唐、坎坷、参差、逍遥、逶迤、绸缪、铿锵……

副词：须臾、斯须、依稀、惨淡……

诗如：

薜荔惹烟笼蟋蟀，芰荷翻雨泼鸳鸯。

——沈彬《秋日》

天际欲销重**惨淡**，镜中闲照正**依稀**。　——韩琮《霞》

（14）重叠词类

飘飘茫茫渺渺，寂寂厌厌漠漠；漫漫滚滚滔滔，猎猎萧萧瑟瑟；卿卿絮絮娓娓，人人矜矜默默；姗姗蹯蹯袅袅，坎坎坷坷勃勃；上上下下碌碌，星星点点灼灼；天天大大小小，日日欢欢乐乐……

诗如：

处处落花春**寂寂**，时时中酒病**恹恹**。

——刘兼《春日醉眠》

无边落木**萧萧**下，不尽长江**滚滚**来。

——杜甫《登高》

女妓还闻名**小小**，使君谁许唤**卿卿**。

——刘禹锡《白舍人自杭州寄新诗》

（15）最为敏感的词类

对偶工整与否，除名词、动词等对应关系外，最为敏感的是数目词类、天干类、地支类、颜色词类、方位词类，及一些表现程度、频率的词语。

数目往往与量词或具有计量意义的名词结合使用，如一层、两个、三拜、四载、千秋、万里等等。对偶句中，只要数量词语对得工整，其他词语即使不太工整，也能形成较强的对偶感觉。反之，其他词语对偶再工，数量词对偶不工，便会明显削弱对应感。

表示颜色的词汇本属形容词类，但由于它在古诗对偶中分外敏感，要求和数量词一样严格。因而律诗中凡出现表示颜色的词语，都力求对偶，甚至借音相对。如果将颜色词与其他形容词相对偶，也可以，但就不算太工。

还有方位词，如东西南北、上下左右等，如果不相对应，便立即感到不够工整。

有些表现程度、频率的词语，如：多、少，深、浅，轻、重，忽、渐，才、乍，俱、皆，又、屡，殊、甚，亦、犹，虚、须、枉，每、曾，只、莫，已、还……，虽分属不同词类，有的是形容词，有的是副词，但往往可以相互对偶。用得恰切，也会增加对偶工整感。

个别词的词性不同，如"无"和"不"二词，一为动词，一为副词，但它们都是表示否定的词语，用来对偶，也视为工对。

为了便于对偶，李渔编了册《笠翁对韵》，把各种常用词类按韵部分选出来，写成平仄相对的歌诀，如其"一东"韵下的一段韵诀是："天对地，雨对风，大陆对长空。山花对海树，赤日对苍穹。雷隐隐，雾蒙蒙，日下对天中。风高秋月白，雨霁晚霞红。牛女二星河左右，参商两曜斗西东。十月塞边，飒飒寒霜惊戍旅；三冬江上，漫漫朔雪冷渔翁。……"根据每个韵部常用字的多少，都分别用这种歌诀体写成数段，读起来朗朗上口。在旧时，是作为启蒙读物的一种，供蒙童写诗选用对偶与谐韵用的。我们今天在写对偶句时，只要不是过于拘泥，读读也很有参考价值。故作为"附录"，附在卷后。

五、五律和七律的对偶规则

（一）对偶多用中间两联的原因

对偶，是律诗格式的重要特征之一。在不同体式律诗中，要求也各有不同。

五律和七律,按常格规定,颔联(第二联)和颈联(第三联)必须对偶,首联(第一联)和尾联(第四联)是否对偶,则不做规定。历代诗家,根据诗作的内容需要,于对偶所在位置也有些灵活变通。大致有以下各种变化情况。

(1) 五律中间两联对偶者

杜甫《月夜忆舍弟》

戍鼓断人行,秋边一雁声。露从今夜白,月是故乡明。有弟皆分散,无家问死生。寄书长不达,况乃未休兵。

杜甫《渡荆远别》

渡远荆门外,来从楚国游。山随平野阔,江入大荒流。月下飞天镜,云生结海楼。仍怜故乡水,万里送行舟。

(2) 七律中间两联对偶者

杜甫《客至》

舍南舍北皆春水,但见群鸥日日来。
花径不曾缘客扫,蓬门今始为君开。
盘飧市远无兼味,樽酒家贫只旧醅。
肯与邻翁相对饮,隔篱呼取尽余杯。

司马光《寒食许昌道中寄幕府诸君》

原上烟芜淡复浓,寂寥佳节思无穷。
竹林近水半边绿,桃树连村一片红。
尽日解鞍山店雨,晚天回首酒旗风。
遥知幕府清明饮,应笑驰驱羁旅中。

把中间两联对偶作为常格,并非由谁规定了的,而是在长期创作实践中逐渐形成的。所以形成这种格局,大致有三个原因:

(1) 首联作为一首律诗的开头,以起得突兀奇特为好,如用对偶,则显得过于平稳了些。同样道理,尾联是全诗收束的两句，要能落得有力度为好，或一泻千里奔放之势，或留有悬念，令人玩味无穷，用对偶句作结，总会显得有些平稳了。

（2）从律诗各句的平仄结构来看，以中间两联的格式最为稳定，不论首句入韵与否，中间两联的句式总是平仄完全相对的。而且总是出句的末字为仄声，对句的末字为平声，很便于形成对偶。

（3）而首联则不同：如果是首句入韵者，则首联出句与对句的格式就不是字字平仄相对的，尾字都是押韵的平声字，平仄声上就不相对了。在同一平声韵部内选择可以对偶的字词，就不如兼选仄声做对偶范围广了。

（二）五律和七律对偶变例

律诗的标准格式，是中间两联对偶，但根据所表现内容的需要，也会有些变例。大致有5种状态。

（1）只有一联单独对偶者

储光羲《寒夜江口泊舟》（颈联对偶）

寒潮信未起，出浦缆孤舟。一夜苦风浪，自然生旅愁。吴山迟海月，楚火照江流。欲有知音者，异乡谁可求？

王维《送岐州源长史归》（颈联对偶）

握手一相送，心悲安可论。秋风正萧索，客散孟尝门。故驿通槐里，长亭下檀原。征西旧旌节，从此向河源。

五律中这种只有颈联单独对偶的诗例较多，如：王维《送贺遂员外外甥》，李白《与贾至舍人于龙兴寺剪梧桐枝望邕湖》，高适《题慎言法师故房》，王昌龄《送李擢游江东》，元稹《归田》等都是。因五律定格之前，近似于五律格式的"五古"已经大量存在，颔联原是可以不对偶的。

七律定型于五律之后，颔联不对偶者则甚为少见。因为，五律可以仿五古；而唐代以前，近似于七律格式的七古却较少，无古可仿。

(2) 改为第1、3联对偶者

李白《挂席江山待月有感》（首联和颈联对偶）

待月月未出，望江江自流。悠忽城西郭，青天悬玉钩。
素华虽可揽，清景不同游。耿耿金波里，空瞻鸤鹊楼。

(3) 改为第1、2、3联对偶者

这种首、颔、颈三联同时对偶者，以五律常见，七律中则较少。因为，相对来说，五律首句不入韵者居多，而七律则以首句入韵者居多。首句不入韵，选词范围宽泛些，宜于对偶。例如：

王湾《次北固山下》（首句不入韵者前三联对偶）

客路青山外，行舟绿水前。潮平两岸阔，风正一帆悬。
海日生残夜，江春入旧年。乡书何处达，归雁洛阳边。

杜甫《咏怀古迹》（七律前三联同时对偶者）

支离东北风尘际，漂泊西南天地间。
三峡楼台淹日月，五溪衣服共云山。
羯胡事主终无赖，词客哀时且未还。
庾信平生最萧瑟，暮年诗赋动江关。

首句入韵者不易对偶，但并不是说便不能对偶。某些诗家刻意追求下，也能形成对偶，这在五律和七律中都有。例如：

陈子昂五律《春夜别友人》（首句押韵而前三联对偶者）

银烛吐青烟，金樽对绮筵。离堂思琴瑟，别路绕山川。
明月隐高树，长河没晓天。悠悠洛阳去，此会在何年。

白居易《杭州春望》（首句押韵而前三联对偶者）

望海楼明照曙霞，护江堤白踏晴沙。
涛声夜入伍员庙，柳色春藏苏小家。
红袖织绫夸柿蒂，青旗沽酒趁梨花。

谁开湖寺西南路，草绿裙腰一道斜。

(4) 第2、3、4联同时对偶者

杜甫五律《悲秋》

凉风动万里，群盗尚纵横。家远传书日，秋来为客情。

愁窥高鸟过，老逐众人行。始欲投三峡，何由见两京。

杜甫《闻官军收河南河北》

剑外忽传收蓟北，初闻涕泪满衣裳。

却看妻子愁何在，漫卷诗书喜欲狂。

白日放歌须纵酒，青春作伴好还乡。

即从巴峡穿巫峡，便下襄阳向洛阳！

第四联处于全诗收尾处，以无拘无束地奔放些为好，一般不用对偶。但杜甫五律《悲秋》这首诗，根据诗意需要，却用了对偶，并写得很有特点：写的是悲秋愁绪，所以从头到尾皆格调低沉郁闷。尾联"**始欲投三峡，何由见两京**"，由于巧妙地用了"始欲""何由"两个相关词语，构成"退让"复句，上下转折承接，并不显得呆滞。

杜甫七律《闻官军收河南河北》，尾联"**即从巴峡穿巫峡，便下襄阳向洛阳**"，用"即从"和"便向"两个表现递进关系的连接词语，又把"**巴峡**""**巫峡**""**襄阳**""**洛阳**"几个地名串联排比起来，反倒把迫不及待地奔回故里的欢欣激动情绪迸发了出来。好像使人看到诗人顺江直下、水陆并进的匆匆行程，写得颇有气势，显示了诗人遣词用语的功力之深。

从中我们也可悟得一些有关形式与内容的辩证关系：形式要服从内容，内容也能主宰形式；格律是种束缚，但如能精熟地把握格律，又可促使我们去锤炼语言，达到炉火纯青地步，写出更好的诗句来。

(5) 四联全用对偶者

王维五律《故西河郡杜太守挽歌》

天上去西征,云中护北平。生擒白马将,连破黑雕城。
忽见刍灵苦,徒闻竹使荣。空留左氏传,谁继卜商名?

杜甫《禹庙》

禹庙空山里,秋风落日斜。荒庭垂橘柚,古屋画龙蛇。
云气生虚壁,江声走白沙。早知乘四载,疏凿控三巴。

王维七律《既蒙宥罪旋复拜官》

忽蒙汉诏还冠冕,始觉殷王解网罗。
日比皇明犹自暗,天齐圣寿未云多。
花迎喜气皆知笑,鸟识欢心亦解歌。
闻道百城新佩印,还来双阙共鸣珂。

——五律和七律中,全篇皆用对偶者较少,上举王维、杜甫几首可说是少数的特例。其所以较少的原因有二:

(1) 如前所述,开头、结尾处的气势甚为重要,首尾两联都对偶,势必影响气势。事实上,后人也少模仿。宋人诗中,像朱熹那首五律《登定王台》四句全对偶者,属罕见特例。

(2) 格律本已束缚,八句都对偶,更为束缚。既须精于格律,又须在炼字选词上苦下工夫。写诗本求抒情达意,而陷此重重枷锁之中,甚不畅意,故为诗家所不喜用。

(三) 五绝和七绝的对偶

把握了五七言律诗对偶的常规和变例,五七绝的对偶便迎刃而解。

五律和七律的格式都各有八句,以中间两联对偶为常格。前边介绍五绝体式时曾说,绝句又称"截句",单从格式角度看,便有四种截取方法:截取首尾两联者,便无对偶;截取开头首联和颔联者,其第二联对偶;截取正中两联者,四句全对偶;截取后边颈联和尾联者,则第一联对偶。

由此,也可明了绝句之所以有对偶有不对偶的原因。从而可见,因为某些绝句无对偶,就否定对偶是律诗格式要求,实在不妥。现将绝句对偶状况分述于下。

(1) 全篇不用对偶者

五绝和七绝都以全篇无对偶者为常见。道理是:绝句只有四句,开头和结尾都要取势,不用对偶,更容易写得潇洒些。尤其像李白等以浪漫主义手法为主调的诗人,多喜运用这种格式来抒发豪放不羁的情怀。因而,在绝句的四种格式中,以此格中的名篇最多。

五绝不用对偶者

王维《相思》

红豆生南国,春来发几枝。愿君多采撷,此物最相思。

金昌绪《春怨》

打起黄莺儿,莫教枝上啼。啼时惊妾梦,不得到辽西。

李白《秋浦歌》

白发三千丈,缘愁似个长。不知明镜里,何处得秋霜。

王安石《梅花》

墙角数枝梅,凌寒独自开。遥知不是雪,为有暗香来。

七绝不用对偶者

贺知章《回乡偶书》

少小离家老大回,乡音无改鬓毛衰。
儿童相见不相识,笑问客从何处来。

王之涣《凉州词》

黄河远上白云间,一片孤城万仞山。
羌笛何须怨杨柳,春风不度玉门关。

王昌龄《出塞》
秦时明月汉时关,万里长征人未还。
但使龙城飞将在,不教胡马度阴山。

王瀚《凉州词》
葡萄美酒夜光杯,欲饮琵琶马上催。
醉卧沙场君莫笑,古来征战几人回。

杜牧《山行》
远上寒山石径斜,白云生处有人家。
停车坐爱枫林晚,霜叶红于二月花。

杜牧《清明》
清明时节雨纷纷,路上行人欲断魂。
借问酒家何处有,牧童遥指杏花村。

张继《枫桥夜泊》
月落乌啼霜满天,江枫渔火对愁眠。
姑苏城外寒山寺,夜半钟声到客船。

李白《早发白帝城》
朝辞白帝彩云间,千里江陵一日还。
两岸猿声啼不住,轻舟已过万重山。

李白《望庐山瀑布》
日照香炉生紫烟,遥看瀑布挂前川。
飞流直下三千尺,疑是银河落九天。

苏轼《题西林壁》
横看成岭侧成峰,远近高低各不同。
不识庐山真面目,只缘身在此山中。

朱熹《观书有感》
半亩方塘一鉴开,天光云影共徘徊。
问渠哪得清如许,为有源头活水来。

(2) 第一联对偶者

首联对偶之使用频率,仅次于全篇不对偶者。因为,首联对偶,虽起得平稳些,恰可用来叙事状物,尾联不对偶,又可放得开,抒写情怀或引发感慨,因而名家名篇也较多。

五绝首联对偶者

李白《独坐敬亭山》

众鸟高飞尽,孤云独自闲。相看两不厌,唯有敬亭山。

杜甫《八阵图》

功盖三分国,名成八阵图。江流石不转,遗恨失东吴。

七绝首联对偶者

苏轼《饮湖上初晴后雨》

水光潋滟晴方好,山色空蒙雨亦奇。
欲把西湖比西子,淡妆浓抹总相宜。

陆游《秋夜将晓出篱门迎凉有感》

三万里河东入海,五千仞岳上摩天。
遗民泪尽胡尘里,南望王师又一年。

(3) 第二联对偶者

第二联处于全诗结尾,使用对偶,往往显得拘谨,故用者不如前两种多。但也要看表达什么内容,如果运用得好,会给人一种稳实的收束感。

五绝第二联对偶者

李白《九日龙山歌》

九日龙山歌,黄花笑逐臣。醉看风落帽,舞爱月留人。

七绝第二联对偶者

李贺《南园》

春水初生乳燕飞,黄蜂小尾扑花归。

窗含远色通书幌，鱼拥香钩近石矶。

杜甫《漫兴》
肠断江春欲尽头，杖藜徐步立芳洲。
颠狂柳絮随风舞，轻薄桃花逐水流。

韦应物《滁州西涧》
独怜幽草涧边生，上有黄鹂深树鸣。
春潮带雨晚来急，野渡无人舟自横。

卢梅坡《雪梅》
梅雪争春未肯降，骚人阁笔费评章。
梅须逊雪三分白，雪却输梅一段香。

——对偶用于结尾，本易呆滞，但上例中，像杜甫"**颠狂柳絮随风舞，轻薄桃花逐水流**"，卢梅坡"**梅须逊雪三分白，雪却输梅一段香**"，在前两句铺垫的基础上，归结出带有警句性的哲理，也甚有余味。

（4）全篇皆对偶者

全篇皆用对偶者居少数。其原因与前边所讲五七律全篇对偶也较少的道理一样：过于束缚，不易取势。但绝句只有四句，较律诗少四句，在名家高手笔下，反倒锤炼出些语句流畅、寓意高深、脍炙人口的名篇。例如：

王之涣五绝《登鹳雀楼》
白日依山尽，黄河入海流。欲穷千里目，更上一层楼。

杜甫五绝《绝句》
迟日江山丽，春风花草香。泥融飞燕子，沙暖睡鸳鸯。

李白七绝《宣城见杜鹃花》
蜀国曾闻子规鸟，宣城还见杜鹃花。
一叫一回肠一断，三春三月忆三巴。

杜甫七绝《绝句》

两个黄鹂鸣翠柳,一行白鹭上青天。
窗含西岭千秋雪,门泊东吴万里船。

——总体看来,绝句中以截取首尾两联格式者为最常见。也就是说,讲求对偶者为少数,不求对偶者为多数。杜甫绝句中,以有对偶句者居多,无对偶者居少,这是个人创作风格问题。

(四) 排律的对偶

排律是律诗的扩展,其扩展延伸的部分,恰恰是中间两联的对偶句。因而,通常情况下,除首尾两联外,中间所有各句全要采用对偶。但由于排律以五言居多,首联多数不入韵,也较容易对偶,所以首联对偶者也较为常见。而尾联也用对偶者则罕见。

(1) 首尾两联不对偶者

杜甫《上白帝城》

江城含变态,一上一回新。天欲今朝雨,山归万古春。
英雄余事业,衰迈久风尘。取醉他乡客,相逢故园人。
兵戈犹拥蜀,赋敛强输秦。不是烦形胜,深惭畏损神。

(2) 首联亦对偶只有尾联不对偶者

高适《送柴司户充刘卿判官之岭外》

岭外资雄镇,朝端宠节旄。月卿临幕府,星使出词曹。
海对羊城阔,山连象郡高。风霜驱瘴疠,忠信涉波涛。
别恨随流水,交情脱宝刀。有才无不适,行矣莫徒劳。

(3) 通篇皆用对偶者

王维《三月三日勤政楼侍宴应制》

彩仗连宵合,琼楼拂曙通。年光三月里,官殿百花中。
不数秦王日,谁将洛水同。酒筵嫌落絮,舞袖怯春风。
天保无为德,人欢不战功。仍临九衢晏,更达四门聪。

——排律,至少需十句以上。由于篇幅较长,连续使用对偶，难免产生辞藻堆砌、罗列絮烦之感。所以，很难普及，只能是个别文人偶尔为之。一些应命之作，也很少佳篇。如上边所举王维一篇，就是为皇帝侍宴时应制之作，说些歌功颂德的话，与他的那些脍炙人口的田园风光佳作相比，无论从思想内容到艺术形式，都有天壤之别。

六、对偶的特殊技巧和避忌

前边所讲的工对与宽对，实际也是技巧问题。但在对偶常格外，还有些破格的特殊方法技巧，如：扇面对、流水对、错综对、借对等方式。在另种意义上，也属宽对中的变格。现分述于下。

（一）扇面对（隔句对）

扇面对，亦称"隔句对"。就是两联之间，出句与出句相对，对句与对句相对。这种对偶，在近体诗中极为罕见。以白居易一首七律为典型代表：

白居易《夜闻筝中弹潇湘送神曲感旧》

缥缈巫山女，归来七八年。殷勤湘水曲，留在十三弦。
苦调吟还出，深情咽不传。万重云水思，今夜月明前。

——白居易此诗，第一句"缥缈巫山女"与第三句"殷勤湘水曲"对偶；第二句"归来七八年"与第四句"留在十三弦"对偶。也可理解为：每联为一整体，上下联之间的对偶。所以叫扇对，有如"折扇"以扇骨为轴，两两相对，故而得名。再如：

杜甫《哭台州司户苏少丰》

得罪台州去，时危弃硕儒。移官蓬阁后，谷贵殁潜夫。

——杜甫此诗，"得罪台州去"与"移官蓬阁后"对偶；"时危弃硕儒"与"谷贵殁潜夫"对偶。

苏轼《用前韵再和许朝奏》

邂逅陪车马,寻芳谢朓洲。凄凉望乡国,得句仲宣楼。

——苏轼此诗,"邂逅陪车马"与"凄凉望乡国"对偶;"寻芳谢朓洲"与"得句仲宣楼"对偶。

(二)流水对

律诗中相对偶的两句,从语法结构上看,绝大多数都各自是个意义完整的单句,对偶后,两者句法并列,意义平行、相对或相反。而在"流水对"的句式中,从语法结构上看,出句与对句不是两句话,各自不能构成相对完整的意思,只有把两句合起来看,才是一句话。例如:

王维《辋川闲居》

一从归白社,不复到青门。时倚檐前树,远看原上村。

青菰临水拔,白鸟向山翻。寂寞於陵子,桔槔方灌园。

——从词性上看,王维此诗前三联都对偶。而从语法结构上看,前两联为"流水对",因为每联中的两句合起来才构成一个完成的句子。我们把它用现代白话翻译一下,就会看得更清楚些。

第1、2句诗意是说:我打从回到白社以后,就没有再去青门那个地方了;第3、4句是说:我不时地依靠在檐前的树下,向远处眺望原上的那个村庄。用现代汉语语法分析,都是相互联系得很紧密的复句,必须两句联在一起,才构成完整含意。上下句间,有如"抽刀断水水更流",难以分割。

再如杜甫《闻官军收河南河北》中句:

即从巴峡穿巫峡,便下襄阳向洛阳。

诗意是说:我立即从巴峡出发穿过巫峡,到了襄阳再奔往洛阳。此诗从局部语法结构和词性上看,两句是相互对偶的,但如果去掉其中任何一句,另一句的含意就模糊不清了,只有把两句合起来才是一句完整的话。"流水对"是汉语句法中的"承接复句":虽然每个分句的主语谓语成分俱全,但却不能独立使用。

(三) 借对

借对,就是借助于某些字在形音义方面的其他特征而成对。大致有如下两种。

(1) 借音成对者

这类对偶多见于颜色。如:

马骄珠汗落,胡舞白蹄斜。　　——杜甫《秦州杂诗》

——借"珠"为红色的"朱"与"白"相对。

野鹤清晨出,山精白日藏。

——杜甫《陪郑广文游何将军山林》

——借"清"为"青",与"白"相对。

沧溟服衰谢,朱绂负平生。　　——杜甫《独坐》

——借"沧"为"苍",与"朱"相对。

事直皇天在,归迟白发生。

——刘长卿《新安奉送穆谕德》

——借"皇"为"黄",与"白"相对。

寄身且喜沧州近,顾影无如白发何。

——刘长卿《江州重别薛六》

——借"沧"为"苍",与"白"相对。

(2) 借义成对者

漫作《潜夫论》,虚传《幼妇碑》。

——杜甫《偶题》

——借《潜夫论》之"夫"为"夫妇"之"夫",与"妇"相对。

行李淹吾舅,诛茅问老翁。

　　　　　　——杜甫《巫峡敝庐奉赠侍御四舅》
　　——借"行李"之"李"为"桃李"之"李",与"茅"对。

　　　彩云萧史驻,文字鲁恭留。　　——杜甫《玉台观》
　　——借"文字"之"文"为"纹彩"之"纹",与"彩"相对。

　　　酒债寻常行处有,人生七十古来稀。　——杜甫《曲江》
　　——八尺为"寻",二寻为"常",借为数字与七十对。

　　　汉苑风烟吹客梦,云台洞穴接郊扉。
　　　　　　——李商隐《令狐八拾遗见招》
　　——借"汉朝"之"汉"为"星汉"之"汉",与"云"对。

　　　曾是寂寥金烬暗,断无消息石榴红。
　　　　　　　　　　——李商隐《无题》
　　——借"石榴"之"石"为"金石"之"石",与"金"对。

　　　回日楼台非甲帐,去时冠剑是丁年。
　　　　　　　　　　——温庭筠《苏武庙》
　　——借"甲帐"之"甲"为干支与"壮丁"之"丁"相对。

　　借义成对者,多数与字形、字音有关系。即往往是同音同形之异义字。如:"丈夫"之"夫"与"夫妻"之"夫";"行李"之"李"与"桃李"之"李";"石榴"之"石"与"金石"之"石"等,皆同形同音而异义。这类对偶,从字面上看也很工整。因而这类借对,也有人解说为"借言"或"借形"的。而"寻常"借为数字这一类型,则纯属借义,从字面上看则似乎不太工整。

(四) 自对

句中自对，即本句中某些词语间相互对偶，而与另一句则不再对偶。这类对偶往往用于首联的出句或对句。如前所述，首联押韵者，声韵平仄格式上并不完全对仗，特别是末尾一字都是平声字，选字范围有限，于是诗人们便创造出本句中词语自对的方法，也从而产生了对偶感。主要有以下两种情形：

(1) 一句中自身对偶者

细草绿汀洲，王孙耐薄游。

——李嘉佑《送王牧往吉州》

——"细草"与"绿汀"对。

怜君孤垄寄双峰，埋骨穷泉复几重！

——刘长卿《双峰下哭故人李宥》

——"孤垄"与"双峰"对。

白雪楼中一望乡，青山簇簇水茫茫。

——白居易《登鄂州白雪楼》

——"山簇簇"与"水茫茫"对。

以上各联，只有一句中的词语前后相对，另一句则不对。

(2) 两句中皆自身对偶者

山吐晴岚水放光，辛夷花白柳梢黄。

——白居易《代春赠》

——"山吐晴岚"与"水放光"对，"辛夷花白"与"柳梢黄"对。

能文好饮老萧郎，身似浮云鬓似霜。

——白居易《代春赠》

——"能文"与"好饮"对，"身似浮云"与"鬓似霜"对。

三戍渔阳再渡辽，骍弓在臂剑横腰。

——王涯《塞下曲》

——"三戍渔阳"与"再渡辽"对,"骍弓在臂"与"剑横腰"对。

以上诗例,每联中两句的词语都自身前后相对,但两句间的语法结构及词性却不相对。这种对偶句,用到律诗中任何一联都可以。

(五) 错综对

即在前后句中,不拘位置,颠倒错综,而成对偶者。例如:

于今腐草无萤火,终古垂杨有暮鸦。

——李商隐《隋宫》

——诗中以"萤"对"鸦",但限于声韵关系,却错综其位,未在同一音位上,是以"萤火"和"暮鸦"两语的整体含意相对。

裙拖六幅湘江水,鬓耸巫山一段云。

——李群玉《杜丞相筵中赠美人》

——此句中,按语法结构要求,应是"六幅湘江水"对"一段巫山云",但从平仄格式上看,便是"仄仄平平仄"对"仄仄平平平",成为拗句了,只好前后错位,将"一段"这个仄声词语窜到"巫山"之后以合律。诗人在衡量对偶与合律这两点时,那是宁可对偶不工也不肯违律的。并且,从整体看尽管不工,但仍然具有鲜明对偶感。

这类"错综对"的技巧,多用于首联。因为律诗首联本不必对偶。诗人在首联常用这种似对非对的词语,造成一些错综对偶句。再举些诗例。

江海相逢少,东南别处长。

——刘禹锡《江州留别薛六柳八二员外》

十里云边寺,重驱千骑来。

——宋祁《再游海云寺作》

朝来又得东川信，欲取春初发梓州。
　　　　　　　——白居易《得行简书闻欲下峡》
江上巍巍万岁楼，不知经历几千秋。
　　　　　　　——王昌龄《万岁楼》
天入虚楼倚百层，四方遥谢此登临。
　　　　　　　——宋祁《拟杜子美峡中意》
神兵十万忽乘秋，西碛妖氛一夕收。
　　　　　　　——王圭《闻种谔脂米山大捷》
霸祖孤身取二江，子孙多以百城降。
　　　　　　　——王安石《金陵怀古》

（六）同字与"顶针格"

"同字"指的是在出句与对句中有相同的字出现，是律诗忌讳之一。

古诗中某些相互对偶的句子中，往往有些相同的字出现，如诗经中的"以"、"而"等虚词，以及骚体中的"兮"字等。而在律诗对偶句中，不仅实词不能重复，虚词也不能重复。但有时为了表达内容的需要，像杜甫这样的大家也用了重字。例如：

杜甫《曲江》

一片花飞减却春，风飘万点正愁人。
且看欲尽花经眼，莫厌伤多酒入唇。

毛泽东《长征》

红军不怕远征难，万水千山只等闲。
五岭逶迤腾细浪，乌蒙磅礴走泥丸。
金沙水拍云崖暖，大渡桥横铁索寒。
更喜岷山千里雪，三军过后尽开颜。

杜甫诗中"花"字为了与"酒"字对偶而重复。毛泽东诗中"军""水""千""山"等四字皆有重复。其中"水"为了与"桥"字对偶而重复。"万水千山"又是本句自对。

律诗十分注重字句凝炼。在短短的二十几个字中,要珍惜每个字的分量,都要细加推敲,以包含尽可能多的内容。如果用了重复字,就会减少内容含量。一般来说,都要尽力避免。但诗中有些重复字是叠声字,则不在此列。例如:

杜甫《登高》
　　风急天高猿啸哀,渚清沙白鸟飞回。
　　无边落木萧萧下,不尽长江**滚滚**来。
　　万里悲秋常作客,百年多病独登台。
　　艰难苦恨繁霜鬓,潦倒新停浊酒杯。

杜甫此诗中"萧萧""滚滚"属同字重叠词,反而增强了气势。

此诗用语十分凝炼。前三联都用对偶,并且对得十分工整。通篇看,可谓绝无一字虚言浮语,每个字都代表一层含意。开头两句:"风急;天高;猿啸哀"是三句话浓缩到一起构成的并列复句,"渚清;沙白;鸟飞回"又是三句话构成的并列复句。六句,描绘了六种景观,有天象、气候、地貌、动物;有声音、颜色、动态、感觉;并且十分谐调地构成统一体,创造出一种令人如见其貌、如闻其声的动人意境。第二联:"落木"是"萧萧"而"下"的,是望眼"无边"的;"长江"是"滚滚"而"来"的,是滔滔"不尽"的。第三联就是在这种背景下,写出诗人在"万里"之外"常"年"作客"的"悲秋"心绪;况且,还是"百年多病"之身,又是"独"自一人"登台"望远。战乱中种种"艰难",颠沛流离的诸多"苦恨",已经"鬓"染"繁霜",贫病"潦倒",近来连"酒杯"也不得不"停"置了。

一首好诗,除意境深刻外,就要力戒写废话虚语,做到字字有用。不但不要重复字,甚而是同义词也要尽力避免。杜甫无愧诗圣之誉，其诗凝炼如此，实是令人叫绝。

此诗中有些重复字乃刻意所为，含有某些技巧，反而会产生别样情趣，不能与无味的重复等同看待。

另外，有些重复字属对应手法，经诗家巧用，也别生妙趣。这有两种状况。例如：

（1）前呼后应者

欲知义心义，遥知空病空。

——王维《夏日过青龙寺》

芳草复芳草，断肠还断肠。

——杜牧《池州春送前进士蒯希逸》

一指指应法，一声声爽神。

——常建《听琴秋夜赠寇尊师》

行乐及时时已晚，对酒当歌歌不成。

——杜牧《招李郢》

桃花细逐杨花落，黄鸟时兼白鸟飞。

——杜甫《曲江对酒》

即从巴峡穿巫峡，便下襄阳向洛阳。

——杜甫《闻官军收河南河北》

——这类重复，往往兼具"本句自对"及上下相对之妙。

（2）前后顶针者

清商俗尽奏，奏若血沾衣。　　——杜甫《秋笛》

乐游原上望，望尽帝都春。　——刘得仁《乐游原春望》

夜入楚家烟，烟中人未眠。　——项斯《夜泊淮阴》

——这种首尾同字相接，有的也称为"顶针格"，具有上勾下连之效。由此可见，对"同"字为病，也须做具体分析。

（七）合掌

"合掌"，就是出句与对句完全同义，或基本同义。这是律诗对偶中忌讳之二。道理与"同字"类似。一首诗字数本来不多，就要尽力做到言简意赅，字寡意丰。而同义相对，实际就是把同样的意思，用不同的语句重复了一遍，结果是字多而意寡，当然也是种语言的浪费。

蔡宽夫《诗话》中，引用"蝉噪林愈静，鸟鸣山更幽"两句，指出其"上下句多出一意"为诗之一病。"蝉噪"与"鸟鸣"同类，"愈""更"同义，"静""幽"同境。此句对偶很工，毛病即在上下句内涵相同，未免原地踏步之嫌。

在对偶句中，前后使用两个相同意义的动词也属"合掌"，如：元代萨天锡诗句："地湿厌**闻**天竺雨，月明来**听**景阳钟。""闻""听"二字同义。《蠓斋诗话》认为，将"闻"字改为"看"字，则可避免"合掌"之病了。

有人认为，杜甫《客至》诗句："花径不曾**缘**客扫，蓬门今始**为**君开"句中，"缘"与"为"同义，也属"合掌"之病。我以为，这两句前后相互对应，内容递进，并无原地踏步之嫌，"缘"与"为"词性虽同，而含义有别，这与萨天锡诗中的"闻"与"听"有所不同，不可吹毛求疵。

（八）雷同

"雷同"是律诗对偶忌讳之三，主要是指前后两联对偶句都采用完全相同的语法结构。例如：

徐玑《春日游张提举园地》

西野芳菲路，春风正可寻。山城依曲渚，古渡入修林。
长日多飞絮，游人爱绿阴。晚来歌吹起，惟觉画堂深。

这首五律，中间两联对偶句的语法结构完全雷同。每句开头二字"山城""古渡""长日""游人"都是主语；中间一字"依""入""多""爱"都是谓语；结尾二字"曲渚""修林""飞絮""绿阴"都是宾语。这种结构形式完全雷同的四句排在一起，缺少变化，显得有些呆板平庸。因此，诗家都极力避免，唐宋诗中也少见到。

有人认为杜甫有一首五律与此颇类同。如：

杜甫《江汉》

江汉思归客，乾坤一腐儒。片云天共远，永夜月同孤。

落日心犹壮，秋风病欲疏。古来存老马，不必取长途。

其评价认为杜甫此诗中间两联的对偶犯了合掌之忌，说前联两句如果是"片云共天远，永夜同月孤"，则两联就不会雷同了；假如把后联改为"落日犹心壮，秋风欲病疏"，也可避免雷同。

不过，我以为这是种误解，把这两句的主语搞错了。细加分析，这两联的语法结构并不一样。

前联两句都是双主语句："片云"和"天"是前一句的双主语；它们合用"共远"这一谓语；后联与之对偶，"永夜"和"月"也是双主语，合用"同孤"这一谓语。意思是："片云和天共远，永夜与月同孤。"

而第三联从语法上看，则不是"双主语结构"。读成"落日和心犹壮，秋风和病欲疏"就讲不通。因为，"心犹壮"可以，"落日"不能"犹壮"。其意思是"落日之际心犹壮，秋风起时病欲疏"。这样看来，后联为单主语句：上句"心"为主语，"落日"是标明"心犹壮"的时间的；下句"病"为主语，"秋风"则是标明"病欲疏"时令的。前联是双主语句，后联是单主语句，语法结构当然不同。不能视为"合掌""雷同"。

第五节 律诗的句法

常言道："谁也不能照着书本说话"，同样，作诗不一定要句句想着句法。但是，诗是高度浓缩的语言艺术，把握诗的句法，无论对于读诗还是写诗，都是必要的。要想精研诗律，要真正理解律诗"音律节奏"、"意义节奏"、对偶之间的本质关系，也须知道律诗的句法。

本节涉及的都是汉语语法的专业知识，须有大学文科专业的语法学修养者，方可深入理解；一般诗词爱好者，则不必强求。

作诗与口语说话还有所不同：诗的语言十分凝炼，短短的一句诗，虽只有六七个字，有的是一句话，而有的则是把两句甚或三句话的内容，都高度压缩在这六七个字中，形成很复杂的句法关系。

此外，诗句富于跳跃性，句法成分又往往多有省略。

熟悉了诗的句法，一是在读诗时，能够更为准确地理解和把握原意，提高欣赏水平；二是在自己的创作中，也可尽量避免写下文理不通的词句，把诗写得更好些。

本节在句法分析中，尽量多选些名家名篇名句为例，从剖析中，也可深入体会历代诗家的创作技巧与甘苦。

律诗的句法，不同诗体不同，对偶句与非对偶句也不同。

这里只讲对偶句的句法，有两个原因：一是，对偶句要求上下句间从词性到语法结构都必须完全一致，最能体现诗句选词用语及句法规律；二是，无论五律、六律、七律的平仄句型，各自都只有四种，所有对偶句也都在这四种句型中。因而，选择对偶句做句法剖析，既可分析句法，又可分析其平仄格式。

汉语的丰富性，决定了律诗句法的丰富性。近体律诗的句法，有完整句、省略句、简单句、复杂句、倒装句，结构多样；又有名词、代词、动词、形容词、副词、介词、数词、量词等，各以不同身份在句中发挥不同功用。而这一切，又都高度浓缩于五言、六言、七言之中，还要考虑平仄声韵对仗及文字上的对偶，真可谓是种高度奇妙的语言艺术。

　　由于十分浩繁，王力先生在《汉语诗律学》一书中，采用人名代称、罗马字母代号，仅以盛唐诗人杜甫、王维等十余家的诗例，其五律部分的单句就划分了"29个大类，60个小类，108个大目，135个细目"。不完全句又划分为"17个大类，54个小类，109个大目，115个细目"。这还没包括七言部分的种类。但语言结构是个十分复杂的现象，即便如此，也不可能竭尽其类。正如王力先生所言，"实际可能的种类一定比这些多上好几倍"。

　　本书宗旨在于对诗体格律做些解析，不是搞诗句的语言学专门研究，不能过细。主要考虑，句法既涉及对诗句内容的正确理解，也涉及朗诵诗篇的感情表达和声调的润色。从创作角度看，又关系到是否做到词能达意，特别是对偶时不致造成语法上的错误，避免发生歧义。因而便选择五律、七律及六律中一些较典型的对偶句，以五言为重点，做些句法分析。尽量简化些，大致分为简单句和复杂句两大类，每类中含有完全句和不完全句两种。

　　为便于解析，这里先就本书所采用的语法体系和术语做个简要交待。汉语语法，各大学中的学者们各有不同体系，我这里所采用者，为东北师大中文系郎峻章教授的《汉语语法》体系及所用术语。

　　（1）单句——每句中只有一套主谓结构者；

　　（2）复句——由两个以上分句构成者；

　　（3）完整句——具有主语和谓语的句式；

　　（4）不完整句——省缺主语或谓语者；

　　（5）复杂句——包孕句、递系句、兼语式等句型。

　　为了看清各种词语在句中的语法作用，同时为了节省解说文字的烦琐，设定几种符号：

　　（‖）——表示主语与谓语间的分界；

（｜）——表示动词与宾语（目的语）间的分界；

（／）——表示主体成分与附加语（名词前的形容词、动词前的副词、动词后的补语等）之间的分界；

（X‖Y）及（X｜Y）——分别表示句中包孕的"主谓""动宾"等结构；

（；）——表示复句中的分句；

（…）——表示上下句的间隔。

一、五律的句法

（一）单句

（1）主谓宾俱全者

头节为名词作主语，名词前往往有形容词作修饰语；腹节以下为谓语部分，是用来说明主体的动作、行为、变化状态的，动词前有时会有副词作状语；尾节为名词作宾语，是动词的目的语。

这种句式，多数动词前没有修饰语，是个动词单字构成的单音节，因而往往形成"二一二"节奏。当动词前边有副词时，则形成"二二一"节奏。如：

平平／平／仄仄……仄仄／仄／平平（二／一／二）

芹／泥‖随｜燕／嘴…花／蕊‖上｜蜂／须。（杜甫《徐步》）

远／芳‖侵｜古／道…晴／翠‖接｜荒／城。

（白居易《赋得古原草送别》）

青／山‖横｜北／郭…白／水‖绕｜东／城。（李白《送友人》）

平平／平仄／仄……仄仄／仄平／平（二／二／一）

英雄‖一／入｜狱…天地‖亦／悲｜秋。（章太炎《狱中赠邹容》）

青／山‖空／有｜泪…白／月‖岂／知｜心。（刘长卿《赴新安》）

寒／门‖风／落｜木…客／舍‖雨／连｜山。（杜甫《秦州杂诗》）

仄仄／平／平仄…平平／仄／仄平（二／一／二）

烽／火‖连｜三／月…家／书‖抵｜万／金。（杜甫《春望》）

圆/荷‖浮|小/叶…细/麦‖落|轻/花。(杜甫《为农》)
故/驿‖通|槐/里…长/亭‖下|槿/原。(王维《送岐州》)
暗/水‖流|花/径…春/星‖带|草/堂。(杜甫《夜宴左氏庄》)
冠冕‖通|南/极…文章‖落|上/台。(杜甫《送翰林》)
床上/书‖连|屋…阶前/树‖拂|云。(杜甫《陪郑广文》)
仄仄/平/平/仄……平平/仄/仄/平(三/一/一)
快剪刀‖除|辫……干牛肉‖作|粮。

(章太炎《狱中赠邹容》)
平平/仄/仄仄……仄仄/仄/平平(二/一/二)
征/蓬‖出|汉/塞…归/雁‖入|胡/天。

(王维《使至塞上》)
家家‖养|乌/鬼…处处‖接|金/杯。(杜甫《登白马潭》)
烟尘‖犯|雪/岭…鼓角‖动|江/城。(杜甫《岁暮》)

(2) 无宾语而有补语者

头节和腹节也由主语和谓语构成,与前式区别在于,尾节不是动词谓语的目的语,而是补语,往往由形容词、名词或方位词语构成,附在动词后,用以补充说明事态变化或时间地点。

这种格式,若动词前有副词,则"二二一",无副词则形成"二一二";若补语为三字时,腹节的动词也是单字,成为"二一二"。如:

平平/平/仄仄……仄仄/仄/平平(二/一/二)
异/花‖开|绝/域…滋/蔓‖匝|清/池。(杜甫《陪郑广文》)
——名词作补语
城/乌‖啼|眇眇…野/鹭‖宿|娟娟。(杜甫《舟月对驿》)
——形容词作补语
仄仄/平/平仄……平平/仄/仄平(二/一/二)
海/日‖生|残/夜…江/春‖入|旧/年。

（王湾《次北固山下》）
　　　　　　　　　　　　——名词作补语

仄仄／平平／仄……平平／仄仄／平（二／二／一）
日‖出｜寒／山外…江‖流｜宿／雾中。(杜甫《客亭》)
　　　　　　　　　　　　——方位词作补语
功‖盖／三分国…名‖成／八阵图。(杜甫《八阵图》)
　　　　　　　　　　　　——名词语作补语

(3) 无宾语亦无补语者
多为不及物动词作谓语，后边没宾语，也无补语。如：
仄仄／平平／仄……平平／仄仄／平（二／二／一）
一点／寒／灯‖灭…三声／晓／角‖吹。
　　　　　　　　　　(白居易《代书诗一百韵寄微之》)
农／务‖村村／急…春／流‖岸岸／深。(杜甫《春日江村》)
　　　　　　　　　　　　——叠字在中作状语
明月‖松间／照…清泉‖石上／流。(王维《山居秋暝》)
　　　　　　　　　　　　——方位词作状语
西陆／蝉／声‖唱　南冠／客／思‖深。(骆宾王《在狱咏蝉》)
　　　　　　　　　　　　——前置方位词
肺腑‖都／无／隔，形骸‖两／不／羁。
　　　(白居易《代书诗一百韵寄微之》)——被动句
名‖岂文章／著…官‖因老病／休。(杜甫《旅夜书怀》)
　　　　　　　　　　　　——介宾结构在谓语前
仄仄／平／平仄……平平／仄／仄平（二／一／二）
素／书‖三／往复…明／月‖七／盈亏。
　　　(白居易《代书诗一百韵寄微之》)——数字作状语
万里／春‖应尽…三江／雁‖亦稀。(王维《送友人》)
　　　　　　　　　　　　——前置处所

径石‖相／萦带…川云‖自／去留。(杜甫《游修觉寺》)

——双主语，复合谓语

道路‖时／通塞，江山‖日／寂寥。(杜甫《归梦》)

——复合谓语

平平／平仄／仄……仄仄／仄平／平（仄韵句，二／二／一)

沉沉／更／鼓‖急…渐渐／人／声‖绝。

(袁枚《十二月十五夜》)

——叠字在前

窗中／三楚‖尽…林上／九江‖平。(王维《登辨觉寺》)

——前置方位词

白云‖回望／合…青霭‖入看／无。(王维《终南山》)

——动词作状语

身名‖同日／授…心事‖一言／知。

(白居易《代书诗一百韵寄微之》) ——被动句

道将心‖共直…言与行‖兼危。

(白居易《代书诗一百韵寄微之》) ——双主语

平平／仄／平仄……仄仄／平／平仄（仄韵句，二／一／二)

千山／鸟‖飞绝…万径／人‖踪灭。(柳宗元《江雪》)

——前置处所

(4) 宾语倒置者

——处于主语位置的名词，实为动词的宾语（目的语）。如：

仄仄／平平／仄……平平／仄仄／平（二／二／一)

(柳色) 春山‖映｜…(梨花) 夕鸟‖藏｜。

(王维《春日上方即事》)

平平／平／仄仄……仄仄／仄／平平（二／一／二)

(艰难) 人‖不／见…隐现尔‖自／知。(杜甫《猿》)

（5）省略主语者

主语是诗人自己，在诗中不必出现。谓语由动宾或动补结构充当。头节多数为动宾结构，尾节为单字。如：

仄仄／平平／仄……平平／仄仄／平（二／二／一）

客｜路／青／山／外…行｜舟／绿／水／前。

（王湾《次北固山下》）
——后补方位

侧｜身／千里／道…寄｜食／一家／村。（杜甫《得弟消息》）
——后补方位

高／上｜慈恩塔…幽／寻｜皇子陂。

（白居易《代书诗一百韵寄微之》）
——动宾结构作谓语

此地／一为／别…孤蓬／万里／征。（李白《送友人》）
——处所、状态、数量词语作状语

平平／平／仄仄……仄仄／仄／平平（二／一／二）

北村／寻｜古柏…南宅／访｜辛夷。

（白居易《代书诗一百韵寄微之》）——处所词语作状语

（6）系词省略者

这类句式，前后皆由名词语构成，中间省却一个比如"是""如""似"之类的联系词。如：

平平／平仄／仄……仄仄／仄平／平（二／二／一）

万／言‖经济／略…三／策‖太平／基。

（白居易《代书诗一百韵寄微之》）

日月‖笼中／鸟…乾坤‖水上／萍。（杜甫《衡州送李大夫》）

（7）谓语省却者

全句即由名词及其前边的形容词性附加语构成。重点强调的就是那件事情，而不需要对事情再做什么说明，故无谓语。其意义节奏多为"二二一"。如：

仄仄/平平/仄……平平/仄仄/平（二/二/一）

细草/微风/岸…危樯/独夜/舟。（杜甫《旅夜书怀》）
辩士/安边/策…元戎/决胜/威。（杜甫《西山》）
山中/一夜/雨…树杪百重/泉。（王维《送梓州》）

（二）复句

古诗中的复句，与现代汉语的复句不同。有些五七言诗句，从表面看，就是一句，而从句法角度仔细分析，又不是单句，其中有许多是由并列复句、主从复句、因果复句、让步复句、假设复句、条件复句等各种不同"分句结构"组合而成的。写自然风光者主语常现，抒发心境者主语常略，因而称之为"复句结构"。

在五言律句中，把两个分句高度压缩到五字之中，每个分句只有两到三字，因而，第二分句中的主语便不出现，其修饰语较单句中也少。

还有个奇妙现象——在上下句间，表面上看都是五个字，而其中既有单句，也有复句结构，它们竟可以和谐地融为一体。如果把它翻译成外语，用不同语言加以比较，马上就会看出差异。我在去俄国的两年中，一家报刊要把我所写有关贝加尔湖风光的几首五绝译成俄文诗，这才发觉，每句都需用俄文的两句话译出，才能符合原意。由此可见，汉语诗句的高度凝炼性，是其他语言中所罕有的。这里只拣其要者，分为有主语句及无主语句两大类，稍做解析。

（1）双主谓者

这类也多为描绘自然景色，主语为自然景象的名词。有时，一句中同时描绘两种相关的景象，便会出现复句。

仄仄/平平/仄……平平/仄仄/平（二/二/一）

红‖入；桃/花‖嫩…青‖归；柳/叶‖新。

(杜甫《奉酬李都督表丈早春作》)
——因果复句

——意为：红色入目，桃花愈显鲜嫩；青色回归大地，柳叶分外清新。

日‖暮；苍/山‖远…天‖寒；白/屋‖贫。

(刘长卿《逢雪宿芙蓉山主人》)
——并列复句

地‖回；山河‖静…天‖长；云树‖微。(王维《送崔兴宗》)

夜‖久；潮‖侵/岸…天‖寒；月‖近/城。(常建《泊舟》)
——并列复句

仄仄/平/平仄……平平/仄/仄平（二/一/二）

露‖重；飞‖难/进…风‖多；响‖易/沉。

(骆宾王《在狱咏蝉》)
——因果复句

平平/平仄/仄……仄仄/仄平/平（二/二/一）

湖‖平；两/岸‖阔…风‖正；一/帆‖悬。

(王湾《次北固山下》)
——因果复句

(2) 双谓语者

这类也多为描绘自然景色。主语为自然景象的名词，双谓语构成两个分句，前者有主语，后一分句的主语往往蕴含其中而不直接出现。谓语若是及物动词的，便有宾语。若由形容词充当谓语者，则无宾语。如：

仄仄/平/平仄……平平/仄/仄平（二/一/二）

野/火‖烧；不/尽…春/风‖吹；又/生。

(白居易《赋得古原草送别》)

——意思是：尽管野火烧了野草，野草并未被烧尽。待到春风一吹,野草又重新复苏。前后两句都是由两个分句组成。不可作单句看。

稻米‖炊;能/白…秋葵‖煮;复/新。(杜甫《草堂检校》)
木‖秀;遭|风/折…兰‖芳;遇|霜/萎。

(白居易《代书诗一百韵寄微之》)

翠/柏‖苦;犹|食…明/霞‖高;可/餐。(杜甫《空囊》)

——意为:野柏虽然很苦,(我)仍然吃;明霞虽高,(我)仍觉似乎可餐。后一主语为自身,省略。

平平/平/仄仄……仄仄/仄/平平 (二/一/二)

病‖多;知|(夜‖永)…年‖长;觉|(秋‖悲)。

(白居易《代诗书一百韵寄微之》)

野‖秋;鸣|蟋蟀…沙‖冷;聚|鸱鹩。

(白居易《代书诗一百韵寄微之》)

竹‖喧;归|浣/女…莲‖动;下|渔/舟。

(王维《山居秋暝》)

松/风‖吹;解|带…山月‖照;弹|琴。

(王维《酬张少府》)

(3) 省缺主语者

平平/平/仄仄……仄仄/仄/平平 (二/一/二)

感|时;花‖溅|泪…恨|别;鸟‖惊|心。

(杜甫《春望》)

——意为:我由于感怀现时的境遇,见到花也会洒泪。我由于恨怨别离,听到鸟鸣也会惊心。这类句式,不能由于主语省略而看作单句。

平平/平仄/仄……仄仄/仄平/平 (二/二/一)

欲/归;群/鸟‖乱…未去;小/童‖催。

(杜甫《晚晴独行风》)

——前一分句,"欲归""未去"的主语是诗人自身,省略;后一分句主语变换为"群鸟""小童",故不能省略。

仄仄/平/仄仄……平平/仄/平平（二/一/二）

敏捷；诗‖千首…飘零；酒‖一杯。（杜甫《不见》）

——意为:我思维很敏捷,所写诗篇有千余首。而我却身世飘零,酒也只有一杯了。

仄仄/平平/仄……平平/仄仄/平（二/二/一）

不饮；长/如｜醉…加餐；亦/似｜饥。

（白居易《代书诗一百韵寄微之》）

渡｜水；复/渡｜水…看｜花；还/看｜花。

（高启《寻胡隐君》）

——分句中的主语者是诗人自身,故而全部省略。以上两句句尾平仄皆变格,作古风尾。

仄仄/平/平仄……平平/仄/仄平（二/一/二）

问｜姓；惊/初｜见…称｜名；忆｜旧｜容。

（李益《喜见外弟又言别》）

(4) 省缺谓语者

这类句式,两个分句之间存在内涵关系,因而前一分句只有名词主语而无谓语。这类诗句,不可当作单句去理解,那会丧失掉其中的一些含义。如:

仄仄/平平/仄……平平/仄仄/平（二/二/一）

天地；西江‖远…星辰；北斗‖深。

（杜甫《夏日杨长宁宅送……》）

——并不是"天地与西江共远"的双主语句,其原意是感叹:天地可真广大,西江如此之远！星辰那么多,北斗显得分外深邃。

平平/平仄/仄……仄仄/仄平/平（二/二/一）

秋/风；楚/竹‖冷…夜/雪；巩/梅‖春。

（杜甫《送孟十二》）——复杂句

——意为：秋风（起），楚竹感到冷；夜雪（飘飘），而巩梅仍旧春意盎然。

（三）递系句

递系句属复杂句之一种。介乎单句与复句之间，从整体看，是单句形式，合起来为递系句，分开来则为因果句。递系句又称"使动式"，其根本标志在于，前后两个行为间存在着"递系"（连动）关系——后边行为之所以产生，是由于前边行为促进的结果。如：

仄仄／平／平仄……平平／仄／仄平（二一二）

乐‖极；伤｜（头‖白）…更‖长；爱｜（烛‖红）。

（杜甫《酬孟云卿》）

——意为"乐极伤头"，而使"头白"，"头白"乃因"乐极"之"伤"所致。但后边"红烛"句则不是递系关系，而是并列复句。

平平／平／仄仄……仄仄／仄／平平（二一二）

大风‖吹；地‖转…高浪‖蹴；天‖浮。（杜甫《江涨》）

——大风吹地，使地转，高浪蹴天，使天浮。后者乃前者作用的结果。

风‖吹；花‖片片…春‖动；水‖茫茫。（杜甫《寒食》）

（四）兼语式

"兼语式"也是复杂句中之一种。它极易与"递系句"相混。区别的关键在于：使动式存在前因后果关系，而兼语式则不存在前因后果，而是并列关系。

这种句式，合而为兼语式，拆开则为两个并列分句。其节奏皆"二二一"。如：

仄仄／平平／仄……平平／仄仄／平（二／二／一）

水‖抱；孤／村‖远…山‖通；一／径‖斜。(刘球《山居》)

——水自抱，村自远，村远非因水抱；山自通，径自斜，径斜非因山通。兼语式的最大特点在于：前句宾语同时又是后句的主语。"村"既是"水抱"的宾语，同时又是"远"的主语；"一径"既是"山通"的宾语，同时又是"斜"的主语，皆一身而兼二职。

平平／平仄／仄……仄仄／仄平／平（二／二／一）

星‖随；平／野‖阔…月‖涌；大／江‖流。

(杜甫《旅夜书怀》)

——意为：星随人走，愈感平野之阔；月亮涌于天际，（对比之下，）更觉得大江在不停地流去。"平野阔"并非"星随"所致；"大江流"也不是"月涌"的结果。这便是"兼语式"与"递系式"的不同。

(五) 包孕句

包孕句，是单句中的复杂句。它不像单句那么简单。单句中的"简单句"，主语、谓语等主要的句子成分都是单字词；而凡由"主谓结构"或"动宾结构"等"句子形式"充当句中某一成分者，即称为"包孕句"。例如：

平平／平仄仄……仄仄／仄平平（二／一／二）

文章‖憎｜（命‖达）…魑魅‖喜｜（人‖过）。

(杜甫《天末怀李白》)

——括号内的"（命‖达）"自身是由名词主语"命"及动词"达"组成的"主谓结构"，它合在一起作"憎"的宾语（目的语）。同样道理，主谓结构"人过"充当"喜"的宾语。

平平／平仄／仄……仄仄／仄平／平（二／二／一）

静｜（分｜岩／响）答…散｜（逐｜海／潮）还。

(刘长卿《秋夜北山》)

——"分岩响"与"逐海潮"都是"动宾结构"的短语，分别作"答"和"还"的副词语。

露‖（从｜今/夜）白…月‖（是｜故/乡）明。

(杜甫《月夜忆舍弟》)

仄仄/平/平仄……平平/仄/仄平（二/一/二）

石/室‖无｜（人‖到）…绳/床‖见｜（虎‖眠）。

(王昌龄《遇薛明府》)

——括弧中"人‖到"和"虎‖眠"，分别作"无"和"见"的宾语。

细/动｜（迎｜风）燕…轻/摇｜（逐｜浪）鸥。

(杜甫《江涨》)

行到｜（水‖穷）处…坐看｜（云‖起）时。

(王维《终南别业》)

仄仄/平平/仄……平平/仄仄/平（二/二/一）

幸｜（因｜腐/草）出…敢｜（近｜太/阳）飞。

(杜甫《萤火》)

——"因｜腐/草"是个"介宾结构"，作"出"的状语，说明出处的，后句"近｜太/阳"也是个"介宾结构"，说明"飞"的方向。

但/恐｜（天/河‖落）…宁/辞｜（酒/盏‖空）。

(杜甫《酬孟云卿》)

二、七律的句法

前边，我们对五言律句已经分类做了分析，这里变换种方式，采用"比较语言学"中的一种方法，选用名家典型诗句，用"增减比较法"，来比较五、七言句的异同点。

七言律句从平仄句式上看，即由五言律句添加"头节"二字构成。在音律节奏和意义节奏上，都可视为五言律句的延长。

从格式上看，五言诗每句加上"二字帽"就成七言，反之，七言诗每句去掉头节，便成五言诗。当然这里只是从格式的转换角度说的。写过诗的人都知道，在实际创作中，这种中途转换的情况也是有的。有时写了一首五绝或五律，觉得意犹未尽，想要改作七言，在平仄句式上往往不必大动干戈，只在原诗头节上作些调整就可以了。反之，写首七绝或七律，觉得不如改作五言利落流畅，也较容易，删掉头节，或将头节、颈节加以调整或浓缩就成。所以，我在这里采用"增减法"加以比较，既可从句法角度理解诗家遣词造句的良苦用心，也可引导初学者熟练五、七言格式的转换。

（一）七言句"头节"的语法地位
（1）头节为主语者

头节为主语者一般不可省略，如果省却，变为无主语句，往往所指不明。

例如：

晴天/摇动清江底，晚日/浮沉急浪中。

——陈师道《十七日观潮》

水光/潋滟晴方好，山色/空蒙雨亦奇。

——苏轼《饮湖上初晴后雨》

田园/寥落干戈后，骨肉/流离道路中。

——白居易《望月有感》

蜡照/半笼金翡翠，麝熏/微度绣芙蓉。

——李商隐《无题》

砧杵/敲残深巷月，梧桐/摇落故园秋。

——陆游《秋思》

千村/薜荔人遗矢，万户/萧疏鬼唱歌。
——毛泽东《送瘟神》
酒债/寻常行处有，人生/七十古来稀。
——杜甫《曲江对酒》
蝴蝶/梦中家万里，杜鹃/枝上月三更。 ——崔涂《旅怀》
万物/静观皆自得，四时/佳兴与人同。 ——程颢《偶成》
疏影/横斜水清浅，暗香/浮动月黄昏。 ——林逋《梅花》
霜禽/欲下先偷眼，粉蝶/如知合断魂。 ——林逋《梅花》
残雪/压枝犹有桔，冻雷/惊笋欲抽芽。
——欧阳修《答丁元珍》
破帽/遮颜过闹市，漏船/载酒泛中流。 ——鲁迅《自嘲》
箫鼓/追随春社近，衣冠/简朴古风存。
——陆游《游山西村》
五岭/逶迤腾细浪，乌蒙/磅礴走泥丸。——毛泽东《长征》

——主语为构成诗句含义的主体，也是句法的基本成分。如系第一人称自叙情怀者，主语多不出现，而像上述诗例，都是描写客观景物者，主体必然出现。假设把隔号前边的主语省掉，便不知所指，成为无主语的不完整句，造成语意含混。

（2）头节为修饰语者

头节为修饰语者，如果省却，句法虽完整，却所指不明，易生歧义。例如：

吴宫/花草埋幽径，晋代/衣冠成古丘。
——李白《登金陵凤凰台》
歧王/宅里寻常见，崔九/堂前几度闻。
——杜甫《江南逢李龟年》
映阶/碧草自春色，隔叶/黄鹂空好音。 ——杜甫《蜀相》
梨花/院落溶溶月，柳絮/池塘淡淡风。 ——晏殊《寓意》

人家/日暖樵渔乐，山路/秋晴松柏香。
　　　　　　　　　　　　——张耒《登海州乘槎亭》
红树/青山日欲斜，长郊/草色绿无涯。
　　　　　　　　　　　　——欧阳修《丰乐亭游春》
无边/落木萧萧下，不尽/长江滚滚来。　——杜甫《登高》
双双/瓦雀行书案，点点/杨花入砚池。
　　　　　　　　　　　　——叶李《暮春即事》
金沙/水拍云涯暖，大渡/桥横铁索寒。
　　　　　　　　　　　　——毛泽东七律《长征》
　　——在古诗中，定语多数由名词充当，也有用形容词的，是用来限定主语的身份、地位、隶属关系，或描绘其形态的。上举诗例，如果把隔号前的定语删却，虽不伤句法大体，但主语的状态就不够鲜明生动了。

（3）头节为"主谓短语"者

头节为"主谓短语"者不能省缺，否则句型大变。例如：
窗含/西岭千秋雪，门泊/东吴万里船。——杜甫《绝句》
风急/天高猿啸哀，渚清/沙白鸟飞回。——杜甫《登高》
日长/似岁闲方觉，事大/如天醉亦休。——陆游《秋思》
道通/天地有形外，思入/风云变态中。——程颢《偶成》
云横/秦岭家何在，雪拥/蓝关马不前。——韩愈《自咏》
荷尽/已无擎雨盖，菊残/犹有傲霜枝。——苏轼《冬景》
谁爱/风流高格调，共怜/时世俭梳妆。——秦韬玉《贫女》
夜闻/啼雁生乡思，病入/新年感物华。
　　　　　　　　　　　　——欧阳修《答丁元珍》
山重/水复疑无路，柳暗/花明又一村。
　　　　　　　　　　　　——陆游《游山西村》
血沃/中原肥劲草，寒凝/大地发春华。　——鲁迅《无题》

虎踞/龙盘今胜昔，天翻/地覆慨而慷。

——毛泽东《人民解放军占领南京》

——上例头节的"主谓短语"皆由名词与动词组合而成。它往往就是诗句的主体。如果把隔号前的二字省却，就会造成句型大变，语意不明，"复句结构"会变成单句。

（3）头节为"动宾短语"者

头节为"动宾短语"者不能减缺，否则也会句型大变。例如：

回乐/峰前沙似雪，受降/城外月如霜。

——李益《夜上受降城闻笛》

吊影/分为千里雁，辞根/散作九秋蓬。

——白居易《望月有感》

穿花/蛱蝶深深见，点水/蜻蜓款款飞。

——杜甫《曲江》

坐地/日行八万里，巡天/遥看一千河。

——毛泽东《送瘟神》

——"动宾短语"由动词与名词组成，经常与另外的主谓短语组成"复句结构"。这是律诗语句高度凝缩的重要方式，它使诗句的内容含量大大增加。上举诗例，如果把隔号前边二字省却，"复句结构"便成单句。若是条件复句，如毛泽东"坐地日行八万里，巡天遥看一千河"。当"坐地""巡天"减缺后，"日行八万里""遥看一千河"就失去了前提条件，造成语意模糊。

（5）头节为状语者

头节为状语者，一般都是第一人称的无主语句。例如：

横眉/冷对千夫指，俯首/甘为孺子牛。——鲁迅《自嘲》

隔水/飞来鸿阵阔，趁潮/归去橹声忙。

——张耒《登海州乘槎亭》
敢将/十指夸针巧，不把/双眉斗画长。——韩愈《自咏》
宜将/剩勇追穷寇，不可/沽名学霸王。
——毛泽东《人民解放军占领南京》
——状语是用来修饰动词（谓语）的，描述其行为及变化状态，多数直接加在动词前。上举诗例中，如把隔号前状语省却，对句型无大影响，但其动作行为便不够生动和准确了。如果是表示肯否的副词语者，更不可省，否则不仅语意模糊，甚而造成语意完全悖谬，如"不可沽名学霸王"句。

(6) 头节为方位、时间、数量性词语者

头节为方位、时间、数量性词语者不可省却，否则条件不足，气势不满。例如：
两个/黄鹂鸣翠柳，一行/白鹭上青天。　　——杜甫《绝句》
万里/悲秋常作客，百年/多病独登台。　　——杜甫《登高》
天上/碧桃和露种，日边/红杏倚云栽。
——高蟾《上高侍郎》
几日/寂寥伤酒后，一番/萧索禁烟中。　　——晏殊《寓意》
——数量、方位词语，既可加于名词（主语、宾语），也可加于动词（谓语）。在对偶句中，增强排偶感。

（二）五言"添头"变七言的句法变化

五言添头，即成七言。采用五言添头比较法，不仅可以更深入地理解五七言句的句法异同，在实际创作中也有实用价值。因为在写五七言律诗时，时常会涉及这类句式变化。但如何添法，却有多种多样。

这里改用一种方法——选用杜甫《春望》中对偶句"烽火连三月，家书抵万金"及白居易五言排律《代书诗一百韵寄微之》中对偶句"念远缘迁贬，惊时为别离"两联五言诗，分别在头节上增添不同词语,既可体会句法的变化,更能从中进一步体会古代诗家炼词造句的精湛功夫;诗家名篇名句,已是炉火纯青,真可谓多一字累赘,少一字不足,任何改动都是画蛇添足。我所以这样做,也是为了便于从平仄格式及句法变化上做些比较。

(1) 在主语前添加定语

杜甫五律《春望》中对偶句"烽火连三月,家书抵万金",为"仄仄平平仄,平平仄仄平"格式,皆为"主谓宾"结构的简单句。变七言,前句只能添加一个"平平"或"仄平"双音节。例如:

悠悠/烽火连三月,落落/家书抵万金。(加叠字词)
绵延/烽火连三月,迟滞/家书抵万金。(加形容词)
陲边/烽火连三月,眼下/家书抵万金。(加方位词)
长年/烽火连三月,一纸/家书抵万金。(加数量词)
传罹/烽火连三月,报喜/家书抵万金。(加动宾短语)
惊心/烽火连三月,悦目/家书抵万金。(加动宾短语)

——从上例可见,凡在主语前加定语(修饰、限定主语者),句型句意皆无大影响。

(2) 在主语前添加"动词语"或"主谓短语"

长悲/烽火连三月,有叹/家书抵万金。(加动词语)
国忧/烽火连三月,我叹/家书抵万金。(加主谓短语)

——添加动词语或"主谓短语"则不同,句型和含义都有较大变化,原句变作宾语,全句变成包孕句——"烽火连三月""家书抵万金"分别成为"长悲""国忧"的宾语。

(3) 在动词前添加状语

白居易五言排律《代书诗一百韵寄微之》中对偶句"念远缘迁贬,惊时为别离",前后都是省略主语的复句结构,意为:

"（我时常）惦念你这远方的挚友，是由于（你遭到）迁贬；（我每每）惊悸于时务，是因为难于承受（与你）别离之苦。"如此复杂心境，压缩到短短两句十字中，当然就要分外含蓄，不得不省却一些词语。改为七言，前句添加"平平"，后句添加"仄仄"。例如：

常常/念远缘迁贬，每每/惊时为别离。
悠悠/念远缘迁贬，郁郁/惊时为别离。
茕茕/念远缘迁贬，悸悸/惊时为别离。
痴痴/念远缘迁贬，怅怅/惊时为别离。
起居/念远缘迁贬，坐卧/惊时为别离。
忙闲/念远缘迁贬，醒睡/惊时为别离。
闲中/念远缘迁贬，忙里/惊时为别离。
牵怀/念远缘迁贬，下意/惊时为别离。
伤情/念远缘迁贬，闻讯/惊时为别离。

——其中添加叠字是最常用手法，一是因为它不会造成句中的悖谬，二是加强对仗感，很适于对偶。

（4）在动词前添加"主谓短语"

情常/念远缘迁贬，心每/惊时为别离。
情痴/念远缘迁贬，心悸/惊时为别离。
酒熏/念远缘迁贬，梦觉/惊时为别离。

——后添的音节为动词的状语，对"念远"的心态做了进一步揭示。

（5）在头节中错综添加不同词语

五言句改造为七言，还有其他变动较大的方法，不只是简单地添加头节，还可将头节和颈节同时做些调整和变动。可在原诗头节主语和颈节谓语间添加副词语类，充当动词的状语；或在头节二字前后分别添加相应词语。这种方法须特别注意，不能造成

平仄失律,在此格式中,亦须避免"犯孤平"。例如:

烽火(岂堪)连三月,家书(果是)抵万金。

——在第1拍节二字之后加入一个副词语。

烽(烟)火(警)连三月,家(讯)书(情)抵万金。

——在第1拍节的两字之后,错综添加名词语,使其都变作复音词。

念(常思)远缘迁贬,惊(每悸)时为别离。

——在头节二字间,插入副词和动词类词语,使其皆变成复音词。

(三)五言名篇佳句"添头"变七言的试验

下边,我们再选些五律名篇中的不同对偶句,做些增添,两字变作七言的试验。会使我们对五七律句法有个更深刻的理解。

(1)头节为名词主语者添头

加名词语者,原句型不变:

(旷野)朔风鸣淅淅,(小庭)寒雨下霏霏。

——杜甫《雨》

(荒村)日暮苍山远,(陋巷)天寒白屋贫。

——刘长卿五绝《逢雪宿芙蓉山主人》

加主谓短语者,单句变为复句:

(山平)野旷天低树,(水缓)江清月近人。

——孟浩然五绝《宿建德江》

(风清)明月松间照,(日丽)清泉石上流。

——王维五律《山居秋暝》

主语前加"使动词"者,变为"使动句":

(浪催)海日生残夜,(风拥)江春入旧年。

——王湾五律《次北固山下》

加形容词语者,句型不变:
(晶莹)月下飞天镜,(缥缈)云生结海楼。
————李白五律《渡荆门送别》
(翠)竹(声)喧归浣女,(红)莲(叶)动下渔舟。
————王维五律《山居秋暝》
(悠悠)大漠孤烟直,(莽莽)长河落日圆。
————王维五律《使至塞上》
(迷茫)野径云俱黑,(闪忽)江船火独明。
————杜甫五律《春夜喜雨》
(逶迤)竹径通幽处,(错落)禅房花木深。
————常建五律《题破山寺后禅院》
(漫地)气蒸云梦泽,(涌天)波撼岳阳城。
————孟浩然五律《望洞庭湖赠张丞相》

加数量、方位词语者,句型不变:
(千株)绿树村边合,(一派)青山郭外斜。
————孟浩然五律《过故人庄》
(一缕)征蓬出汉塞,(两行)归雁入胡天。
————王维五律《使至塞上》
(几度)山光悦鸟性,(顿缘)潭影空人心。
————常建五律《题破山寺后禅院》

加及物动词者,原句成为包孕句中的宾语:
(每钦)功盖三分国,(更羡)名成八阵图。
————杜甫五绝《八阵图》
(咨嗟)白日依山尽,(叹息)黄河入海流。
————王之涣五绝《登鹳雀楼》
(惊见)潮平两岸阔,(幸缘)风正一帆悬。
————王湾五律《次北固山下》

（且看）远芳侵古道，（更欣）晴翠接荒城。
———白居易五律《赋得古原草送别》

于"复句结构"前加动词者，仍为复句：
（纵遭）野火烧不尽，（有赖）春风吹又生。
———白居易五律《赋得古原草送别》

加动宾短语者，原句降为补语：
（望眼）山随平野尽，（放情）月涌大江流。
———李白五律《渡荆门送别》

（2）头节为动词语者添头

加状语者，原句类型不变：
（缕缕）随风潜入夜，（汩汩）润物细无声。
———杜甫五律《春夜喜雨》
（倾心）欲济无舟楫，（缄默）端居耻圣明。
———孟浩然五律《望洞庭湖赠张丞相》

加"动宾短语"者，单句变复句：
（忧郁）感时花溅泪，（怔忡）恨别鸟惊心。
———杜甫五律《春望》
（惬意）开轩面场圃，（畅怀）把酒话桑麻。
———孟浩然五律《过故人庄》
（望眼）欲穷千里目，（奋身）更上一层楼。
———王之涣五绝《登鹳雀楼》

根据以上对五七言诗增减变化的对比分析，七言与五言的句式差别主要有两点：

一是，五言受字数的局限，附加成分不能太多，用语质而捷；七言较五言多出二字，名词语前的形容词语及动词前的副词语都多些，每句容量增大，用语深而切。

二是，五言中省缺主谓宾等基本成分的不完整句多些；变作七言后,"主谓宾"俱全的完整句多。

初学写作律诗者,不妨用此方法,选些素常习见的五言律诗中的对偶句,按平仄交错、粘对原则,尝试着增添一个头节,分析其句法上的变化。以上这些做法,是我在给一些学员讲解律诗基础知识后,曾试用过的练习方法。过去常说,"熟读唐诗三百首,不会作诗也会吟"。我觉得,熟读当然重要,而运用名家名句做些练习,则收效更大,往往可以收到加速记忆和熟悉格律、快速入门的实效。

三、六律的句法
(一) 六律句法五特征

六言律诗在体式上有三大特点:一是,没有单字音节,"六言三拍"的节奏十分鲜明;二是,首句押韵的几乎少见;三是,只有四种基本句型,总是两两相互平仄对仗,并总是习用对偶。

这就在句法上带来五个鲜明特征:

(1) 非常适于词语句法上的对偶,不仅六律的中间两联对偶,六绝的首联也用对偶,甚而绝大多数六绝通篇对偶。

(2) 由于没有单音节,通篇三拍都是双音节,平仄律交错整齐,因而诗句的词语也大都是以复音词语为主。

(3) 句法结构与之相适应,往往形成"主、谓、宾"三拍节奏,或"主、谓、补"三节奏、"定、主、谓"三节奏等句式。

(4) 由于较七言少一字,不得不高度凝缩,因而缺省主语、谓语、宾语的现象较五、七言句中更多,有些诗句既无谓语,更无宾语,甚而连一个动词语也没有,如朱同六绝《题浯溪清隐图赠吴甥》中"山下/半篙/春水,溪头/几树/疏烟"。陆游六绝《舍北闲望绝句》中"潘岳/一篇/秋兴,李成/八幅/寒林"。就是由形容词语与名词连在一起的"形名短语"。

（5）也是由于语句凝缩及成分缺省的原因，复句较多。许多双音节词语自身，就是一层相对独立的含义，它们之间往往只有含义上的排比关系，而无句法上的主谓或动宾从属关系。如刘辰翁六绝《春归》中"芳草/断肠/花落，绿窗/携手/莺声"，王安石六绝《题西太一宫壁》中"柳叶/鸣蜩/绿暗，荷花/落日/红酣"。从句法角度看，往往都是些并列分句，甚而三个拍节就是三个分句，这是六言律句独有的特征之一。

下边，我们择取一些对偶句，分作单句和复句两类加以解析，就可看出六言句的这些句法特征。

（二）六律的单句

（1）主谓句，有宾语者

榉柳‖正当│官道，渔舟‖偏系│柴门。

——朱继芳六绝《溪村》

月色‖看成│晓色，溪声‖听作│涛声。

——范成大六绝《宿牧马山胜果寺》

功名‖正恐│不免，富贵‖酷非│所须；
铁马‖未平│辽碣，钓船‖且醉│江阴。

——陆游六绝《六言》

茅屋‖四围│桑竹，疏篱‖一带│鸡豚。

——莫友芝六绝《山居》

世事‖不同│心事，新人‖何似│故人。

——刘禹锡六绝《答乐天》

昨日‖老于│今日，去年‖春似│今年。

——白居易六绝《临都驿答梦得》

（2）主谓句，双谓语者

紫鳞‖出│网，能跃；翠鸟‖踏│波，乱飞。

——查慎行六绝《江行六言杂诗》
佛灯‖已暗，还吐；旅枕‖才安，却惊。
——范成大六绝《宿牧马山胜果寺》
白云‖千里，万里；明月‖前溪，后溪。
——刘长卿六律《苕溪酬梁耿别后见寄》

(3) 主谓句，无宾语而有补语者

鸳鸯‖暖卧/沙浦，鸂鶒‖闲飞/橘林。
——鱼玄机六律《隔汉江寄子安》
月‖在/荔枝/梢上，人‖行/茉莉/花间。
——杨万里六绝《宴客夜归》
数只/船‖横/浦口，一声/笛‖起/山前。
——陆游六绝《夏日》

(4) 主谓句主语前有定语者

烟里/歌声‖隐隐，渡头/夜色‖沉沉。
——鱼玄机六律《隔汉江寄子安》
芙蓉/叶下/鱼‖戏，蟏蛸/天边/雀‖声。
——鱼玄机六律《寓言》

(5) 省缺主语者

楼上/新妆/待∣夜，闺中/独坐/含∣情。
——鱼玄机六律《寓言》
——省却之主语当在第5字前，可理解为"楼上新妆（者）待夜，闺中独坐（者）含情"。

(6) 省却谓语者

画角‖一声∣江廊，布帆‖几叠∣风亭。
——姚鼐六绝《离思》
——省却之谓语当在第5字前，可理解为"画角一声（传）江廊，布帆几叠（入）风亭"。

(7) 只有名词性短语者

扬子/津头/月下，临都/驿里/灯前。

——白居易六绝《临都驿答梦得》

北固/山边/波浪，东都/城里/风尘。

——刘禹锡六绝《答乐天》

山下/半篱/春水，溪头/几树/疏烟。

——朱同六绝《题浯溪清隐图赠吴甥》

潘岳/一篇/秋兴，李成/八幅/寒林。

——陆游六绝《舍北闲望绝句》

——这是六言律句一大特色：全句无一动词，也就没有谓语。上边四例，第 1 例只告诉人自己的地点处所，第 2、3 例只说出什么地点的什么景色，第 4 例只告诉人是什么人的什么作品。

(8) "包孕句"

（留｜春）‖一日/不可，（种｜树）‖十年/未成。

——刘辰翁六绝《春归》（主谓结构作主语）

——"留｜春"和"种｜树"，都是动宾短语，分别作两句的主语。

人‖愁｜（荒村/路‖细），马‖怯｜（寒溪/水‖深）。

——卢纶六律《送万臣》（主谓结构作宾语）。

——"荒村/路‖细"和"寒溪/水‖深"都是主谓俱全的句子，而这里，却分别作"愁"和"怯"的对象（宾语）。

（三）六律的复句

这是六言律句最具特色之处。六律以描绘景物见长。许多景物，在诗人手下都是单摆浮搁地并列在一起，句式高度凝缩，省却成分多，因而构成复句，且以并列复句居多。其"意义节奏"与"音节节奏"又完全统一，都是"二/二/二"结构，很规整。例如：

秋‖早；川原‖净丽；雨‖余；风日‖清酣。

——苏轼《西太一见王荆公旧诗偶次其韵》

芳草；断肠；花落；绿窗；携手；莺声。

——刘辰翁六绝《春归》

柳叶；鸣蜩；绿暗；荷花；落日；红酣。

——王安石六绝《题西太一宫壁》

送客；偶经｜花坞；呼‖童；莫上｜松关。

——俞安期六绝《东濠杂兴》

冰‖泮；寒塘‖始绿；雨‖余；百草‖皆生。

——韦应物六绝《三台二首》

朝‖来；门阁‖无｜事；晚‖下；高斋‖有｜情。

——韦应物六绝《三台二首》

溪‖涨；清风‖拂｜面；月‖落；繁星‖满｜天。

——陆游六绝《夏日》

清川；永路‖何极；落日；孤舟‖解携。

——刘长卿六律《苕溪酬梁耿别后见寄》

行尽；风林；雪径；依然；水馆；山村。

——朱熹六绝《铅山立春》

江南；江北；愁望；相思；相忆；空吟。

——鱼玄机六律《隔汉江寄子安》

鸟‖向｜平芜；远近；人‖随｜流水；东西。

——刘长卿六律《苕溪酬梁耿别后见寄》

红桃；处处/春色；碧柳；家家/月明。

——鱼玄机六律《寓言》

乍合，乍开；烟‖霭；一重，一掩；霏‖微。

——查慎行六绝《江行六言杂诗》

六言句这种句式风格，对后代词曲影响颇大。从秦观的

"风紧/驿亭/深闭",李清照的"昨夜/雨疏/风骤,浓睡/不消/残酒",马致远的"小桥/流水/人家,古道/西风/瘦马",到毛泽东的"宁化/清流/归化,路隘/林深/苔滑",都可看到这种句法和节奏。

　　重校《诗律详解》一过,到此驻笔,即吟六律一首以寄此怀:
　　《望眼后贤》
伏案春秋十年,平平仄仄谋篇。解析常律求简,演绎变格释繁。传统必尊宿老,启新无忌诚言。偏颇误谬难免,望眼睿明后贤!

2003 年 12 月 18 日　于长春耕心斋

附录一:《笠翁对韵》

李 渔

（按:《笠翁对韵》为旧时儿童练习写诗用韵的启蒙读物,影响较大,今天对于初学者仍有借鉴作用,故录于此。）

卷上

一东

天对地,雨对风。大陆对长空。山花对海树,赤日对苍穹。雷隐隐,雾蒙蒙。日下对天中。风高秋月白,雨霁晚霞红。牛女二星河左右,参商两曜斗西东。十月塞边,飒飒塞霜惊戍旅;三冬江上,漫漫朔雪冷渔翁。

河对汉,绿对红。雨伯对雷公。烟楼对雪洞,月殿对天宫。云叆叇,日曈朦。蜡屐对渔蓬。过天星似箭,吐魄月如弓。驿旅客逢梅子雨,池亭人把藕花风。茅店村前,皓月坠林鸡唱韵;板桥路上,青霜锁道马行踪。

山对海,华对嵩。四岳对三公。宫花对禁柳,塞雁对江龙。清暑殿,广寒宫。拾翠对题红。庄周梦化蝶,吕望兆飞熊。北牖当风停夏扇,南帘曝日省冬烘。鹤舞楼头,玉笛弄残仙子月;凤翔台上,紫箫吹断美人风。

二冬

　　晨对午，夏对冬。下饷对高春。青春对白昼，古柏对苍松。垂钓客，荷锄翁。仙鹤对神龙。凤冠珠闪烁，螭带玉玲珑。三元及第才千顷，一品当朝禄万钟。花萼楼间，仙李盘根调国脉；沉香亭畔，娇杨擅宠起边风。

　　清对淡，薄对浓。暮鼓对晨钟。山茶对石菊，烟锁对云封。金菡萏，玉芙蓉。绿绮对青锋。早汤先宿酒，晚食继朝饔。唐库金钱能化蝶，延津宝剑会成龙。巫峡浪传，云雨荒唐神女庙；岱宗遥望，儿孙罗列丈人峰。

　　繁对简，叠对重。意懒对心慵。仙翁对释伴，道范对儒宗。花灼灼，草茸茸。浪蝶对狂蜂。数竿君子竹，五树大夫松。高皇灭项凭三杰，虞帝承尧殛四凶。内苑佳人，满地风光愁不尽；边关过客，连天烟草憾无穷。

三江

　　奇对偶，只对双。大海对长江。金盘对玉盏，宝烛对银釭。朱漆槛，碧纱窗。舞调对歌腔。兴汉推马武，谏夏著龙逢。四收列国群王服，三筑高城众敌降。跨凤登台，潇洒仙姬秦弄玉；斩蛇当道，英雄天子汉刘邦。

　　颜对貌，像对庞。步辇对徒杠。停针对搁筑，意懒对心降。灯闪闪，月幢幢。揽辔对飞艎。柳堤驰骏马，花院吠村尨。酒量微酡琼杏颊，香尘没印玉莲双。诗写丹枫，韩女幽怀流御水；泪弹斑竹，舜妃遗憾积湘江。

四支

　　泉对石，干对枝。吹竹对弹丝。山亭对水榭，鹦鹉对鸬鹚。五色笔，十香词。泼墨对传卮。神奇韩幹画，雄浑李陵诗。几处花街新夺锦，有人香径淡凝脂。万里烽烟，战士边头争宝塞；一犁膏雨，农夫村外尽乘时。

菹对醢，赋对诗。点漆对描脂。璠簪对珠履，剑客对琴师。沽酒价，买山资。国色对仙姿。晚霞明似锦，春雨细如丝。柳绊长堤千万树，花横野寺两三枝。紫盖黄旗，天象预占江左地；青袍白马，童谣终应寿阳儿。

箴对赞，缶对卮。萤照对蚕丝。轻裾对长袖，瑞草对灵芝。流涕策，断肠诗。喉舌对腰肢。云中熊虎将，天上凤凰儿。禹庙千年垂橘柚，尧阶三尺覆茅茨。湘竹含烟，腰下轻纱笼玳瑁；海棠经雨，脸边清泪湿胭脂。

争对让，望对思。野葛对山栀。仙风对道骨，天造对人为。专诸剑，博浪椎。经纬对干支。位尊民物主，德重帝王师。望切不妨人去远，心忙无奈马行迟。金屋闭来，赋乞茂林题柱笔；玉楼成后，记须昌谷负囊词。

五微

贤对圣，是对非。觉奥对参微。鱼书对雁字，草舍对柴扉。鸡晓唱，雉朝飞。红瘦对绿肥。举杯邀月饮，骑马踏花归。黄盖能成赤壁捷，陈平善解白登危。太白书堂，瀑泉垂地三千尺；孔明祀庙，老柏参天四十围。

戈对甲，幄对帏。荡荡对巍巍。严滩对邵圃，靖菊对夷薇。占鸿渐，采凤飞。虎榜对龙旗。心中罗锦绣，口内吐珠玑。宽宏豁达高皇量，叱咤喑哑霸主威。灭项兴刘，狡兔尽时走狗死；连吴拒魏，貔貅屯处卧龙归。

衰对盛，密对稀。祭服对朝衣。鸡窗对雁塔，秋榜对春闱。乌衣巷，燕子矶。久别对初归。天姿真窈窕，圣德实光辉。蟠桃紫阙来金母，岭荔红尘进玉妃。霸王军营，亚父丹心撞玉斗；长安酒市，谪仙狂兴换银龟。

六鱼

羹对饭，柳对榆。短袖对长裾。鸡冠对凤尾，芍药对芙蕖。周有若,汉相如。玉屋对匡庐。月明山寺远,风细水亭虚。壮士腰间三尺剑,男儿腹内五车书。疏影暗香,和靖孤山梅蕊放;轻阴清昼,渊明旧宅柳条舒。

　　吾对汝,尔对余。选授对升除。书籍对药柜,耒耜对櫾锄。参虽鲁,回不愚。阀阅对阎闾。诸侯千乘国,命妇七香车。穿云采药闻仙犬,踏雪寻梅策蹇驴。玉兔金乌,二气精灵为日月;洛龟河马,五行生克在图书。

　　欹对正,密对疏。囊橐对苞苴。罗浮对壶峤,水曲对山纡。骖鹤驾,待鸾舆。桀溺对长沮。搏虎卞庄子,当熊冯婕妤。南阳高士吟梁父,西蜀才人赋子虚。三径风光,白石黄花供杖履;五湖烟景,青山绿水在樵渔。

七虞

　　红对白,有对无。布谷对提壶。毛椎对羽扇,天阙对皇都。谢蝴蝶,郑鹧鸪。蹈海对归湖。花肥春雨润,竹瘦晚风疏。麦饭豆麋终创汉,莼羹鲈脍竟归吴。琴调轻弹,杨柳月中潜去听;酒旗斜挂,杏花村里共来沽。

　　罗对绮,茗对蔬。柏秀对松枯。中元对上巳,返璧对还珠。云梦泽,洞庭湖。玉烛对冰壶。苍头犀角带,绿鬓象牙梳。松阴白鹤声相应,镜里青鸾影不孤。竹户半开,对牖不知人在否?柴门深闭,停车还有客来无。

　　宾对主,婢对奴。宝鸭对金凫。升堂对入室,鼓瑟对投壶。砚合璧,颂联珠。提瓮对当垆。仰高红日尽,望远白云孤。歆向秘书窥二酉,机云芳誉动三吴。祖饯三杯,老去常斟花下酒;荒田五亩,归来独荷月中锄。

　　君对父,魏对吴。北岳对西湖。菜蔬对茶荈,苴藤对菖蒲。梅花数,竹叶符。廷议对山呼。两都班固赋,八阵孔明图。田庆紫荆堂下茂,王裒青柏墓前枯。出塞中郎,秪有乳时归汉室；质秦太子，马生角日返燕都。

八齐

鸾对凤，犬对鸡。塞北对关西。长生对益智，老幼对旄倪。颂竹策，剪桐圭。剥枣对蒸梨。绵腰如弱柳，嫩手似柔荑。狡兔能穿三穴隐，鹪鹩权借一枝栖。甪里先生，策杖垂绅扶少主；於陵仲子，辟纑织履赖贤妻。

鸣对吠，泛对栖。燕语对莺啼。珊瑚对玛瑙，琥珀对玻璃。绛县老，伯州梨。测蠡对然犀。榆槐堪作荫，桃李自成蹊。投巫救女西门豹，赁浣逢妻百里奚。阙里门墙，陋巷规模原不陋；隋堤基址，迷楼踪迹亦全迷。

越对赵，楚对齐。柳岸对桃溪。纱窗对绣户，画阁对香闺。修月斧，上天梯。螮蝀对虹霓。行乐游春圃，工谀病夏畦。李广不封空射虎，魏明得立为存麑。按辔徐行，细柳功成劳王敬；闻声稍卧，临泾名震止儿啼。

九佳

门对户，陌对街。枝叶对根荄。斗鸡对挥麈，凤髻对鸾钗。登楚岫，渡秦淮。子犯对夫差。石鼎龙头缩，银筝雁翅排。百年诗礼延馀庆，万里风云入壮怀。能辨明伦，死矣野哉悲季路；不由径窦，生乎愚也有高柴。

冠对履，袜对鞋。海角对天涯。鸡人对虎旅，六市对三街。陈俎豆，戏堆埋。皎皎对皑皑。贤相聚东阁，良朋集小斋。梦里山川书越绝，枕边风月记齐谐。三径萧疏，彭泽高风怡五柳；六朝华贵，琅琊佳气种三槐。

勤对俭，巧对乖。水榭对山斋。冰桃对雪藕，漏箭对更牌。寒翠袖，贵荆钗。慷慨对诙谐。竹径风声籁，花溪月影筛。携囊佳句随时贮，荷锄沉酣到处埋。江海孤踪，雪浪风涛惊旅梦；乡关万里，烟峦云树切归怀。

杞对梓，桧对楷。水泊对山崖。舞裙对歌袖，玉陛对瑶阶。风入袂，月盈怀。虎兕对狼豺。马融堂上帐，羊侃水中斋。北面黉宫宜拾芥，东巡岱峙定燔柴。锦缆春江，横笛洞箫通碧落；华灯夜月，遗簪堕翠遍香街。

十灰

春对夏，喜对哀。大手对长才。风清对月朗，地阔对天开。游阆苑，醉蓬莱。七政对三台。青龙壶老杖，白燕玉人钗。香风十里望仙阁，明月一天思子台。玉橘冰桃，王母几因求道降；莲舟藜杖，真人原为读书来。

朝对暮，去对来。庶矣对康哉。马肝对鸡肋，杏眼对桃腮。佳兴适，好怀开。朔雪对春雷。云移鹓鹊观，日晒凤凰台。河边淑气迎芳草，林下轻风待落梅。柳媚花明，燕语莺声浑是笑；松号柏舞，猿啼鹤唳总成哀。

忠对信，博对赅。忖度对疑猜。香消对烛暗，鹊喜对蛩哀。金花报，玉镜台。倒斝对衔杯。岩巅横老树，石磴覆苍苔。雪满山中高士卧，月明林下美人来。绿柳沿堤，皆因苏子来时种；碧桃满观，尽是刘郎去后栽。

十一真

莲对菊，凤对麟。浊富对清贫。渔庄对佛舍，松盖对花茵。萝月叟，葛天民。国宝对家珍。草迎金埒马，花醉玉楼人。巢燕三春尝唤友，塞鸿八月始来宾。古往今来，谁见泰山曾作砺；天长地久，人传沧海几扬尘。

兄对弟，吏对民。父子对君臣。勾丁对甫甲，赴卯对同寅。折桂客，簪花人。四皓对三仁。王乔云外舄，郭泰雨中巾。人交好友求三益，士有贤妻备五伦。文教南宣，武帝平蛮开百越；义旗西指，韩侯扶汉卷三秦。

申对午，侃对訚。阿魏对茵陈。楚兰对湘芷，碧柳对青筠。花馥馥，叶蓁蓁。粉颈对朱唇。曹公奸似鬼，尧帝智如神。南阮才郎羞北富，东邻丑女效西颦。色艳北堂，草号忘忧忧甚事？香浓南国，花名含笑笑何人？

十二文

忧对喜，戚对欣。五典对三坟。佛经对仙语，夏耨对春耘。烹早韭，剪春芹。暮雨对朝云。竹间斜白接，花下醉红裙。掌握灵符五岳篆，腰悬宝剑七星纹。金锁未开，上相趋听宫漏永；珠帘半卷，群僚仰对御炉薰。

词对赋，懒对勤。类聚对群分。鸾箫对凤笛，带草对香芸。燕许笔，韩柳文。旧话对新闻。赫赫周南仲，翩翩晋右军。六国说成苏子贵，两京收复郭公勋。汉阙陈书，侃侃忠言推贾谊；唐廷对策，岩岩直谏有刘蕡。

言对笑，绩对勋。鹿豕对羊羵。星冠对月扇，把袂对书裙。汤事葛，说兴殷。萝月对松云。西池青鸟使，北塞黑鸦军。文武成康为一代，魏吴蜀汉定三分。桂苑秋宵，明月三杯邀曲客；松亭夏日，薰风一曲奏桐君。

十三元

卑对长，季对昆。永巷对长门。山亭对水阁，旅舍对军屯。杨子渡，谢公墩。德重对年尊。承乾对出震，叠坎对重坤。志士报君思犬马，仁王养老察鸡豚。远水平沙，有客泛舟桃叶渡；斜风细雨，何人携榼杏花村。

君对相，祖对孙。夕照对朝暾。兰台对桂殿，海岛对山村。碑堕泪，赋招魂。报怨对怀恩。陵埋金吐气，田种玉生根。相府珠帘垂白昼，边城画阁对黄昏。枫叶半山，秋去烟霞堪倚杖；梨花满地，夜来风雨不开门。

十四寒

家对国，治对安。地主对天官。坎男对离女，周诰对殷盘。三三暖,九九寒。杜撰对包弹。古壁蛩声匝,闲亭鹤影单。燕出帘边春寂寂,莺闻枕上漏珊珊。池柳烟飘,日夕郎归青琐闼;砌花雨过,月明人倚玉栏杆。

肥对瘦,窄对宽。黄犬对青鸾。指环对腰带,洗钵对投竿。诛佞剑,进贤冠。画栋对雕栏。双垂白玉箸,九转紫金丹。陕右棠高怀召伯,河南花满忆潘安。陌上芳春,弱柳当风披彩线;池中清晓,碧荷承露捧珠盘。

行对卧,听对看。鹿洞对鱼滩。蛟腾对豹变,虎踞对龙蟠。风凛凛,雪漫漫。手辣对心酸。莺莺对燕燕,小小对端端。蓝水远从千涧落,玉山高并两峰寒。至圣不凡,嬉戏六龄陈俎豆;老莱大孝,承欢七袠舞斑斓。

十五删

林对坞,岭对峦。昼永对春闲。谋深对望重,任大对途艰。裾衮衮,佩珊珊。守塞对当关。密云千里合,新月一钩弯。叔宝君臣皆纵逸,重华父母是嚚顽。名动帝畿,西蜀三苏来日下;壮游京洛,东吴二陆起云间。

临对仿,吝对悭。讨逆对平蛮。忠肝对义胆,雾发对云鬟。埋笔冢,烂柯山。月貌对天颜。龙潜终得跃,鸟倦亦知还。陇树飞来鹦鹉绿,池筠密处鹧鸪斑。秋露横江,苏子月明游赤壁;冻云迷岭,韩公雪拥过蓝关。

卷下

一先

寒对暑,日对年。蹴鞠对秋千。丹山对碧水,淡雨对罩烟。歌宛转,貌婵娟。雪鼓对云笺。荒芦栖南雁,疏柳噪秋蝉。洗耳尚逢高士笑,折腰肯受小儿怜。郭泰泛舟,折角半垂梅子雨；山涛骑马，接篱倒着杏花天。

轻对重，脆对坚。碧玉对青钱。郊寒对岛瘦，酒圣对诗仙。依玉树，步金莲。凿井对耕田。杜甫清宵立，边韶白昼眠。豪饮客吞波底月，酣游人醉水中天。斗草青郊，几行宝马嘶金勒；看花紫陌，十里香车拥翠钿。

吟对咏，授对传。乐矣对凄然。风鹏对雪雁，董杏对周莲。春九十，岁三千。钟鼓对管弦。入山逢宰相，无事即神仙。霞映武陵桃淡淡，烟荒隋堤柳绵绵。七碗月团，啜罢清风生腋下；三杯云液，饮馀红雨晕腮边。

中对外，后对先。树下对花前。玉柱对金屋，叠嶂对平川。孙子策，祖生鞭。盛席对华筵。解醒知茶力，消愁识酒权。丝剪芰荷开冻沼，锦妆凫雁泛温泉。帝女衔石，海中遗魄为精卫；蜀王叫月，枝上游魂化杜鹃。

二萧

翠对管，斧对瓢。水怪对花妖。秋声对春色，白缣对红绡。臣五代，事三朝。头柄对弓腰。醉客歌金缕，佳人品玉箫。风定落花闲不扫，霜馀残叶湿难烧。千载兴周，尚父一竿投渭水；百年霸越，钱王万弩射江潮。

荣对悴，夕对朝。露地对云霄。商彝对周鼎，殷滗对虞韶。樊素口，小蛮腰。六诏对三苗。朝天车奕奕，出塞马萧萧。公子幽兰重泛舸，王孙芳草正联镳。潘岳高怀，曾向秋天吟蟋蟀；王维清兴，尝于雪夜画芭蕉。

耕对读，牧对樵。琥珀对琼瑶。兔毫对鸿爪，桂楫对兰桡。鱼潜藻，鹿藏樵。水远对山遥。湘灵能鼓瑟，嬴女解吹箫。雪点寒梅横小院，风吹弱柳覆平桥。月牖通宵，绛蜡罢时光不减；风帘当昼，雕盘停后篆难消。

三肴

诗对礼,卦对爻。燕引对莺调。晨钟对暮鼓,野馔对山肴。雉方乳,鹊始巢。猛虎对神獒。疏星浮荇叶,皓月上松梢。为邦自古推瑚琏,从政于今愧斗筲。管鲍相知,能交忘形胶漆友;蔺廉有隙,终为刎颈死生交。

歌对舞,笑对嘲。耳语对神交。焉乌对亥豕,獭髓对鸾胶。宜久敬,莫轻抛。一气对同胞。祭遵甘布被,张禄念绨袍。花径风来逢客访,柴扉月到有僧敲。夜雨园中,一颗不雕王子柰;秋风江上,三重曾卷杜公茅。

衙对舍,廪对庖。玉磬对金铙。竹林对梅岭,起凤对腾蛟。鲛绡帐,兽锦袍。露果对风梢。扬州输橘柚,荆土贡菁茅。断蛇埋地称孙叔,渡蚁作桥识宋郊。好梦难成,蛩响阶前偏唧唧;良朋远到,鸡声窗外正嘐嘐。

四豪

茭对茨,荻对蒿。山麓对江皋。莺簧对蝶板,麦浪对松涛。骐骥足,凤凰毛。马援南征载薏苡,张骞西使进葡萄。辩口悬河,万语千言常亹亹;词源倒峡,连篇累牍自滔滔。

梅对杏,李对桃。械朴对旌旄。酒仙对诗史,德泽对恩膏。悬一榻,梦三刀。拙逸对贵劳。玉堂花烛绕,金殿月轮高。孤山看鹤盘云下,蜀道闻猿向月号。万事从人,有花有酒应自乐;百年皆客,一丘一壑尽吾豪。

台对省,署对曹。分袂对同袍。鸣琴对击剑,返辙对回艚。良借箸,操提刀。香茶对醇醪。滴泉归海大,篑土积山高。石室客来煎雀舌,画堂宾至饮羊羔。被谪贾生,湘水凄凉吟鹏鸟;遭谗屈子,江潭憔悴著离骚。

五歌

微对巨,少对多。直干对平柯。蜂媒对蝶使,雨笠对烟蓑。眉淡扫,面微酡。妙舞对清歌。轻衫裁夏葛,薄袂剪春罗。将相兼行唐李靖,霸王杂用汉萧何。月本阴精,岂有羿妻曾窃药;星为夜宿,浪传织女漫投梭。

慈对善,虐对苛。缥缈对婆娑。长杨对细柳,嫩蕊对寒莎。追风马,挽日戈。玉液对金波。紫诏衔丹凤,黄庭换白鹅。画阁江城梅作调,兰舟野渡竹为歌。门外雪飞,错认空中飘柳絮;岩边瀑响,误疑天半落银河。

松对竹,荇对荷。薜荔对藤萝。梯云对步月,樵唱对渔歌。升鼎雉,听经鹅。北海对东坡。吴郎哀废宅,邵子乐行窝。丽水良金皆待冶,昆山美玉总须磨。雨过皇州,琉璃色灿华清瓦;风来帝苑,荷芰香飘太液波。

笼对槛,巢对窝。及第对登科。冰清对玉润,地利对人和。韩擒虎,荣驾鹅。青女对素娥。破头朱泚笏,折齿谢鲲梭。留客酒杯应恨少,动人诗句不须多。绿野凝烟,但听村前双牧笛;沧江积雪,惟看滩上一渔蓑。

六麻

清对浊,美对嘉。鄙吝对矜夸。花须对柳眼,屋角对檐牙。志和宅,博望槎。秋实对春华。乾炉烹白雪,坤鼎炼丹砂。深宵望冷沙场月,边塞听残野戍笳。满院松风,钟声隐隐为僧舍;半窗花月,锡影依依是道家。

雷对电,雾对霞。蚁阵对蜂衙。寄梅对怀橘,酿酒对烹茶。宜男草,益母花。杨柳对蒹葭。班姬辞帝辇,蔡琰泣胡笳。舞榭歌楼千万尺,竹篱茅舍三两家。珊枕半床,月明时梦飞塞外;银筝一奏,花落处人在天涯。

圆对缺,正对斜。笑语对咨嗟。沈腰对潘鬓,孟笋对卢茶。百舌鸟，两头蛇。帝里对仙家。尧仁敷率土，舜德被流沙。桥上授书曾纳履，壁间题句已笼纱。远塞迢迢，露碛风沙何可极；长沙渺渺，雪涛烟浪信无涯。

疏对密，朴对华。义鹘对慈鸦。鹤群对雁阵，白苎对黄麻。读三到，吟八叉。肃静对喧哗。围棋兼把钓，沉李并浮瓜。羽客片时能煮石，狐禅千劫似蒸沙。党尉粗豪，金帐笼香斟美酒；陶生清逸，银铛融雪啜团茶。

七阳

台对阁，沼对塘。朝雨对夕阳。游人对隐士，谢女对秋娘。三寸舌，九回肠。玉液对琼浆。秦皇照胆镜，徐肇返魂香。青萍夜啸芙蓉匣，黄卷时摊薛荔床。元亨利贞，天地一机成化育；仁义礼智，圣贤千古立纲常。

红对白，绿对黄。昼永对更长。龙飞对凤舞，锦缆对牙樯。云弁使，雪衣娘。故国对他乡。雄文能徙鳄，艳曲为求凰。九日高峰惊落帽，暮春曲水喜流觞。僧占名山，云绕茂林藏古殿；客栖胜地，风飘落叶响空廊。

衰对壮，弱对强。艳饰对新妆。御龙对司马，破竹对穿杨。读班马，识求羊。水色对山光。仙棋藏绿橘，客枕梦黄粱。池草入诗因有梦，海棠带恨为无香。风起画堂，帘箔影翻青荇沼；月斜金井，辘轳声度碧梧墙。

臣对子，帝对王。日月对风霜。乌台对紫府，雪牖对云房。香山社，昼锦堂。葆屋对岩廊。芬椒涂内壁，文杏饰高梁。贫女幸分东壁影，幽人高卧北窗凉。绣阁探春，丽日半笼青镜色；水亭醉夏，薰风常透碧筒香。

八庚

形对貌，色对声。夏邑对周京。江云对涧树，玉磬对银筝。人老老，我卿卿。晓燕对春莺。玄霜舂玉杵，白露贮金茎。贾客君山秋弄笛,仙人缑岭夜吹笙。帝业独兴,尽道汉高能用将;父书空读,谁言赵括善知兵。

功对业,性对情。月上对云行。乘龙对附骥,阆苑对蓬瀛。春秋笔,月旦评。东作对西成。隋珠光照乘,和璧价连城。三箭三人唐将勇,一琴一鹤赵公清。汉帝求贤,诏访严滩逢故旧;宋廷优老,年尊洛社重耆英。

昏对旦,晦对明。久雨对新晴。蓼湾对花港,竹友对梅兄。黄石叟,丹丘生。犬吠对鸡鸣。暮山云外断,新水月中平。半榻清风宜午梦,一犁好雨趁春耕。王旦登庸,误我十年迟作相;刘蕡不第,愧他多士早成名。

九青

庚对甲,己对丁。魏阙对彤庭。梅妻对鹤子,珠箔对银屏。鸳浴沼,鹭飞汀。鸿雁对鹡鸰。人间寿者相,天上老人星。八月好修攀桂斧,三春须系护花铃。江阁凭临,一水净连天际碧;石栏闲倚,群山秀向雨余青。

危对乱,泰对宁。纳陛对趋庭。金盘对玉箸,泛梗对浮萍。群玉圃,众芳亭。旧典对新型。骑牛闲读史,牧豕白横经。秋首田中禾颖重,春馀园内菜花馨。旅次凄凉,塞月江风皆惨淡;筵前欢笑,燕歌赵舞独娉婷。

十蒸

苹对蓼,茭对菱。雁弋对鱼罾。齐纨对鲁绮,蜀锦对吴绫。星渐没,日初升。九聘对三征。萧何曾作吏,贾岛昔为僧。贤人视履循规矩,大匠挥斤校准绳。野渡春风,人喜乘潮移酒舫;江天暮雨,客愁隔岸对渔灯。

谈对吐,谓对称。冉闵对颜曾。侯嬴对伯嚭,祖逖对孙登。抛白纻,宴红绫。胜友对良朋。争名如逐鹿,谋利似趋蝇。仁杰姨渐周不仕,王陵母识汉方兴。句写穷愁,浣花寄迹传工部；诗吟变乱，凝碧伤心叹右丞。

十一尤

荣对辱，喜对忧。缱绻对绸缪。吴娃对越女，野马对沙鸥。茶解渴，酒消愁。白眼对苍头。马迁修史记，孔子作春秋。莘野耕夫闲举耜，渭滨渔父晚垂钩。龙马游河，羲帝因图而画卦；神龟出洛，禹王取法以明畴。

冠对履，舃对裘。院小对庭幽。画墙对漆地，错智对良筹。孤嶂耸，大江流。芳泽对园丘。花潭来越唱，柳屿起吴讴。莺懒燕忙三月雨，蛮摧蝉退一天秋。钟子听琴，荒径入林山寂寂；谪仙捉月，洪涛接岸水悠悠。

鱼对鸟，鹁对鸠。翠馆对红楼。七贤对三友，爱月对悲秋。虎类狗，蚁如牛。列辟对诸侯。陈唱临春乐，隋歌清夜游。空中事业麒麟阁，地下文章鹦鹉洲。旷野平原，猎士马蹄轻似箭；斜风细雨，牧童牛背稳如舟。

十二侵

歌对曲，啸对吟。往古对来今。山头对水面，远浦对遥岑。勤三上，惜寸阴。茂树对平林。卞和三献宝，杨震四知金。青皇风暖催芳草，白帝城高急暮砧。绣虎雕龙，才子窗前挥彩笔；描鸾刺凤，佳人帘下度金针。

登对眺，涉对临。瑞雪对甘霖。主欢对民乐，交浅对言深。耻三战，乐七擒。顾曲对知音。大车行槛槛，驷马聚骎骎。紫电青虹腾剑气，高山流水识琴心。屈子怀君，极浦吟风悲泽畔；王郎忆友，扁舟卧雪访山阴。

十三覃

宫对阙，座对龛。水北对天南。蜃楼对蚁郡，伟论对高谈。遴杞梓，树楩楠。得一对函三。八宝珊瑚枕，双珠玳瑁簪。萧王待士心惟赤，卢相欺君面独蓝。贾岛诗狂，手拟敲门行处想；张颠草圣，头能濡墨写时酣。

闻对见，解对谙。三橘对双柑。黄童对白叟，静女对奇男。秋七七，径三三。海色对山岚。鸾声何哕哕，虎视正眈眈。仪封疆吏知尼父，函谷关人识老聃。江相归池，止水自盟真是止；吴公作宰，贪泉虽饮亦何贪？

十四盐

宽对猛，冷对淡。清直对尊严。云头对雨脚，鹤发对龙髯。风台谏，肃堂廉。保泰对鸣谦。五湖归范蠡，三径隐陶潜。一剑成功堪佩印，百钱满卦便垂帘。浊酒停杯，容我半酣愁际饮；好花傍座，看他微笑悟时拈。

连对断，减对添。淡泊对安恬。回头对极目，水底对山尖。腰褭褭，手纤纤。凤卜对鸾占。开田多种粟，煮海尽成盐。居同九世张公艺，恩给千人范仲淹。箫弄凤来，秦女有缘能跨羽；鼎成龙去，轩臣无计得攀髯。

人对己，爱对嫌。举止对观瞻。四知对三语，义正对辞严。勤雪案，课风檐。漏箭对书笺。文繁归獭祭，体艳别香奁。昨夜题梅更一字，早春来燕卷重帘。诗以史名，愁里悲歌怀杜甫；笔经人索，梦中显晦老江淹。

十五咸

栽对植，剃对芟。二伯对三监。朝臣对国老，职事对官衔。鹿麎麎，兔毚毚。启牍对开缄。绿杨莺睍睆，红杏燕呢喃。半篱白酒娱陶令，一枕黄粱度吕岩。九夏炎飙，长日风亭留客骑；三冬寒冽，漫天雪浪驻征帆。

梧对杞，柏对杉。夏濩对韶咸。涧瀍对溱洧，巩洛对崤函。藏书洞，避诏岩。脱俗对超凡。贤人羞献媚，正士嫉工谗。霸越谋臣推少伯，佐唐藩将重浑瑊。邺下狂生，羯鼓三挝羞锦袄；江州司马，琵琶一曲湿青衫。

袍对笏，履对衫。匹马对孤帆。琢磨对雕镂，刻划对镌镵。星北拱，日西衔。卮漏对鼎馋。江边生桂苦，海外树都咸。但得恢恢存利刃，何须呐呐达空函。彩凤知音，乐典后夔须九奏；金人守口，圣如尼父亦三缄。

附录二:《诗律详解》主要参阅书目

《汉语诗律学》王力著　上海教育出版社1979年11月新2版
《诗词格律十讲》王力著　北京出版社1962年5月版
《诗词曲律纲要》涂宗涛著　天津人民出版社1982年8月版
《诗词曲格律与欣赏》蓝少成、陈振寰主编　桂林文联印行
《诗词曲律说解》张福有著　北方妇女儿童出版社1997年6月版
《诗人玉屑》(宋)魏庆之编　中华书局1959年8月新1版
《诗词论析》张志岳著　黑龙江人民出版社1963年1月版
《诗词例话》周振甫著　中国青年出版社1962年9月版
《增广诗韵全璧》上海古籍出版社1983年2月影印
《佩文韵府》(清)张玉书主编　上海古籍书店1983年6月影印
《诗韵常识》车锡伦编著　内蒙古人民出版社1975年9月版
《现代诗韵》秦似编著　广西人民出版社1979年6月第2版
《古诗源》(清)沈德潜选　中华书局1963年6月版
《诗经试译》李长之著　古典文学出版社1956年9月版

《楚辞韵读》王力著　上海古籍出版社1980年5月版

《屈原离骚今译》文怀沙著　上海文艺联合出版社1954年4月版

《古诗十九首集释》隋树森编著　中华书局1955年10月版

《乐府诗选》余冠英选注　人民出版社1954年6月第2版

《全唐诗精华》竞鸿主编　吉林文史出版社1994年1月版

《唐诗选》中国社科院文研所编　人民文学出版社1978年4月版

《唐诗三百首》　长春古籍书店1988年2月影印

《李白全集》鲍方标点　上海古籍出版社1996年11月版

《杜甫全集》高仁标点　上海古籍出版社1996年11月版

《杜甫诗选注》萧涤非选注　人民出版社1979年6月版

《白居易诗选》顾肇仓、周汝昌选注　人民文学出版社1963年7月版

《明诗三百首》高灉缨选编　海南国际出版中心1994年12月版

《清诗三百首》南湖居士选编　海南国际出版中心1994年12月版

《元明清诗一百首》陈友琴选注　上海古籍出版社1982年11月版

《中华诗歌精萃》丁国成等主编　吉林大学出版社1994年11月版

《历代六言诗选注》壮子选注　大连出版社1991年2月版

《毛泽东诗词集》　中央文献出版社1996年9月版

《古今人物别名索引》　长春市古籍书店1982年11月影印